二手房

案

詹旭莲　谢丹　著

WUHAN UNIVERSITY PRESS
武汉大学出版社

图书在版编目(CIP)数据

二手房谜案/詹旭莲,谢丹著.—武汉:武汉大学出版社,2018.5
ISBN 978-7-307-20067-8

Ⅰ.二… Ⅱ.①詹… ②谢… Ⅲ.长篇小说—中国—当代
Ⅳ.I247.5

中国版本图书馆 CIP 数据核字(2018)第 054599 号

责任编辑:黄　殊　　　责任校对:汪欣怡　　　版式设计:马　佳

出版发行:**武汉大学出版社**　(430072　武昌　珞珈山)
(电子邮件:cbs22@ whu. edu. cn 网址:www. wdp. com. cn)
印刷:武汉中科兴业印务有限公司
开本:880×1230　1/32　印张:15.125　字数:323 千字　插页:1
版次:2018 年 5 月第 1 版　　2018 年 5 月第 1 次印刷
ISBN 978-7-307-20067-8　　定价:40.00 元

前 言

持续繁荣发展了十几年的房地产行业，确实让更多的人实现了“居者有其屋”，并且在此基础上逐渐过渡到了住得有尊严、住得舒适，生活有质量。

可“你买房了吗？”“你换房了吗？”“还住在老地方啊！”几乎成了人们见面时的问候语，不能不说这个行业的发展有些偏离了正常的轨道。

本书所描述的是从农村到城里来打拼的这类人，这类城市的边缘人群，他们在面对高房价所作出的选择以及其中的心路历程与所经历的悲欢离合。

另外，一起离奇的凶杀案件给这部书增添了一些神秘色彩。

目 录

第一章　张大毛买房

具体说来，在 2013 这一年当中，张大毛已不知看了多少家楼盘了。双休日看楼盘，节假日看楼盘，就连上班的时间，只要老婆阳阳来一个电话，无论多忙，张大毛必须放下手中的活计，继而向老板请假。就为这，张大毛不知看了老板多少的脸色。然而，丈母娘的催促、老婆怀着身孕还与他挤住在胶囊房的这种状态、老家里爸爸妈妈那隔三差五打来的一个又一个催促买房的电话，无一不让张大毛下定决心：无论房价怎么高，该买房时还得买房，只有买了房才算是在这城里扎下了根。

然而，就在张大毛下定了决心，动用了自己与老婆阳阳的全部积蓄，又让爸妈从老家汇来了他们的棺材钱，急匆匆地拉着老婆，跑到他们比较中意的楼盘交首付时，售楼小姐却告诉张大毛："房价又涨了，每平方米又上调了三百至五百元，如果想买的话得抓紧了，再犹豫的话，说不准下个月又要往上调，那将掉得更大。"

“几十平方米的房子，平白无故地又多出几万啊。”此时的张大毛与阳阳真是欲哭无泪。

这该死的2013年，房价怎么就涨得这么凶呢？

怀揣着银行卡，张大毛和老婆走出了售楼部。

“回家吗？”张大毛面对愁眉不展的老婆小心地问道。

“家，你那算是个家吗？且不说它是个十足的胶囊房，就连你占据的那点空间，还有个睡在你上铺的小刘啊，虽说小刘待我们很好，把我们当做哥哥嫂子看，可，可夫妻应该是有他们私密空间的啊！就算小刘是你我的亲弟弟，我们也不能当着他的面亲热吧，咳，我说得太直白，连我自己都……都脸红，都不好意思了。”

“对不起，阳阳，是我没有本事，赚不了钱，可我打心底是想给你一个家的啊！你别急，这两天我上网看了看专家写的文章，哦，还不止一个专家在说房价不可能再往上涨了呢，许多专家还在建议开征物业税呢，照他们说的那样，物业税一开征，持有房子的成本上升了，那供求自然会理顺过来，我们肯定会买到心仪的房子。”

“算了吧，那些专家的话我是再也不会相信了，什么人口收入比，什么中国的房价与外国的房价相比，这比那比，房价怎么也没有比下来，倒是比前两年上涨了这么多，哼，你再看看你买的那经济学家的书吧，净睁眼说瞎话，让人误入歧途，不过，他自己倒是赚足你们这些人的眼球，靠卖书发了大财。”

“阳阳，你太消极了，太消极了对孩子不好。”

“又是孩子，别拿孩子说事了，买不起就是买不起，现在的房价啊，那就应验了我姐妹们当初的那句话，没有最高，只有更高。”

“别说了，阳阳。我再去找朋友借借，凑足首付，我一定把你看中的那套二室二厅的房子买下来。”

“算了，买房的事我不想提了，我怀了孩子，除了要上班，休息的时候还得跑楼盘，我太累了，我真想好好休息休息。你知道吗，我们同办公室里的韩冰冰，她几乎和我同时怀的孕，人家什么待遇，上下班老公接送，住着公婆家里给一次性付款买的三室二厅的大房子，那拎的包就更不用说了，唉……”

“阳阳，我知道你不是一个物质的女孩，可……”

“可现实明摆着，不管我是不是物质女孩，我几乎看不到前途。”

“阳阳，我知道嫁给我，你受委屈了，如果当初听你妈的话，你可以嫁给一个本地的且家境又好的人。”

“别说这些了，你回你的胶囊房里去吧，我到我妈那儿去了，那里才是我安身的地方。”

“那怎么行！”张大毛情急之下拉住了妻子阳阳，“那我不想与你分开，我想时时刻刻看见你怎么办，回我们那里去吧，我让小刘去与隔壁的小王挤挤行吗？”

“挤挤，亏你说得出口，自打我们拿了结婚证以来，你让小刘去小王那儿挤了多少回了，我都不好意思说，你知道他们在背地里怎么说我们吗？”

张大毛小声嘟囔着：“他们是开玩笑，是善意地开玩笑，在我们这里，没有谁瞧不起谁。”

“话是这么说，可我受不了。本来光明正大的夫妻，名正言顺地干那事，可我每每看到小刘及小王他们时，他们眼里透出的那股邪样真让我受不了，你知不知道，他们甚至说我肚里的孩子是……是那什么胶囊里挤出的孩子。”

“阳阳，老婆大人，你别听他们乱嚷嚷，我去给你出气，看我不揍扁他们。”

“算了，我还是回娘家吧，怀着孕也不能瞎折腾，你要想我的话就来我娘家吧，不过不许在我娘家过夜，我妈她挺迷信的，我走了。”

老婆回娘家去了，张大毛又回到了出租屋。

“喜事，喜事！咱们这胶囊房里冒出的第一桩喜事，天大的喜事，大张买房回来了，今天上午签下买房合同了。”与张大毛同住一屋的小刘扯着嗓门叫道。

“哇，大张买房了，那怎么也得请我们这些同一屋檐下的兄弟姐妹们撮上一顿不是吗？”

“是啊！咱们这十几个人，住在这胶囊房里，虽说被一堵堵的纸板墙隔着，但拆了这纸板墙咱们可就是一家子，是一大家子人啊！”

“不拆这纸板墙，咱们也是一大家子人，大张能买房，说明我们离买房也不远了。”

“是啊，努力加油吧，我们凤凰男都应像大张这样，找个城里媳妇，而你们这些妹子呢，去攀攀城里的高枝，找个什么城里的富二代吧！”

“不光是要找，还得快点找，你们没看电视吗？那里面可说了，要取缔胶囊房，说不准哪天政府一摇头一挥手，就把胶囊房给取缔了，我们往哪住啊！还是大张好，就要脱离苦海了……”

不等小黄话音落下，张大毛即大声吼道：“你们都别说了，房子我没买，合同我没签，因为我的首付又不够了，房价又蹭蹭地往上涨了。”

张大毛的这一声吼，让整个出租屋安静了下来，十几个人大眼瞪小眼地你看看我，我看看你，最后，眼光又都落在了张大毛身上。

“差多少钱呢？我们大家凑凑吧，怎么说你大张买房也是我们出租屋里的一件喜事，不能让它黄了啊，而且咱这住的十几号人里，就你大张是白领，干的活最体面，工资虽不是太高，但比我们强啊，你如果没信心，那我们还有什么奔头，所以它不能黄啊！”小刘恳切地说。

“是啊，虽说咱们住在这里的才十几号人，可比那电影《七十二家房客》里住得还挤哪，一百四十多平方米的房子，被隔成了八间房四个厕所，且嫂子又怀了孕，怎么说也不方便，大张啊，不是我们说你，你就算亏了自己，也不能亏了那还未出生的孩子啊！”

胖嫂看了看方才说话的小丽一眼，接过了话头：“小丽说得也对，可谁让咱们是打工的呢，千把块钱一个月，唉，我还带着小宝呢，还是个残疾的孩子，他爸因为孩子残疾跟我离了婚，而我那山东娘家的底子又薄，不能指望他们啊，我们没有出头之日啊！而大张是我们这群人里边最有学问的人，干的工作也最体面，阳阳又是城里的人，娘家多少可以贴点，真的，我也觉得张大毛买房的事不能黄啊！”

第二章　转战二手房

“哎，我倒有一个法子，这活人哪能让尿憋死呢，不如，不如，大张，你上网看看二手房吧，或许，或许有些房主急着用钱啊，出国啊，等等，说不定还能捡个漏呢！”

齐天的一席话，使在场的人眼睛都亮了起来：“对、对、对，齐天说得对，不愧为大圣，咱们上网看看，上网看看二手房吧，还真说不准能捡个漏呢。”

张大毛看了看围在自己身边的这些朋友，艰难地点了点头。

“事不宜迟，赶紧上网看看二手房吧！这马上过十一了，摊上这黄金周，房价不蹭蹭往上涨才怪。”小刘催促道。

打开二手房网站，把自己所要求的地区、房间大小、价格等都选过之后，张大毛及围在身边的朋友们不约而同地喊了起来：“哇，还真有漏可捡啊。”

可不是吗？市中心地段的一套二室一厅的房子，无论从楼层、房型大小、价格，等等，都在张大毛买房所选择的、能承受的范围之内，最令张大毛满意的是，这二室一厅的房子还是经过前房主精装修的。

在众人的催促下，张大毛随即打通了被委托出售这套房的房屋中介的电话，且约定第二天去看房子。

第二天，重新收拾好心情的张大毛打电话通知了老婆阳阳，还特意邀请了丈母娘，说是给自己把把关。

因为这套二手房处于市中心，张大毛他们一行人没费什么周折，便来到了房屋所在地。

中介公司金牌业务员鲍艳正笑盈盈地站在他们之前约定好的地方，见到边走边到处张望的张大毛他们后，便试探性地问起了张大毛："请问你们是来看房的吗？我是中介公司的鲍艳。"

"哎，哎，我们是来看房子的，昨天我打电话约好今天来看房的，我是张大毛，你就是中介的鲍艳？"

"正是，我是鲍艳，那咱们看房去吧。"

他们一行人又往前走了大概五十米远。

"就这栋楼了。"鲍艳说着，停下了脚步。

"这栋楼啊，这栋楼它……它不是现在正规小区的那种模式的房子啊。"阳阳有些沮丧地说。

"正因为这样，它的价格才有优势啊！我这么跟你们说吧，这房子建于二十世纪八十年代初，属于一个国有单位，后来作为房改房卖给了职工。"

"那，这房屋有两证吗？"阳阳妈妈关心的问题还真关键。

“有两证，两证虽是后来补办的，但都办齐了，没有两证的房子，我是不会推荐给你们的。”

“只是这房子，这房子好旧啊，真是没看相。”阳阳边说边看了一眼张大毛。

“其实这个问题吧，干我们这一行的，有我们自己的想法，我说出来仅仅供你们参考。”

“姑娘，那你说说看，正好我也想听听。”

鲍艳对着阳阳妈点了点头：“其实，这房子吧，它不一定是新的就好，并且这好与不好得看怎样来区分。在这里，我绝对没有贬低新房子的意思，我的意思是说，以前的东西，虽说它旧了点，可能有些材料在工艺上赶不上现代的，可它们的用料都是货真价实的，都是好东西。”

“那依你所说，现在的房子也做假了。”

鲍艳把目光又投向说话的阳阳：“也不能说都作假了，但至少有些开发商不地道。另外，现在大多市中心都是高层的建筑，那公摊百分之二十几是基本的，而且电梯房，乘电梯上下楼你能保证它永远畅通无阻吗？那电梯用久了，出点小事是常有的，只要不出大事就没人去理会，但如果真出了大事，谁摊上谁不值啊，而且物业费一年下来也不是一笔小数目。”

“那为什么买房的人都那么青睐新房呢？”

“你问得好，张大哥。现在的房地产市场上，新房确实火爆，你们也许没注意，或者根本不会去注意，现在啊，有那么一批眼光独到的人，他们还真称得上是有心人，这些人不去跟风排队拿号买新房，他们把眼光瞄向地段好、升值潜力大、又有希望在比较短的时间内被拆迁的旧房屋；当然，还有些市中心里的房子永远不会被拆迁，比如那些旧租界的房子，虽然这些房子还是中华人民共和国成立前、二十世纪三四十年代建的，但直到现在，它们的式样不仅不过时，反而经久耐看，而且冬暖夏凉，你们能说旧房不好吗？真的，住着这种房子的人很少有想卖出的。说了这么多，总而言之一句话，那便是我们这个行当时下流行的一句话：好价格好楼层，好房只卖懂的人。"

"这位鲍小姐，我们不说别的，不扯远了，就这栋楼，哦，就这栋楼，那么，我们是站在这栋楼的北面吧。"阳阳边说边抬头往上看着。

鲍艳见状忙跟着搭腔："是啊，我们站着的地方是楼的北面，正好，你们往西头看，那最西头的第四层即是你们要看的房子。"

"哦，第四层，一、二、三、四，第四层，就那，就那外墙上打了许多补丁的那一层？这楼其他的地方都很好，为什么这一层打这么多补丁。还有，这都什么树啊，长得这么高，把屋里的光线都挡住了。"阳阳妈说着说着，把眼光又转向了鲍艳。

"打补丁这个问题，我也问过业主，他是这样说的，他说这里的外墙有那么一点点的渗漏，这外墙上打补丁也是防范渗漏而采取的措施。"

张大毛是什么事都往好处想："这么说现在不漏了。"

鲍艳机灵地回答："既然采取了措施，那现在肯定不漏了。至于说这些大树挡住了阳光，依我看，太阳是基本照不到北面的。"

“我没说阳光，我是说的光线。”

“那……”

“上去吧，上去看看。”张大毛边用一个指头指着上面，边对众人说。

此时此刻，上楼梯的张大毛和阳阳，他们的心情是无比激动的，尤其是阳阳，那拉着妈妈的手一直在发抖，嘴里边还不停地喃喃自语：“好紧张，妈妈，我好紧张。”

来到四楼，鲍艳拿出一排钥匙试着开门，但试了几把钥匙却都没能把门打开，急得阳阳直跺脚：“怎么搞的，怎么连钥匙都没搞清楚，这房还卖不卖啊！”

“别急，咱别急，阳阳。买房是大事，是急不来的，耐心等等吧。你看，你这么一催，这小鲍越发慢了不是？”阳阳的妈妈劝慰女儿道。

直到第七把钥匙插进锁孔之后，鲍艳终于面露笑容：“这回试对了。”

门被打开了，从屋里窜出来的一股说不清道不明的气味，让这一对有些洁癖的母女俩不禁皱起了眉头。

“这房屋就得有人住，门窗关太久了，容易……”

不等鲍艳解释完，张大毛即接过了话头：“这有点气味再正常不过了，开开门，开开窗户透透气不就得了，这装修过的房屋就得透透气，哦，阳阳，你先在门口站会儿，别进屋里，等通通气之后再进来。”

“是的，大张说得对，你怀着孕，待会儿再进屋子吧！”阳阳的妈妈也如是说。

进屋之后，宋阿姨——阳阳的妈妈、张大毛的丈母娘——她的眉头始终锁着，尽管她想将眉头舒展开来，毕竟女儿第一次买房，但不知怎么地，眉头就是舒展不开。鲍艳一个劲地夸奖着这套房子的声音不断地冲击着宋阿姨的耳朵："房型方方正正，客厅大，没有暗房，明厨明卫，窗户都是前业主装修时改成了中空双层玻璃，隔音又隔热，卧室都朝南，还有一个阳台；最关键的是这房屋是经过精装修的啊，家具一应俱全且都是新的，相比那毛坯房的价格，它的性价比高啊，唉，只可惜我现在没钱买房，要有的话，这房不可能等到你们来看，我自己早就将它买下了。"

鲍艳的一席话，特别是最后那极具煽动性的语言，把张大毛的神经撩拨得不知有多紧张。

"就它了，户口本、身份证、银行卡都带在身上呐，妈，要是您没意见，阳阳没意见，我们今天就把买房合同给签了吧。"

"你急什么，阳阳都还没进来看呐。"丈母娘说完，毫不留情地横了女婿一眼。

张大毛立即喊了起来："阳阳，阳阳，你快进来吧，没刚才那么大的气味了。"

不知是经过通风之后，还是闻着习惯了些的缘故，阳阳进屋后，屋里的气味的确是没有刚才那么重了。

"买下来吧，大张，相对于买这片区的新房，我们省了不少呢，且这装修我还比较满意，又有全套的家具。你瞧，这么大一排衣柜，它能挂多少衣服啊！省了我们好多事呢。最重要的是，我一天，甚至一会儿都不想挤住在那胶囊房了。”

这次张大毛没有立即答应阳阳，而是将目光瞄向了丈母娘。

阳阳妈能说什么呢，自己一人拉扯着女儿住在丈夫生前所在的单位宿舍里，虽说也交了点钱将那三十来平方米的房间买下来了，但毕竟那房屋已破旧不堪，且是二十世纪五十年代“大跃进”时期的建筑；而眼前这房子虽说也是旧房子，但房屋内的装修是新的，里面的家具也是新的，比自己家里那是强了不知道有多少啊！

只是，只是……只是不知道为什么，打从自己一进到这屋里，便有种莫名的感觉，紧张也好，恐惧也罢，反正可称得上有，也可称得上没有；而自己头脑发昏、身子发紧、脊背发凉的状况却是真实的。

“妈妈，大张在等着您的话呢，您决定吧，我们都听您的。”见妈妈长时间地不做声，阳阳催促妈妈道。

阳阳妈妈叹了口气：“唉，我老了，且在家一待就是十几二十年，跟不上这个时代了，你们自己的事情自己做主吧。只不过作为长辈，我想提醒你们，买房不是买件衣服，买捆白菜，要慎重啊，依我看，我们买房人在签正式合同之前都得与卖房人沟通几次，直接核对相关情况，再作决定……”

“您太老土了，妈。”不等妈妈说完，阳阳大声嚷了起来：“现在这形势，还沟通几次，哎哟，照您这样，那房子算是买不成，您既然说了让我们自己做主，那我们就自己做主，我决定了，买下来吧！”

就在张大毛还在左顾右盼之时，鲍艳拿出了手机，拨通了原房主的电话。

电话另一端的原房主好像也比较急，答应了第二天即到房屋中介来签约。

第三章　分享

第二天，签完合同后，激动不已的张大毛想让阳阳与自己一起回租住地，一来庆祝一下，规划一下他们所买下的房子，二来张大毛非常渴望与老婆亲热亲热。

阳阳哪能不明白张大毛的心呢，这对没房的小夫妻，自领结婚证以后，基本是聚少离多，在阳阳家里，妈妈是下了死规定的，即不许在娘家干那事，甚至亲热也不行；而在出租屋里，张大毛睡下铺，小刘睡上铺，每次阳阳去那儿，这上铺的小刘总要对着张大毛挤眉弄眼，虽然小刘没说什么，阳阳心里却也很不舒服，而今天老公又让自己去那胶囊房，到底去不去呢，阳阳心里犹豫着。

见阳阳这样，张大毛拉住了阳阳："走吧，我知道你不想去我那儿，但我还是想你去一下，说实在的，我们也去不了几次出租屋了，过些日子我就要搬出来，我还真有点舍不得这些共患难的朋友呐!"

张大毛都说到这分上了，阳阳还能说什么呢，她让妈妈一人先回家去，自己则跟着张大毛又一次来到胶囊房。

齐天正坐在客厅看电视，见张大毛领着阳阳回来了，从简易沙发上一跃而起："签了吗？合同签了吗？你这回可真捡到便宜了，唉，我在网上又搜了一下，你们去看的这二手房性价比真高啊！如果我有钱，我真恨不得插上一杠子，将那套二手房收入囊中。"

"你有钱买房?! 等你有钱买房时，那太阳可就打西边出来了！"听见齐天嚷嚷，小丽从自己住的那间屋里出来，冷不丁地泼了齐天一盆冷水。

齐天笑了笑："我说美女，那还真说不准，凭我齐天的聪明才智，不过三五年，顶多也就七八上十年，看我不买套大房子给你小丽开开眼才怪，哦，不光是让小丽开眼界，我让你们所有人开眼界，省得你们老是瞧不起我。"

"哎，不敢不敢，我哪敢瞧不起你呢，你是谁，你是齐天大圣啊，想想看，有什么事情是大圣搞不定的。"小丽说完，冲着张大毛及阳阳妩媚地一笑："张大哥，嫂子，你们今天去将那看上的二手房搞定了吗？"

"基本搞定了，这合同签了，定金也交了，不过办手续也挺麻烦的。"

张大毛说完，拉着阳阳就往自己那小屋里走，却不料和牵着那脑瘫孩子的胖嫂撞了个满怀。

"哎哟，对不起，对不起，阳阳，这要把你肚子里的宝宝撞得怎样还真不得了，都怪我急的，这孩子要拉屎，我那边的厕所也被人占着，对不起啊，阳阳你没被撞着吧，我找厕所去了，我找厕所去了。”

张大毛和阳阳望着胖嫂及那脑瘫孩子的背影，无奈地摇了摇头。

……终于有自己的家了，当张大毛接过鲍艳递过来的房屋钥匙时，眼泪也随之掉到了房屋钥匙上。

“给爸妈打个电话吧，让他们也跟着一起分享分享。”

张大毛这话刚一出口，阳阳马上接应道：“那是当然，你打吧，现在就打。”

电话拨通后，不等张大毛把那句“房子已买了下来”说完，电话那头的张大毛的母亲已哽咽得不行了。

阳阳从张大毛手中抢过了手机，对哽咽的婆婆说：“妈，房子买下来了，虽然是二手房，有些旧，但别人装修好后也没怎么住，屋里的装修及家具几乎都是新的，我和大张看后都很满意。这样吧，您如果不放心的话，过几天就是十一，算算日子，正好您也快过六十岁生日了，我们这边尽快安顿好后，由大张把您接过来看看。”

“阳阳，阳阳，回来接就没必要了吧，俺自己来……自己来；俺也有些日子没上城里来了，不过，这两天俺确实也有些走不开，俺是真的走不开啊！这样吧，阳阳，过两天，俺提两只老母鸡煮汤给你补补，听大毛说你害喜害得厉害；再说了大毛回来接俺，你怀着孩子谁照顾呢，是吧！”

“那谢谢妈，不过，您在路上一定要注意安全，到城里后给大张打电话，让大张去火车站接您。”

“好，好，过两天俺就来，过两天就来。”

当下，张大毛和阳阳这小两口忙乎开了。

首先，张大毛租来了一辆面的，把阳阳的嫁妆由阳阳娘家拖到了他们的新家里。接着，他们又买来了摇篮等婴儿用品，直把个新家给塞得满满当当，阳阳甚至买回了许多干花、香包。

用阳阳的话说，这样做是为了增添家里的喜庆。

还真别说，这套本来就装修好的二手房经过这对小夫妻的布置，乍一看还真是温馨。

第四章　张大妈进城

说实在的，住在河南老家的张大妈最近真可谓是喜事连连，在北京读大学的二儿子毕业后找了份不错的工作，已在北京暂时安顿下来；还有女儿，虽说没读什么书，可经过几年的打拼，已由一个十足的乡下打工妹成为了现在的行政主管，所在公司的老板十分赏识她，新交的男朋友虽说也是外地人且父母也在乡下，但好歹女儿那男朋友家里是搞养殖的，每年收益也还不错，已拿钱在城里给买了房。

最令张大妈高兴的是，大儿子买房的事虽几经周折，但也终于尘埃落定，也算是有房一族了，并且赶在了媳妇生孩子之前有了他们自己的窝。

这些无不令张大妈格外高兴，虽然自己的几个孩子都远在他乡，可如果把孩子们比作风筝的话，自己的手里不是还牢牢地牵着这放风筝的线吗！

就在张大妈准备到城里去的头天晚上，她辗转反侧，怎么也睡不着，心里念叨着需要带上的东西，如给孙子做的棉袄棉裤、内衣内裤、棉鞋棉袜都已放在了行李包里，给亲家准备的土特产也都包好，只等天一亮，她再到院里的鸡舍里面去捉两只老母鸡。

“死老婆子，看你翻过来翻过去的，睡不着咋地，这么激动干嘛？”

“俺不与你斗嘴了，斗赢了又能怎样，俺还是想想明天会见到的俺儿子儿媳吧。对了，你明天也得早点起来，帮我把大黄、二黄这两只母鸡放到蛇皮袋里，蛇皮袋俺已准备好了，结实着呢，保准这大黄、二黄呀，它们跑不了。”

“跑？俺帮你把它们的两只脚用麻绳系着，它们能跑吗？”

“死老头子，你赶快打住，谁让你用麻绳系着它们？再说了，你用麻绳系上它们，那不等于给俺的大黄、二黄戴上手铐脚镣了吗，临死前还要上刑具，俺老太婆不忍心，俺受不了。”

“那依你的，那依你的，不给你的大黄、二黄上刑具，不给你养的鸡上刑具，行了吧，哦，家里还有一篮子鸡蛋，你也一并带去吧，现在俺要睡觉啦，你老婆子总不能不让人睡觉吧！”

就在张大妈脸上出现笑容的同时，屋里已发出了轻微的鼾声。

连续坐了几个小时的火车后，张大妈终于到达了儿子所在地江城，下了火车后，她却找不着北了，幸好口袋里有女儿给她买的那部手机。

接下来，张大妈找了一个人稍微少点的地方，把那肩上背的、手上提的东西放在一处角落里，这才拿出口袋里的手机，拨通了儿子的电话。

正在上班的张大毛接到妈妈的电话后，火速地找经理请了假，又拦下了一辆的士，直奔火车站。

没费什么周折，张大毛找到了母亲。

“阳阳呢？阳阳还好吧。”母亲见到儿子的第一句话便问起了儿媳妇。

“您放心吧，妈，阳阳她好着呢，这早孕反应过后，阳阳挺能吃，就是有点不想动。”

“不想动，那可不行。俺跟你说，儿子，这女人怀孕，如果老是不想动的话，那怀的肯定是姑娘，如果她想动且干活麻利，那十有八九是儿子。大毛，你别拿眼睛瞪着俺，俺说这些也都是有根据的，就俺怀你那会儿，怀你弟那会儿，那不知有多麻利，可怀你妹时，那就一个‘懒’字。”

“妈，儿子、姑娘不都一样吗？再说，这里又不是农村，需养儿撑门户。”

“那，那俺们老张家也不能没人传宗接代呀，这……”

“这不是还没生嘛，谁知道阳阳怀的是儿子还是女儿呢，再说了，即使阳阳生了个女儿，那不还有我弟嘛，妈，您把这传宗接代的任务就交给我弟吧！”张大毛一口气说完后，又冲着他妈嘿嘿地笑了两声。

见妈妈没有吱声，张大毛突然又想起什么似的：“妈，我们回家后，您见着阳阳，千万别流露出您那重男轻女的思想，阳阳怀孕也够辛苦的了，又要上班，前一阵子为这房子的事累得够呛，这好不容易刚刚安定些……算了，我不说了，您刚下火车，肯定很累，我们打车回家吧！”

待张大毛用钥匙将房门打开，正扭过头来招呼母亲进屋时，却看见母亲紧锁着眉头，表情更是有些怪异地朝后退了一步。

“妈，您这是怎么了，晕车还是血压……”

“没事，儿子，俺没事，俺只是感觉有些凉。”

“感觉凉，不应该呀，现在还不到十月份呢，您自己身上穿的不也是衬衫嘛，怎么就说凉呢，是不是感冒了，来，妈，让我摸摸您额头。”

“算了，算了，儿子，赶快进屋吧，这到了家还站在门口像个啥？”

“哎，阳阳还没回家，离她下班回家还有点时间，妈，我去做饭，您先去冲个澡吧，水温我去帮您调好，兴许您是疲劳了，洗个澡会舒服些的，现在，我去给您拿件阳阳的衣服来。”

面对这么懂事、这么体贴的儿子，张大妈还能说什么呢，她只能一个劲地点着头：“听你的，听你的。”

当张大妈进入卫生间，又反手将门关上，脱去了衣服、裤子，正欲站到淋浴喷头下面去，却从墙上镶嵌着的镜中看到了这辈子都没这么清晰地看过的赤身裸体的自己。

“哎哟，这羞死人了。”张大妈的第一反应是拿过脏衣服遮住了下身。

接下来，张大妈又把换下来的脏衣服穿上了身。

“你这澡堂子里装了面镜子，俺穿上衣服洗还不行吗。”

还真别说，穿上衣服站着淋浴的张大妈，洗得那是自如多了。

然而，张大妈洗着洗着，也说不上是什么原因，只知道有一股莫名的恐惧包围了自己。

奇怪，这真有些奇怪啊。张大妈暗自思考着：自己也算是一个不怕鬼的人，那自家的房屋也建在村东头，而离房屋不远处的村东头那小山包上到处埋的都是村里人的列祖列宗，自己每天进出屋子都看得见那离家近些的坟堆子。

但为什么现在自己这么恐惧呢？这屋子……唉，要是那样，俺这儿子，还有俺那未出世的孙子恐怕要遭灾了。

洗完澡后，张大妈脸色煞白煞白地从卫生间出来了。

“妈，您先去床上休息会儿，饭菜一会儿就好，阳阳也快回来了，到时候我来叫您。”见妈妈洗完澡，张大毛立马招呼道。

张大妈没有理会儿子，她双手抱紧身子，径直地走到自己从老家拿来又被儿子堆放在阳台上的那堆东西跟前，打开了一个装着换洗衣服的提包，从里面拿出了几件干净的衣服，然后一件一件地套在了身上。

张大妈的举动让儿子有些懵了：“妈，您这……”

不等张大毛继续往下说，放在桌上的手机响了起来。

张大毛拿起手机一看，老婆的，他立马按下接听键。

“老公，我，我好怕啊，呜……”

“阳阳，阳阳，咱先别哭，冷静一下，说说发生了什么事，慢慢说。”

“呜，我回不了家。”

“你在哪？说你待的具体地方，冷静一些，别哭，我马上过来。”

“我……我在门栋的楼下，我……我上不了楼，一条大黑狗卧在门栋口，两眼正凶巴巴地盯着我呢，这要咬着我了怎么办？”

“不会的，阳阳你别动，狗不会咬你的，我不说话了，马上下来。”

“啥，儿子，阳阳怎么啦，俺在阳台上听你说狗啊狗的。”

“没什么，妈，我得马上下去，阳阳让狗吓着了。”

“啥，阳阳让狗咬着了，俺也下去看看。”

张大毛及张大妈下到一楼，好家伙，一条足有一米多长、七十多厘米高的大黑狗刚好卧在门栋口呢，而阳阳站在离门栋口三米左右的地方，浑身正瑟瑟发抖。

待张大妈把狗赶走，阳阳见到张大毛，她手一松，软绵绵地倒在他怀里，拎着的那些菜都掉在了地上。

张大妈见状，忙跑过来将它们捡起。阳阳在丈夫的搀扶下，回到了家。

直到进家门后，阳阳才缓过来，她有些不好意思地对拎着大包小包的婆婆说：“妈，您来了，我这没去接您，对不起啊！”

张大毛将阳阳扶到沙发上坐下：“我不是说过我来买菜，菜我来买吗，你还买这么多，这又是鱼又是火腿的，怪不得楼下那狗盯着你呢，它想吃你手里拿的火腿啊！”

张大妈责怪地看了儿子一眼：“你还这么说，就刚才咱阳阳吓的。”

张大毛吐了一下舌头：“不说了，我开玩笑呢，我这不是心疼阳阳，让她别那么操劳嘛。”

“这还差不多，像俺儿子说的话。”

“谢谢妈，还是咱妈好，不过，妈，您这是怎么啦？”

“俺……俺……”

“大张，你看妈，她穿好几件衣服呐，这不，我们都还穿着短袖。”

张大毛伸出右手：“妈，您就让我摸摸您的额头吧，您穿这么多，太不正常了。”

张大妈再没有推辞：“你摸吧，摸吧，俺就是一进这屋里就感觉到有些凉，特别是背上，有那股……那股从外面一直凉到骨头里的那种凉。”

“妈，您没有发烧，体温也正常，可能是劳累了，吃过饭，好好地睡一觉就会好的。”

第五章　大黄二黄跳楼了

这时，阳台上蛇皮袋的异动声引起了阳阳的注意：“大张，阳台上放的是些什么啊，这不，还在动呐，是狗吗？我好怕怕的。”

面对有些洁癖的老婆，张大毛有些慌乱：“是，是妈从老家特地带过来给你补补的两只老母鸡，我吃过饭马上就去将它们杀掉，不耽误的，不耽误的。”

“不行，不行。天气还这么热，这鸡放在阳台上，臭烘烘的，你……你快去先把它们处理掉吧，处理掉再吃饭。真的，老公，我一想到它们那臭烘烘的，我就想吐，更别谈吃饭了。”

张大妈听儿媳说完这些，心里老大不快活：你不就是在城里长大的吗，追根溯源起来还不是乡下的，怎么就容忍不下俺辛辛苦苦养大的鸡呢，这可是自己家里养大的鸡啊，是倾注了感情在里面的。唉，不是为了俺那大孙子，俺还舍不得把它们杀掉呢！早知道这么嫌弃俺养的鸡，俺还大老远带它们来干什么呢?

这下轮到张大毛左右为难了，妈为了到城里来，早饭没吃便赶火车，中午在火车上更加舍不得买那盒饭，已饿了一整天，而听老婆的话马上去杀鸡，就要耽误吃饭，但不听老婆的话，那他张大毛基本是办不到的。

“去吧，大毛，俺去厨房烧水，你去阳台上把鸡给杀了。”

张大妈的话，无疑救了张大毛的急，这世上只有妈妈好啊!

张大妈到厨房烧水去了，阳阳也没闲着，洗过手后，把张大毛做好的饭菜端上了饭桌。

张大毛拿着菜刀来到了阳台。

他先将蛇皮袋上的麻绳解开，然后，将自己的手伸进了蛇皮袋。

蛇皮袋内将近闷了一天的大黄、二黄这两只老母鸡可不是那么好就范的，它们在乡下那可是野惯了的，怎么受得了这般委屈呢。

正待张大毛欲抓住一只鸡的时候，这只鸡猛地一蹿，蹿出了蛇皮袋，张大毛又猛地一扑，想抓住另一只鸡，另一只鸡也趁势蹿了出来，最后，张大毛手里抓着的，除了鸡毛就是鸡屎。

客厅内坐在沙发上的阳阳尖叫着站了起来：“快快，大张，关上阳台的门，别让鸡进了咱们的客厅。”

待张大毛回过神来，关上阳台的门，晚了，两只老母鸡，扑腾扑腾地连跑带飞地来到了客厅，张大毛自己却留在了阳台。

“哎哟!”阳阳跺着脚，尖着嗓门叫道，“张大毛，你还有点血性没有!读了几年破大学都读成书呆子了，连个鸡都抓不到，真的是手无缚鸡之力吗？亏你还是农村长大的孩子，你快点进来呀，鸡都进来了，你却被关在外面，快把阳台门打开，把鸡赶到阳台上去。”

正当张大毛欲按照老婆的命令将两只老母鸡赶到阳台上去时，这两只鸡的表现，令张大毛、阳阳，还有厨房门口站着的张大妈目瞪口呆。

没有任何人去抓或者去赶这两只鸡，但不知怎的，这两只鸡却似乎惊恐万状，它们从客厅的地板上一跃而起，飞上沙发，又借助沙发飞上餐桌，把好端端的一桌子饭菜全弄脏了。

“张大毛，你就眼睁睁地看着这鸡把饭菜都弄脏了，这下行了吧，都吃不成了，说是拿鸡来给我补身子，可我这身子都饿得不行了，你快赶呀，把它们都赶到阳台上去杀了呀，哎哟，我的肚子。”

“怎么啦，怎么啦？”张大毛边说边跑到阳阳身边。

“刚才，就刚才我这肚子猛地疼了一下，这会没事了，你快点，快点，鸡在电视机那儿，你快点把鸡赶出去。”

张大毛转过身，正欲走向电视机，可两只鸡在他来到电视机跟前时早已连飞带跳地跑进了卧室。

“完了，完了，早知道它们会跑到房里去，应该把房门给带上的，这下好了，这下可好了，算了，我也没劲了，我懒得管了。”

不等张大毛来到卧室，这两只野蛮的老母鸡，已在房间里闹腾了一大圈，张大毛进来的第一眼看到的，是崭新的被单上留下的两泡鸡屎。

“大张，你站着干什么呢，赶鸡呀！”

面对老婆的问话，张大毛无力地回答："已到这个分上了，还赶它们有什么意义呢，闹吧，闹吧，让它们闹个够，到时候我再来收拾它们。"

说来也怪，从卧室里出来后，这两只鸡好像安静了许多，它们好像知道自己做错了事情一样，脚步轻轻地来到客厅，又从客厅走向厨房。

厨房里面呆站着的张大妈没有惊动这两只鸡。

这两只老母鸡从厨房出来后，直奔厨房对面的洗手间。

然而，刚刚踏进洗手间，这两只鸡又开始躁动起来，它们不断地扑腾着翅膀，试图飞起来，然而它们飞得并不高，在落地的时候，往往是在用它们的头着地。

终于，这两只鸡从洗手间里出来冲向了客厅，又刚好跑到离张大毛不远的地方，张大毛只是稍微地挪动了一下脚，并没有任何要追赶它们的迹象，这两只鸡却惊弓之鸟般地绕开了张大毛，跑到阳台上。

"快，快，张大毛，鸡跑阳台上去了，你快去拿刀把它们杀了。"阳阳尖叫道。

"儿子，你别到阳台上去，你去了会让它们更加害怕的，说不定它们会跳下去的，你别……"

张大妈的话还未说完，屋里的人听到了一阵渐行渐远地扑腾声。

"完了，鸡跳下楼去了，我去找它们。"

"妈，这天都黑了，您往哪去找啊，这儿您又不熟，别把自己也给走丢了。”

张大妈有些固执地说：“俺养的鸡俺心疼，它们跑了，俺心里不好受啊，你别担心俺会走丢，俺鼻子下面长着嘴呢，俺不会问吗？”

“妈，您都一天没吃东西了，我来下点面条，下点面条吃了我们再去找鸡好吗？”

“你做的这么些饭菜不能吃吗？干嘛还要下面条？”

“不是，这不是刚才它们——这鸡——它们把饭菜都弄脏了呀！”

“俺们农村人，没那么多的讲究。”张大妈说完，特意看了阳阳一眼。

张大毛知道，到了这分上，他这做儿子的也只能牺牲牺牲自己了。

“妈，我陪您一起吃饭吧，阳阳胃口不好，她不想吃就算了，待会我给她下面条吃。”

阳阳没有吱声，她知道老公这是在替自己解围。

张大毛和母亲吃过饭后下楼找鸡去了，留下了阳阳一人在家。

屋里的气味似乎更浓了些，除了先前那说不清道不明的气味外，还增添了一股鸡屎臭。

将近晚上十点钟，张大毛和母亲快快地回到了家，当然，也没见他们手里提着鸡。

第六章　噩梦

阳阳靠在沙发上睡着了，她用一床崭新的床单裹着自己靠在沙发上，餐桌上多了一碗未曾动过筷子的面条。“看来阳阳是空着肚子睡着了。”张大毛有些痛心地自言自语道。

经过一整天的折腾，这张大妈的确是困极了，和儿子一起回家后，按照儿子的指点，她在另外一间卧室——儿子、媳妇布置的婴儿房里睡下了。

奇怪，躺在床上后，张大妈却没有了睡意。

这屋子里怎么这么凉呢，昨天晚上睡在自家炕上也没觉得这么凉啊，况且，这是在城里，不是说城里的气温要比农村的高吗？

不行，这被子这么薄，俺还得再加点什么搭在被子上。张大妈这样想着，又坐了起来。

“大毛，大毛，大……”

听见妈的叫声后，张大毛不声不响地推开了妈妈睡觉的房间的门。

“妈，您叫我。”

“是啊，儿子，你帮俺再拿床被子来吧，这夜晚够凉的。”

“妈，没有您所说的那么冷吧，您这也太夸张了一点不是。前两天我们在单位还嫌热，还开空调呐，要不，我把您这房间的窗户给关上。”

“那也行，你把窗户给关上吧，可能是这晚上的风有些凉，儿子，你也赶快休息吧，这一天也累得够呛。”

“那我休息去了，妈，窗户关好了，门我给您带上。”

屋内又只剩下了张大妈一个人。

然而，张大妈还是睡不着，还是觉得冷，而这种冷是从外面冷到骨头里的那种冷。

可张大妈不忍心，也不好意思打扰儿子了，她索性关上电灯，又把薄被从头到脚地盖上，然后强迫自己闭上眼睛，还用上了自创的那套“重复数数催眠法”：1、2、3、4、5、6、7，1、2、3、4、5、6、7，1、2、3、4、5、6、7……

不知数了多少个1、2、3、4、5、6、7，最后，张大妈的思维好像定格在了“4”这个数字上。

啊，这什么地方，是乡下、还是城里，好像更像是在城里，因为这里没有农田，没有耕地，没有茅草屋，也没有猪、牛、羊……但张大妈却看到了鸡的身影，一只、两只……哎哟，好大一群鸡，它们上蹿下跳，一个个像飞蛾扑火般地往墙上撞，直撞得头破血流，鸡尸遍地……突然，这面墙上裂开了一道口子，且这道口子越来越大，大到像极了一扇门，而从门里边缓缓地走出了一个人，一个披头散发、青面獠牙并且是个很大个子的男人。只见他极其低沉地哭着朝张大妈走过来，一直走到了张大妈睡觉的床跟前。然而，这从墙里走出的男人却并没伤害张大妈，他缓缓地坐在床沿上。

“你是哪路神仙，俺没得罪你呀，俺这一生干了很多的善事，俺不是坏人，俺不是坏人啊！”

从墙里走出的男人继续坐在床沿上，不说话，但哭声却越来越大。

“你就是个孬种，这男儿有泪不轻弹你知道吗？有种的话别在这儿哭，别在这儿哭。”

直到最后喊出了这句“别在这儿哭”才把个张大妈彻底惊醒了，她艰难地把压着胸脯的手伸出了被子，又摸了摸自己的脑袋，那一脑门子的汗让张大妈后怕不已：来儿子这里的第一天，俺怎么做了个这么吓人的梦呢？

张大妈一点睡意也没有了，重复数数催眠法也不管用了，她索性睁开了双眼。

窗外的树梢被初秋的夜风吹得不断地摇晃着，不断变化的黑影映在薄薄的窗帘上好似跳动的鬼影。

好不容易挨到清晨五点半，张大妈起床为儿子和儿媳做了一顿可口的早餐。

“妈，昨晚睡得还好吧？”张大毛六点半起床后，发现在厨房正忙着的妈妈。

“我记得您说过您有些择床，但这是在自己家里，您没有不习惯吧，哟，早餐都做好了，您辛苦了，妈。”

“哪里辛苦，这点小事算个啥，只是俺不知道你们早餐都爱吃些什么，俺看见家里有面粉、鸡蛋，就给你们做了点鸡蛋软饼，把阳阳也叫起来吃吧，这东西放凉了会回生。”

阳阳被张大毛催促着起床了，她摸着自己那饿得咕咕叫的肚子，来到了客厅，又一屁股坐在沙发上。

“快，阳阳，去洗洗，洗洗后吃早餐吧，昨晚俺与大毛吃了饭，你都没吃呢，可怜那肚里的孩子，只怕也饿坏了。”

“妈，您别催，我就去，就去，可大张在卫生间里，等会儿吧。”

“哦，俺忘了，大毛叫过你之后进了卫生间，是在卫生间里边，不过也该出来了吧，”张大妈说着又催起了张大毛，“大毛，你快点，阳阳都等好半天了，这怀孕的女人不能憋尿的。”

在妈妈的催促下，张大毛终于打开了厕所的门，并从厕所里出来了，而后他又皱着眉头带上了厕所的门。

“阳阳，你去吧，快点洗漱完毕了好吃早点，这么香的鸡蛋软饼都放凉了。”

阳阳朝婆婆点了点头，用双手习惯性地捧着那并不太大的肚子，朝卫生间走去。

然而，阳阳推开卫生间的门，左脚也刚好踏进卫生间半步，扑面而来的一股说不清道不明的恶臭或者说恶气让阳阳退了出来。

退出卫生间后，阳阳开始干呕了。

张大妈有些责怪地看着儿子：“拉这么臭的屎，看把阳阳给熏的，那排气扇打开了吗？”

张大毛有些委屈地说：“这可不是我弄的，妈，我进卫生间时，还没拉大便，就闻到了一股味道，排气扇我一进卫生间就打开了，哎，分明是这装修的材料有问题呢！”

“算了，别说这没用的了，房子都已买下来了，阳阳，你快去洗洗，然后过来吃早餐吧。”

阳阳朝婆婆点了点头，听话地又进入了洗手间。

洗漱完毕后，阳阳走向了餐桌。

“妈，你做早点前洗过手了吗？还有，这鸡蛋不能在碗边上敲打，它上面还残留着鸡屎呢，如果您这么在碗边上一敲，那残留的鸡屎不掉到碗里才怪，那什么，我妈在超市买回鸡蛋后，都有用水先洗洗再用的习惯。”

“哎哟，这习惯俺还真没有，不过，在做早点前，俺洗过手，洗过手的。”

看妈妈有些不高兴，张大毛忙插话道：“妈，阳阳没别的意思，您别介意，她这习惯是随她妈，随我那老亲娘。”

“俺明白，儿子，俺不会怪阳阳的，讲卫生也是应该的。”

看婆婆确实有些不高兴，阳阳勉强用筷子夹起了餐桌上的鸡蛋软饼，刚咬了一小口，阳阳就嚷开了：“妈，这鸡蛋软饼太好吃了，我妈给我做过，可没您做得这么好吃，您这做的既松软又有嚼头，还这么香，这要摆个摊在街上去做这软饼来卖，不把路过的人馋死才怪。”

阳阳的一席话，说得张大妈心里好似舒服了些，紧绷着的脸上也有了一丝笑容。

看婆婆没有动筷子的意思，净顾着自己吃的阳阳有些不好意思了：“妈，您也多吃点吧。”

“俺不能吃多了，俺吃多了要去上卫生间，坐在那白家伙上面，俺拉不出来不说，这东西还漏水呢。”

“不是漏水，不是漏水。妈，这是全自动的马桶，高智能化的，您说的那漏水啊，它不是漏水，它是在帮您洗屁屁呢。”

“帮俺洗屁屁，俺哪能让它给俺洗啊，俺用手纸一擦不就完事了吗。难不成这玩意它能知道俺拉完了屎，这……这怪难为情的。”

“妈，您就放心地吃吧，总不能说怕坐马桶而不吃东西吧。”

“阳阳说得对，妈，您就放心地吃吧。”

“吃，俺吃，哎，这城里的东西啊，俺还真是用不惯。”

吃过早点后，张大毛边换衣服边对正收拾碗筷的张大妈说：“妈，今天是国庆节前的最后一天，我今天多买些菜，争取早点回家，您在家再补一个觉吧，多睡会儿。”说完这些后，张大毛又看着阳阳：“阳阳你也早点回家，晚了乘车更加拥挤，要不我提早去你单位接你，然后我俩一起去买菜。”

“算了，我自己回来吧，我与办公室的韩冰冰一起回家，她老公会开车来接她的，我顺便蹭她的车，我俩刚好顺路。”

“那行，我先走了，再不走我可就迟到了。”张大毛说完，急匆匆地上班去了。

“我也要走了，妈，这时间真不早了，虽然我怀着孕，可以晚点到单位，但次数多了，毕竟影响不好，老板的钱不是那么好拿的。”

“去吧，去吧，那啥，路上注意安全，慢点啊。”

媳妇出门后，屋内只剩下张大妈一人。

这屋里好静啊！静得连自己的呼吸都能听到，且不光是静，还有一股气息，一股死寂的气息，更有那莫名的寒意。为了让自己不坐着胡思乱想，张大妈开始收拾屋子。

其实这屋子还真需要收拾收拾，昨晚那俩鸡闹腾的时候留下的那些鸡毛、鸡屎需要清理，这无疑让张大妈不至于呆坐着胡思乱想了。

半个钟头后，屋子收拾好了。

再做什么呢？

“对，洗那床单吧，昨晚儿子把那有鸡屎的床单揭下来后，还放在洗衣机里呢，那鸡屎也很臭啊！”张大妈边自言自语，边来到卫生间。

卫生间的排气扇还在呜呜地转着。“排气排了这么久，得用多少电啊！这住在城里就是浪费。”张大妈这样想着，随手关掉了排气扇。

床单终于洗好了，而张大妈的头也疼得不行了。待张大妈坚持着晾晒好了床单后，更加剧烈的头疼使张大妈不得不又躺到了床上。

这咋回事呢，自己除了那血压有些高，但每天坚持吃药也没事啊，那什么，自己也没有这么娇气啊，在老家，这里里外外还都是自己一人扛着呢，来了城里怎么就头晕不说，胸还闷，是那种透不过气来的闷。是昨晚没睡好吗，不对呀，以往在农村老家也有失眠的时候，可这感受分明是两样啊！

也难怪，昨晚没睡好不说，还做了一个那么吓人的梦，那梦中的鸡呀，活脱脱地与自己带来的鸡一模一样，只是数量要多些，还有墙里边走出来的那人，更有那鸡最后头着地的场面……俺为什么要做那么吓人的梦呢？

还有这屋子，明明是刚买的房子，可在张大妈看来，尽管它里边什么都是新的，可它还真有些邪乎，邪乎到即使外面出再大的太阳，身处屋里还是觉得寒气逼人。特别是在卫生间里，那感觉更是有过之而无不及。张大妈清楚地记得，昨晚在外面找鸡倒是找出了一身汗，而回到家上个厕所后，那出的一身汗都在短时间内就蒸发了，浑身更是感觉到了彻骨的寒。

只怕，只怕这屋子里……唉，虽然张大妈极力不往这方面去想，毕竟买这房子花费了儿子全部的积蓄，还搭上了自己的棺材钱。

然而，越是不想往这方面想，张大妈心里却越不踏实。

第七章　求助

“不行，我得打电话问问老家的江扮贤，他可是十里八乡的名人，明白人啊，他对这事儿可是有办法的，那十里八乡的人都认可他，那是有道理的。”

做出这样的决定后，张大妈拿出了手机。然而，江扮贤的号码是多少来着，张大妈并不知道。

问老伴吧，前些日子有人托老伴找过江扮贤，只是不知后来老伴找没找，但老伴有个习惯，喜欢在他那小本上记点东西，如电话号码之类的。

对，打电话问老伴吧。

果然，张大妈从老伴那里知道了江扮贤的电话号码。

电话接通后，张大妈更是像遇见救星一样，对着电话那头的江扮贤讲开了。

“扮贤啊，俺可能，现在因为还不能确定，只能说是可能，可能遇见难事了。”

“你是谁？你不是翠花吗？俺一下就听出来了。你还能遇见难事，嘻嘻，你可是十里八乡有名的女汉子啊，让你家那小白脸老头去帮你解决吧，咳，咳。”

听着江扮贤在电话那头嬉皮笑脸，张大妈烦了，对着电话吼道：“咳得这么狠还嬉皮笑脸，你还知道俺是女汉子，女汉子就没有遇到点难事的时候吗？再说了，谁是小白脸，俺家老头不也快六十了吗？”

“中，依你说的，翠花，你家老头不是小白脸，是老白脸行不，他一天到晚大门不出二门不迈，农活都让你一人干了，俺是在替你打抱不平啊，翠花！”

“谁让你打抱不平了，俺喜欢干活行了吧，再说了，这翠花是俺的小名，只有俺那老头子才能叫，你口口声声翠花翠花的，叫得让人直起鸡皮疙瘩，不许你再叫了。你就随村里人那样，叫俺张婶好了。”

“中，中，翠花，咳，咳，俺不叫你小名了，俺听你的吩咐，叫你张婶，叫你张婶。只是你这么急，到底是遇到啥事了，要不要俺到你家来一趟，只是到你家来，又要看那小……不……老白脸，老白脸的脸色，俺有些受不了，咳，咳。”

张大妈听江扮贤说要去她家，有些急了：“你别到俺家去，俺这不是昨天就到儿子这里来了。”

“哦，到城里去了啊，那你还说有什么难事，这城里人那么快活，你也快活快活吧，都苦了一辈子了。”

“俺也这么想来着，可……可发生的一些事情，让俺不得安生啊！”

“啥？啥事情叫你不得安生呢，说来听听。”

“俺说，扮贤啊，俺昨天带到城里的两只老母鸡，它们跳楼了。”

“啥，你……翠花你说清楚点，什么鸡呀鹅的，谁跳楼了？”

“是俺从家里捉来给怀孕的媳妇补养补养的两只鸡，它们跳楼了。”

“哦，俺听明白了，不是人跳楼，是鸡从楼上跳下去了。只是，这鸡都飞了，怕是……”

“江扮贤，你可别吓唬俺，俺是有些相信你才请教你的，你可要说真话，别为了唬俺的钱而瞎说。”

“张婶。”江扮贤正经起来，“你相信俺的话，俺就是个村里的名人，明白人。不相信俺的话，俺就狗屁不是。信与不信，这由你定夺。只是你说的难事，就是鸡跑了吗？”

“俺那可是最好的鸡啊，用那电视里宋丹丹的话来讲，俺的那俩鸡可是母鸡中的战斗机，一天下俩蛋不说，还通人性。”

“你还是讲讲你的鸡为什么从楼上跳下去吧。”

“江扮贤啊，你这回可要帮俺，俺从不求人的，也没求过你是吧，事情是这样的。”

为了理清头绪，张大妈说到这里停顿了一下。

“咋样的，咋样啊？张婶，这回俺不叫你翠花了，你说吧！”

张大妈慢慢说了起来：“昨天……昨天俺坐了一天的火车，下火车后，由儿子把俺接到他们家，就在儿子从口袋里掏出钥匙打开门的那一刹那，俺闻到了一股……一股可说是俺从未闻过的那种气味，接着俺进屋后，这头就开始疼起来，跟那要爆炸似的；再接着，俺从老家带到城里来的鸡开始不安分起来，在家里上蹿下跳不说，最后还跳到楼底下去了，俺和儿子下楼去找也没找着。唉……”

说到这里，张大妈长长地叹了口气。

“就这些，还有别的问题吗？”听张大妈叹了气后默不作声了，电话那头的江扮贤又催促道。

“还有，还有就是昨晚在睡觉前，俺感到特别特别冷，盖了床被子，就连那窗户都关上了还是冷得发抖；后来好不容易迷迷糊糊睡着了，却做了一个吓人的梦，梦见一个大个子男人坐在俺的床边哭，那披头散发、青面獠牙的样子真吓人。俺被吓醒后再也不敢睡觉了，睁着眼睛直到天亮。那啥，你江扮贤不是十里八乡的名人，明白人吗？现在看来，还真缺不了你江扮贤呢，那啥，你从你那角度，给俺说道说道，这是什么原因呢？”

电话那头的江扮贤沉默了好一会儿，尽管张大妈催促了好几次，江扮贤始终一言不发。

“喂，俺说江扮贤，电话挂了吗？你倒是快点说话啊。”

“张婶，说正经的，俺说了你可别害怕啊！”江扮贤终于开了腔，“你家儿子那屋子……那屋子恐怕是不干净啊！”

“俺儿子买的屋子不干净？你别瞎说，扮贤。俺儿子买的虽说是个二手房，但里面的装修，还有那啥家具、家用电器什么的都是新的，而且俺儿子还说，这屋子是原房主买了装修好准备给他儿子结婚用的，因他儿子想继续深造，不愿结婚而忍痛卖了这房，扮贤你说，俺这房子有啥不干净？”

“唉。”江扮贤叹了口气，“要怪就怪俺身子骨不行，修炼不够，如果修炼到位的话，那没说的，纵然隔着千山万水那都能闻出来，只因为俺这身体每况愈下，才有些拿捏不准啊!”

“那怎么办呢，扮贤，俺可指望你了，你不是会瞧风水吗，你帮俺出出主意吧。”

“那这样吧，张婶，你把你儿子家的门牌号码告诉俺，还有那房子的朝向、屋里家具的摆放格局，统统告诉俺，俺从风水的角度，帮你想想办法吧!”

“那好吧。”

打完电话后，张大妈又拿起了抹布，把屋子统统地擦了一遍。

看看墙上挂钟，才上午十点半。

俺何不再下楼去找找俺那两只老母鸡呢，这活要见鸡，死要见鸡尸啊！对，下楼去碰碰运气吧，这么多年来，俺的运气不是一直都挺好吗，另外，待在这屋里，头跟这爆炸似地疼，出去透透空气也好不是。

这样决定后，张大妈拿上钥匙带上门下楼去了。

待出了门后，张大妈自己也好生纳闷：俺的头怎么就不疼了呢，且不仅头不疼了，这胸也不闷了啊。

试着找找老母鸡吧，说不定有惊喜呢。

张大妈开始找鸡了，她选了一个顺时针的方向，沿着房屋边的柏油路，仔细寻找起来。

一位推着高级儿童车的中年女人向张大妈这边走了过来，她有些警惕地看着东张西望的张大妈。

张大妈被看得有些不自在了："俺……俺在找鸡，俺的鸡跳楼了。"

见中年妇女不理会自己，张大妈又说道："俺儿子住在这里，俺是昨天刚从河南到这里来的，带来的两只鸡跑了，俺这不正找着呐，你住在这里吗？"

中年妇女点了点头，从她的脸上看得出来，那先前的警惕少了许多。

"那你见没见着两只鸡，两只黄毛老母鸡？"

"你到那边，到那边看看吧，那边站着一群人，好像在议论着鸡呀什么的，我刚才从那边过来的，只是捡了个耳朵，也没听很清楚，你过去听听不就知道了。"

"那谢谢你了，俺这就过去看看，这就过去看看。"

按照中年妇女的指点，张大妈来到了好大一群人身边。

果然，这群人在一处相对空旷的地方围成了一个圈。

"奶奶，我不想看这死鸡，它们好可怜，我想回家。"

一个身穿红色上衣小女孩的说话声引起了张大妈的注意。她看了一眼这个被一个老太婆牵着的小女孩后，没顾忌地挤进了人群里。

挤到最里层的张大妈，真真切切地看到了自己辛辛苦苦养大的大黄和二黄。

"啊，俺的鸡，果真是俺的鸡，大黄二黄啊，你们怎么就死了呢，这从楼上跳下来怎么就跑到这里来了呢，怎么就……"

张大妈话没说完，两个戴着塑料手套的年青的小伙子站在了死鸡前："老太婆，请你让一下，我们是社区居委会派来处理这死鸡的。"

"不能，你们不能拿走俺的鸡，它们怎么死的，俺都还不知道，你们怎么能将它们拿走呢。莫非你们想把它们拿去下酒。"

"老太婆，请您注意点用词。"

"啥，啥叫用词，俺只知道，鸡是俺的，是昨晚从俺儿子家的阳台上跳下楼来的，俺过后也还跑下楼来寻找过，没曾想它们死在了这里，唉，这苦命的鸡……"张大妈说着说着，就要伸手去捡死鸡。

一小个子男青年拦住了张大妈："老太婆，这鸡的死因不明不白，也许是因中毒而死的，您千万不能碰它们，我们是应社区的要求来处理这死鸡的，请您相信我们。"

张大妈有些固执地说："这还邪乎了，俺的鸡俺还不能动了，俺管它中毒不中毒的，由俺自己来处理还不行吗?"

"也……也行，只是您在处理它们的时候别乱扔，这是文明社区。另外，嘱咐您一句，老太婆，您千万别吃，千万别因为舍不得扔而吃了它们啊!"

待围观的人群基本散了，社区派来的小青年也离开了，张大妈躬身捡起了死鸡，捡起了她的大黄二黄。

第八章　难得的母子交心

路过垃圾桶时，尽管张大妈难以割舍，但她还是将大黄二黄扔了进去。

张大妈回到儿子家中，已是中午十二点多了，她有些疲惫地一屁股坐在了客厅的沙发上，继而闭上了双眼。

咦！家里怎么有流水的声音，哗哗啦啦的？出门前俺还特意都检查过，那这是什么声音呢，莫非……

疲劳顿时全无的张大妈猛地站了起来，继而又蹑手蹑脚地走向发出声音的地方——厨房。

就在张大妈刚要进厨房时，儿子张大毛从厨房走了出来，险些和张大妈撞个满怀。

“妈。”

“哎哟，你个死儿子，看把俺吓得，俺的脚都在发软呐，说是提前下班也不至于中午就回来了，俺还以为……”

“妈，你还别说，这公司的人差不多走空了，我还算走得晚些的，那些和我一个办公室里的人，他们早上就出发了，去旅游了。”

“那你没吃饭吧，儿子，正好俺也没吃，俺来下面条吧。”

“妈，您坐着，我来吧。”

“儿子，俺就是有些闲得发慌。你休息，俺来吧，俺先洗洗手去。”

张大妈开始烧水下面条了，张大毛也没去坐着，他索性靠在厨房门框上，和母亲聊了起来。

“过节休几天呢，儿子？”

“过节休七天，整整一个礼拜，算上我今天中午提前回来，哈哈。”

“这么高兴，没想去哪里走走，你不是总想着去旅游吗？是不是俺来了让你放弃去旅游，要是这样，俺明天就走。”

“妈，您千万别这样想，阳阳这怀孕都几个月了，她出门也挺不方便的，再说了，这旅游又得花不少钱，省省吧，孩子出世了，要花钱的地方多着呢。”

“唉，俺的儿子就是懂事，知道过日子的艰难，不像那疯丫头。”

“妈，您又说阳阳了，您不是挺喜欢她的吗？那次，我们打结婚证那次，您到城里来，不是还给了阳阳我们家那祖传的手镯。”

“俺那不是没办法吗？你这么认定她，都与她领证了，俺能不给她吗？再说了，这手镯一代一代往下传是俺们老张家的传统，你奶奶把它交给俺的时候，俺就知道它不是俺的，俺只是那，那什么，哦，俺是那……”

看见妈想得那么辛苦，张大毛不禁脱口而出：“妈，您是传承者。”

“对，对，对，还是俺儿子聪明，俺儿子聪明。”

“妈，既然传承给阳阳了，那您就得认定她。”

“话是这样说的，俺也是打心眼里认定了阳阳，可不知咋的，俺就是对阳阳这丫头喜欢不起来。”

“您不喜欢，妈，您为什么不喜欢阳阳呢？”

“俺说了你可别不高兴，儿子，俺们也只是私下聊聊。”

“那妈您说吧，为什么不喜欢，阳阳有哪些地方做得不好，我让阳阳改。”

“非得让俺说的话，这第一，阳阳太瘦，屁股又小，这种小屁股她能生出大胖小子吗？俺看悬，儿子，你还不知道，就俺家隔壁的那老王家，他们家那儿媳妇腰圆膀壮的，屁股又大，前些日子还见她大着个肚子在担水呐，这不，俺来的头一天，她发作了，一送到卫生院，好家伙，生了个九斤的大胖小子，九斤呐，儿子，是你那阳阳生得出来的吗？”

“妈，您这是老眼光了，在城里生活很方便，不需要那腰圆膀壮的，阳阳这叫美呢。”

“美啥美，不就那细胳膊细腿吗，经不了风雨不说，一点力气活也干不了，最重要的是她不能给俺儿子带来安全感，这也是俺要说的第二条。”

“让阳阳给我带来安全感？妈，您说反了，您真说反了，是我应给阳阳带来安全感的，不然，不然我这男人当得……”

“屁话，儿子啊，妈的初衷是让你找个大些的，这样她就能照顾你、包容你、心疼你。最好能大个三岁，俺们北方不是有这么个说法吗：女大三，抱金砖。”

“妈，您说的不就是您自己吗？其实，就您那标准，您与我爸，你们幸福吗？”

“怎么不幸福，俺看俺们挺幸福的，你再看你爸，在俺的照顾下，大门不出二门不迈的，他活得多逍遥自在，多有安全感。”

“我爸他逍遥自在，他有安全感？妈，您想听听我爸对您的评价吗？我说了您可别生气，我爸他说……他说……”

“你爸他说个啥呀，就他那嘴里能放出啥屁呢？”

“我爸他说，他说您是个……是个……是个征服感极强的母老虎。”

“征服感极强是啥意思，啥叫征服感，这话俺不懂，但母老虎这仨字俺还是懂的，你爸他不就说俺狠吗？俺就狠了，看俺不回去打断你爸的腿，至少也得打得他满地找牙。”

“别，别，别。妈，您千万别这样，我爸的这句话，他都在心里憋了二十多年，这不还是去年过年喝多了，才敢斗胆借酒劲说出来的嘛。”

“俺丢了水桶拿粪桶，丢了粪桶拿锄头，放下锄头背箩筐，你爸在家干了什么，去屋旁边的地里摘点菜，做点饭，最多也就是抓点玉米喂喂鸡，俺把他养得细皮嫩肉的，他多幸福，他多快活啊！”

“妈，其实我爸他一点不快活，也没有幸福感。我怎么跟您说呢，作为男人，我只能跟您说，是个男人他都有征服感、成就感的，他需要的是被人仰视，我爸他有吗？他啥都没有，他被您呼着唤着成天围着锅台转，依我看，他连那存在感都没有，更别谈成就感了。充其量我爸在您面前是儿子——是除了我和我弟之外的您的大儿子。

“另外，在我看来，您对我爸的爱，那就是一种捆绑的爱，对他来说，相当于一种什么来着，对，一种桎梏，就是一种桎梏。”

“啥，儿子，你说啥，俺捆绑你爸了？俺连鸡都舍不得捆绑。你想想，俺带来的大黄、二黄，如果它们被俺捆着绑着，那它们也不至于落到跳楼啊！对了儿子，大黄二黄已被俺寻到了，但它们已经死了，虽然舍不得，但俺还是将它们放进了垃圾桶里，死鸡吃不得，这点道理俺还是懂的。只是你刚才说的什么桎梏，俺不懂，儿子，不怕你看不起俺，为了照顾你那几个舅舅，你妈就连那村里的扫盲识字班都没上过，哪懂得你说的这些，你就拣些俺听得懂的给妈说吧，不过，现在想想，原来你们都是这么看俺的，俺这么辛苦，换来的就是被你们认作母老虎，俺这心里确实不好受啊！”

“妈，您别介意，把您比为母老虎的确是有些极端，但至少……至少我觉得您和我爸在一起，您不解风情。”

“啥，俺不解手风琴？就那村小学小刘老师教孩子们唱歌时摆弄的那手风琴吗？依俺看，那小刘老师就像个拉风箱的，俺了解它干嘛。”

“不是手风琴，是风情。”

儿子的话弄得张大妈一头雾水：“啥，风情是啥？你说儿子，啥是手风情？风情是啥？”

被逼得有些无奈的张大毛，只好艰难地对母亲说：“说简单点，风情就是……就是撒娇。”

“哦，俺懂了，儿子你说的手风情是撒娇是不是，俺也明白了，你们男人都喜欢女人懂那啥手风情、会撒娇。但是儿子你知道吗？照你说的那懂手风琴的女人，俺看她不光是会撒娇，她那是风骚，风骚的女人你懂吗？就咱家那村西头的小寡妇金艳艳，她那就是风骚，成天露着半个大奶子，三个与她结婚的男人都死了，都做风流鬼去了，要俺说呀，她就是一个克夫的骚货。”

“哟，妈，看您说到哪儿去了，什么金艳艳王艳艳的，这水都开了，赶快下面条吧，我肚子饿得都咕咕叫了呢！”

第九章　无名信

吃过面条后，张大妈在儿子的逼迫下，上床补觉去了。

可躺在床上的张大妈却怎么也睡不着，最后她索性又跳下床，来到客厅。

张大毛正在客厅里看无声电视。张大妈明白，儿子这是怕打搅她休息。

“妈，让您补个觉，您怎么又起来了。”

“俺睡不着啊，儿子，再说了，俺现在就把觉都睡足了，那晚上干什么呢，留着晚上再睡吧。”

“那也行，妈，您看一会电视吧，我把声音调大一些。”

“你看吧，儿子，俺不喜欢看那玩意儿，俺还是到厨房清理清理你买回的菜吧。”

张大妈来到了厨房，但没过一会儿，她又叫上了儿子。

“大毛啊，你怎么就没买点大葱啊、蒜头啊这些东西呢，这都两天没吃蒜头了，馋得俺……”

“妈，那些个东西味道挺重的，城里人不怎么吃，再说了，就那蒜头，您又喜欢生吃，那味道，我现在都有些受不了。”

“啥，儿子啊，那蒜头可是好东西，你没看那价格都在一涨再涨吗？不是好东西它能涨价？连俺们村里人都知道了‘蒜你狠’这个说法呢，你去买点回来吧，把大葱也多买点，再带点面粉回来，反正俺也没事，下午就替你们包顿大葱饺子吧。”

“行，行，妈，我这就去，我这就去。”张大毛边说边关上了电视机。

儿子到超市去了，极度无聊的张大妈只好又躺到了床上。

仅仅躺了一分多钟，张大妈又坐了起来。这不早上还没吃降血压的药呐，每天必须做的事都给忘了，唉，俺是不是有些过于紧张呢，然而这头痛、胸闷都是真实的啊！

吃完降压药后，张大妈又来到客厅，靠在了沙发上。

咚，咚。门外响起了轻轻地敲门声。

“哟，这么快就买回来了，不可能吧。”张大妈边说着，边朝大门走去。

大门打开了，但门外没有人。

“啥事这么急就走了，就不能等会儿，这城里人啊！”张大妈说完摇了摇头。

正待张大妈顺手将门关上时，“扑哧”，轻轻的一声响，什么东西掉在了地上。

尽管这声音很轻，张大妈还是警觉地把将要关上的门又推开了。

出现在张大妈眼前的，是一个白色的信封。

张大妈弓腰将那信封捡了起来："神神道道的，有啥事打个电话不就完了吗，非得写信，连俺老太婆都改变了通讯方式，这都多少年没寄过信了，唉，这人啊！"

斗大字不识一个的张大妈，把信拿回屋里后，将信放在了茶几下面的那摞报纸上。

张大妈又去厨房了，她将儿子买回的菜洗好后，又将灶台、抽油烟机仔细地擦了一遍，把本来挺干净的抽油烟机擦得光亮如新。

没多久，张大毛买菜回来了，阳阳也前脚跟后脚地回来了。

张大妈这下有活干了，她让准备到厨房来帮忙的儿子、媳妇通通到客厅休息，自己一个人关上厨房的门，忙乎了起来。

吃完饺子后，儿子张大毛看自己的妈妈一脸的疲惫，心疼地说："妈，您累一天了，这操持家务比上班还累，不如您去洗个澡，放松放松吧。"

"我也是这么想。"阳阳补充道，"妈，您忙这忙那干了一天活，先洗澡去吧，只是别忘了洗澡后刷个牙，刚才您就着饺子吃的那生大蒜，怪有味的。"

张大妈点了点头，什么也没说，直接进了卫生间。

当张大妈洗完澡出来后，张大毛马上从沙发上站了起来："妈，现在时间还早，如果您不是那么困，看看电视吧，也好培养培养瞌睡。"

“妈不想看电视，妈头疼，俺还是睡觉去吧。”

“那好，您休息去吧，这两个晚上都没休息好，妈，您今天晚上一定要睡个好觉。”

张大毛说完这句话后，走到妈妈跟前，轻轻地拍了拍妈妈的肩膀，又用眼睛示意阳阳将电视机的声音调小一点。

第十章 “十一”小长假第一天

然而，越想睡着的张大妈她越是睡不着，这样翻来覆去地折腾了几个小时后，张大妈不得不又用上了她自创的那催眠方法，开始重复起“1、2、3、4、5、6、7”来。

客厅里已没有任何响声，张大妈知道，儿子、媳妇已休息了。

“俺也赶快休息吧，1、2、3、4、5、6、7，1、2、3、4、5、6、7……”

咦，好大一群鸡啊，分明还有俺的大黄、二黄在里面，它们都惊慌失措地扑扇着翅膀飞着跳着，飞着跳着冲向一扇门。

那扇门慢慢地打开了，一个披散着头发、几乎看不清容貌的高个子从门里走了出来。

这个看不清容貌且穿着一身白衣裳的高个子走到张大妈的床前，先是安静地在张大妈的床沿坐了一会儿，然后站了起来，用手开始撕扯张大妈，边撕扯边哭着喊着让张大妈找人为他报仇，恢复他的自由，放他出去，他要出去找老婆，找儿子。

此时，张大妈被吓得够呛，她想起身，但浑身软得一点力气也没有。

俺不认识你，俺也不知道你跟谁有仇，俺更不知道你要找谁报仇啊！你在什么地方，你不就在俺的身边吗？谁说你没有自由啦，哎哟，这位神仙，你把俺的喉咙咔得太紧了，俺都透不过气来了。

“快，快，儿子，大毛救命……”

听到妈妈房间里传出喊声，张大毛跳下床，赤着脚丫子，三步并作两步冲到妈妈的房间里。

“妈，出什么事了，您为什么喊救命？”

阳阳也尾随着张大毛来到婆婆睡觉的房间里：“是啊，这家里多安全，叫什么救命呢。刚睡着就让您给吓醒了，这孕妇可是不能受惊吓的，听人家说孕妇受惊容易在肚里形成畸胎的。”

听儿媳这么一说，张大妈又一次被吓着了：“对不起，对不起啊，阳阳，是俺白天胡思乱想想多了，这晚上才做噩梦，对不起了啊，你放心地去睡吧，去睡吧，大毛，快扶阳阳去睡吧！”

“妈，那您……”张大毛还有些不放心地看着妈妈。

“照顾阳阳去睡觉吧，俺没事，儿子，俺真的没事。”

儿子、媳妇离开后，张大妈睡意全无，她再次回忆起梦中的细节起来：俺这已不是第一次做这种梦了，然而，这梦怎么这么相似呢？这屋子怕是真的有些什么啊！江扮贤说得或许有些道理，毕竟人家见多识广、见广识多，是那十里八乡的名人、明白人啊！那怎么才能让江扮贤帮帮俺呢?

想到这里，张大妈浑身上下突然地一激灵：对，明天，明天想办法再与江扮贤通个电话吧，看他怎么说。

几乎是睁着眼睛熬到天微微亮的张大妈，不到六点就起了床。

厨房里的轻微响动把儿子张大毛也弄醒了，他边揉着眼睛边打着哈欠来到了厨房：“妈，今天是十一，放大假了，您起这么早干嘛，这天气不冷不热，睡睡懒觉是多舒服的事啊，天天盼着这样的好日子呢，您再去睡睡吧，咱八点钟再起来，八点钟再做早点行吗?”

“儿子，你快去睡吧，你平时上班没工夫睡觉，今天补补觉也是应该的。至于你妈俺，俺确实是睡不着啊！这样吧，为了不影响你们，俺下楼去走走，城里人不是崇尚晨练吗?俺也时髦一回，也晨练晨练。”

“那也行，妈，只是您别走远了，另外，咱们这种式样的楼房一共有四栋，记得我跟您说过，到时别走错了门栋，还有注意安全。”

张大毛说完这些，走进了自己的房间，又反手关上了房门。张大妈这才蹑手蹑脚地来到屋门口，刚要开门，却发现忘记了什么。

俺忘记了什么呢?张大妈边想边习惯性地摸了摸衣服裤子的口袋，哦，对了，俺忘了拿上手机。

张大妈只好又蹑手蹑脚返回自己睡觉的那屋子，拿上手机后，轻轻地来到大门口前，又轻轻地打开大门，出去了。

怎么回事啊！慢慢下着楼梯的张大妈突然发现自己的身体有些

异样，她不由地停住了脚步。

“俺的腿怎么这么发软，这么不得劲呢，连下个楼梯都这么吃力，这怎么搞的啊，整个人似乎飘着，俺这是咋的啦？”

张大妈艰难地下楼后，漫无目的地慢慢走了起来。

唉，这大过节的，哪里有什么晨练的人呢？

张大妈找个石凳坐了下来，拿出手机。

……嘟……嘟……嘟，电话打通了，急切地想听到江扮贤声音的张大妈，听到的却是“您拨打的电话暂时无人接听，请稍后再拨”。

“你个死扮贤，你忙啥呀忙，不就是懂点风水吗？唉，俺这么急的事要找你，你就不能放下别的事，不行，我得再接着拨，直到你江扮贤接我的电话为止。”

一遍，两遍，三遍……这边的张大妈不知拨了多少遍，电话那头发出的声音始终表示“无人接听，请稍后再拨”。

就在张大妈决定暂时不拨电话时，电话却响了起来。

张大妈忙按下了接听键。

“喂，是翠花吗？这么早打电话给俺，俺还没起床呢，你是不是睡在被窝里想俺啦？”

“俺说你个死扮贤，俺没工夫跟你拉呱，你可别跟俺斗把戏，这么下流的话你也说得出来，再说了，这翠花不是你叫的，你还是叫俺张婶吧。”

“你昨天不是与俺通过电话吗？你儿子那边的情况俺拿捏不准啊，再说了，俺这身体也不得劲，俺唯一能说的还是俺昨天那句话：你儿子的屋子恐怕，恐怕……”

“扮贤啊！昨天俺反对你说这句话，可今天俺不反对你说了，倒是俺还相信你说的这句话了。”

电话那头的江扮贤来了精神：“是吗，张婶，你终于相信俺了，俺得到你的认可了，那啥，你说说看，昨天你给俺打过电话后，又发生啥事了？”

“俺的大黄、二黄找着了，是在离咱儿子家不远的地方找着的，但它们却都死了，那死的样子很恐怖。另外就是俺昨天晚上又做了一个跟前一晚上差不多的梦，梦见的还是那长头发鬼，只是他不只是静静地坐在俺的床沿上了，他用手撕扯俺，还卡住俺的脖子，哭着喊着让俺找人给他报仇，为他恢复自由，放他出去，放他出去找老婆，找儿子……”

“张婶啊，咳……咳……要俺说你还是快回来吧，如果你坚持再住些日子的话，恐怕连小命都保不住啊，咳……咳……”江扮贤边咳嗽边声音有些发抖地说。

“扮贤啊，你咋老咳嗽呢，俺现在偷偷地在外面给你打电话呢，你没看见俺现在是双腿发软，整个人就像是飘着一样，俺琢磨着，这回俺可能是遇到难事了，俺求你了，你可千万别说你‘不得闲’啊！另外，俺也不能就这么回去，俺走了，俺儿子咋办，还有俺那媳妇肚里的孙子咋办？”

“张婶啊，俺也不是不得闲，是俺的能力、眼力不行了，俺都歇了将近一年的时间了，这十里八乡的人都知道，唯独你张婶不关心我，不打听打听我。唉，不过，依俺看啊，张婶你还是先保住你自己再说吧，那什么，都上了你的身啊！咳……咳……”

“江扮贤，你又咳嗽了。说心里话，俺这个时候不能走啊，就像你说的，那啥上了俺的身，俺也不能走，这万一要是走了，那东西跑到俺儿子身上咋办，还有俺那还未出世的孙子……”

“张婶，俺也只能劝你回来，你不回来，俺也没办法了。”

“扮贤啊，俺翠花再次求你了，你好歹也喜欢过俺，你就过来一趟吧，你是明白人，到城里来一趟，帮俺看看儿子家里吧，顺便帮俺出出主意。”

“那，俺要是答应了你，那俺什么时候过来呢，张婶？”

“你就明天过来吧，过来后，到旅馆住下，俺随时通知你。”

“啥，住旅馆，你要俺住旅馆，那得花多少钱。”

“这钱俺来出，扮贤，一切的开支都由俺来出，还有那什么费用，都包在俺身上，这点你放心，俺家里俺说了算，这点十里八乡的人都知道，只不过，这里是俺儿子家，俺做不了主，俺得顾及俺儿子、儿媳不是，他们不信这些的。所以，俺寻思只能趁他们不在家，偷偷地让你过来，只是有些委屈你了，扮贤。”

“张婶，你这么一说俺也能理解，俺明天就过来吧！”

“谢谢你了，扮贤。俺家的门牌号码、所在社区你都还记得吧。”

“记得，记得，咳……咳……张婶，不跟你拉呱了，俺这老咳嗽。”

张大妈与江扮贤通完电话后，心情好似轻松了一些，她慢慢地走动起来。

第十一章　假日菜单

一阵急促的手机铃声，让张大妈又从口袋里掏出手机。

“喂，妈？我是大毛啊，您到哪里去了，我这下楼去找了一圈也没找见您，这一大早的，让您不要走远了，不要走远了，您倒好，人没见了不说，打您电话还老占线，妈，您在与谁通话啊！”

“俺……俺与你爸通电话。”

“哦。”张大毛“哦”了一声，并没揭穿自己的妈妈，而是轻轻地对妈妈说：“您快回家吧，早饭已经做好了。”

听张大毛打电话，阳阳从房间里走了出来：“咱妈怎么还没回来，我先吃了啊，这肚子饿得咕咕叫的！”阳阳边说边从盘里拿起了一个煮鸡蛋。

“你吃吧，你先吃吧，我等一会儿。”

“哎哟，咱妈这到哪去了。这一早上的，爸在老家打她电话也老占线，又不放心，这不，都打到我们这儿来了。你打妈的电话也占线，咱妈到底与谁在通话呐，这一大早上的。”

“你别管这事了，阳阳，我妈做事向来有分寸，她或许在与我妹打电话呐。”

“哦，与妹打电话，只是你等会让咱妈跟咱爸回个电话，别让咱爸老惦记着。”

“哎哟，阳阳，还是你想得周到。你吃粥吧。”

阳阳端起了粥慢慢吃了起来，张大毛却陷入了沉思：妈那么敞亮的人，为什么要躲躲闪闪地骗自己呢？

十几分钟过后，张大妈回到了儿子家里。

“妈，赶快吃早餐吧，红枣莲子花生糯米煮的粥，外加白水煮鸡蛋，都是有营养又健康的食品，妈快坐下来吃吧，我来给您盛。”

“谢谢儿子。”张大妈在餐桌边坐了下来。

阳阳插话道：“妈，您要糖吗？这粥里放上一点点糖，那味道真是绝了，我来给您弄吧。”

“算了，阳阳，你快吃吧，别尽顾着俺，最近俺嘴里最里面上边那颗板牙老是疼，俺就不要糖了，不要糖了。”

“那行，不放糖也很好吃，妈，您快吃吧！”张大毛边敲煮鸡蛋边对妈说。

待张大毛刚把鸡蛋送进嘴里，阳阳即用筷子敲了敲张大毛面前摆放的那碗粥：“哎，哎，哎，大当家的，这十一休七天，这么长时间的假，你就没有菜单？！”

“菜单？要那玩意干嘛，我昨天不是买了一大堆菜回来了吗？

加上冰箱里的肉啊鱼的，抵挡几天不成问题，而且妈也知道怎么来搭配着吃，不需要菜单的。”

“看看你，看看你，情商太差了吧！明明是个文科生，却搞得像个理工男似的，呆头傻脑的，告诉你，我说的菜……”

“我知道，你不就让我安排安排这七天长假怎么过吗，刚才我没想好才故意那么说的。”

“你真坏。”阳阳边说边横了张大毛一眼，“那现在，现在你想好了吗？”

“现在……现在我也没想好，不过，依我看，这些日子看房买房搬家弄得人很疲倦，这七天主要以休息为主吧，再说了，你是孕妇，不能太劳累的。”

“我没那么娇气，前些日子我不是除了上班外，一样跟着你到处跑，现在怎么啦，我不过就是想到外面走走、散散心。”

“中，中，中。”一直没怎么说话的张大妈突然插话道。

“妈，您怎么能听阳阳说的话呢，她跟个小孩儿似的，不懂事。”

“啥，阳阳不懂事？儿子，你说错了，阳阳她怎么跟个小孩似的了？她不正怀着你的孩子，要当妈了吗？依俺看，平常你不得闲，这回放这么长的假，你就该领着阳阳到处走走，但咱不走远的地方，不走远的地方就行。”

“还是咱妈好，咱妈通情达……”

“还有……”不等阳阳的话说完，张大妈又说了起来：“还有就是，儿子，你也该趁这时间和阳阳一起去看看你的老干娘，她一个人住在家里挺寂寞的，把闺女养这么大，她也挺不容易的。最好你们与她多待几天，让她高兴高兴。”

“妈，您不知道阳阳她妈挺迷信的，她不准姑爷在她家过夜的。”

“那我俩白天去，晚上回，第二天早上再去，晚上再回还不成吗?”

“哎哟，老婆，我没说那样不成，只是你的身子恐怕吃不消。”

“就这么定了，我来下菜单，今天且在家待着吧，刚好我也借回了几本书，有关于做菜、养生的，也有怎样哺养小孩，还有日本著名作家川端康成写的悬疑小说呐，老公，我知道你喜欢看这种题材的。明天到我妈家去，后天我俩……如果妈同意，也可与我们同行——我们一起去刚开的湿地公园，那里空气新鲜，对肚里的孩子有益处。至于说大后天，我还没想好，到时候再说吧。”

“哎，阳阳说得好，阳阳安排得好。只是后天俺就不和你们一起去湿地公园了，俺的脚有些不得劲，你们去吧，你们去。”

“举双手同意，举双手赞成我老婆下的菜单。老婆你快点把那悬疑小说给我吧，我有好长时间都没看这种小说了，只因这些日子太忙，要知道，从读小学开始，我就喜欢这类题材了，只是上中学后学习太紧张，我只得把这爱好暂时搁在一旁。但到了大学，不瞒你说，我读大学时曾挂过几次科，都是因为看悬疑小说，甚至因为好这口，我放弃了英语六级考试，只考了个四级，唉，考英语六级，太需要时间了。”

“怪不得你那胶囊房里那破书桌上堆那么多这方面的书，只是，你这么喜欢侦探、悬疑小说，这么崇拜写这些小说的人，那你干嘛不尝试着自己也写写？”

“老婆，你以为这书是说写就能写……就写得出来的吗？告诉你，写书是个相当艰苦的劳动，这不是一般人能承受的，拿你老公来说，想写书都想了N年，N年知道吗？到现在头脑里才有了那么一点点灵感。”

“什么灵感？老公你快说说看，唉，我就说我老公与别人不一样，那才华是藏而不露啊！那什么，老公你矜持什么呢，快说出来，我们听听。”

“我的那么一点点灵感，我脑子里的灵感，它说出来就不灵了。”

“你个坏老公，卖什么关子，不过，让我猜猜看，是不是咱们买了这个二手房，你就有了灵感，这么说我们还得感谢这个二手房。”

“不是，不是，阳阳你也别猜了，猜得怪辛苦的。”

“那你告诉我嘛。”

“只是我现在还不可以告诉你。”

“不告诉我也行，我说老公，你就是不告诉我，我也真的是佩服你。”

“别那么激动，阳阳，太激动了对胎儿不好，本来我还想等考虑成熟一些再给你讲，今天话赶话，说到这上面来了，这嘴没把住关，说出来了。”

“说出来了好，说出来了好，这样，我可以时不时地提醒提醒你，让你少打点游戏，多多练笔，成为一个伟大的作家。”

“啥？作家？儿子，你们不是斗把戏吧。”

“妈，您别听阳阳瞎说，我们是在斗把戏。”

“哦，斗把戏，那你们继续斗吧，俺洗碗去了。”

张大妈把几个人吃过粥的碗拿到了厨房，打开水龙头，边洗碗边回忆起阳阳的话，心中盘算着：明天他们到她娘家去，后天到湿地公园去玩，这么说来，阳阳和儿子明天与后天都不在家，而如果按照原计划明天江扮贤来到城里，后天趁儿子与阳阳不在家，江扮贤就可到这里来了，哎哟，这阳阳的安排太好了，这比自己想尽一切办法让他们出去强多了。

第十二章　张大毛、阳阳“回娘家”

吃午饭的时候，张大毛接到一个电话，是住在胶囊房里的小刘打来的。他说，希望张大毛带着嫂子回家过节。

坐在张大毛身边的阳阳看到，老公在对着电话那端说话的时候，眼睛红了起来。

“这眼睛都红了，就差掉眼泪了，谁能把你感动成这样？”

“就那一起合租的小刘他们，他们请我们，让我们回家过节。”

“那咱们去吗？”阳阳小声问道。

“肯定得去，还得带上些下酒菜，这些朋友可说是患难之交啊！妈，您赶快去把冰箱里的排骨拿出来，先放高压锅里压一压，还有您昨天包的饺子，也都拿出来，快点给煎上，还有，还有……”

“差不多了。”阳阳接过了张大毛的话，“这排骨、饺子多带些去就是了，看把妈忙的，还没放下碗，又开始做菜了。”

“我来吧，妈，您去休息，阳阳都为您抱不平了。”

“儿子、阳阳，俺不累，待会儿你们又要出门，现在赶快休息休息去吧，俺能行。”

“妈，那我们睡会儿，两点钟您记得叫我们。”

待儿子、媳妇进房以后，张大妈也关上了厨房的门。

两点钟不到，张大毛就起来了，当他推开厨房门，看到那灶台上放着已煎好的饺子和烧好的排骨：“妈，您辛苦了，我这做儿子的真的不好意思，我都不知道什么时候才能反哺您。”

“儿子，啥叫反哺俺不懂，俺能为你们做点什么俺高兴，俺有时候真的好想……好想这日子能够倒回十几年前，那个时候日子虽然过得苦，但每天俺一睁眼都能看见俺的三个孩子，那心里是妥妥的。只是现在俺一心挂几头啊——身在家里想到你、你妹、你弟，身在你这儿心里又想到你爸，总觉得有很多事情做不完，有很多事情等着俺去做……”

“妈，其实您不需要这么辛苦的，我们都已长大成人了。哎，这样吧，妈，您收拾收拾与我们一起去吧，正好，您不是快过六十岁生日了吗？我们给您提前过，那么多人，把对象、家属都算起来有二三十号人呢，这么多人一起给您过生日，哎哟，想起来都很美。”

“那，儿子，你还别说，俺不是十月十号过生日吗？俺娘要是早十天把俺生出来，那不是全国都为俺庆祝生日了，俺也可以把俺的名字改为‘国庆’了。”

“哎哟，妈，真的是您说的那样，我还没想到呢，您快去收拾吧，一起去，一起热闹热闹，我这就去叫阳阳。”

“俺就不去凑这个热闹了，你带阳阳去吧，路上照顾好阳阳。”

“妈，还是一起……”

“你们去吧，你们去吧。”

待儿子和儿媳一出门，张大妈立即拿出了手机。

奇怪，这死扮贤难道又睡觉了，这大白天的，就是午睡也该起床了啊，他为什么不接俺的电话呢？莫非他变卦了，不想接俺这活，这不是他江扮贤的风格啊！哎，也难怪，这些日子以来，家里的大事一茬接一茬：女儿谈对象，大儿子参加工作后，恋爱结婚买房，小儿子读大学、毕业找工作，还有自己娘家的那些事情。俺几乎忙得都差点忘记这江扮贤了，他最近咋样俺也不知道。哦，对了，他江扮贤和俺通话时老咳嗽，声音还沙哑了，莫非他生病了？但听他打电话时说的那些玩笑话，那么轻松，也不像生病了啊！那为啥电话分明是打通了，他江扮贤就是不接呢？

其实，张大妈她还真是猜着了一半，那便是江扮贤确实生病了，且病得不轻，只是别人不知道而已。

家里的老伴，连同江扮贤在城里打工的两个儿子，多次让他去医院检查检查，江扮贤从来不听劝告，有时急了，那嘴里吐出的话，常常说得儿子、老伴七窍生烟。

归根结底，江扮贤他怕死，他也知道且也感觉自己的生命没有多长的时间了，但他就是不想从别人哪怕是医生的嘴里听到事实。能糊涂着过一天算一天，这基本是江扮贤的现实写照。

然而，翠花，这个老家十里八乡的人都知道的女汉子，且是自己年轻时心里喜欢过的女人，这次竟然找到了自己，这不能不说自己还是得到了翠花的认可，终于得到了她的认可啊！

只是，自己这身子是一天不如一天，就连抬个脚都不得劲，更别说坐火车到城里去了，但自己既然答应了翠花，那就不能失言啊！

江扮贤勉强地硬撑着，开始着手准备起来。

……这已是张大妈第十遍拨江扮贤的电话了，此时的张大妈有些赌气地想：这是最后一次了，再不接的话，俺就不拨了。

“喂！”电话那头的江扮贤终于有些气喘地接通了电话。

“哎哟，打你的电话都打得手发软了，你为什么不接呢？没听到还是咋的。”

“俺跟你说，翠花，张大婶，俺解大便去了，你……咳……咳……你那边定下来了吗？”

“俺这边定下来了，俺打电话就是告诉你，俺这边定下来了，明天你过来吧，到了之后找个地方住下，后天上俺家来。”

“好的，张婶，俺记住了，明天俺过来，咳……明天俺过来。”

“唉……”通完电话后，张大妈长长地叹了口气。

现在俺该干些什么呢？这屋里屋外这么干净。哦，房门口放着的那几双凉拖，阳阳曾说过要洗洗的，对，洗那凉拖吧！

张大妈把凉拖拿着走到卫生间。

刚进卫生间的门，一股冷意立即攀爬到张大妈身上。

张大妈不由得重重地打了个寒战。

唉哟，卫生间里怎么这么凉呢？算了，管它呢，洗凉拖吧。

凉拖洗好了，张大妈将它们晾在阳台上，又返身来到客厅，在沙发上坐了下来。这沙发挺柔软的，坐在上面还真舒服。

过了没多久，张大妈竟靠在沙发上睡着了。

让张大妈惊醒的，是一个小女孩的哭声。

紧接着，一个尖嗓子女人的谩骂声传进了张大妈的耳朵。

“你还要不要脸，都十岁了，这都十岁了啊！睡个午觉都能将尿拉在床上，我是上辈子欠了你的还是怎么地，伺候你爸不说，还要伺候你这个小杂种，这什么时候是个头啊！”

“玉英。”这时又传来一个男人的声音，“我说玉英，这孩子虽不是你亲生的，但你也不能叫她小杂种啊，她是我明媒正娶的前妻生下的女儿啊！说来这孩子也怪可怜的，没吃过一口她妈的奶水，身体那自然比一般的孩子差一些，但这点在我们结婚之前，我都和你讲过了，你也答应过我要善待这孩子的，这不，我们结婚才多长时间，你……你怎么就变了呢？孩子喝的中药你不煎了，还谩骂孩子，谁是小杂种，你嘴倒是放干净点。”

“王博。”尖嗓子女人的声音小了些，“我说王工程师，我们要一个自己的孩子吧，我刚三十岁，还这么年轻，我想生一个自己的孩子。”

“我已是四十来岁的人了，再生一个小孩，谈何容易？”

尖嗓子声音又大了起来：“有什么不容易的，我怀孕，我生育，生了以后我一个人照顾，你只负责赚钱回来就够了。”

“那也不是简单的事儿，如果你生了自己的孩子，那我女儿的处境会更差，她太可怜了。”

“你……你只想着自己的女儿，压根儿就没想想我，真是不可理喻。”

没事的张大妈还想听听下文，但吵架的声音却戛然而止，传进张大妈耳朵的，只有那小女孩断断续续的哭声。

这孩子太可怜了，这后妈太可恶了。

已是晚上七点多钟了，沉沉的暮气开始弥漫到整个屋子。

一直在沙发上靠着的张大妈稍微挪动了下身子，她的头又开始疼痛起来，且不是一般的疼痛，是那种钻心的痛，胸也开始发闷，直闷得张大妈有些喘不过气来。

这样过了好长一段时间，大概九点多钟了吧，张大妈才慢慢地缓过劲来。

站起身来的张大妈，不由自主地深深呼吸了一口气，然而，一股说不清道不明的气味又钻进了她的鼻腔。

不管怎么样，俺总得吃些什么吧。

既然肚子在提抗议，张大妈索性走向厨房。

“砰。”一声重重的关门声使张大妈停住了脚步，转而把视线移向儿子家那大铁门。

而儿子家那大铁门这时却轻轻地被推开了。

这时的张大妈浑身又是一激灵。

“妈，我们回来了，您怎么还没休息呢?”

“唉，妈还没吃晚饭呐，这不正准备去厨房做点东西吃嘛。哪来那么巧的事。”刚才那一关一开的门弄得张大妈心有余悸。

“什么巧事啊，妈，发生什么事了？”正准备换鞋的阳阳抬眼看着婆婆。

“也没什么，没什么事，就隔壁那屋。”

“哦，我知道了妈，刚才隔壁那屋……隔壁那屋冲出一个女人，头发散乱着，下楼去了。”

“也难怪，下午俺听见隔壁那对夫妻吵架来着。”

阳阳没心没肺地说：“这大过节的，有什么好吵的，这些人啊，就是想不开，哎，妈，我的拖鞋呢？”

“哦，俺去拿，俺把拖鞋都洗过了，放阳台上凉着呢。”

“谢谢妈，把我的也带过来。”张大毛补了一句。

趁着等拖鞋，阳阳对张大毛道：“哎，老公，我说隔壁那女的，就刚才冲出屋子的时候，好吓人啊，我生怕她撞着我呢。”

“我也怕啊，幸好她还有些理智，看见我们，她让了那么半步。”

“是啊，老公。这点我也看出来了。哟，妈把鞋拿过来了，洗得好干净，谢谢妈。”

“我也谢谢妈。”

“看你们这俩人，一个劲地谢谢俺，都把俺看外了，俺还没吃晚饭呢，俺去厨房弄点吃的去。”

“妈，我来给你下面条吧！”

“儿子，俺看你也很累，去洗洗吧，洗洗早些休息。”

“阳阳先去洗吧，她怀着孩子，我真有些不忍心她这么累。”

阳阳听张大毛这么说，马上撒娇地回应道：“谢谢老公，还是老公疼我。”说完这话后，她似又想起了什么：“就刚才，老公，刚才我们用钥匙开门的时候，你有没闻到一股浓浓的怪味，比咱家的味道要浓。”

张大毛点着头：“是，我也闻到了，味道是有些怪，刚闻起来好像是中草药的味道，不过，闻着闻着味道好像又变了，跟咱家的气味差不多。”

“问问妈吧，让她说说是什么味道。”

阳阳说完，马上来到厨房门口：“妈，就刚才我们开门时，您有过闻到什么气味吗？”

“哎。”张大妈答道，“这味道天天都有，但就是不知道是什么味道。对了，就隔壁那屋的小女孩，都十岁了还在尿床，你们说的中药味可能就是隔壁那家煎中药给孩子喝而散发出来的，唉，可怜那没妈的小女孩。”

阳阳不解地问：“没妈，刚才跑出门，险些撞着我的，不就是孩子她妈吗？”

“不是，那是孩子后妈。”

“妈，您简直是包打听了，什么都知道。”张大毛说着说着笑了起来。

“啥，俺是包打听，俺才没那工夫包打听呢，俺在屋里头听他们夫妻吵架时说的。”

“所以说，大人离婚，小孩很可怜，受伤的往往是孩子。”

“啥离婚离婚的，儿子你别瞎说，隔壁那家，那家的男人死了老婆，也就是说小孩的亲妈去世了，与那啥离婚，这都沾不上边。”

“妈，您这面条肯定都煮烂了，快吃面条吧，不说别人了，不说别人了。”

第十三章　卫生间里有人

十月二日一大早，张大毛就起了床，他没惊动还在熟睡的阳阳。

倒不是张大毛不想睡了，他很想多睡会儿，平时多想睡睡懒觉啊！但不知怎的，五点左右起床小便后，就再也睡不着了。

昨天回到出租屋时的情景再一次地出现在张大毛的脑海中，大圣、小刘、小王他们虽然没买房，但我张大毛买房，他们就跟自己中了彩票一样高兴，这不能不说是患难之交啊！对，过几天吧，过几天闲下来，把他们请到家里来热闹热闹吧！

张大毛越想越兴奋，既然睡意全无，他索性轻手轻脚地起了床。

洗漱完毕后，张大毛看看墙上的挂钟，五点三十，哇，才五点三十，时间啊，你能不能快些走呢！

没事的张大毛一屁股坐在了沙发上。

当他的眼光落到茶几的下面那层时，那一摞书报引起了张大毛的注意。

看看报纸吧，忙了这么多日子，对报纸都有些生疏了。

他随手拿了份报纸。

不经意间，一个白色的信封露了出来，只是张大毛没注意到。

报纸上的一则“随手扔掉快递的收件地址，引来杀身之祸”的消息映入张大毛的眼帘。

唉，要说这被害人也太大意了，社会这么复杂，有些东西是不能乱扔的啊！看完这则消息后的张大毛无不感叹地心想。

不过，张大毛突然想到了什么：我们家阳阳也有这样的习惯啊，不要的东西随便扔，连看也不看一下，买买买，在网上买了那么多的东西，特别是搬新家之前，为了布置新家，几乎天天收到快递，那她把快递单怎么处理了呢，莫不是也都扔了吧！

不行，我得找找看，另外，也得与阳阳谈谈，这自己不想保存且保存得没意义的那些个信函、收据、带家庭住址的包装纸、随手记下的电话号码，等等，都应处理掉，最好是烧掉。

张大毛边想边在客厅里寻找起来。

阳阳把那些个快递包裹单什么的丢到哪儿去了呢？对，鞋柜，鞋柜里面空间挺大的，又有那么多层，而我们的鞋又不多，说不定……看看鞋柜吧！

张大毛来到屋门口的鞋柜面前，只是轻轻地拉开了鞋柜最上边的那层抽屉，嗬，这得来还真是没费什么工夫。

他马上把这些快递单之类的单据清理了一下，把该留着的码好，放回抽屉，又把不该留的放在了一个不锈钢的大盆子里。

拿到卫生间去烧掉，对，趁妈妈、老婆还没起床，拿去烧掉吧。

张大毛把不锈钢的盆子端到了卫生间，拿过打火机后，又轻轻地将卫生间的门关上。

点燃那些纸片后，张大毛打开了排气扇。

刚开始烧的时候，张大毛没觉得什么，可没过多久，张大毛就感觉到了烟雾很呛人，眼睛也被熏得直流眼泪。被憋得有些喘不过气的张大毛终于有些受不了，他索性暂时离开卫生间，来到客厅。

但刚走出卫生间来到客厅透了口气，张大毛又返回到卫生间里去了。他不放心啊，这万一，万一要是出点什么意外。

张大妈起床了，她边摸着有些发痛的脑袋边小声嘀咕着："唉，俺这叫什么呢，在家里那么欠瞌睡倒没时间睡，在这有时间睡又睡不着啊！"

拧开房门后，张大妈打着哈欠向卫生间走去。

没有几步路，张大妈很快来到卫生间门口。

哎哟，真是奇了怪了，这一大清早的，隔着毛玻璃，也能看到这卫生间里有火光一闪一闪的呢，还有这屋子里的糊味。

来不及多思考，张大妈猛地拧开了卫生间那毛玻璃门。

在一闪一闪的火光照耀下，猛然间，张大妈在自家的卫生间里好似看到一个人，一个在自己梦中曾出现过的人。

"啊，有人……有人，里面有人……"张大妈踉跄着向后倒退。

"妈，您这是……"

不等揉着眼睛的张大毛把话说完，张大妈的身体一歪就晕倒了，无力地靠在了墙上。

张大毛马上扶住了妈妈，稍后，又将妈妈弄到沙发上躺下。

客厅的响动声惊醒了阳阳，她习惯性地挺着个肚子打开了房门。

“老公，这一大早干什么呢，哟，还有这么大的糊味，什么东西烧焦了，老公快去厨房看看。”

“没什么，阳阳，是我把那些废纸都烧了。”

“废纸都烧了？你烧它们干嘛，撕碎后，直接扔掉不就得了，真是没事找事，你在家里烧的啊，难怪这么大的烟。”

“有些东西不能扔的，阳阳，你看报纸登的那……”

“算了，算了，不说了，烧了就烧了。哎，不是，怎么一大早妈就躺在沙发上呢？脸色还这么难看，妈，您这是怎么了，要不要去医院？”

“阳阳，妈可能有些头晕，这不，刚才都有些支撑不住了，是我把她扶到沙发上来的。”

“唉，老公，以前你总在我面前吹牛，说咱妈身体怎么好，怎么结实，现在看来，妈的身体不及我呐，简直就一老年版林黛玉。”

“阳阳，你别拿妈开玩笑。”

“我没拿妈开玩笑，你看，妈才来了几天，而这几天她的状况都不怎么好，你也看到了，我没开玩笑吧。”

“要不今天我们不去你们家了吧，阳阳，就在家照顾我妈吧。”

“那……那也行。”阳阳的回答有些勉强，不干脆。

“那不行，说好了去怎么能不去呢？”张大妈说着，挣扎着坐了起来。

“妈，您好些了？就刚才您那样，把我吓得够呛。”

“是啊，妈，就依大张说的，我们今天在家照顾您。”

“那咋行，俺刚才就那……就那血压有点高，头有点晕，现在好了，现在没事了。”

“要不您与我们一起去吧，省得我们老惦记着您。”

“阳阳说得对，妈，您看您儿媳妇多懂事，您就与我们一起去吧！”

“你们别劝妈了，妈知道你们懂事，你们自己去吧，妈不凑这个热闹了，只是大毛在路上得好好照顾阳阳，俺这瞅着就要下雨了，别忘了带上雨伞。”

“那，也行，我这就去做早餐，妈您休息，您再休息一会儿。”

第十四章　小夫妻吵架

吃过早饭后，张大毛和阳阳提上早已买好的礼品，回阳阳娘家去了。

张大妈在收拾完餐桌后，又没啥事可干的了。

她坐了下来，开始静静地回味刚起床，推开卫生间时的那一幕。

唉，可能俺老眼昏花了吧，明明是儿子在卫生间里烧废纸，怎么就……怎么就……不可能啊！俺不可能看错啊！那火苗烧得正旺的时候，俺分明看到在墙上有那梦中出现过的情形啊！

那为什么只是那么一会儿，那情形又没了呢？哦，不对，俺当时晕了过去，什么也不知道了，可俺儿子没晕啊，他为什么就没看见什么呢？他自己还在里面呢，不行，俺得去卫生间仔细看看。

外面下起了不小的雨，整个屋子都笼罩在暗色中。

张大妈轻轻推开了卫生间的门，里面比客厅更暗，她索性按亮了卫生间的灯。

还明厨明卫，分明是暗厨暗卫嘛，这才下多大点雨，这卫生间里咋就像晚上一样，唉，也没什么啊，除了有股浓浓的糊味外，那也是俺儿子烧废纸留下的，什么也没有啊，自己究竟是咋的啦！

算了，不想了，就算想俺也想不明白，今天江扮贤不是就要过来了吗？看他怎么说。

邻居家的吵闹声又传到了张大妈的耳朵里，估计那十岁的女孩又尿床了，尖嗓子女人又在与丈夫对吵着：

“什么工程师，一点不讲道理，我算是瞎了眼，清清白白的大姑娘竟然跟了你这么个人。”

“我怎么不讲道理，我的情况在结婚前都跟你说过，没有任何隐瞒，现在你后悔了，有怨言了。”

“那……我想生一个健康的孩子又有什么错，我又没说生了自己的孩子就不喜欢你女儿。”

“我看你还没生自己的孩子就不喜欢我女儿了，她每天要喝的中药，你按时给她煎了吗？”

“喝药，喝药，又是药，说实在的，王工程师，我一闻着那中药味，我都恶心，都想吐，你自己没觉得，就那药罐往炉子上一放，满屋子都是那恶心的味道。”

“我没觉得，因为我爱我的孩子，如果……如果你也试着爱这孩子，你也许就不那么觉得恶心了。”

“我不爱她吗？我天天伺候她，造的什么孽。”

“你说什么，嘴巴干净点。”

“我……”女人不做声了，大概她也害怕丈夫发火。

本来说好阳阳、张大毛在娘家吃晚饭后再回家的，但下午两三点钟，张大毛就开始有些焦虑起来，说话、做事都开始心不在焉，阳阳知道，老公这是在想回家了。

阳阳的妈妈也看出来了，她对张大毛说：“你们回去吧，我这儿你们随时都可以过来，回去陪你妈吧，她打那么远过来不容易，回去吧！”

下午五点来钟，张大毛带着阳阳回到了家里，看见妈妈并无异样，做小辈的他们，悬着的心总算放下了。

儿子、儿媳回家后，张大妈开始做晚饭了，尽管儿子一个劲地要来厨房帮忙，还是被做母亲的拦在了厨房外。

当张大妈把那三菜一汤端上餐桌时，正好赶上边吃饭边看新闻联播。

这早孕反应过后的阳阳，胃口那真的是好，还不挑食，尽管善做面食的婆婆做的米饭、蔬菜并不那么好吃，但阳阳吃得津津有味。

坐在阳阳对面的张大妈刚把剥好的大蒜瓣放进嘴里，还没嚼两下子，阳阳就皱起了眉头：“妈，这味怪大的，满屋子都弥漫着您嘴里的那股大蒜臭，您为什么非要生吃呢，把它煮熟吃不是味道要小些吗？”阳阳说完，斜着眼睛看了老公一眼。

张大毛发现老妈正咀嚼着的嘴巴抿了起来，显然那大蒜还在老妈口中含着，他有些不忍心了：“阳阳，咱对妈说话能不能不那么直接，婉转一点，婉转一点行吗？”

阳阳把眼睛朝张大毛一瞪：“自家人说话需要那么假吗？需要那么做作吗？我跟我妈说话也这样啊！”

张大毛耐着性子：“我也没说要那样，我只是想……想你换一下讲话的方式。”

“我这方式有什么错吗？我就喜欢遇事直来直去的，你们北方人不都是这种性格，咱妈也是这种性格啊！”阳阳说到此处时，将目光转向了婆婆：“是不是，妈。”

张大妈没有张嘴说话，闭着嘴一个劲地点头。

做儿子的看不下去了：“妈，您这生蒜头含在嘴里怪难受的，您把它嚼碎吞了吧！”

“最好去卫生间把它吐了吧！”

“阳阳，你有些过分了啊，妈这么大年纪了，也就只有这点小癖好，再说了，吃些生蒜它还有利于健康呢，你闻着它是臭，可我闻起来，它却是香的，就像那臭豆腐，这只是个人见解不同而已，你为什么非要逼别人呢？”

“我逼谁了？张大毛，我这不怀着你张家的骨肉吗？那有点孕期反应不也正常吗？再说了，我就是闻不惯生大蒜吃到嘴里散发出来的那股臭味，这点你与我结婚前都知道，你还答应过我要注意这方面的事呢！”

“我是答应过你，但那也仅限于我俩之间，不包括我妈及我的家人，你在嫁给北方人之前，应该有这种思想准备。”

“思想准备我肯定有，但我这不……这不怀着孩子吗？”

“是啊，儿子，阳阳这不正怀着孩子吗，你就让着她点。”张大妈终于开腔说了话。

一时间，饭桌边的蒜味更浓了，直熏得阳阳用手捂住了鼻子。

“哎哟，妈，这……这也太臭了，您干脆去厕所把它吐了吧！”

“好，俺这就去吐，俺这就去吐了。”张大妈用手捂着嘴巴说出这几个字后，冲到卫生间去了。

“阳阳，你太过分了啊，你不是小孩子了，人总是要学会慢慢长大，你怎么长不大呢？而且你这城里人也太矫情了吧，我就纳了闷了，你为什么要找我这么个乡下来的人结婚呢？”

看老公有些发火的意思，阳阳不做声了。

因为心里都憋着气，这小夫妻俩边吃着饭边心不在焉地盯着电视屏幕。

张大妈从卫生间出来后，没有再回到餐桌，而是直接回了她睡觉的房间并关上了房门。

不一会儿，张大妈又将门打开了。

张大毛马上站了起来：“妈，您这是怎么了？生气了？阳阳有口无心这您是知道的，她才二十三岁，还不懂事，您就原谅她吧，再说她怀着孕有时心情也不怎么好，这不，我让阳阳给您道歉吧！阳阳，快，给妈道歉。”

张大毛边说边给阳阳递着眼色。

“我没说错什么呀，老公，那生蒜的确是臭嘛，而且吃了生蒜不光嘴里臭，拉的屎，放的屁都带有一股臭大蒜的味。”

“你……唉，孺子不可教。”

“算了，儿子，俺不吃生蒜了，俺这就改；再说了，俺也在这待不了几天，阳阳说得对，你们住的这房屋又小，到处又不通风，不像俺们农村，是挺大味的。”

“那，妈，您过来继续吃饭吧，您还没怎么动筷子呢!”

“儿子，俺不吃了，俺下楼去走走吧，这屋里也实在是有些闷。”

张大妈说完，低着头，走到大门跟前，她换鞋之后，出去了。

第十五章　跟踪

“你看你看，这大过节的，吃个饭弄成这样，算了，我也懒得吃了，下楼去跟着我妈，省得她心情不好出事。”

“我还没吃饱呢，老公，你不吃，我也不吃了，跟你一起下去吧！”

“你省省吧，在家待着，我去就行了，省得你又给我添乱。”

“你不让我去我也得去，那万一咱妈有点什么事，你还不冤枉死我。”

“打住，打住，没那万一。你个乌鸦嘴，一起去吧，带上钥匙。”

再说张大毛和阳阳下楼后，见张大妈刚好走出门栋不远，这对小夫妻决定不去惊动老人家，而是悄悄地跟着她，并且为了不被张大妈瞧见，他们故意放慢些脚步。

哪知张大妈的手机这时响了，她连忙从口袋里掏出手机。

"喂……"张大毛听妈妈"喂"了一声后，声音压低了许多，再后来说的什么，他完全听不见了。

"老公，这大晚上的，咱妈跟谁通电话啊，还这么神秘。"

"阳阳你别乱猜，我妈就不能与别人有联系了，晚什么晚啊，这还不到八点钟呢。"

"别说了，咱别说了，老公，你看妈将手机放口袋里去了，朝马路的方向走着呢。"

"看见了，跟上吧，别惊动她，别说话。"

"好吧。"阳阳说完这句话后，紧紧地挽住了老公的胳膊。

这边，张大妈的脚步渐渐快了起来，到最后，竟然跑了起来。

张大毛和阳阳也气喘吁吁地跟着跑了起来。

过了马路后，又过了一条小街，张大妈在小街边草坪上的石凳边，脚步放慢了下来。

阳阳眼尖，借着有些昏暗的路灯，她看到石凳上还坐着一个人。

不等张大妈走到石凳跟前，坐在石凳上的那人突然站了起来。

可能是有些用力过猛还是怎么地，站起的人向张大妈这边踉跄了两步，险些倒在张大妈怀里，张大妈忙用两手扶住了他。

张大毛看到这一幕，犯起了嘀咕："我妈这是怎么了，背着我爸……这怎么可能呢？"

阳阳撇了撇嘴："看见了吧，都抱在一起了，我说咱妈为什么总是神神秘秘的，这都弄到城里来了，不是我亲眼看见，打死我都不会相信，唉，我还以为咱妈饭都不吃下楼散心是生我的气呐，这下倒好，下楼跟人幽会来了。”

“算了，阳阳，我们回去吧，我不想待在这儿了。”

“你是呆子还是傻子，咱妈要是吃了亏怎么办，我们不能就这么回去，我们得在这儿盯着。”

“我知道你的那点心思，还不是想看我们家的笑话，这不，让你看见了，你满足了吧，我在你面前再也抬不起头来了是吧！”

“张大毛，原来我在你心里就是这么个人，我现在觉得你真是白读了那么些年的书，白学了那么多的文化，白让我崇拜你了，你心胸竟然狭窄得连我这个中专生都不如。说我看你们家的笑话，难道我现在还不是你们张家的人，那好，就算我不是你张家的人，那我这肚子里怀的是你张家的血脉吧，我的手指头怎么能向外掰呢，那样很疼的。”

“那……那也行，你盯着吧，我可不想看。”张大毛说完，痛苦地摇了摇头。

再说张大妈把那从石凳上站起的人扶住后，和那人一起坐了下来。

“唉，俺说你个扮贤啊，你怎么就跑到俺儿子住的地儿来了呢？俺不是让你来了后，先不要找俺，找个地方住下吗？该给的钱俺会一毛不少给你的。”

“咳……咳……”江扮贤还没开始说话，先咳嗽了起来，缓过劲来后，沙哑着嗓子对张大妈说：“翠花，不，张婶，俺下火车后，本想去找个地方住下的，但俺一下火车就被很多人围住了，他们都硬要俺住他们那儿，俺才不相信他们呐，因俺在外打工的儿子说过，这城里的骗子就是多，尤其是在火车站，骗子就更多了，咳……咳……”江扮贤话未说完，又是一阵咳嗽。

“咋这么咳嗽呢，扮贤，你没去医院瞧瞧，这人都快咳成干巴子了。”

“张婶，俺媳妇也让俺去医院，可俺不相信医院呐，不说别的，你张婶可能也听说过，那医院开口就是要钱，就连治个感冒也得个千儿八百的，俺这病，算了吧，拖到哪天算哪天。”

“俺说扮贤，生病了不能拖啊，再说了，你原先不是很有钱吗？就你那儿子都对俺儿子说过，你们家是村里的首富呢。”

“别开玩笑了张婶，以前是有过一点钱，可都花了。这些年……这些年俺身体一直不是很好，找俺看风水的人也是越来越少，你也知道，俺全村只剩下几户有人住村里，其他的几乎都随孩子进城了，咳……咳……唉，这该死的咳嗽。”

“算了，扮贤，俺们不说那些了。”

“那说……说些什么呢？”

“俺现在就给些钱你，你去找个店住下，顺便买点药吃，明天等俺电话。”

“那行，俺这就走，咳……咳……那，张婶，明天，俺等你电话。”

“走吧，走吧。”张大妈将口袋里的几百元钱交给江扮贤后，边说边用手势让江扮贤快些离开。

见张大妈开始往回走了，张大毛和阳阳急忙躲到了一矮灌木树的后面。

“看样子，咱妈最后还在口袋里摸出了什么东西给人家呢，不会是钱吧，这还倒贴……”

“你给我打住，越说越不像话了，我妈……我妈可能有她的苦衷呢，再说了，就算你说的所谓幽会，那幽会前我妈吃些生蒜干嘛，这不通情理嘛。你没见这人离开我妈的时候，与我妈没有什么过分的举动吗？”

“也是的，老公，按理说分开的时候那拥抱比见面的时候应该更那个一些，可他们没抱啊，这我就搞不懂了。”

“亏你还有自知之明，你不懂的事情还多着呐，就今天晚上的事情，我跟你说，阳阳，只能烂在肚子里，不准在任何人面前提起。”

“张大毛，我看你是翻身奴隶得解放还是怎么地，你平时不是这么对我的，从恋爱到结婚，你从没有过今天这态度。”

“随你怎么想，阳阳，什么事情我都可以顺从你，但关乎我妈及我家人的事情除外。回家吧，咱俩回家吧，外面下寒气了，你穿得又那么少。”

张大妈自然是先于儿子回到家里，她用随身携带的钥匙开了门。

这小两口怎么也不在家里呢？莫非散步去了，正好，自己现在这么紧张，这万一要是让他们看出来，唉，谢天谢地，他们不在家。

大约几分钟后，张大毛和阳阳也回到了家里。

隔壁邻居那喋喋不休的争吵声、女孩的哭声时断时续地传入他们的耳中，这夫妻俩对望了一下，什么也没说，忙各自的事情去了。

“你们也散步去了。”看着气氛有些不对，张大妈没话找话地对张大毛说道。

“是啊，我和阳阳也散步去了。”张大毛随口答道。

“那，俺与你们前后脚到家，俺没看见你们啊，你们走的哪条道？”张大妈有些心虚地问儿子。

张大毛却有些心不在焉地回答老妈：“我们随便走走，随便走走。”

张大妈没有继续接着儿子的话往下说，而是来到桌边，收拾碗筷洗碗去了。

阳阳早早地洗漱完毕，进房休息去了。

张大毛坐在电视机前，拿着遥控器，频频地换着频道，直到换得他自己都有些不耐烦了，这才丢下遥控器，进了卧室。

张大妈也早早地回了她睡觉的房间。

第十六章　前夜

然而，躺在床上的张大妈就好像早上醒来那般清醒，一点睡意也没有。

明天，明天将是最不安生的一天，自己一辈子都不相信且没做过的事，一辈子都没请过的这个江扮贤，不曾想在儿子这里实现了，睡吧，俺得好好地睡上一觉，明儿个得有精力，有精力才行啊！还有……还有就是明天千万不能忘记服降压药啊！那万一自己的血压往上升，哎，不想那么多了，咋尽往不好的方面想呢。1、2、3、4、5、6、7，1、2、3、4、5、6、7……张大妈又开始默念起了她那自创的催眠大法起来。

“……呜……呜……呜……”深夜，迷迷糊糊的张大妈又听到了哭声，这哭声听起来既像女人又像男人。

紧接着，同样是在一个比较狭小的地方，同样那狭小的地方满地都是鸡。对，那大黄、二黄也在鸡群里，它们互相撕咬着对方的翅膀，简直疯了一般，而另外的那些鸡也都伸着脖子，跳着往墙上撞。

墙终于被鸡撞开了，从那里面走出，确切地说是跳出一个披头散发的大个子女人，不对，更像一个男人，他顾不上那些鸡对他的攻击，径直地朝张大妈走来。

“啊！神仙，俺没做过对不起您的事啊，俺求您放过俺吧，俺是好人啊，那十里八乡的，只要有人求到俺头上，俺没有不帮忙的，俺这一生做过很多好事啊，放过俺吧，也放过俺的儿子、媳妇。”

“我没不放过你们啊，倒是我，被关在你们这屋子里，这么长时间了也出不去，我苦得很啊，你们放我出去吧，让我回家吧，放我出去吧，让我回家吧，不然，我去找你儿子、孙……”

“大毛快跑，带上阳阳快跑，儿子，你快跑啊。”

“妈，您怎么啦?”

张大妈那声嘶力竭地叫喊过后，儿子第一时间冲到了妈妈跟前。

阳阳也捧着肚子打着哈欠来到婆婆睡觉的房间，又随手按亮了灯。

看着满头是汗的老妈惊魂未定，做儿子的真有些心疼了：“妈，您来的这几天，几乎没睡什么觉，这到底是怎么了呢?”

“是啊，妈，真的有些叫人搞不懂，您这是怎么啦，在楼下……”

“阳阳，回屋去睡吧。”见阳阳提楼下的事情，张大毛忙制止住了欲继续往下说的老婆。

“儿子，阳阳刚才提起俺在楼下，你们是不是下楼看到俺了，或者说你们在跟着俺。”

“没有的事，妈，阳阳这两天有些消化不好，特别是阳阳她妈做的那菜，阳阳吃多了，有些胀气，所以我们吃过饭也下楼走走。”

“这么说儿子，你们不是跟着俺？”

“那肯定啦，我妈什么人，我妈百事通，我妈活地图啊，况且您来我们这儿几天了，您不会走丢的。”

张大毛说完这些话，自己在心里都得意了半天。

“不过，妈，您在我们这儿吃不好也睡不好的，这时间长了会吃不消的，我看您明天，或者是后天回家吧！”

“那怎么行。”张大妈边说这话边坐了起来，两眼直勾勾地看着儿子：“你这……你这是在赶俺走吗？”

“妈，您千万别误会，这是您自己的家呀，我怎么会赶您走呢？况且这买房的钱几乎都是您的，是您和我爸一辈子的血汗啊！说到底儿子我也是您的，您在这儿想住多久就住多久，或者干脆把我爸也接过来一起住，只是我看您这几天都没睡好，有些心疼啊，而且，就您那血压高，也需要好好休息啊！”

“儿子，妈身体扎实着呐，你别担心你妈，你好好照顾你自己，照顾阳阳吧。另外，妈回老家的事，过两天再提吧，俺这心里有数，心里有数。”

“妈，那，我们去睡了。”张大毛边说边打着哈欠。

“去吧，去吧，俺也困了。”张大妈说完，又躺到了床上。

十月三日一大早，张大妈就起床了，她动作轻柔地来到厨房后，又轻轻地关上了厨房的门。

打鸡蛋，和面，做葱油饼，煮八宝米粥……

待张大毛和阳阳起床，香气四溢的早餐已端上了餐桌。

张大毛看着饭桌上摆放的早餐，又看看妈妈，摇了摇头："妈，我看您又是一晚上都没怎么睡吧，气色这么差，眼睛下面都是青的，而您那高血压……"

"俺那高血压是老毛病了，不碍事，俺这就吃粒药去。你们快吃早餐吧，这葱油饼放凉了不好吃的，还有大毛，快帮阳阳盛碗八宝粥吧，赶紧的。"

"急什么呢，妈，在家休息就要有休息的状态，我们这叫什么来着，对，叫享受慢生活。"

"看你那美样，不是咱妈在这伺候你，你怎么享受慢生活。"

"阳阳说得对，阳阳说得对，我们的享受完全得益于妈的劳动，妈，我给您也盛碗八宝粥吧。"

"儿子，别管俺了，俺自己知道吃的，你们快吃吧，吃完早餐好去那什么湿地园？哦，不是，俺记错了，是地湿园吧，好像也不是……"

阳阳差点笑出了声，她把刚夹在筷子上的一小块煎饼又放入盘中，然后对婆婆说道："是湿地公园，妈，还真是亏了您记得我们今天要去湿地公园，要不，吃完早餐您与我们一起去吧！"

"不了，不了。俺这岁数去什么湿地公园，没看俺的十个手指头都有些变形吗，都是风湿造成的，俺不想去那湿气大的地方，俺就连那旱地公园都不想去，你们去吧。别忘记换上胶鞋，俺在家帮你们守着屋子。”

“妈，呵呵，您真幽默，还叮嘱我们穿胶鞋，您去看看吧，看看是否需要穿胶鞋。另外，阳阳一片好心，您和我们一起去，您别固执了，那里空气特别好，您不是老说家里闷得慌吗，去那里透透气吧！”

“是啊，这家里可能是装修遗留下来的问题吧，一回到家就觉得压抑，还有就是总有股怪味，不是，妈，您别生气，我没说您啊，您又没吃蒜，哎，不说了，妈，一起去吧！”

“阳阳真懂事，比咱大毛懂事多了，俺谢谢你们。只是俺真的有些不得劲，俺就在家休息吧！”

“好吧，那吃完早餐，我和阳阳一起去湿地公园了。”张大毛有些无奈地说。

吃完早餐后，张大毛及阳阳简单收拾了一下，然后出了门。

张大妈独自留在了家中。

还没走到公交汽车站，左顾右盼的阳阳又开始担心起来：“老公，咱今天就应该让妈跟咱们一起去湿地公园的。”

“妈不是说她有些不舒服不想去吗？阳阳，妈年纪大了，她想怎样就让她怎样好了。”

“可我还是觉得妈今天应该与咱们一起出去，不然的话，我，我……”

“你怎么了，阳阳，我们别强人所难好吗，妈想不想去是她的事，你还结巴上了，什么我我我的，你到底想说什么？”

“我想说，妈一人在家，我有些不放心。”

“阳阳，你又想多了，我妈能吃能喝，有什么不放心的。”

“老公，你忘了吗？就妈那昨天晚上……”

“哎，我说阳阳，不是让你把这事烂在肚子里吗，你怎么又提这事。”

“我也不想提来着，只是我怕我们不在家，妈把别人带进我们家里。”

“阳阳你越来越不像话了啊，你怎么能这么想我妈呢，昨天那事我妈肯定有苦衷的，只是我们不知道而已。”

“苦衷，你妈有苦衷？这都抱上了还苦衷。”

“阳阳，你别激怒我，我是有底线的，那就是……”

“吓唬谁呢，我不就实事求是地那么一说吗？你至于嘛，还底线。”

“算了，算了，这大过节的，我们不吵好吗？再说了，昨晚找我妈的那人不是在咳嗽吗？你不是也听到了，有可能是病了啊！”

“算了，我不想说这事儿了，我更不想与你吵，你那么护着她，她到底是你妈。”

张大毛没有吱声了，其实昨晚的事在他心里也是一个结，但他能随阳阳一起说吗？毕竟是自己的妈啊！

见老公不做声了，善于察言观色的阳阳知道自己的确说多了话，她索性不吭声了。

这对小夫妻就这么沉默着往公交站方向走去。

但沉默归沉默，别看他们都不说话了，但他俩想的却是同一个问题，那便是：咱妈在家到底能干些什么呢？

第十七章　江扮贤来了

其实，儿子媳妇出门后，张大妈一刻也没闲着，她马上拿出手机，拨通了江扮贤的电话。

“嘟……嘟……嘟……”尽管电话铃声响了很久，电话那头始终没人接。

“唉。”张大妈不由得叹了口气，“这江扮贤做事怎么这么让人操心呢，说好了随时听俺电话，他怎么就不接呢，不会出什么事吧？”

尽管张大妈开始有些担心起来，但她还是坚持又重拨了江扮贤的电话。

“嘟……”又响了好几声后，电话那头传来懒洋洋的声音：“喂。”

“俺说江扮贤，你这到哪里去了，俺电话打了半天，你咋不接呢？”

“俺在梦游周公呢，没听见电话响，对不住了，翠花，咳……咳……”

“你咋还在咳嗽呢，俺不是让你买点药吃吗?”

“吃药没用的，张婶，俺这老毛病了，昨儿个咳了一宿，天都快亮了才睡着，这不，又让你给吵醒了。”

“俺不吵你能行吗?你答应过俺的事情还没做呢，你赶快过来吧!”

“拉倒吧，张婶，现在这么早，你那儿子、媳妇能让俺去你家看风水吗?”

“你还是别多说了，扮贤，俺儿子、媳妇都出去了，就俺一个人在家呐，你住的地方离俺儿子家远吗?”

“不远，不远，俺估摸着也就二里地。”

“那你快过来吧，俺这就下楼去接你。”

“中，中，咳……咳……”

大约过了四十来分钟，张大妈在离马路不远处，终于看见了江扮贤。

见到了张大妈的江扮贤又是一阵激动，就连那咳嗽也剧烈起来。

直到江扮贤停止了咳嗽，张大妈这才开了口：“走吧，俺在前面走，你在后面跟着，注意，千万要与俺保持一定的距离。”

“那啥，翠花，还保持一定的距离，你不就比俺早几天来这城里吗?还有距离了。”

“江扮贤，别贫嘴了，俺让你这么做你就这么做吧，俺是有道理的。”

“那，中，中，俺听你的，俺听你的，谁让俺见了你那腿都发软呢？”

没多长时间，张大妈及江扮贤一前一后地来到了儿子所住的这栋楼前。

张大妈正要上楼梯时，江扮贤却开了口：“张婶你等会儿，俺先在外面看看吧，你儿子家住几楼？”

“俺儿子家就住在这上边，四楼，最西头的四楼，就那往外凸着的墙上补丁打得最多的地方。”

“墙上打补丁，墙上打补丁啊，咳……咳……”

“这墙上打补丁怎么啦？有啥问题吗？”

“可能，可能也没啥问题，俺的老憨子①在建筑工地打工，每次回家也少不了给俺讲讲建筑里边的那些个学问，依俺看，这墙上打补丁有可能是外墙渗水，对，外墙渗水，咳……咳……”

江扮贤说完，可能有些激动吧，他又是一阵剧烈的咳嗽。

这边，张大妈开始抬脚上楼了，她对还在咳嗽着的江扮贤说：“走吧，走吧，咱慢慢上去吧。”

“张婶啊，您儿子咋就没买上这高层的房子呢？城里这么多高层的房子，要是您儿子买上那高层房子的话，俺也就能过过那电梯的瘾了是吧，再说，俺这双腿也怪不得劲的，俺上不动楼梯啊！”

“别多话了，扮贤，上不动咱慢慢上，再说了，俺儿子也只有这个能力，能买上这房也不错了，就这，还赔上了俺和俺老头子的棺材钱呢。”

---

① 固始方言，意为“小儿子”。

“啥，还赔上了你家那小，不，是老白脸的棺材钱，这房价也太贵了吧，怪不得俺那在外打工的俩儿子都买不起房，更别说娶媳妇了，咳……咳……”

“你就少说两句吧，看你这上楼上得都喘气的，还咳嗽上了。”

正当他们一前一后慢慢上楼时，一个两手拎着很多东西的高个子男人急匆匆地跟在他们后面上得楼来。

自然而然地，张大妈及江扮贤听到后面有些急促的脚步声后，把身子往楼梯的左边靠了靠。

而高个子男人在经过张大妈及江扮贤时，没忘记朝他们看了一眼并微微点了点头。

张大妈及江扮贤上到四楼后，停了下来。

咦，奇怪，刚才从后面赶上来的那高个男人怎么也在四楼就不走了呢，并且，他好像还试图腾出一只手来掏裤袋里的钥匙开门。

张大妈好生奇怪地盯着这高个男人。

高个男人似乎觉察到了什么，他返过头来，用疑惑的眼神看了看张大妈及江扮贤。

张大妈可受不了这种眼神，在老家，那十里八乡的，哪个不晓得她翠花是个怎样的人。

张大妈索性朝着疑惑的眼光迎了上去：“这位后生，你住这层楼啊？”

高个子男人疑惑的眼光并没消失：“这不是四楼吗？我住这层。”

“那俺也住这层，不，不，俺儿子住这层，俺是前两天刚到俺儿子这儿来的。”

“哦，那这位，是您的老伴了。”大个子男人将眼光转向江扮贤。

“这位后生你别瞎说，他可是俺的老乡，住一个村里的。”

大个子男人露出好看的牙齿，抱歉地笑了笑：“对不起了，老人家，我猜错了。”

“不碍事，不碍事，那咱就是邻居了，有啥事你吱个声。”

“谢谢，谢谢。”大个子男人说完，又露出好看的牙齿笑了笑。

“看你这大包小包拎的啥呀，要不俺帮你拎着，你腾出手来开门。”

张大妈的这句话，把大个子男人说得满脸通红。

“来吧，别不好意思，俺帮你拿，不碍事。”

“谢谢您，老人家，我自己能行，我自己能……”

大个子男人的话未说完，他面对的那扇门被轻轻地打开了。

随着这门的打开，扑面而来的是一股浓浓的中药味，张大妈和江扮贤不由得同时耸了耸鼻子。

一个脸色有些苍白、头发稀疏、瘦得用张大妈的话说就像根火柴棒似的小女孩出现在门口，她两眼有些无神地看着大个子男人：“爸爸，你回来了，我在屋里听见你的说话声，你怎么不敲门?”

“我跟邻居说话呢，来，小兰，叫奶奶。”

脸色苍白的小女孩，怯生生地看了一眼张大妈：“奶奶好。”

“哎，这孩子真懂事，进去吧！那孩子他爸，你也进去，你也进去。”

"大妈，我姓王，叫王博，您就叫我小王吧!"

"哎，进屋，进屋吧，小王。"张大妈边说边挥着手。

邻居关上门之后，张大妈来到自家门口，准备开门。

"哎，这门上边怎么又夹着封信呢，哟，前一封信我放哪里了，这还忘记了。"

江扮贤可没注意到这些，他两眼专注地看着张大妈儿子对面的这扇门。

沉默了半天，他才开了腔："邻居？'小王八'？真有意思，咳……咳……"

"又咳嗽了吧，扮贤，你拉倒吧。这是邻居，做邻居是一种缘分，缘分你明白吗？再说了，人家也很体面啊，你看他那牙……"

"俺明白了，张婶，俺也不与你斗把戏了，俺再多个嘴，就你儿子这邻居'小王八'的小孩，她身体有问题啊!"

"俺刚才看她那样子，也估摸着她身体有些问题，另外，俺还几次听见这邻居夫妻吵架的时候，说些什么女儿都十岁了，还尿床。"

"这就对了，咳……咳……咳。"

"对啥？"

"你没见那'小王八'手里提着的东西吗？那是什么？那是尿不湿，俺一看就明白，是那开门的女孩用的。"

"还尿不湿，尿了还能不湿？江扮贤，你别自作聪明了。"

"俺没自作聪明，张婶，说正经的，那'小王八'提着的那些东西，全是尿不湿，那包装上明写着，也只有你这没文化的人弄不懂。”

“啥，俺没文化，俺培养的大儿子、小儿子都上了大学，现在都是白领，白领你懂吗？穿白衬衫的。那十里八乡的人都知道俺教子有方。就你有文化，你那俩儿子怎没上大学，这不到处打工呢？”

“俺说不过你，张婶。十里八乡的人都知道你是女强人，你也教子有方行了吧，只是刚才……刚才你问人家手里拿的什么东西时，给人家闹了个大红脸，唉，这些个问题啊，等你儿媳妇生了孩子，你也就知道了，咳……咳……咳……”

“唉，你这大老远的到这来，俺不跟你争了，俺没文化行了吗。”

第十八章　门把手上的第二封信

“快开门吧，不过，不对呀，张婶，就你这没文化的人，手里怎么拿着封信呢？”

“俺刚才在门口拿到的，这信夹在门把手里边，俺还告诉你，前两天俺也在门口捡到过一封信，是从门把手上掉到地上的，俺没把它当回事，反正俺也不识字，这已是第二封了。”

“俺与你说张婶，连俺都知道，现在谁还写信啊，怪麻烦的，那啥，就算俺那俩儿子不成器，可他们无论是电脑，还是手机，那玩得是一溜一溜的，俺那老憨子还教俺用手机写信呢，那写好的信啊，不要一秒钟，只点个发送，它就自动送到收信人的手机里。哎，现在还写信，真不知道这写信人是咋想的。”

“是啊，听了你扮贤的话，俺也想不通了，哎，反正俺也不识字，你给俺看看这信吧！”

“那不行，这信肯定是写给你儿子，或者儿媳妇的，俺不能拆开看，再说了，这私拆信件可是违法的你知道吗？咳……咳……咳……”

“那啥，你别吓唬俺江扮贤，反正俺也不懂法。这信，你帮俺拿一下，俺来开门。”

就在张大妈开门的功夫，江扮贤经不住好奇，还是将那拿在手里的信封看了一眼又念了出来：“本市内详。”

“说啥呢，江扮贤，进屋吧！”

“进屋，进屋，只是你这屋里好生奇怪啊，这么凉，凉得俺都有些哆嗦了，刚才……刚才你儿子隔壁屋的那‘小王八’还穿着短袖呢，你这屋里咋这么凉。”

“俺也有这种感觉啊，不然怎么这么急着让你过来呢？”

“你把门关上吧，张婶，这过堂风吹得俺牙齿都在打战，咳……咳……咳。”

“好吧，俺把门关上，江扮贤，这闹了半天，时辰也不早了，你快点那个吧。”

“哎，俺马上就换衣服，马上就换衣服。只是，只是张婶，你这信有问题啊。”

“信有问题？信有啥问题？不就是几张纸吗？有问题俺就撕了它，或者俺把它烧了。来，扮贤，你别瞎捉摸了，把信给俺吧，连同前面那一封，俺都把它们给撕了。”

“前面那一封，张婶，你赶快把它找出来吧，给俺看看，俺保证不看信里面的内容，只看信封表面。”

“这啥意思呢？扮贤你咋还这么严肃，这信跟你来俺儿子家里办的事它有联系吗？”张大妈边说边蹲在茶几旁边，开始翻起了那摞报纸杂志。

没翻几下，张大妈便找着了前两天她亲自拿进屋里来的那封信，而后站起身来，将信递给有些焦急的江扮贤。

“一模一样，一模一样啊，连这字体都一样，也是‘本市内详’，咳……咳……咳……”

“扮贤，你又琢磨啥呢？跟俺讲讲吧！”

“翠花，哦，不，张婶，依俺看，信有问题啊！”

“哎哟，快说吧，有啥问题。”

“你看，”江扮贤斯斯文文地讲了起来，“张婶，你看这信封上面，只有四个字，‘本市内详’。”

“啥叫‘本市内详’呢？哎，俺真是没文化啊！”

“‘本市内详’，它大概有两层意思，这一层意思是写信的人他就在这个城市，也就是说他与你儿子或儿媳在同一个城市；另外一层意思就是想要说的内容都在信里写明白了。”

“那写信人干嘛不直接找俺儿子或找俺媳妇呢？都在一个城市，干嘛要写这信呢？打个电话不就完事了。”

“你问得很对，张婶，这个问题你算是问对路了，这次你终于做了一回文化人，咳……咳……”

“哎哟，江扮贤，什么时候了，你还嘴贫。”

“俺没嘴贫，张婶，你说到问题的关键上面去了，只是，依俺看，还有另外一点也很关键，那就是信封上面既没有寄信人的地址，也没有收信人的地址、名称，就那么‘本市内详’四个字，哎，莫非……莫非这是想暗中敲诈。”

“啥，敲诈，敲诈俺儿子媳妇，那……那咋弄啊扮贤。”

“张婶，现在基本可以肯定了，这写信的，可能还包括送信的人，都是坏人。”

“完了，完了。咱儿子、媳妇叫人给盯上了，可他们没钱啊，买房的钱是俺帮他们东拼西凑的，还赔上了俺和俺当家的棺材钱，这咋整啊！扮贤，你把信撕开吧，撕开看看，看看里边到底写的啥。”

“说实在的，张婶，俺本来不该撕这两封信，但俺真的感觉这信里边有问题，你撕开吧，张婶，你撕开来，俺来看。”

张大妈哆嗦着接过了江扮贤递给自己的那两封信，又慢慢地将它们撕开了。

“快，张婶，给俺看看，给俺看看。”

张大妈把撕开的信交给了江扮贤：“里面都是写的啥，快看看。”

江扮贤展开信封里面的便笺，看了一会儿，没有做声。

不识字的张大妈，好像也看出点端倪：“这，信封上面四个字，里面是1、2、3、4、5、6，六个字，这到底啥意思啊，你快给俺念念，快给俺念念。”

“咳……咳……咳……”咳了好一会儿的江扮贤终于平静了些，他一字一顿地念起了便笺上面的内容：“屋子里有宝玉。”

张大妈听到这六个字后，惊得大叫起来：“屋子里有宝玉，那可是金贵的东西。”

“嘘——”江扮贤边用一个指头放在嘴边做手势，边向张大妈递着眼色：“俺说翠花能不能小声点，你这女强人的声音也太大了，你没听说过隔墙有耳吗？”

“唉，啥是隔墙有耳咱不懂，俺只知道宝玉是稀罕的东西。”

“宝玉的确是稀罕的东西，只是，可能，有可能，这信，它就是一种暗示啊！咳……咳……咳……”

“你别拿腔拿调了，江扮贤，这信的事情俺们先不说了，俺把信收起来，你赶紧的该干嘛干嘛吧，这都快晌午了，你不是要换衣服吗？真是，让你瞧瞧换啥衣服呐，快换衣服去吧，去那卫生间里换衣服去吧！”

“哎，俺这就去换衣服。”

江扮贤边说边打开了随身带来的提包，随即一大摞发黄了的书被他庄重地拿出来，放在了张大妈儿子家的餐桌上。

最后，江扮贤神情庄重地从提包里取出了需要换上的衣服。

“到卫生间换去吧！那扇窄点的玻璃门里就是，赶紧地。”

江扮贤向张大妈点了点头，拿着衣服，表情有些凝重地朝卫生间走去。

当江扮贤推开那毛玻璃门，将一只脚踏进卫生间，还没来得及踏进第二只脚时，先前踏进的那只脚猛地收了回来：这卫生间里好凉啊，阴气好重啊！咳……咳……

“江扮贤，磨蹭啥呢，快进去呀！”

就在江扮贤再次进入卫生间时，一阵有些急促的敲门声让江扮贤把伸进卫生间的脚再次收了回来。

第十九章　阳阳遭意外

咚，咚，咚。“妈，我和阳阳回来了，快开门吧，我们忘带钥匙了。”

“完了，完了，俺这边还没开始呢，他们就回来了，这……这可咋办啊！”

咚，咚。“妈，您快点开门吧。”

“这咋办呢，江扮贤，你快进厕所躲躲吧，俺把这桌上的书收起来，等俺把儿子媳妇骗进房里，那时你再出去。”

“只能这样了，张婶，那俺先进厕所了，咳……咳……咳……”

“你小点声。”

江扮贤边点头边用手捂住了嘴巴。

张大妈的两只手颤抖着收拾起桌上的那些东西来。

“妈，您快开门吧，这脚都站麻了。”

“阳阳，你别急，妈这几天晚上没睡好，兴许妈现在睡得正香呢？”

“你总护着你妈，为你妈说话，张大毛，你什么时候也护着我点？”

“我这不是劝你别急嘛，你怀着孩子呢。”

“孩子，孩子，张大毛，你心里除了你妈就是你孩子，你为我想过吗？考虑过我的感受吗？今天也是，在路上堵那么久，好不容易到湿地公园，结果，一个电话，就那么一个电话，你就硬拉着我往家赶，我太累了，我是孕妇你知道吗？开门呐，再不开门我踢门了。”

“阳阳你……太不像话了，妈有可能睡着了，也有可能压根就不在家呐。”

张大毛的这话还没落音，张大妈一脸尴尬地打开了门。

“妈，您怎么睡得这么沉，这门都敲了好半天，您都没听见？”

张大毛边进屋边递着话给自己的老妈。

张大妈也顺着儿子的话往下说：“是啊，是啊，这么些天都没睡好，今儿个睡得太香了，对不起啊，俺没听见你们敲门来着。”

张大妈说到这里，话锋一转：“你们……你们咋不多在湿地园待会儿呢，这么早就回来了，中午饭还没吃吧，这么着，你们换了鞋到房里歇着去吧，俺帮你们做面条吃，做面条吃。”

“我们就不休息了，妈，待会儿，有可能马上我们有些朋友要来家里。”

“哦，要来客人啊，那你们更要先休息休息，去，去屋里歇歇吧。”

“好吧，妈，我们听您的，可我们也得洗洗手啊，是吧，阳阳。”

阳阳没搭理老公，反而横了他一眼，尔后对婆婆说：“我上卫生间洗手去。”

张大妈神色慌张地拦住了儿媳：“阳阳，你就上厨房洗手吧，那卫生间里地面上很湿很滑的。”

“笑话，您不是在睡觉吗？卫生间里怎么给弄湿的？”

“阳阳，妈是为了你好，怕你摔着了，别不知好歹。”

“我不知好歹，张大毛，我看你这两天越来越不像话了，对我说话也特冲。算了，我这会儿也懒得与你计较了，我上厕所，我尿憋得不行了，这理由该可以吧！”

“这上厕所还扯到什么理由上去了，不都是为你好吗？真不可理喻。”

“谁不可理喻，张大毛你说清楚。”

“我与你说不清楚，你看这回来的路上，你那嘴都没停过，不断地数落我，而我只能顾及到你有身孕。你想想，我是你老公，不是你的出气筒，而且今天提前回来也不是我的错啊，人家看得起咱们，到家里来热闹热闹也是人之常情。哎哟，我说阳阳，你真的是越来越小心眼了。”

“好，我小心眼，我还就小心眼了，张大毛，这可是你说的，你可别后悔。”

“哎，这吓唬谁呢，不就是怀个孕，哪个女人不怀孕呢？”

“儿子，别说了，阳阳还是蛮懂事的，你们都去房里休息吧，俺这就给你们下面条去。”

“妈，哎哟，我这尿都憋得不行了，我上卫生间去，我真懒得与你们理论了。”

“恕不奉……”

张大毛的话未说完，张大妈急忙拦住了阳阳：“阳阳你不能去洗手间。”

“妈，您别拦我，这家里的卫生间怎么不能去，再说，这孕妇不能憋尿啊！我真的来不及了。”

阳阳说完，推了一把拦在前面的张大妈，冲进了卫生间。

没过两秒，准确地说，只是那么一秒钟过后，从卫生间里便传出了阳阳那凄厉地惨叫声：“啊……”

紧随着阳阳惨叫声音的是重物倒地声和一个男人惊恐的叫声。

张大毛在第一时间冲进了卫生间。

张大妈听到阳阳的喊声后，瘫在了地上。

“完了，出大乱子了。”

没过一会儿，张大毛抱出了头上流着血，下身也满是血的阳阳。

来不及质问母亲，更来不及换鞋拿包，张大毛抱着阳阳冲出了家门。

奔驰的出租车上，张大毛紧紧抱着阳阳泪流满面，嘴里不断地数落着自己：“我该死，我该死啊，阳阳，让你遭这么大的罪，这是为什么啊，阳阳你醒醒啊！”

阳阳其实已清醒了些，但她仍然紧闭着双眼，不愿理睬丈夫。

“阳阳啊，就刚才，我还与你吵架来着，我是真的不懂事啊，还有我妈……我妈她也太不像话了，你就原谅我们吧，你一定要挺住，马上到医院了，马上到医院了，挺住啊阳阳。”

中年出租车司机听张大毛说到这里，冷不丁插了句：“早知如此，何必当初呢！”

张大毛听出租车司机说完这句话后，似乎明白了什么：“是啊，我早就有所察觉，为什么我就没有往深处想呢？是我害了你呀，阳阳。”

张大毛说着说着，又哭了起来。

“是个爷们儿就别哭，担起责任来吧，医院已经到了，我把车停好后你赶紧下车，的士费十八元。”

张大毛这才想起，出门太急，没有带上钱包：“哦，师傅，我出门时太急，忘带钱包了，不过请你相信我，这钱我一定给您还上，您给张名片我吧，我这手机也没带。”

“唉。”中年出租车师傅叹了口气，“可以理解，算了算了，就算我积德了吧，谁还没个急的时候呢，钱，你不用还，不用还我了，抱老婆进去吧，她蛮危险的。”

张大毛把老婆抱到了急诊中心门口，身无分文的他又犯难了。

这么为难的事情自己还是第一次经历啊，怎么办呢？又有谁能帮帮自己呢？

不行，我就是下跪也得让阳阳得到救治。

张大毛这样想着，欲抬脚跨进急诊室。

“大张，大张，哎哟，大圣，还真让我俩找到了，大圣，你看大张正抱着嫂子在急诊门口呢。”

张大毛也听到有人叫自己，那声音好熟悉，他不由得回过头来：“小丽，哦，还有大圣，你们怎么来了，你们怎么知道我在这里。”

“你可能刚抱嫂子出门打上的士，我们就到了你家里，十几号人统统都去了你家，你家的门大开着，你妈坐在地上，我们估计你们家可能出了什么事，赶紧去问你妈。”

小丽接过大圣的话：“你妈妈好不容易才静下心来，说嫂子出事了，是她害的，又说你走的时候什么都没带，还穿着拖鞋，唉，我们就追下楼来了，当然我们没看见你和嫂子，还是齐天聪明，他让我们这一大波人兵分几路，逐个医院地找，这不，被我俩找到了，我这有钱，大张你抱嫂子进去吧。”

当然，阳阳得到了及时的救治，可惜，没保住孩子。

焦虑的张大毛又要赶回家里去了，家里还不知道怎么回事呢。

老妈，外加一个躲在厕所里的有些面熟的男人，当然，在阳阳危急的情况下，没怎么看清楚，但这都怎么回事啊？我又是在哪里见过这男人呢？他要光明正大的话，为什么不堂堂正正地坐在客厅里，而非得躲在厕所呢？

唉，自己最敬重的妈这是怎么了，真的是老来不检点吗？真的是如阳阳昨晚所说的那样，弄到城里来，都抱在一起了吗？那与我妈幽会的男人是谁呢？是谁让我妈连名声都可不管不顾，还倒贴钱。不行，我得赶快回去了。

张大毛向全程陪着的大圣借来手机，拨通了阳阳的妈妈宋女士的电话。

宋女士赶到医院，她看着泪流满面的女儿，对张大毛投去了质疑的目光。

张大毛没有回避，而是迎着那质疑的目光，对阳阳妈妈说："一切事情等我了解清楚了再给您答复吧，当然现在我可以肯定地告诉您的是，整件事情，阳阳是受害者，她没有错，错都在我们家。我对不起阳阳，真的对不起阳阳，我会把我了解到的一切真实情况告诉阳阳的。"

"还有什么可说的，还需要说些什么，这母子俩一个鼻孔出气，能有真话吗？倒是拿我当外人，这下好了，孩子没了，我与你们老张家唯一系着的关系也没了，我名正言顺地成了和你们张家不相干的人。哼，昨晚我们亲眼看见，你还能为她辩解，那今天呢，今天躲在厕所门后面的男人算什么事呢，我们刚买的房啊，他们这样做是不吉利的啊！这不，灾难马上就来了，我们的孩子没了，我的希望也没了啊！"

"阳阳，我们还年轻，还有的是机会要孩子啊！"

"还有机会吗？我一想到你妈在我们家干那事，我就恶心，就想吐。你还那么维护她，你走吧，我不想看见你，也不想听见你的声音，你回去与你老妈过吧。"阳阳说完，痛苦地闭上了眼睛。

从病房出来后，张大毛与小丽、大圣作过简单的道别，然后直奔家里。

到家门口后，张大毛怀着极度忐忑的心里，抬手敲响了自家的门。

然而他家的门并没有被锁上，张大毛就那么一敲，门就顺势打开了。

“妈，妈。”刚进门的张大毛焦虑地叫喊着老妈。

见没人答应自己，张大毛直接冲进了老妈睡的那屋。

张大妈闭着眼睛，直挺挺地躺在床上，鞋没有脱，身上没有盖被单，那脸上、眼角上还挂着未擦掉的眼泪。

“妈，这是怎么啦，您快告诉儿子，这到底是怎么啦！”

张大妈还是没有吱声。

直到儿子说：“妈，今儿个您是说也得说，不说也得说，您必须对我有个说法，对阳阳有个交代。”张大妈才睁开了眼睛。

“啥，儿子，你让俺对你有个说法，对阳阳有个交代，俺能说什么呢？又要交代什么呢？”

“我给您个提示，您就从昨天晚上开始说起吧！”

“昨晚？昨晚俺干了些啥？”

“您自己心里明白您都干了些什么，老实跟您说吧，昨晚……昨晚我和阳阳跟在您后面呢，只是天黑了有些看不清楚。”

“妈一辈子光明正大，没做过对不起俺们这个家的任何事情，你怀疑你妈，这还跟踪上了？”

“我们也不是跟踪您，这不您这几天确实有些不正常嘛。”

“俺不跟你说了，反正俺没干亏心事。”

“您必须说！”做儿子的再一次显示出了对自己的妈妈没有了耐心。

“你要俺说啥？你不懂俺，俺也不用解释。”

“您说昨晚与您幽会的那个男的是谁，对，你们还都抱在一起了，阳阳和我都亲眼看见。您后来还递给这人什么，是钱吗？我们也差钱啊！您不是说您没钱，就连那棺材钱也给我们了吗？那昨晚给钱那男人又算什么呢？这偷人养汉的事情，我没想到在您身上发生了，您对得起我爸这辈子对您的忠诚吗？对得起您的孩子吗？哦，对了，说起孩子，我和阳阳的孩子没了，他（她）在自己妈妈的肚子里仅仅存活了三个月便夭折了，呜……呜……”

张大毛说到孩子的事情，竟呜呜地哭了起来。

“啥?!”张大妈边说边坐了起来，“俺那大孙子没了，阳阳她怎么这么不小心呢？造孽啊，俺的天啊！俺们家这到底是咋地了?”

“您说阳阳不小心，这厕所里躲着一个大男人，让阳阳怎么去小心呢？她不摔倒才怪呢，唉，孩子就这样摔没了，您还有脸问我这是咋地了，我还要问您呢，与您昨晚幽会的那个人今天是不是跑到我们家来了，在我们家厕所躲着的是不是昨晚那个人?”

“既然你这么说你妈，糟践你妈，那俺没什么好说的，俺也不想回答你的问题。”

“您必须回答，就算您不给阳阳一个交代，那我是您儿子吧，家里出了这么大的事您总得给我解释解释吧?”

“俺解释得清楚吗?”

“怎么解释不清楚，您就说，那男的为什么在我们家，你们昨晚刚见面，今天他又迫不及待地跑我家来了。难怪您今天早上那么着急地让我与阳阳去什么湿地公园，这……这要不是大圣他们打电话说要来我们家，让我们提前回来，这家里还不定发生什么事呢。”

“你尽管糟蹋你妈吧，反正俺没干什么见不得人的事。”

“干没干，您自己心里清楚，如果是光明正大的话，干嘛他不坐在客厅里而要躲在厕所里？要是他没躲在厕所里，阳阳会被吓得摔倒吗？会流那么多血吗？对了，阳阳的头还砸在坐便器上呢，也流了好多血呢。”

“儿子，唉，俺也不想这样啊！俺的大孙子没了，俺也心疼呢。只是，俺心里有苦衷，不便与你说，真的不便与你说，关键是它不能与你说啊！如果说了，你整天惦记着这事，不能好好工作，好好生活，那咋整啊！刚才你对俺发那么大的火，那么糟蹋你的娘，俺也不怪你，谁让你是俺生的呢，俺只能打碎牙齿往肚里吞啊！俺没文化，不识字，但大道理俺懂，那老家十里八乡的，都知道俺是个正派的人，这就够了。”

“您说老家，十里八乡，我今天在咱家厕所里看到的那个人，好像就是老家的人啊，只可惜当时我太急，厕所里的光线又暗，我没看太清楚，如果不是阳阳摔倒，我当时非把他拉出来，揍扁他不可。”

见妈妈没说话，做儿子的继续说道：“我爸对您那么好，一辈子对您俯首帖耳，您说一，他绝不敢说二，这样的好男人上哪儿去找啊！您倒好，老了老了倒嫌弃我爸了，但话说回来，您也年纪不小了，不年轻了，您还大我爸三岁呐，玩不起了啊！”

“俺没玩，俺不就是……”

“就是什么？您快说。”

“算了，俺现在不想说，终有一天你会明白俺的。”

“您不说是吧，我终究会明白的，包括昨晚您跟谁在一起，你们都干了些什么，我都能搞清楚，都能还原出来，我还就不信了，是谁能让我妈守口如瓶。”

“儿子，你要去查你就去查吧，反正俺是不会说的，俺只是告诉你，你妈是正经人，堂堂正正一生，那到咱家来的人虽然谈不上是好人，但也绝不是坏人，俺们都是为了，都是为了……”

“为了什么？快说吧。”

“俺不说了，反正人家已经走了，这事已经过去了。”

“但我们家里的事情没过去啊，阳阳她……我们的孩子没了，她觉得我前两天又处处护着您，直到出这种丑事，她已看不起我张大毛了，说了不想与我过了。”

“那也是命中注定的啊！”张大妈说完这话，痛苦地闭上了双眼，再不做声了。

第二十章　张大妈之死

看妈妈闭着眼睛不说话了，张大毛来到客厅，又一屁股坐在了沙发上。

可屁股还没坐热，张大毛又弹簧般地跳了起来，并拿上钱跑下楼去了。

不一会儿，张大毛又回来了，手里多了一箱啤酒。

喝吧，喝他个一醉方休，那样可能就不痛苦了。

然而，干财务的张大毛平时几乎是滴酒不沾的，上十听啤酒下肚后，不胜酒力的他，倒在沙发上，什么都不知道了。

让张大毛醒来的是一阵急促的电话铃声。

电话接通后，张大毛没好气地对着电话另一头大声嚷道："你好烦呐，就不能让人睡个觉吗？"

"还睡觉，这都上午九点了，睡什么觉，俺看你们是过得太舒服了。"

"哦，是老爸啊，老爸您咋打电话过来呢？"

“俺咋打电话过来，你还问俺咋打电话过来，都出大事了。”

“又出什么事了，爸，那家里能有什么事吗？哎哟，我的头好疼。”

“村里有谣言了，说你妈前脚去城里，江扮贤后脚就跟你妈去城里幽会去了，而且，江扮贤昨儿个深夜回来，整个人都不行了，今儿个一大早就由他的儿子开车把他弄医院去了。”

“这谣言是谁放出来的呢？”张大毛听这话后，完全清醒了。

“俺也不知道啊，不过，你娘去你那里之后还向俺问过江扮贤的电话号码，还是俺告诉你娘的呢，而且，村里留下来的就那么十几二十号人。不过，依俺看，只怕是江扮贤的那苕婆娘自己放出来的吧！”

“这样，爸，您别急，这事我会弄清楚的，您等着吧！”

“俺能不急吗？儿子，俺等什么，俺等你娘跟俺说清楚，告诉你儿子，这事它就说不清楚了，俺这回也要硬气一些，让你娘等着吧，俺要与她离婚。”

“离婚？爸，您要与我娘离婚？这个玩笑可开大了，这不是事情还没弄清楚吗？爸，你相信我吧，给我一点时间，我必须弄清楚事情真相。”

张大毛说完这句话后，挂断了电话。

冷静，冷静。他反复地告诫自己，尽管事情变得越来越复杂了，但自己必须冷静地去处理，从容地去面对。

张大毛开始回忆起来：对了，现在是上午十点不到，而昨天上午我与阳阳去了湿地公园，然后回家，再然后阳阳出事被送进医院，再然后自己回家喝酒，喝酒后一直睡到今天被电话吵醒。那么，我妈怎么不叫醒我呢，她每天习惯起那么早，为什么不做早点呢？我妈哪去了？还在屋里睡觉吗？

“妈，妈……”张大毛边叫着妈边推开了张大妈睡觉那房间的门。

“妈，您也真能睡，起……”

张大毛话没说完，因为他看见了没脱衣服、没脱鞋子、没盖被子的妈妈似乎不对劲。

张大毛随即用手在妈妈鼻子下面试了试，还有那么点微弱的呼吸，再用手试试妈妈的脉搏，已感觉不出来了。

“妈，您这是怎么了，您怎么能这个时候丢下您儿子呢？”

张大毛顺势蹲了下来，在蹲下来的第一时间看见了妈妈放在枕头边的手机。

手机，对。得赶快用手机打 120。

尽管 120 在送张大妈去医院的途中，医护人员对张大妈进行了紧急抢救，但这抢救还是来得太迟了。

张大妈，这个距离她六十岁生日仅仅差七天的老人，这个能干又热心的、为儿女操碎了心的母亲，这个伺候了丈夫几十年的女人，因为突发脑溢血，去世了。

“是我害死了我妈，是我害死了我妈啊！我这个不孝的儿子，在没弄清事实真相之前，我凭什么那么糟践我的妈啊，我妈说不定，不，我妈肯定有她的苦衷呢，她就这样不明不白地走了，一走了之，可作为儿子，我对不起她啊！”

“节哀顺变吧，小伙子。”参加救护的医生看张大毛情绪不好，劝慰道：“你妈本来患有高血压，有这种病史的人一般不能够受刺激的，而且她的病情也很复杂，你们做晚辈的应该多多关心她。不过现在说什么也晚了，人毕竟已经走了，已经走了啊！”

“可我妈是我给害死的，她死之前我对她说了那么多难听的话，她都默默地承受了！她是那么的爱我，爱她的三个孩子，爱自己的家，虽然自己没文化，但她为了把我们仨培养成人，她吃了多少苦啊，没日没夜地干活，我……我张大毛算个人吗？我还没来得及报答我妈呢，我没机会了，没机会报答我妈了啊！”

随着“嘎”的一声响过后，救护车开进了医院，张大妈也随之被送入冰冷的太平间。

从医院里的太平间出来后，张大毛就近找个地方坐了下来，他好想多陪陪妈妈，好想得到妈妈的宽恕。

坐了不到五分钟，张大毛口袋里的手机响了起来，张大毛没去管它。

嘟……嘟……嘟……尽管张大毛一直不去接听电话，但打电话的人似乎很执著。

张大毛拿出了手机，准备直接关机，但手机屏上出现的“老亲娘”三个字，让张大毛打消了直接关机的念头。

都这个分上了，接吧。

张大毛按下了接听键。

“大张吗？”多么亲热的称呼，张大毛没有吱声。

“是大张吧，我这打了多少遍，你那什么情况啊！你把阳阳送到医院里来，又不管不顾的，这阳阳在你们家遭了那么大的罪，她无论在身体上还是在精神上都需要你来安慰啊！”

“我安慰她，那谁来安慰我呢？”

“你说这话就不对了啊，张大毛，你是男人，是男人就得顶天立地，得负起责任来，你倒好，阳阳在你们家出这么大的事，你却当了缩头乌龟，咱先不说安慰阳阳，那，你张大毛总得给我们家阳阳一个交代吧，你知道阳阳失去了孩子，这两天哭得有多伤心。”

“你听好了，宋女士，我张大毛不是男人行了吧，我既顶不了天，又立不了地，更负不起你这娇生惯养的女儿的责任，我就是缩头乌龟，缩头乌龟怎么了。至于说你女儿失去了孩子，依我看，失去孩子这下更好了，省得孩子生下来不是没爹就是没妈。”

“张大毛你什么意思?!当初真算我瞎了眼，让我女儿跟了你这么个人，还那么掏心掏肺地对你好。你说，我们家阳阳跟了你，她得到了什么，她真是得到了一生的教训。我还以为你是个可以为阳阳遮风挡雨的人，只是万万没想到，阳阳所遇见的风雨，都是你给她带来的，平心而论，你对不起阳阳，亏了阳阳对你那么好。”

“阳阳的确是好女孩，也是不错的妻子，可惜她长不大，而且照她的性格来看，她永远都长不大，那什么，我把她宠上了天，可她却把我妈踩在脚下，践踏我妈的尊严。”

“你说什么，什么是践踏你妈的尊严。”

“算了，不多说了，说了你也感受不到，缘分如果尽了，说什么都是多余的。”

“你的意思不就是和我女儿分开吗？谁怕谁呢，哼，像你这种凤凰男，谁稀罕。”

“那就麻烦你与你女儿说一声，我还不跟她过了。”

张大毛说完这句话，关闭了手机。

“你……张大毛……你也太不像话了，……。”

“妈，大张他说什么呢，惹得你这么生气?”

“他说……他说要与你离婚。”

“我不信，妈，这太突然了吧，张大毛那么宠着我，惯着我。”

“哎哟，我的傻姑娘，人家真的要和你分开。”

“那，张大毛他说了离婚这俩字吗?”

“唉，他说的话比那两字更让人难以接受。”

“张大毛，他怎么能这样呢，他们家就没一个好东西，我都这样了，我被他们家害得还不够惨吗?妈，你把电话给我，我来打电话骂他。”

“你自己的电话呢?”

“昨天我……我进厕所以前，好像把电话放家里的茶几上面了。”

“算了，阳阳，今天我已说过他了，你也让他消化消化吧，过几天，最好等你小产满月，你再打电话或当面数落他吧!”

已是凌晨两点了，张大毛还孤零零地坐在离太平间不远的石凳上，他好想和妈妈多待一会儿。

萧瑟的秋风吹打在张大毛的身上，使他不由得打了个寒战，继而两手抱在了胸前：妈妈，您冷吗?您被放进了冰柜里，您更冷啊!

直到这时，张大毛才感到了从未有过的虚无与缥缈。

我没有妈妈了，妈妈就这么突然地走了，再也没人催我回家过年了；没人一路跑着、追着长途汽车和我挥手告别了；没人在我失意之时鼓励我，在我得意之时告诫我了；而那个没有妈妈的家，还是个家吗？本来以为苦日子过完了，好日子开始了，自己在城里有了工作又买了房，但妈妈您却走了，您都没有给儿子孝顺您的机会啊！

直到清晨五时，极度虚脱的张大毛才招了辆出租车回家。

站在空荡荡的家里，张大毛第一次感到了恐惧。

……办完母亲的丧事后，张大毛向阳阳提出了离婚。

第二十一章　离婚

在娘家休小产假的阳阳还巴望着张大毛会去向她解释些什么，并且求她回家呢，然而，张大毛见到阳阳后，除了丢下那句“六个月后离婚吧”，其他什么也没说。

躺不住的阳阳，不顾小产后的虚弱，毅然决然地让母亲陪着回到自己的家。

一进门，婆婆的遗像让阳阳全明白了。

既然是这样，那么挽救就是多余的，只因为阳阳知道，张大毛是孝子，是一个不折不扣的孝子。

还等什么六个月之后呢，既然铁了心要离，那么成全他张大毛吧。

就这样，张大毛和阳阳这对没房时的恩爱夫妻，在历尽千辛万苦买来二手房后，更确切地说，他们在买来的这套二手房里住了没多久，便以离婚收场。阳阳呢，在精神上与肉体上都遭受了很大的痛苦，还失去了自己的孩子；而张大毛呢，他的痛苦可说是钻心之痛、切肤之痛，他不仅失去了自己的孩子，还失去了生他养他，可说是他在这世界上最爱的、也最爱他的人——母亲。

几天后，阳阳收到张大毛的短信："到咱们原来的家里来一趟吧，顺便把你想要的东西清理一下，我会安排人帮你拖走的。另外，买这房子的钱有一部分是借来的，我想把房子卖了，卖了把钱还给别人，这伤心地我是一刻也不想呆了。而你跟着我也受苦了，我会给你补偿的。"

阳阳如约来到了原来的家。

这对昔日的小夫妻，再次见面后，竟变得客套起来。

"过来了。"这是张大毛开门后的第一句话。

"是啊，你……你还好吗？"

"就那样吧，白天有朋友陪着还过得去，晚上不好受，晚上难熬，特想我妈。"

"慢慢来吧，时间久了，会强一些的。"

"但愿吧。"

"今后有什么打算？"

"打算？打算就是卖了这房，再回到以前住的胶囊房里去疗伤，对了，你不会反对卖这房吧！"

"不会，说心里话，张大毛，我挺支持你卖这房子的。只是，我们买这房的时间这么短，按照房地产政策，这房如果卖的话，能顺利过户吗？"

"我也不知道啊，问问中介吧，他们有经验，看他们具体怎么操作。"

“也是。不过，如果卖房需要我签字什么的，我随叫随到。”

“谢谢你，阳阳。”

“其实，大张，其实……”

“想说什么就说吧。”

“大张，如果……我是说如果我们没买这房，我们也不会走到离婚这一步，你妈也不会去世，我们的孩子也不会夭折。”

“可事实上没有如果啊，只有结果和后果，并且这世上哪有后悔药呢？”

“其实，大张，说心里话，我不想与你离婚，之所以由我提出离婚，是因为由你提的话，还得等到六个月后，我这样完全是了却你的心愿。我俩没矛盾，至少在搬进这房子之前，我俩那个时候多开心啊，虽然我们没什么钱，但你却总是把我当公主一样的宠着，我真想回到从前那种状态。”

“不可能了。我一想到你对我妈说的那些话，我就不能原谅你，我甚至也不能原谅我自己。因为我把你对我说的那些有损我妈尊严的话，统统倒给了我妈，她一封建保守的农村老妇人，能受得了吗？”

“对不起了，大张。”

“没有对不起，现在说什么都晚了，真的，虽然我的母亲只是一个平凡的农村妇女，但她却是我的感情世界里不可缺少的一块，我现在唯一要做的，是把事情的来龙去脉搞清楚，还原事实真相。”

“那也行。”

“对了，这房子如果你没有异议，我就将它卖了，到时可能还得麻烦你。还有，我们买的时间太短，可能还要赔些钱，不过，这也不算什么，对你的补偿，我答应过，一定会给你的，什么时候把你的银行账号发给我。”

“我还能要什么补偿，你妈死了，我一样心疼。我也不是爱钱的势力女人，这么跟你说吧，今天我来，我来了就是为了取走我的相片及我的一些衣物，至于说别的什么，我一样都不会拿，哦，还给你这个。”

阳阳说罢，从口袋里拿出了张大妈交给自己的手镯。

“这个你就留着吧，反正我也用不上。”

“那不行，这是你们家的传家宝，我戴着它名不正言不顺。再说了，你妈在那边知道了我已不是她儿媳妇，但仍戴着这手镯，她会怪我的。”

“既然这样，那交我保管吧。只是谢谢你，谢谢你，阳阳，我知道你是好女孩，但是我们的缘分尽了。”

阳阳走了，拿走了她的所有照片及换洗的衣物。

张大毛没有去送送阳阳，他留了下来，准备清理清理自己的物品。

然而，睹物思人这句话真的是说得没错。

张大毛摸到的每一样东西，甚至看到的每一样东西，那上面几乎都有阳阳，不，还有妈的影子在交替着晃动。

几乎崩溃的张大毛别说在屋子里清理，就连待都待不下去了，他索性打电话叫来了大圣和小刘。

朋友的到来，或多或少给他带来些安慰。

只是齐天的怪异行为让张大毛，甚至和齐天一同来的小刘都有些受不了——齐天他竟然在进了好友张大毛家后，变戏法式地从口袋里摸出一个大口罩，随即迅速地将它戴上。

“你这是干什么呢，你未免也太那个了。如果你要坚持这样，你走吧，我代表大张不欢迎你。”

“喂，我说小刘，这屋子的装修有问题，上次来我都闻到了，尽管只待了那么一小会儿，但我鼻子过敏这你是知道的，我戴这玩意纯属是因为过敏性鼻炎，这个大张也知道，是吧。”

“小刘，我知道你是怎么想的，谢谢你，大圣即使没有鼻炎，他这么做我也不怪他，事实上这屋子里的装修恐怕真的有问题，不然怎么解释它的房价比同地段，甚至同片区、同楼层都要低一些呢。尽管阳阳每天都要在家里撒上香水啊什么的，但终究掩盖不了屋子里的那股气味，那股说不清道不明的气味，这么说来，便宜真是没好货啊！”

“都怪我，怪我心血来潮让你买什么二手房。”

“不怪你，大圣，你也别自责。这满大街的房子，里面有很多都有可能成为二手房，不能说我买的房子不好，就怪罪于二手房了是吧，要怪就怪我这运气不好，我是运气不好啊！”

“不说这些了，不说这些了，现在我们开始干活吧，大张，你分配我与大圣干活吧！”

第二十二章　帆布包

“好吧，小刘，其实也没什么可清理的，衣柜里的衣服，属于阳阳的已经拿走了，剩下的都是我的，还有书柜里的这些书，还有就是卫生间里的洗漱用品，鞋柜里的几双鞋了，对，垫的盖的拿一套吧！把它们都打包，都打包。”

“那……这床上的新床单、被子、还有毯子，另外屋里这么多家什，你都不要了，嫂子还过来吗?”

“嫂子不过来了，也许，她永远都不会再来了，大圣，看你吃惊的样子，我要那么多东西，我往哪儿放啊，小刘睡我上铺，我和他同住一屋，他能答应属于我的东西把整个屋子都占满吗？就算他能答应，我也于心不忍啊!”

“只是这么多好东西，与房子一起卖了多可惜，它们与房子一起卖，不值钱的。”

“大圣，你要这样想你就拿几样吧，我不会介意的。”

“我不要，我肯定不会要的。大张，哎，嫂子也不要这些好东西啊，现如今，这种不势利不爱钱的城市好女孩，往哪儿去找啊。我告诉你吧，大张，你与嫂子，我今天把话撂这里，今后还是一对，这只是时间问题。”

“好了，大圣，别贫嘴了，干活吧，大张的衣服、被子，你说话的工夫我已放纸箱里了，接下来，书柜呢，我来清理，麻烦你把鞋柜清理清理吧！”

“让我清理鞋柜，那可是个特殊的活。”

“你不是戴着口罩吗？那口罩可不是白戴的，现在正好派上用场。”

“好吧，我来清理鞋柜吧。”大圣说完，顺手拿了一个纸箱，朝鞋柜走去。

打开鞋柜门后，两双男人的皮鞋、两双拖鞋，都被大圣胡乱地丢入纸箱，大圣以为既然嫂子的鞋已拿走，剩下的就这些了。然而，就在大圣刚要关上鞋柜门时，小刘的一句：“大圣，你做事仔细一点啊，别像个孙悟空似的，毛手毛脚。”

大圣重新打量起鞋柜里面来。

“哟，小刘还真神，他让我仔细一点，我还烦他啰唆，这不，我再看鞋柜里面，还真的有新的发现，怎么样，两双布鞋，纯手工制作，一大一小，哎，这千层底纳得真是匀称，这做布鞋的人真是用了心做的，在我的老家，我只看过我奶奶做过这么好的针线活。”

“大圣，你把鞋拿过来给我吧，这鞋是我妈做的，前几个月，我们没买这房时，我妈就在电话里对我说过，说她帮我和阳阳一人做了一双鞋，并说在家里穿着它舒服、养脚，只是当时我没把它当做一回事。这回我妈把它们带过来了，只是……只是这鞋已成为了我妈的绝……”

“大张，你别伤感了。我们把鞋带上吧，思念你妈的时候，拿出来看看。”

“哦，还有，刚才我清理衣柜时，发现里面有些小孩子穿的棉袄棉裤，还有虎头小棉鞋，等等，大张，这些也带走吗？”

“这些是我妈给我那还未出生的孩子准备的，只是现在它都用不上了，不过，我想还是带上吧，毕竟这是我妈一针一线……”张大毛说着说着，哽咽起来。

“大张，别太伤心了，老人家已经走了已是事实。如果你妈知道你这么个样子，她在那边会担心的。”

“谢谢你，大圣。”

“你别谢他了，大张，小心经你这么一谢，大圣那尾巴又翘起来，做事又不认真了。”

“我认真……我认真该行了吧，我再瞧瞧，再仔细瞧瞧。”

“哎，大张，你们家鞋柜最下面，最底层怎么放着个包呢，要说这包它哪里不能放，非放鞋柜里？是你放的吗，大张？”

“不是我放的，大圣，你把它拿出来吧，拿出来瞧瞧。”

“哎，这包还算有些年头了，右下边竟然还有个补丁，哎哟，这帆布做的包都能磨破。”

“拿过来看看吧，大圣。”

“哟，包的拉链都没拉上呢，看看这包里有啥宝贝。”

“这么一大摞破书啊，还都是讲风水的，这个我感兴趣，看来这书有些年头了，都发黄了都，这本……这本封面的右下角还写有字呢，三个字，不会是人名吧，哎，有点模糊。”

“让我看看，让我看看吧，虽然我小刘没你大圣聪明，但至少我踏实认真是吧，我来看看。这第一个字三点水外加一竖一横，它不是个字啊，难道是我没文化，唉，也是的，你说，这竖的上边再有一横的话那就是‘江’字了，如果要有两横，那就是‘汪’字，这时间长了，印迹都差不多没了，就是再有文化，也不好认啊！”

“我看啊，它就是个江字，说它是汪字，不可能。”

“就算它是江字吧，那第二个字。”

“第二个字，比第一个字好认，它是一扮字，打扮的扮，我敢肯定。”

“第三个字你们不用猜也不用看了，它肯定是个贤字。”

“真有你的，大张，你的眼睛有透视的功夫啊，不看就能知道，第三个字咋看起来还真是贤字呢，但如果硬让我们猜，还真猜不出来。不过，我把这三个字连在一起，江扮贤，江扮贤，哇，肯定这是一人名，且这人是从事风水行当。张大毛，你没看就能说出来，难道你知道这书的主人是干这营生的，又或许他拿着这些行头到你们家来过？来干什么，来看风水？”

“大圣，你再说一遍。”

“大张，我……我说错什么了？”

“你没说错，大圣，你再把刚才说的重复一遍。”

“刚才，就刚才，我说这个叫江扮贤的人，他拿着这些行头到你们家来看风水了。”

张大毛猛地拍了一下大圣的肩膀："大圣，谢谢你，真的谢谢你。"

"哎哟，大张，打得怪疼的，谢我还要打我。这不，包里还有东西呢。"

"还有什么，快拿出来吧。"小刘也凑了过来。

"还有一个小盒子，我把它打开吧。哎，盒子里面有钱，两百元。"

"这不里边还有东西吗？你快都拿出来吧。"凑过来的小刘也有些急。

"就拿就拿，哟，这是信哎，共两封一模一样的信，这……这信还拆开过，张大毛，这信你来看吧，我们先回避一下，我们就不看了。"

张大毛接过了从大圣手里递过来的信：本市内详、本市内详，两封信真的一模一样。这时，张大毛突然有一种预感，说不定从包里和信里边的内容里能找到他想要的答案呢。

这时，大圣的手机铃声此时响了起来，他忙摘下口罩，走到大门外边，接电话去了。

一会儿，大圣又进来了，看张大毛还拿着两封信，便对他说："别看了，大张，留着慢慢看吧，我老家里有人过来了，说有事找我，我得去火车站接人去。"

"去吧，大圣，已清理得差不多了，这里有我，有小刘就够了，今天真得谢谢你。"

两纸箱衣服、两纸箱书籍、一套被子、一纸箱鞋与杂物，外加大圣从鞋柜底层拿出的那个帆布包及包内的东西，这已是张大毛的全部了。

“我们什么时候启程，我先去叫个面包车行吗？”小刘轻轻地问张大毛道。

“行，待会你去叫吧，看着这些东西，再看看这马上要卖出的房子，我只是有些伤感，这绕了一圈，我又回到了原点。”

“大张，其实我挺赞同你卖这房子的，理由有两点：这第一点，你又回到我们那胶囊房了，我们好兄弟又可一起吃、一起住、一起笑、一起闹了；第二点呢，第二点那便是你这屋子确实有问题，就我在里面待的这段时间里，好几次我都想吐，那味道，那说不上来的味道，也太难闻了。”

“走吧，咱们先把东西搬下去，然后叫车。”

“哎。”小刘答应道。

第二十三章 张大毛卖房

经过了好些日子的调整，张大毛算是平静了些，他又来到了之前买房的那家中介。

就在张大毛推开玻璃门进屋时，屋里边坐在电脑前办公的员工中站起来了一个人，而这人几乎与张大毛同时开了口："张大毛。""鲍艳。"

"快，快快，张大哥快进来，快进来坐，小易，快去给张大哥倒杯水。"

张大毛听话的按照鲍艳的指点坐了下来："我……"

"我就知道你要来的。"鲍艳打断了张大毛的话，继续说道："怎么样？住得舒服吧？不是我吹牛，我鲍艳可不爱吹牛。经我的手，凡是我的客户，只要是做成了，那没有不谢谢我的，有时还带着礼物，拖着一家老小来谢我呢。即便当时做不成，这些客户也能成为我的朋友，关键是咱一心为客户着想，把客户的利益放在第一位，咱对人是真心的。不过张大哥，我这么说可不是在向你要礼物，你千万别有压力，我们公司有纪律的，即使别人前来表心意，我们也一概婉言拒收。”

“我今天来……”

鲍艳再次打断张大毛的话：“你今天来，怎么不把嫂子带过来呢？说起来我叫她嫂子，其实她比我小好几岁呢，快二十三了吧？真羡慕她，这么年轻就要当妈妈了，哦，她可能是有些不方便吧。张大哥，她那肚子肯定比原来大了些是吧，我建议你呀，赶紧找熟人去做个B超吧，不过这做B超咱可不是重男轻女，咱可是想早点知道，早点规划不是，你想想看，张大哥，咱如果怀的是男孩，那是不是咱还得再给孩子买套房，唉，眼看这房价一天一个涨，可别到时候你想给孩子买房了，那房价呀，都涨到天上去了。”

“我今天来，小鲍，你先听我说……”

“这样吧，张哥。”鲍艳还真是不让别人把话讲完，“反正你今天也挺忙是吧？我也不多耽误你的时间，你就把你想要的地段——地段很重要的，你先买的那套房子的地段就很好是不是？唉，地段好，那生活就是方便——还有就是小区环境、你的心理价位、楼层、户型，等等，你都与我说说，我保证帮你挑到你满意的房子。哦，还有，既然话说到这个份上，我就多啰嗦几句，张大哥，不知你感觉到没有，这有房子的感觉呀，那真是太好了，房子不仅给你的是居住的地方，它给你的是经济的依靠和心里的依靠啊！并且，在中国人的传统观念里，有了房子才有家，我在这里再加上一条，有了房子就有了固定资产，在自己的心里就有了依靠，还可让自己与这个城市有更紧密的关联。我说这话啊，丝毫没有说你张大哥是外地人的意思，咱自己也是外地人呐，不过我买了房之后，那城市主人翁的姿态马上就出来了。”

“这些体会我都有，但小鲍你先听我把话说完……”

“体会，说到体会，那我还得说两句，张大哥。你有了自己的房子，就不怕被那所谓的一房东、二房东赶走，就不怕涨租金了是不是？我想这只是你的体会之一。还有，有了房子就有了话语权，有了房子就有了往下拼的希望，当然，没房不等于没话语权，也不等于没希望，我的意思是说……”

“说什么呢？你先听我说说吧。”

“不急，说句玩笑话，张大哥，你是不是有那种勒紧了裤腰带买房之后，自己都被自己感动得想哭的感觉呢。”

“你说得太玄了吧，鲍艳。唉！我没想到干你们这行的人这么会说，你差不多说完了吗？”

“也就这几句话，顺便告诉你，我电话二十四小时开机，无论什么时候，我们都可以电话交流的，我只是建议你千万别犹豫，那机会呀，往往瞬间即逝。就说你原先买的那套房吧，户型那么好，方方正正，没有一点浪费的地方；明厨明卫，没有暗房；楼层也好，四楼，我没记错吧，是四楼，事事如意，多好的寓意啊！另外，咱不像高层，上下自如是不是？至于说价格，你肯定到了现在还偷着乐呢，相对于你那房屋周边的价格，每平米至少便宜了差不多大几百块呢，你这几十平米下来，不是省了个大几万？何况人家还是精装修，这一点你又省了，唉，你都不知道我在原房主那儿磨了多少嘴皮子……”

“这些我都知道，小鲍，你先听我把话说完，听我把话说完行吗？我今天来……我今天来是想委托你帮我把我在你手上买的那套房子卖掉。”张大毛终于说出了这句憋了好半天的话。

“卖掉，张大哥，你说真的啊？”

从鲍艳瞪大了的眼睛来看，她确实吃惊不小，只不过，这种吃惊瞬间即逝。

“卖掉，卖掉也成，张大哥，我建议你呀，一步到位，反正借银行的钱，提前享受，咱买个三房的，你先买的那个不是两房吗？两房确实不够用，将来孩子生下来了，得有孩子的独立空间是不是？而且现在有趋势放开二胎，将来你俩有孩子了，各自也有各自的空间多好，万一孩子的奶奶爷爷来了小住一下，也是挺方便的。关键是现在这三房啊，都有俩卫生间，而你们先买的那个二房，只有一个卫生间，你说万一老人来了，这老的老、小的小，那一个卫生间够用吗？是不是，张哥？”

“你说的都对，小鲍，可……”

“可你下不了决心是不是？现在犹豫，将来后悔。我的客户中这种情况多了去了，我说张哥，只有拿出舍得一身剐的精神来，咱先把房拿下，然后再去考虑其他的事儿，等你的房子升值啦，你赚了钱了，那些其他的事啊，就不是事儿了。唉！我这么苦口婆心地跟你讲，也是看在你是我的老客户，咱们也挺有缘的是不是？”

“谢谢你，鲍艳。真的很谢谢你！只是我今天来只想卖房，而买房的事，还真的没考虑过，等我考虑好了，需要买房的时候，再来找你行吗？”

虽然鲍艳眼里闪过一丝失望，但她马上调整了一下自己，仍热情地对张大毛说："那也行，张哥。你把你卖房的报价给我说说吧，至于说这套房子的其他信息，我这儿都有，一有消息，我会第一时间通知你的。哦，还有，你这房子买的时间不长，这时候卖……"

"我知道你想说什么，我是干财务的，我懂，这样吧，只要能把房子卖掉，即使亏些钱，我也愿意。"

"有你这句话，行了。"

送走了张大毛后，鲍艳一屁股坐在长沙发上："哎哟，费这么多口舌，人都要虚脱了。"

"你不是有收获吗？这刚买的又要卖，累点算什么？那钞票是可以去疲劳的，鲍艳啊鲍艳，你这么努力，恐怕今年又是销售冠军了。"

"哎，小谢，这回你可说对了，咱跟鲍姐好好学学吧。"

"张佳佳，你话里有话啊，什么叫跟我学？我看你是言不由衷。"

"鲍艳，张佳佳，你俩别斗嘴了，算我小谢多嘴，算我多嘴行了吧。"

头天才将房屋信息挂上网，第二天鲍艳便接到了多个意向购房人的电话，他们几乎都是冲着张大毛所要卖出这套房来的。

第二十四章　孙家姐弟买房

而孙则，则是众多意向购房人中最为迫切的。

他在网上看到这则卖房消息后，第一时间给鲍艳打了电话，且约好了当天下午三点到中介公司。

接下来，孙则又有些犯难了，还该做些什么呢？对了，邀哥们郭达一起去吧，就凭他那三寸不烂之舌，什么事情不能搞定。而自己这结巴子，到时候恐怕连话都说不清楚呢。

想到这里，孙则不禁得意起来。我就来个先斩后奏，最好能找哥们借钱，把定金给交上，这定金交了，家里把握财权的姐姐还能不买房子吗？

下午三点，孙则来到了鲍艳所在的这家中介公司，而哥们郭达也很给面子，几乎与孙则前脚跟后脚地来到这里。

郭达一进中介的门，迎面撞上一位漂亮的小姐：“哟，郭子，怎么是你呢？没听我姐说你要买房啊！”

“是你呀，小鲍，原来你在这儿上班。”

“很吃惊是吗？我都在这儿工作几年了。”

“怪不得我哥经常说，说我嫂子的这个妹妹很能干，会赚钱，今天算是见识了。只是，我是陪我哥们买房。”

“哎……哎……哎，我……我……我说哥们，喧宾夺……夺主是吧，忘记自己是……是……是来干什么的？先认识几天有……有……有什么了不起？”

“哦，我是有些喧宾夺主了，对不起哥们，我来介绍一下吧，这大美女，是我未来嫂子的妹妹。”

“那，嫂子好，不不不……妹妹好，也……也不妥啊，就……你好……你好！”

孙则结结巴巴的一番话，把在场的人都弄笑了。

“他是孙则，是我好哥们，咱也是老乡，是他让我来帮忙参谋参谋，当然也不是他买房，谅他也没这个能力。我猜是他姐买房。哎，我说孙子，你姐有能力买房吗？我看她一个人工作，又带着个小孩，挺不容易的，这要是买了房，那她压力不更大吗？”

“哎……哎……哎，我说郭子，你是朋友还是损友？别……别……别这么糟践我们家行吗？我姐，就我姐她……她一人买房那……那是有点困难，不是还有……还有我吗？”

“你？就凭你个瘸子，能帮到你姐？是谁三十多岁了，还总在朋友面前伸手向姐姐要钱。”

“郭……郭子，你太不仗义了，留点口德不行吗？我是没钱，也没……没有固定工作，我姐也没……没……没什么钱，不是还有我姐……姐……姐夫吗？美国，人家在……在美国，那赚的是美……美……美元呐，牛吧！那美元多……多值钱你知道吗？六块多人民币才……才……才能换一美元呢？这叫汇……汇率你懂吗？郭子你……你……你给我出来一下。”

郭达自知有些失言，但作为孙则的哥们，他知道孙则不会生太久的气，他向始终微笑着站在一旁的鲍艳做了个鬼脸，跟在孙则后面出了门。

“刚才对不起啦，孙子，真的，我不想损你的，但我说的都是事实吧。”

“这会儿不许你……你叫我孙子，叫我孙……孙则，孙则，知道吗？”

“平时我们不都这么叫吗？我叫郭达，你们还不是叫我郭子。”

“那郭子、孙子能……能……能相提并论吗？告诉你，我有点看……看……看上你那什么……那……那嫂子的妹妹鲍艳了，你……你得成全我，要知道，我都三十多了，还……还没谈过对象呢。”

“你看上鲍艳了？怪不得今天说话都带脸红呐，在人家面前紧张啊，但你可想清楚了，孙子。人家鲍艳能看上你吗？她一年赚多少钱？我说出来都可吓死你，况且人家有钱有房人又漂亮，凭什么看上你？”

“不是你平时总……总……总对我说，该出手时就得出手吗？我这想出……出手了，你……你……你又嘲笑我。”

“算了，我不跟你说了，我也不叫你孙子了，人家还在里边等着咱们呢，进去吧。”

和哥们郭达从中介公司出来，孙则赶到菜场，买了几样姐姐爱吃的菜，又马不停蹄地赶到外甥开心的幼儿园，接上开心一起回了家。

待姐姐孙霞下班回家，就看到几样平时爱吃的菜已摆放在了餐桌上。

“说吧，今儿个想要多少钱？多了，你姐可没有；少点的，姐还可以考虑。”

“我说姐，你……你……你就这么看你弟、想……想你弟的吗？咱爸死的时候，咱俩都……都……都才十几岁，都……都是读书的年龄，虽说我的学习成绩差……差点，但我主动放……放……放弃了读书，到……到处在外打小工，赚……赚钱养家，目的是想……想……想让你出人头地啊！说心里话，姐，就……就刚才，你那么藐视地问……问……问我想要多少钱，我……我……我心里很难受、很疼。对了，你现在有……有学历、有工作、有儿子，还……还……还有一个在美国赚美元的老公，我……我有什么？在你这里，我不过就……就是一个寄人篱下的赖……赖……赖皮狗。白天我帮……帮你接送孩子，做做家里的卫生、买菜，晚上我去值……值……值我那一个月二千来块钱的夜班，你关心过我吗？我……我……我也三十出头了，我不想再……再……再这么混下去了，我也想有个家。”

“这儿不是你的家吗？是你总拿自己当外人，你说这么些年来，我换了多少个工作？我搬了几次家？哪次不是都带着你。”

“话是这么说，姐，可我……我……我想过稳定的生活。”

“你的意思是搬家的次数多了，生活就不稳定了。”

“多少有……有这么个意思。”

“那好，你说我听着，怎样才算稳定？”

“比如，比如买个房子，彻底安顿下来，最……最……最好买个两室的，那样……那样我也可以彻底地不……不……不当厅长了。”

“不当厅长就稳定了？”

“至少目前可……可……可以这么认为。”

“孙则，那你想过没有，除了租房，我们现在有能力买房吗？”

“怎……怎……怎么没有，姐夫……姐夫不总在汇钱你吗？”

“可……”

“姐，你就买……买……买套房吧，咱不买新房，那……那价格贵。”

“二手房就便宜吗？有的二手房比那新房还贵呢。”

“想不到姐也在关……关……关注房价，跟我说……说实话吧姐，在买房的问题上，是不是和我想……想……想到一块去了。”

“别臭美了你，我是听同事说的。买房的事儿，我压根没考虑过呢。”

“那……那……那你现在考虑考虑吧，很好的一……一个机会，我一哥们，就那郭子，你……你知道的，他未来嫂……嫂……嫂子的妹妹鲍艳，在一房屋中介工作。未来……未来那郭子的未来嫂子的妹妹有可能……有可能成……成……成为你弟媳妇呢？”

“你就吹吧你，人家能看上你？”

“连你也……也……也这么说，这么看……看不起我，我在心里这么想想也……也不行吗？姐，你就把……把……把那套房买下来吧，我跟你说，就那套房，中介刚刚挂……挂到网上，就……就……就有很多意向买家呢，亏得是我……我……我下手快，郭子又是那……那鲍艳的未来亲戚，才给我们时间考……考虑的。”

“我的弟弟啊，也只有你那么傻，那卖房子的哪个不是猴精猴精呢？”

“真的，姐。鲍……鲍艳说了，那房确实是好房，只是房主想……想……想出国，急于要卖了它，不然的话，我们哪里有……有机会。”

“想出国？那卖房的人是男的还是女的？”

“这不重……重要，姐，关键是那……那房子地段好，离咱这儿也……也不远，属于市中心，而且户……户型方方正正，明……明厨明卫，没……没有暗房，且这房……房子在四楼，没听人说住……住……住四楼的人都……都……都挺有福气吗？关键这房子还……还是精装修的，可以拎……拎包入住……拎包入住啊。这对于我这种没……没……没任何财产的单……单身狗来讲，是一件多好的事啊！”

“那价格呢？不会是高得离谱吧？”

“姐，与你想的正……正好相反，这房不仅不贵，相对于同……同……同地段的房屋来说，每平方米还少个大……大……大几百元呢。”

“哪来这么好的事儿？”

“不相信了吧？动……动心了吧？有时候啊，这机会来了你……你……你挡都挡不住，这……这样看来，我孙则也……也该走点运了，那些叫我孙……孙子的人，也该重新认识认识我了。”

“那我们抽个时间去看看房子吧。对了，孙则，你与那什么鲍艳联系一下，让她叫上原房主，我想与原房主亲自交流交流。”

“这就对了，姐，咱把这房子买……买……买下来，等咱姐夫回来了，如果姐夫嫌这……这……这两房一厅的房子小了，那他可以买……买……买个大的呀，最好是买……买个别墅，那样住着多……多神气、多……多舒服，天上、地下都……都是咱自己的，还有一个大……大院子，咱在里边想……想种点什么就种点什么，那绿色瓜果蔬……蔬菜足够咱享用。哎哟，那……那叫一个滋润。只因为咱……咱有钱啊，土豪啊！是不是姐，你畅想一下那……那……那有多美？那个时候，你现在买……买的这个二手房，我帮你收……收了吧。另外，我让姐夫帮我换……换个好点的工作，最好是上白……白班的，不能上夜班。姐，你知道对于男人，尤其对于一个年……年……年轻的男人来说，那晚上跟一帮老……老头一起值夜班，那算什么呢？那叫浪费青春……浪费时光。姐，我帮你收……收……收了那房子以后，我在里边结……结……结婚，生孩子，生……生俩孩子，对于我来说，那……那就足够了，也算老姐为……为……为咱老孙家传宗接……接代作出贡献了。”

“行了，别畅想了，明天我陪你去看房还不行吗？咱现在实际一点，吃饭吧，你不饿，我还饿了呢。哎哟，这分明是鸿门宴。”

吃完晚饭后，孙则值夜班去了，而孙霞给儿子开心洗完澡后，自己又草草地洗了洗，然后上床躺下了。

“妈妈，我们又要搬家吗？”在床上玩耍的儿子突然凑到了孙霞身边。

儿子开心的问话，还真的把个当妈妈的给问住了。

“没有的事儿啊，儿子，这儿住得好好的，你也和这儿的小朋友都熟悉。”

“可我刚才听舅舅说……说让你买房子，你最后都答应了。”

“儿子，妈妈也就是答应舅舅去看看，再说了，妈妈知道你不喜欢搬家，因为搬了家之后，又有好长一段时间，你没有认识的小朋友与你一起玩。”

“那妈妈，你是骗舅舅的，是不是？”

孙霞朝儿子点了点头。

儿子开心得到自己想要的答案后，拉开被单乖乖地睡觉了。

而孙霞却没有了睡意。

第二十五章　孙霞内心的疼

买房、卖房这个话题又被提出来了，只是这次提起这话题的是自己的亲弟弟。

孙霞清楚地记得，那年，也是这么个秋天，好像是国庆长假的最后一天，一早醒来自己便感到有些头晕，身体也有些不适。

同寝室的田静知道后，马上嚷开了：“我说孙霞，霞姐，别装坚强了，在我的词典里，只有猪坚强，没有孙坚强，赶快打电话让你那位华鑫过来吧，这可是考验他的时候啊!”

“什么考验不考验的，我们在一起都几年了。”

“哇！几年?”

“算了，不说这些了，田静，麻烦你下楼过早的时候，帮我带碗稀饭上来。”

“好吧!”

田静带回稀饭后，孙霞仅仅吃了那么一小口，就几乎翻江倒海地恶心起来。

完了，是不是又有了呢？三年时间打了三胎，这是第四胎呀，照这么打下去，自己今后该要孩子的时候，还能怀上孩子吗？

田静也看出些端倪："孙霞，是不是……？我说这话你可别生气，咱都是女人，又都是外乡人，互相照顾点，那是理所当然，我绝对没有嘲笑你的意思，你是不是有了？"

孙霞能说什么呢？她朝田静点了点头："可能吧。"

"什么可能不可能，我这儿有试纸，你去趟卫生间就能知道。"

"你还准备了这么些东西。"

"不怕你笑话，孙霞，这东西我随时准备着。"

"其实不用这东西我也明白，我可能又有了。"

"又有了？孙霞，你真幸运，我和我男友，我们每个月都盼望我的大姨妈不要来，不要来，可它总是那么准时地又来了。"

"你就那么想怀孕啊，田静。"

"是啊，我男朋友的妈妈——我那准婆婆——说了，如果我能怀上孩子，更确切地说是怀上男孩，她就同意我与他儿子结婚。"

"那要是怀个女孩呢？"

"呸，呸，呸，怀女孩，千万不可以的。我男朋友家是三代单传，而他们家是城里的，条件又好，他妈妈……挺霸道的一个女人。我家呢？我家是农村的，虽然我读了个大专，可比起我男朋友的本科文凭和他们家地地道道的城里人身份，不能比呀，所以说，我这老不怀孕，也不知什么原因。孙霞，你刚才说你又有了，是不是先前还有过呢？"

“是有过，我这一次加上前边打掉的三胎，都是第四胎了。”

“打掉了三胎？那这三胎里边肯定有男孩，只是打掉了，多可惜呀！”

“可惜？”

“孙霞，我真羡慕你，可我连怀孕是什么滋味都没体验过。不过，我听别人说了，像你这么频繁地打胎，对身体也不好啊，你男朋友……他就那么不心疼你吗？”

“唉。”看孙霞没有吱声，田静叹了口气又说道：“依我看，孙霞，你也别犹豫了，都二十大几了是不是？赶紧地催催你那个男朋友结婚吧！”

“结婚，可他不急啊！”

“不急，为什么不急？让你怀孕的时候他不急吗？你都打过三胎了，这次你无论如何得把孩子留着，并且赶紧地把婚给结了。只是我不明白，你那男朋友华鑫，他为什么又要跟你在一起，又不肯与你结婚呢？”

“我想，他也有他的难处吧！我们都是外地人，要结婚的话，我们没有房子，而这没房子也是华鑫不结婚的理由。”

“太荒唐了吧，如果有感情的话，就不能租个房子先结婚吗？你都为他打了三胎了，孙霞，说句不好听的话，这华鑫可别是在玩弄你的感情啊！”

看孙霞有些痛苦地低下了头，田静有些慌了：“孙霞，我年轻不会说话，你千万别往心里去，只是我想问问你，你打心眼里喜欢华鑫吗？”

“我挺喜欢他的，虽然他不帅，可在我心里，他就是我的男神。只是，可能我喜欢他多于他喜欢我吧。”

“像你这种情况，我看你是找了一个你爱他，且他只是享受你的爱而不爱你的人。”

“田静，你这什么逻辑我没听懂，这么绕口，我看你称得上爱情专家了。”

“专家倒算不上，但至少我比你强，我 hold 住的可是个虽然比不上那王思聪，可家里也富得流油的男友啊！另外，虽然我搞不定他妈，可我见过他爸，还与他爸一起吃过饭呢，他爸算是基本上被我搞定了。而我那男朋友，更是爱我多于我爱他。真的，霞姐，我俩正好相反。”

“你不是那么爱他，为什么你这么想怀上他的孩子，与他结婚？”

“我的傻大姐呀，难道刚才你没听我说他家富得流油吗？七八上十套房子呐，还没算上现金。”

“唉，现在的女孩多实惠，我看我真是落伍了。”

“你这么说就对了，霞姐。我再给你支一招吧，你那男友华鑫不是说没房就不结婚吗？你就让点步，拿出点钱来，让他也出一些，你们共同出资付个首付，余下的钱你俩慢慢还，房本上最好写下你俩的名字。这不，结婚的房子有了，两人也被房子拴在一起了，那婚啊，是结也得结，不结也得结了是不是。”

“这个方式我也想过，可……”

“可你千万别说你没钱，我不会找你借钱，我也没钱借给你，我那卡里边也只有三位数。唉！只是看你这样子，给你提个建议。”

“建议倒是不错，我手头也不是没钱，只是这钱我不能动，也不忍心动啊，那是我弟的伤残补偿款。”

“他的补偿款？你弟不缺胳膊不缺腿的，除了有些结巴，其他都蛮好的，他需要补偿吗？”

“只是你没仔细看，他只有一条腿，另一条装的是假腿。”

“听你这么说，我倒是不怎么感到很意外，因为我每次看到你弟走路的时候，总感觉很别扭，只是我没往不好的方面去想。”

“看来，田静，你也挺善良的。”

“你弟蛮可怜的。”

“是啊，我俩十五岁那年，我们的爸爸便去世了，妈妈改嫁到河北去了。”

“你十五岁，你弟弟也十五岁。哦，我明白了，霞姐，你俩双胞胎是吧，还龙凤胎呢，那你们的妈妈，就忍心割舍下你俩吗？”

“她也挺不容易的，再婚以后她又生了俩孩子，夫家也挺穷的，可我妈还是从牙缝里省些钱寄给我们，尽管很少，这样一直持续了一年多，直到被她丈夫发现，才没寄了。”

“那你俩……你与你弟生活怎么办呢？关键是你俩还在上学。”

“是啊，这就是我对不住我弟的地方啊！他为了让我继续上学，自己辍学了，到处打零工养家，说实话，三百六十行，我都不知道他干过多少行业，尽管他干的都是些让人看不起的苦活、累活、脏活。”

“你弟也太可怜了。”

“是啊，我俩双胞胎，作为女孩，我一米六五的身高；作为男孩的我弟弟，身高却只有一米五六。看看我俩的身高，就知道我弟太可怜了，过重的体力活让他……直到他二十二岁时，在一处工地出了事。”

“是腿吗？”

“是的，那时我已读大三下学期了，看到弟弟这种情况，我放弃了考研，直接找了份工作，且边工作边写论文。”

“后来呢？”

“你说谁后来？”

“你弟，说你弟呐。”

“我弟的腿被锯掉后，装了一只假腿，就这样。”

“那他还工作吗？”

“当然工作，他闲不住的，他现在在一家公司的仓库值夜班。”

“那你弟也二十大几了？谈对象了吗？”

“没有，谁愿意嫁个既没什么文化，又是个缺少一条腿的人呢？”

“霞姐，那你更要买房了，我是说，你得为你弟弟买套房，他不是有补偿款吗？你就用它为你弟弟办点实事吧，省得那钱放着贬值，而且买了房，你和华鑫也可以结婚了，等你弟结婚的时候，你们的条件肯定有所改观，到时候再买套房，把你弟的房还给你弟。”

“可是这样妥吗？”

“有什么不妥的？谁让你喜欢那华鑫多于华鑫喜欢你呢？”

“唉，又绕回去了。”

“嘿嘿。”

“不是，田静。你刚才不是说让我和华鑫一人出一半首付，让我把他套住吗？怎么变成我给我弟弟买房了？”

“那，要是华鑫没钱呢？霞姐，你就不能灵活点。”

当天下午，孙霞和华鑫见了面，并把弟弟孙则的补偿款取出一半交给了华鑫。

“两万元。”华鑫接过这钱时，眼里透出惊喜。

“是，我弟弟的补偿款。”

“我怎么不知道呢，孙霞，真有你的，沉得住气呀，没跟我说过。”

“我弟出事的时候我在上大三呢，那时我们也不认识。”

“哦，不说这个了，这两万元你打算做什么呢？”

“我想……我想你不是说有房子我们就能结婚吗？我想用这钱，当然你要再加点，我们拿去付个首付，买个小点的，我们结婚吧，再说我这肚里……”

“又有了，我说孙霞你能不能注意点啊？你这么频繁地怀孕，跟那老母猪又有什么区别呢？”

“这是我一个人的事儿吗？我又不是没提醒过你，让你戴……而你不愿意吗？出事了，怪我一人。”

“不说那些了，打掉吧，我们现在哪有能力养孩子啊？等买了房，安定下来再怀不行吗？这孩子来的不是时候啊！”

“可我都二十七了，我不想打掉这孩子。”

“那也行，你什么都别说了，老婆，买房的事交给我来办，你就安心养胎，然后等着我娶你吧。”

然而孙霞一直等到了现在，当时还在肚里的孩子，现在已三岁多了。

而那华鑫拿到孙霞的两万元后，电话打不通了，单位找不到他人了，又过了些日子，他托人给孙霞带话，让孙霞不要等他，他到国外打工去了，至于那两万块钱，他会还上的。

在一个人养育孩子的艰难日子里，孙霞凭着零零星星的线索，曾到华鑫的老家去找过他，只是华鑫的老家，在一个贫穷的山村里，只有两间土砖屋，屋里除了一对体弱多病的老人外，还有一个将近四十岁的、生活不能自理、吃喝拉撒都在床上的患有精神病的男人。听那对老人讲，此人是华鑫的哥哥。

第二十六章　签约

“妈妈，我要尿尿。”显然，儿子开心被尿憋醒了。

“去吧，宝贝，小心点。”

待开心撒完尿，再次爬上床来：“妈妈你哭了。”

“妈妈没哭，开心这么听话，妈妈为什么哭呢?”

“那妈妈肯定是想爸爸了，这才哭的是不是?妈妈你别哭了，舅舅跟我说过，他说，等爸爸赚够了钱，他会回来的。”

“开心真懂事，开心睡觉去吧。”

“妈妈，你也睡吧。”

可说实在话，孙霞哪里睡得着呢?这回是弟弟提出来要买房，可弟弟哪里知道，他用一条腿换来的补偿款，被华鑫骗去了一半呢。相对于三年之前的房价，真是对不起弟弟对自己的信任啊！竟然轻信了华鑫这个花言巧语的男人。

第二天一早，七点才刚过，孙则就回来了，这多少令孙霞有些意外："孙则，你不是七点半才交接班的吗？这么早就回来了，你那仓库里……你可不能擅离职守啊！"

"没……没……没你说的那么严重，姐，我昨天给……给白班的师傅打……打过电话了，让他今天早点过来，咱不是今天要……要……要办大事儿吗？"

"那也行，吃完早点，你骑车送开心去幼儿园，我打个电话到单位请半天假，然后我们一起去看房。"

"就……就……就依你说的办，姐，不过我想叫上郭……郭子。"

"叫他干什么？依他那性格，他去了只会添乱。"

"那卖房的鲍……鲍……鲍艳跟郭子不是亲戚嘛，兴许能……能……能便宜点。"

"那听你的，姐都听你的。"

当他们一行到达中介公司时，中介公司刚好开门营业。

张大毛也来到了这里，是鲍艳通知他来的。

不等孙则介绍姐姐，鲍艳就嚷开了："哇，今天早上来的这位美女真让我们店蓬荜生辉，你们在座的各位不觉得眼前一亮吗？这身材好火爆，这五官好精致，哎，我还就纳了闷了，孙则，你说这是你亲姐吗？比明星还耀眼啊！"

"我……我……我姐就这样了，一般一般，要说牛，我姐夫……更牛，那……那赚美元的。"

"好了，孙则，咱不说这些了，我只请了半天假，咱谈谈房子吧。"

“行。”鲍艳马上接过话，并从拿在手里的文件夹中取出一张纸来：“这是你们看好的那套房屋的平面图，昨天我已把该房屋的总体情况详细地与孙先生讲过，如果需要的话，我也可以再讲讲。”

“原房主来了吗？我想与原房主谈谈。”孙霞没有正面回答鲍艳，而是突然提出了这个问题。

“孙姐，我能这么称呼你吗？这样也便于我们交流。”

“行吧。”孙霞勉强答应道。

“那好，孙姐，本来我们公司，也可以说至少在我们这个行当，买主和卖主是不适合在这个阶段见面的，我说的话你应该懂，大家都在外面混，都不容易。但是，你弟弟是郭子的朋友，而我和郭子马上就成为亲戚了，咱就得网开一面是不是，原房主，应你弟弟的要求，我将他请来了，就坐在那里。”

众人的眼光随着鲍艳所指的方向望去，张大毛见状，站了起来。

“他就是原房主张大毛。”鲍艳介绍道。

“咱们一起坐下来谈吧。”

“姐说让咱们坐下，你没听见吗，孙子，你紧张什么？今天没你说话的份儿，你就老老实实坐那里吧。”

“怎……怎……怎么说话呢，郭子，我昨天……我昨天怎……怎……怎么跟你说的？你不是答应过我，不叫那……那……那什么吗？”

郭达看看孙霞，又看了看孙则，吐了吐舌头。

“你就是张大毛？”坐下来后，孙霞落落大方地问道。

“我是张大毛。”

“我们所谈论的这套房子，是你名下的吧？”

“是我和我前妻名下的。”

“那卖这房子，你前妻怎么看？”

“我们都说清楚了，卖这房子她是认可的。”

“那为什么要卖这房呢？住得不好吗？”

“不要问为什么了，住得好的话，妻子怎么会成为前妻？”

“哦，对不起，这是你个人的事，我的意思是……”

“姐，你就别……别……别那么多问题了，鲍艳不是给……给……给我们介绍过这房吗？听……听……听鲍艳说，听鲍艳说说。”

“哎，我说也行。”鲍艳马上接过话头，“这房子吧，说白了，就只当是捡了个漏。它相对于同地段的房子，性价比还是挺高的，又是精装修。另外，房子里面生活用品、家具那是一应俱全，这里住着也不用交物业费，这点又省了不少。至于原房主卖这房子的原因也明显，只因为在那里受了伤，感情受了伤，人不想在受伤的地方呆了，就这么个理由，ok。说老实话，我真是看在郭子的份上才破这个例让你们面对面的。孙姐、孙则，你们自己掂量掂量吧，机不可失，眼看着房价这么个涨法，抓住机遇吧。要不，先看看房也行。”

“那行，先看看房再说。”张大毛补充道。

走出中介，张大毛招手叫了辆出租，他们一行五人坐了上去。

“下去一个吧，多坐一个人，我可是要被罚款的。”

既然司机让下去一个人，张大毛马上从车上下来。

“你怎么……”

“你放心吧，小鲍，我再招辆的士，马上就到。”

也真是就一会儿工夫，他们便来到了所要看的房屋附近。

“我建议，咱们就在这下车吧，顺便看看房屋周围的环境，师傅停车。”

“鲍艳说……说……说得对，我……我们下去看看……。

“孙子，听你说话太难受了，你能不能今天当回哑巴？”

“怎么说……说……说话呢，郭子。我平时不……不……不也这样说话吗？”

“算了，郭子，不管怎么说，也不管我们买不买房，我弟今天很兴奋，他难得这样兴奋的，你就让他说吧。”

郭达把孙霞拉到一边：“姐，难道你没看出来，你弟喜欢上人家鲍艳了，我损损他是让他有自知之明，这鲍艳是你弟能喜欢的吗？就算是研究生，她都看不上，她看上的是城里的富二代，虽说他姐与我哥在恋爱，成不成得了那还不一定呢，况且我哥什么学历？硕士啊，学管理的，又那么一表人才。”

“可你也不能孙子、孙子地叫我弟吧，这样叫多有损他的自尊，我都有些听不下去了。”

“这点我听你的，姐，可孙则他……他就一根筋你也知道，我真怕他陷进去了，毕竟那样受伤太深。”

“谢谢你的提醒，我会找机会和我弟谈这事儿的。”

“到了，你们别往前走了，就这栋楼的三门四楼。”

听鲍艳这么说，孙霞他们一行止住了脚步。

“姐，进……进……进去吧，我们上……上楼。”

四楼，眨眼工夫就到了，当然，除了那掉在最后面的孙则外。

当鲍艳拿钥匙将门打开后，张大毛拦住了孙霞、郭达和刚上楼还有些气喘吁吁的孙则：“你们先在外待一会儿吧，我先进去把门窗打开透透气，这房子闭久了，总有那么点味道。”

孙霞有些感激地看着张大毛：“行。”

但没等张大毛把屋里的门窗完全打开，孙则便进了屋子，姐姐孙霞跟在弟弟后面也进去了。

“你别说，还真有股味道呢!”

“你说……说……说得对，姐，我也闻……闻……闻出来了，可能是装……装……装修材料的问题吧，不过，姐，这边说着，气味也好了许多。”

鲍艳一直观察着孙霞的脸色，眼看火候差不多了：“孙姐，这房还满意吧，其实我自己都很满意的。这么跟你说吧，就今天下午，还有几组客户跟我约好看这房子呢!”

不等孙霞说话，孙则接过鲍艳的话头：“满意，满意，我……我……我们是相当的满意，这……这……这房没说的，定……定了，就它了。”

“孙则，你怎么这么草率，你能做主吗？听你姐的。”

“郭子，实话跟……跟……跟你说，我姐买这房，就是帮……帮……帮我买的，我姐看……看……看不上这房子，她等我姐夫……姐夫回来买别墅呢，到……到……到时候，咱还是找……

找……找小鲍。”

孙霞还能说什么呢？她看了一眼孙则：“听我弟的，这房是给他买的。”

孙则看姐姐这么给自己面子，高兴得几乎想跳起来，只是他跳不起来。

“姐，谢谢你……谢谢你。”

姐弟俩的目光再一次相遇了，且两人的眼里都含满了泪水。

等到真正签合同时，张大毛却有了些犹豫。这房子究竟是不是人们所说的那种问题房呢？如果不是的话，我张大毛住进去后，在这么短的时间里，为什么会落得如今的妻离子散、家破人亡呢？说家破人亡可能严重了点，有点儿不中听，但毕竟我和阳阳历尽千辛万苦组建起来的小家没了，阳阳肚里的孩子夭折了，我的妈妈——我最最亲爱的人也走了。而如果是问题房的话，那我张大毛将这问题房卖给他们姐弟俩，那岂不是害了他们吗？且这姐弟一看就是善良的人啊！我该怎么办呢？

就在张大毛犹豫的时候，鲍艳说话了：“张大哥，你是不是不想卖房了，我就说嘛，你怎么舍得将这房卖掉呢？这么好的地段、这么高的性价比，虽说天上没馅饼，可这房简直就是天上掉下的馅饼啊！既然它与你有缘，砸到你的头上了，那你就得好好地珍惜它不是吗？说实在的，我看了这房也有些动心，我都想将它收入囊中呢，可我们干这行的，不能光想着为自己买房。张大哥你好好想想吧！至于说孙则，我也可以给他介绍其他的房源，是不是，孙则。”

“这……这……”面对鲍艳的直接发问，孙则心里很不舒服，他也不敢说，谁让他暗暗喜欢上了人家呢？他将眼光投向姐姐孙霞。

“是这样的，张先生、鲍小姐，不知道你们之前是怎么沟通的？既然双方都已谈到签合同的份上了，这位鲍小姐现在在这种场合再来劝张先生不要卖房实属不妥，我甚至有些怀疑你们是不是在唱双簧，在演戏给我们看？说老实话，我对买房一点兴趣也没有，且现在房价这么高，就连那有些专家都说了，这虚高的房价里面有很多的泡沫呢，只是我这个弟弟他想买房，我也很爱我弟弟，既然他想买，那就成全他吧，可事到临头，这位张先生却后悔了，是想加价吗？不要紧的，只要合理且在我们姐弟所能承受的范围内，我们也认了。”

“我……我什么也……”

“张大哥，你怎么也结巴了？其实我不该说那些话的，我真的是个死心眼儿，谁做了我的客户，就如同我的亲人一般，我挺为他们想的。不信？孙姐，就你俩做了我的客户，你们就知道我鲍艳了。

“我……我……我信，姐，我信鲍艳。”

“听你姐的，孙子，你别说话。”郭达说完这话，看着孙霞伸了一下舌头。

“张大哥，现在看你的了，孙姐已表了态，他们还愿意加……。”

“你别说了，鲍艳，签吧。”张大毛说完，表情凝重地拿起了笔。

“等等，张先生，这房是登记你个人名下的吗？”

张大毛看了孙霞一眼：“这房登记在我和我前妻名下，不过，我这儿有她的授权委托书。”

签完合同后，张大毛、孙霞、孙则、郭达走出了中介，看得出来，这一行人当中，除了孙则在傻笑外，其余的人都不轻松。

等到该办的手续办完了，孙霞、孙则姐弟俩拿到了所买房屋的钥匙。

第二十七章　开心不想搬家

孙则那个高兴啊，他真恨不得将递给他钥匙的鲍艳一把抱在怀里，幸好姐姐孙霞用冷静的眼神制止了他。

接下来，这对姐弟俩该考虑搬家的事宜了，可孙霞又有些犯难，怎么向儿子开心说搬家的事情呢？自己明明答应过儿子不搬家的啊！

星期天是孙霞休息的日子，开心也不需要去幼儿园，他在这一天好高兴好高兴，且不说妈妈陪着玩了一天，那个缺乏耐心的老舅也不见了，相反对于开心来说，老舅今天那是有求必应，只差扑在地上让开心当马骑了。

晚饭过后，舅舅离开家值夜班去了。玩累了的开心洗过澡后，准备上床休息，孙霞却叫住了他："开心过来，沙发上坐会儿吧，陪妈妈聊会儿天。"

"好吧，妈妈，咱们聊什么呢？"

"聊开心在幼儿园认识了多少小朋友，又和哪些小朋友玩得投缘？"

“妈妈，什么是投缘呢？”

“哦，儿子，对不起，妈妈用错词了，应该是，你最喜欢和谁在一起玩？”

“开心喜欢和谁在一起玩？妈妈，开心告诉你吧，虽然开心喜欢和别的小朋友一起玩，但别的小朋友不喜欢和开心一起玩。”

孙霞听到这儿，心里一紧：“那是为什么呢？儿子。”

“为什么我也不知道，就是……就是我找小朋友玩，他们都不想理我。”

“你没欺负过别的小朋友吧，儿子。”

“妈妈，我从没想过欺负别人，我都想求别人跟我玩呢。”

“怎么会这样呢？我得去找你们老师谈谈。”

“妈妈，你别去找老师，其实就是老师不喜欢我，上课的时候，老师从来不点我发言。”

“你举手了吗？”

“我举手了，我的手举得老高。”

“那老师都点了谁发言呢？”

“她点徐莹莹，还有李果儿、张小雷发言。他们几个人的爸爸妈妈与我们的小余老师也蛮好，总和我们小余老师说话，不像我舅舅，从来不理我们小余老师。”

“开心，你放心吧，妈妈会找舅舅谈谈的。只不过儿子，妈妈想跟你说的是，跟别的小朋友一起玩，你主动一些，这没什么，不存在说是去求人家，你懂吗？”

“妈妈，开心懂了。”

“还有，小区里的小朋友不是与你玩得很好吗？比如雷丽丽呀，还有……”

“还有唐明辉。”

“唐明辉不是大孩子吗？他都五六岁了，马上上小学了，你与他玩，他不会欺负你吧。”

“他才不会欺负我呢，你别看他个子大，可他一点劲儿都没有，他的眼睛也不好。我听他说，他自己有病。”

“那……别的小孩喜欢与他一起玩儿吗？”

“不喜欢，他们都躲他远远的，但我觉得他好可怜，我告诉你妈妈，唐明辉他没有妈妈，爸爸也不要他了。”

“哦，是吗？那这孩子也是蛮可怜的，我们的开心好善良，晓得去同情弱者。”

“其实，妈妈，我告诉你，雷丽丽、谢有才他们只是在让我当猪八戒、当坏人、当小偷，而他们当孙悟空、当警察的时候才跟我玩，不玩这些游戏时，他们都不理我。只有唐明辉理我，唐明辉还会讲好多好多的故事，都是他外公外婆讲给他听的。他还会背好多的唐诗，每次跟他在一起，他都背唐诗、讲故事给我听。”

“哎哟，没想到在你们这小小人里边，还藏着故事大王呢，开心你好幸运，跟故事大王是朋友。”

“妈妈，你也喜欢唐明辉？”

“嗯，妈妈喜欢唐明辉，超级喜欢他。只是儿子，妈妈想与你聊个另外的话题，如果我们从这里搬走，搬到另外一个地方去住，开心会同意吗？”

“妈妈，你不是说我们不会搬家的吗？”

“那如果是舅舅要搬家呢？开心舍得让舅舅一个人搬出去住吗？”

“开心舍不得，但舅舅是大人，就让他搬家好了。妈妈，我俩不搬家，让舅舅一个人搬出去。”

“那要是舅舅搬去的地方比我们这个地方好呢？”

“好我也不想去，因为那里没有唐明辉。”

“没有唐明辉，还有新认识的小朋友可以玩啊！”

“我不想认识小朋友，他们又要说我没有爸爸。”

“谁说过你没爸爸？”

“雷丽丽、谢有才他们都说过。我说我爸爸到国外挣钱去了，他们都不信，还说我撒谎，不是诚实的孩子。妈妈，你就打个电话让爸爸回来吧，我们不要那么多钱，你快打吧，我也好想和爸爸说说话。”

“算了，我们今天不聊了，时间也不早了，睡觉去吧！明天你要上学，我要上班呢！”

“嗯。”

开心听话地爬到床上睡觉去了，孙霞看着儿子，不由得叹了口气：“哎……”

第二天早上，孙霞上班去了，开心在家里等着舅舅下夜班回来送他去幼儿园。

差不多快八点，听着楼梯间那轻重不一的脚步声，开心知道，舅舅回来了。

不等舅舅掏钥匙开门，开心踮着脚把门给打开了。

“哟，开心长……长……长高了，都……都……都可以开门了，咱……咱……咱们赶紧走……走吧，去晚了赶不上吃……吃早点，快……快去换衣服。”

“衣服换好了，舅舅，我们可以马上走。”

“开心真……真懂事！”

坐在舅舅的助动车上，开心和舅舅聊开了：“舅舅，听妈妈说你要搬家是不是？”

心里没准备的孙则听开心这一问，忙答道：“开心都……都……都知道了，舅舅也不瞒……瞒……瞒你了，我和你妈，我们看……看……看中了一套房子，把它买……买下来了，并且随时都……都……都可以搬过去住。”

“妈妈不是说你一个人要搬出去吗？”

“那开心舍……舍……舍得舅舅一个人出去吗？那……那……那谁接你……送你上幼儿园呢？”

“开心舍不得舅舅，我们都不搬。”

“都不搬，那……那……那买房干什么？开心，这买……买的房啊，它比现在我们住的这这……这屋大很多哎，而且里边还……还……还装修过，可漂亮了，特别是他们为……为……为小孩准备的一间儿……儿童房，那简直太……太……太漂亮了，怎么说呢，绝……绝……绝对的童话世界！”

“童话世界我也不想去，因为那里没有唐明辉。”

“你说的那……那……那小子啊，他有……有什么好？病……

病秧子一个，眼睛也看……看……看不见，不能挨，不……不能碰的，还……还……”

“舅舅，我不许你说唐明辉，他对我很好，他学问大着呢，教我背唐诗，讲故事给我听，他肚子里有好多好多的故事呢，也只有他……只有他不欺负我，愿意跟我玩。”

“你……你……你不是与那什么丽丽、什么谢……谢……谢有才一起玩吗？我就看……看见过你……你……你与他们一起玩。”

“他们让我装猪八戒，装小偷，猪八戒是丑八怪。”

“这……这有什么，小孩家家一起……一起玩嘛。”

“我偏不装猪八戒、不装小偷，我也要装孙悟空，我也要装警察。”

“那你自己去……去……去与他们说说呀，装……装……装什么都一样，不都是装吗？那……那……那孙悟空有本事，猪八戒也……也……也有本事啊！”

“他们还说我没爸爸，是野孩子。”

“谁说的？咱开心没……没……没爸爸，笑话，你……你……你去告诉他们，说……说……说你爸爸在美……美……美国挣钱，挣美元呢！”

“可妈妈不许我说爸爸挣钱怎么办？”

“可这……这……这是事实啊，事实能……能……能改变吗？”

“我不跟你说了，舅舅。幼儿园到了，反正我不搬家，搬了家没有小朋友玩，又没有唐明辉。”

“唉，这……这……这孩子……”

第二十八章　永远的一家人

把开心送到幼儿园后，孙则回了家，又倒在沙发上睡了一觉。醒来时已是下午三点多了。

由于肚子饿得难受，孙则来到厨房煮了一碗白面，呼呼啦啦吃完后，他又开始琢磨搬家的事儿了。

什么时候才能搬过去呢？买了房子空着却不去享受，多可惜。再说了，就算开心不同意搬过去，那小孩说的话能算数吗？说白了，你这做姐的压根没为我这做弟的考虑啊！不行，打个电话与姐谈谈吧！

这样想着想着，孙则拨通了姐姐的手机。

正在工作的孙霞，听见手机震动声，第一时间按下了接听："什么事，孙则。"

"姐，我也没……没……没别的事儿，还是想……想与你谈谈搬家的事情。"

"哦，是这样的，孙则，我昨天试着与开心谈了谈搬家的事，他好像不想搬家，再等等吧，等我再做做开心的工作。对待小孩子，我们不能来硬的，否则会造成心灵创伤的。”

“姐，你……你……你说严重了，有什……什……什么心灵创伤呢？”

“你没养过小孩不知道。这小孩的心灵特脆弱，不能随便受到伤害的。”

“姐，你……你……你真的说严重了，开心不……不……不想搬家，原因你……你……你知道吗？就……就……就因为那唐明辉，一个小……小孩，小孩算……算什么？”

“孙则，你可别小看了唐明辉，他是不算什么，可在开心看来，唐明辉是他的好朋友，这点，让我这做妈妈的确实感到羞愧。不过你给我一点时间，我会做好开心的工作的。”

“等你做……做……做开心的工作？姐，小孩子嘛，哄哄也……也……也就过去了，哄不过去，来……来……来硬的也行，我还……还就不信了，我俩都……都……都搬过去了，开心他能……能……能怎么地？真的搞……搞……搞不懂你……”

“怎么能这么说呢，孙则，开心是我唯一的希望啊！只是因为开心我才……”

“你才怎……怎……怎么地？难道我不……不……不是你的希望吗？我……我……我觉得你的这话好……好伤人，我也算是孙……孙……孙家的希望啊！”

“不跟你说了，你这么结巴着说话得浪费多少电话费啊！那是钱，你不心疼钱吗？我挂了啊。”

“别……别……别挂，就你挂了我也……也……也会再打过来，我今天还就……就……就不心疼钱了。我的老……老姐，你心疼钱，难道你不……不……不心疼我吗？我是你亲弟呀，爹……爹死娘嫁人后，我是怎么……怎么做的？难道你……你……你忘了吗？”

“我没忘，孙则，我只是让你给点时间，我去做开心的工作，而这房子也照你的意思买下来了，早去住晚去住不都是要去住的吗？况且这么多年住着租的房子也没啥，你就这么在乎搬家的时间？”

“我……我……我是很在乎，不瞒你说姐，我……我……我也三十出头了，也该找……找……找对象成家了不是，可我怎……怎……怎么找对象啊，人家瞧……瞧……瞧得起我吗？就连那住的地……地……地方也没有，更别说有……有……有张属于自己的床……床……床铺了。”

“你不是值夜班吗？那不晚上都是在单位里住吗？”

“家里没……没……没我的床，就……就……就好像没我这个人，我自己都……都……都觉得自己是多……多余的。”

“孙则，你可千万别那么想，你那么想就错了。我、你、开心永远是一家人，这点永远都不会改变。你刚才说，你三十出头了，该谈对象了，我非常认同，只是咱找的人必须是能跟你好好过日子的人。听郭子说你好像喜欢上了那房屋中介的鲍艳，我跟你说，那是不可能的，人家不会喜欢上你的，再说那鲍艳，也不是能与你好好过日子的人。”

“怎么不是好好过……过……过日子的人？不试试，你……你……你怎么知道？”

“孙则，我的傻弟弟，难道你没看出来？虽然鲍艳穿的是工作装，但她那脚上穿的鞋、手上提的包，那可都是名牌、奢侈品啊！虽然我没穿过名牌鞋，没拎过品牌包，但我知道那东西很贵的。还有……还有她身上喷洒的香水，那味道我闻过，是在我们公司老板娘身上闻到的。唉，相对于我们这种买地摊货的人来说，那是遥不可及的。孙则，不是我不相信你的能力，但鲍艳你绝对高攀不了，你与她不合适。”

“我……我……我就喜欢上她了怎……怎……怎么办？不是有句话：精……精……精诚所至，金……金……金石为开吗？”

“我是过来人，弟弟，你与鲍艳不合适，这点你必须明白。”

“那先……先……先不说鲍艳了，反正我是追……追……追定她了，她就是我的女……女……女神。咱别扯……扯远了，我现在要……要……要问你的是，咱什么时候搬……搬……搬家？”

“我不是给你说过，给我一点时间来做做开心的工作吗？你得顾及顾及开心的感受啊！”

“说……说到感受，姐，你顾及过我的感……感……感受吗？咱先不……不说鲍艳，也不怕你笑……笑话我，当我看到咱买……买……买的房子里面的厕……厕所时，我就喜欢上了这……这……这房子，只因为……只因为这厕所里边安……安……安装的是坐便器；我的腿，你……你知道的，用咱家那……那……那蹲坑很难受，那……那是什么感觉，我也不……不……不给你说了，反正你……你明白的。”

“孙则，你别说了，什么也别说了，说起你那腿我就心疼，这样吧，今天，哦，等会儿你去接开心的时候，顺便先到菜场买点土豆回来，开心不是很喜欢吃薯条吗？你学着给开心做个薯条，让他高兴高兴，我们再来和他谈搬家的事。”

“那……那就这样，姐。”

还真如孙霞所说的那样，开心看到舅舅特地为自己做的薯条后，高兴得跳了起来，尽管那薯条的形状与味道与麦当劳、肯德基的薯条相距甚远，也没有番茄酱，开心还是吃得津津有味。

第二十九章　唐明辉

吃完晚饭后，孙则主动刷碗去了，孙霞却叫住了正要去看连环画的开心。

“下楼陪妈妈转转好吗，开心。”

“好啊，也许还可以碰到唐明辉，只是开心有个要求。”

“什么要求，开心尽管说吧。”

“就是开心和小朋友说话的时候，妈妈不许在旁边偷听，妈妈还是像以前那样，和大人一起去玩。

“哦，我明白了，你们小朋友要在一起说悄悄话。”

“是的，妈妈。”

“那好吧，妈妈听你的。”

下楼后，开心挣脱了妈妈牵着他的手，径直地向一个方向跑去，那里是开心和唐明辉经常碰面的地方。

但跑了一会儿，开心却停了下来，有些失望地转过身，看着快步跟上来的妈妈。

“怎么啦，开心？前面不是有几个小朋友吗？你去与他们玩玩吧，妈妈就在这儿转转。”

“妈妈，开心不去了。”

“为什么呢？儿子。”

“因为，因为那里没有唐明辉。”

“是这样的，开心，唐明辉能成为你的好朋友，别的小朋友也能成为你的好朋友啊，不信，你可以去试试。”

“妈妈，我不去了，除了唐明辉，我不想与别的小朋友一起玩。可唐明辉呢？他为什么没出来？”

“他可能还没吃饭吧，或许他生病了。”

孙霞无心的一句话，使得开心着急起来。

“他病了？那我们去看看他吧！他家就住在前面那栋房子的一楼。”

“开心，看把你急的，我是顺口瞎说的，再说，怎么能随随便便就去人家家里呢？”

“妈妈，我去过他家里的，他外公外婆很喜欢我。”

“但我是大人，我不能随便去人家家里。”

“那我一个人去找唐明辉，妈妈，你在外面等我。”

孙霞有些无奈地对开心说：“去吧！”

得到妈妈的允许，开心头也不回地跑向唐明辉所居住的门栋，并着急地拍起了唐明辉家的门。

门轻轻地被打开了，唐明辉的外婆站在了门口：“哟，是开心啊，来看咱们明辉啦，算下来，明辉可有几天都没出去了，他在床上躺着呢，开心你快进屋吧，明辉可想与你玩呐。”

“外婆，可我今天不能玩久了，我妈妈在外面等着我呢。

“你妈妈在外面？为啥不一起进来呢。”

“我妈妈说……说大人不能随便到人家家里去。”

“哦，还这么多讲究，开心，你进去和明辉哥哥玩，我去外面瞧瞧，看看你妈去。”

天已黑了下来，唐明辉的外婆出了门栋便看见路灯下站着的孙霞。

“我没猜错的话，你就是开心的妈妈？”

“是的。您是……”

“我是明辉的外婆，开心也这么叫我的，怎么，儿子都进去了，你也进去坐坐。”

“我就不进去了，阿姨，我还是站在外面比较好。”

“为什么呢？”

“因为怪麻烦的。”

“哦，我知道了，反正我也没什么事，我们散散步吧。”

“行。”

“开心这孩子长得好漂亮，宽眉大眼的、小嘴又甜，看着就招人喜欢，我看长得像你。”

“别人也都这么说。”

“那个骑车接送开心的，是开心的爸爸。”

“不是，不是，那是开心的舅舅，我的弟弟。”

“那开心的爸爸？”

见孙霞长时间地不做声，唐明辉的外婆显得有些不安："开心妈妈，也许我不该问的。"

"没什么，阿姨，都是过去的事了。有些事情埋在心里不去说、不想说，只是为了不想让身边的人也痛苦，当然，也包括孩子。"

"开心到我家来过两次，我看得出他很乖、很懂事，来了也就和明辉一起玩积木，或者一起背唐诗，又或者明辉给开心讲故事。"

"打扰你们了。"

"看你说的，我们家也没什么人，除了我和老伴，就是明辉了，而且能够做邻里，那是修来的福分，更何况开心和明辉又那么投缘，唉，要是明辉的身体像开心那样，那该多好啊！"

"明辉身体不好？"

"是啊，身体好的话，怎么总待在家里呢？"

"那，您不介意说说您的外孙？"

"唉！我能介意什么呢？我这外孙啊，出生的时候没吃过一口奶，我那女儿生下他就走了，所以我这外孙的身体自然比一般的孩子要差些，但这也不算什么，关键是我这外孙自出生后视力就不好，特别是右眼，几乎什么也看不清，左眼看东西也模糊，并且医生也说了，像我外孙这种眼病，随着年龄的增加，他的视力只会越来越差。另外，医生还说了，如果错过最佳治疗时期，有可能导致终身失明，甚至最终不得不摘掉眼球。"

孙霞听到这儿，身子突然有些发紧："好残酷啊，小小年纪，怎么会这样呢？阿姨，医生有说过孩子患的是哪种眼疾呢？"

"医生说，我们明辉患的是那种粘连白斑。"

“你们给孩子治疗过吗?”

“以前在老家治疗，但由于老家那里医疗条件很差，明辉的症状经治疗后也没有明显改善，钱呢倒是花去不少。这不，我们放弃在老家治疗了，到这医疗条件好的大城市来，还租了这离医院比较近的房子，就是为了方便给明辉治病。”

“医生说怎么给孩子治眼疾呢。”

“医生说我这外孙适合做……做眼角膜移植手术。”

“听您这么说来，就是您与孩子他外公在照顾孩子了，孩子他妈走了，可孩子他爸呢?唉，也许我不该问这么多，查户口似的。”

“没什么，这眼泪啊早就流干了。”

“我还是有些好奇，孩子他爸呢，阿姨?”

“孩子他爸……孩子他爸把孩子交给我们，说是出去赚钱，可快六年了，一点音信也没有，好像人间蒸发了一样。”

“又是一个不负责任的男人。”

“不瞒你说，我们现在已经不指望明辉的爸爸了。听人家说，他在外面又有了新家，还生了孩子，我们担心的是，明辉马上到了上学的年龄，而我们——我和孩子外公，都是六十好几的人了，又都有高血压症状，这万一要是，唉……”

“阿姨，我和开心会经常来看你们的。”

“那敢情好，明辉就喜欢和开心待在一起。”

孙霞和儿子开心回到家后，发现孙则值夜班去了，家里已被他清理、打扫得干干净净。

帮儿子洗澡的时候，儿子又提起了搬家这个问题：“妈妈，我们不搬家好不好？搬了家，我就不能去唐明辉家玩啦。”

“儿子，妈妈知道你喜欢和唐明辉在一起玩，妈妈也知道你很善良，心里放不下唐明辉。但是，除了唐明辉，你还可以选择与更多的小朋友一起玩，而且，我们搬了家之后，我会时常带你回到这儿来与唐明辉一起玩的，或许你还可以结交新的好朋友。”

“妈妈骗人，妈妈哪有时间带我玩。”

“妈妈什么时候骗过你了？”

“妈妈骗过我好多次呢，说好了去动物园、去海洋馆、去欢乐谷，但妈妈都没带我去，我们班的小朋友，就我没去过这些地方了。”

“开心，儿子，妈妈刚才说的是搬了家过后，带你回到这儿来，你不是心里惦记着唐明辉吗？”

“那我也不相信你，因为你们大人总是会说没时间、没时间的。”

“这回你得相信我，儿子，我都答应过唐明辉的外婆，要经常去看他们。”

“真的，妈妈你太好了，只是……我还是不想搬家，我还喜欢田外婆。”

“那开心，儿子，要是田外婆不租房子给我们住了，要赶我们出去了，我们怎么办呢？我们总不能睡在马路上吧。”

“呜……呜……呜……妈妈，那你就去求求田外婆，让她不要撵我们走，不要让我们睡在马路上。”

看到开心哭了起来，孙霞有些心疼了，毕竟自己不该欺骗孩子："儿子，快别哭，快别哭了，哎哟，你看，这小手上的肥皂泡沫，都擦到眼睛上去了。"

开心不哭了，他用那双大眼睛一直看着妈妈。

洗完澡，穿好衣服后，儿子怯生生地拉了拉孙霞的手，对孙霞说："妈妈，开心不愿睡马路，我们搬家吧！"

"真的？儿子你同意了？我就知道你会听妈妈话的，这样吧，妈妈向你保证，搬了家以后，一定会常带你到这儿来看唐明辉，还有田外婆。"

开心看着妈妈，信任地点点头："嗯。"

第三十章　妈妈，我好怕

接下来，搬家被孙霞、孙则这对姐弟提到了议事日程。

其实，除了日常的生活必需品、书籍、开心的一些玩具外，他们还真没什么可搬的。

但这对姐弟还是抽了个周末，把家搬了过去。原房东田阿姨对孙家姐弟，特别是对自己照料着长大的开心恋恋不舍，而且他们的租期也并未满。

孙则的那个高兴啊、兴奋啊，简直是不能用语言来表达。想想看，从十几岁开始在外打工，直到三十出头，终于有了一张床，一张属于自己的床，并且还是双人的席梦思大床，他能不高兴吗？他真想一天二十四小时地守在这张床上，一刻也不离开。因为他害怕这只是梦，怕梦醒了，他又将失去这一切。

星期一的下午六点多钟，这家人吃完晚饭后，孙则没去刷碗，他又躺到了他那张席梦思大床上。

“都这个点了，你还去睡觉，你差不多要去单位了吧。”

看姐姐站在房门口，孙则坐了起来。

“姐，打……打……打心眼里的话，我真不想去上什么夜……夜……夜班了，你帮……帮……帮我找个白班的工……作吧，我不想这样黑……黑……黑白颠倒地生活。”

“再说吧，我会托朋友帮你打听的，只是搬过来的这两天里，你太兴奋了，待会儿骑车去上班，路上注意安全，这外面下着雨呢。”

“谢谢姐。另外，我……我……我有一提议，我们能……能……能住这么好的房子，多……多……多亏了人家鲍艳，我想……想把她请到家……家……家里来，感谢……感谢人家。”

“我的傻弟弟，你怎么还惦记着那鲍艳呢？我不是跟你说了你们俩不合适吗？”

“那……那……那我现在不也是有……有……有房一族了，她和我怎……怎……怎么不合适呢？”

“哎哟，叫我怎么跟你说呢，我的傻弟弟，说句不好听的话，鲍艳的眼睛都长到头顶上去了，她是不会向下看的。”

“依姐的意思，那鲍艳还……还……还是瞧不上我，尽管我有……有……有了房子。”

“是这样的。”

“那……那……那也不一定，说不定人家鲍艳就……就……就看上我这款老实本分的人。”

“别异想天开了，咱要找……也得找个跟咱条件差不多的、能过日子的人，你别急，弟弟，姐在帮你物色呢。”

听姐姐说她在帮自己物色，孙则倒急了：“姐，我的好姐姐，你……你……你千万别帮我物色，那……那……那是瞎子点灯白费蜡，你……你……你知道吗，今天中午……中午我……我……我睡觉时，还……还……还梦见了鲍艳与我一起睡……睡……睡在席梦思大……大……大床上呢。”

“哎哟，我说孙则，你真是白日做梦，做白日梦啊！”

“姐，你……你……你说对了，我是做的白……白……白日梦，但我很享受这……这……这种梦你知道吗？我真希望每天都……都……都能做这种梦。”

“孙则，你就不能清醒清醒，现实一点。”

“现实一点？我……我……我认为，现实是人家帮……帮……帮我们买到了好房，我们应该感……感谢人家。”

“鲍艳是做房屋中介的，她房子卖谁不是卖呀，况且这些人都是唯利是图。再说这房子，你说好，它又能好到哪里去？”

“是的，妈妈，开心不喜欢这房子，这房子里好臭。”

“开心，舅舅不……不……不许你瞎说，这是你鲍……鲍……鲍艳阿姨给咱们挑的好……好……好房子。再说了，装……装……装修过的房子，都……都……都有点气味，这是免……免……免不了的。”

“行了，我说孙则，你也别凶孩子了，开心说的是事实，我也觉得这屋子里有股怪味。你说要感谢鲍艳，我同意，那以什么方式来感谢，你决定吧！”

“我……我……我觉得，就让鲍……鲍……鲍艳到咱家来吃……吃个饭。”

“这事儿没什么大不了的，孙则，吃饭没问题，只是你别想多了。”

“哎，那……那……那姐，我上班去了。”

“穿上雨衣吧，外面下着雨呢，路上小心，骑慢点。”

“哎……哎。”

目送着孙则出门，听着那深一脚浅一脚的脚步声，做姐姐的孙霞重重地叹了口气：“唉……”

“妈妈您生气了？妈妈您生气啦？”

开心连续说了两遍，孙霞才回过神来：“妈妈没生气，儿子。妈妈只是觉得你舅舅好可怜，心疼你舅舅。”

“我也心疼舅舅，舅舅睡觉的时候，把那条假腿取下来，他身上就只剩下一条腿了。”

“舅舅好可怜。”

“可是妈妈，舅舅不听话。”

“舅舅怎么不听话了？开心。对了，刚才你说不喜欢这房子，说这房子里好臭。开心，以后不要当着舅舅的面说这些了，你这样说，舅舅会不高兴的。”

“可是妈妈，这房子里是臭啊！老师说了，小孩子不能说假话。”

“妈妈也知道房子里是有股味，但刚才舅舅不是说了吗？那是装修留下来的味道，时间长了，这味道就会慢慢地挥发掉了。”

“那……”

“好了，儿子，你快去洗手间吧，妈妈给你准备好换洗衣服，就来帮你洗澡。”

看儿子撅着嘴站着不动：“怎么了，开心？你以前不是最喜欢洗澡的吗？快去卫生间吧！”

“妈妈，开心不想洗澡。”

“为什么呢，儿子？”

“因为……因为我怕冷。”

“这还没到冬天呢，虽然刚立了冬，可真正冷起来要到下个月呢，现在不冷，儿子，我保证你不会冷的。”

“可我还是不想去洗澡，要洗，就在客厅里洗。”

“傻儿子，客厅怎么能洗澡呢？再说了，卫生间有淋浴，多舒服。”

“反正开心怕冷，不想洗澡。”

“听话，儿子，妈妈帮你洗，一会儿就洗好了，妈妈保证你不会冷的。”

“可是……可是，妈妈，我还是不想洗澡。”

“这到底是为什么呢？哎哟，开心，你别烦妈妈了。”

“因为有人偷看开心洗澡。”

“这孩子，又没感冒，又没发烧的，怎么尽说胡话。小小年纪还挺封建的，谁偷看你洗澡啊，是不想妈妈在里边，怕妈妈看到了吗？”

“不是，不是，开心不是怕妈妈看。”

“那你怕谁看呢？有谁能进咱家呢？舅舅又上班去了。”

“是……是那里边的人。”开心边说边用手指了指卫生间。

“小孩子家尽乱说，再乱说，妈妈不喜欢你了。”

“妈妈我没乱说，那里边，那里边，呜……”

“好了好了，别哭了，又没谁打你，这么娇气，妈妈不给你洗澡了。待会儿妈妈打盆水，给你洗洗脚。”

“谢谢妈妈。”

“那你自己去玩会儿吧！妈妈还想清理清理这屋子。”

“妈妈，开心不想自己玩，开心陪你清理屋子吧！”

“哎哟，开心，这才几天工夫，怎么变得不听话了，这么粘人。让你洗澡也不干，让你自己玩也不干，你到底怎么啦？”

“我……我……我好怕。”开心说着说着，眼睛马上又红了起来。

第三十一章　儿子开始不正常

孙霞看儿子又是要哭的架势，忙用手摸了摸儿子的头，以此来安抚安抚儿子，哪知道这一摸，才知道儿子的头好烫好烫。

“妈妈错怪你了，儿子，你身体不舒服，正发烧呢，怎么不跟妈妈说说呢?”

“我看你和舅舅都很忙，没敢跟你们说。”

“什么时候不舒服的，儿子?”

“昨天，昨天吧!”

“唉，看我大意的，我记起来了，昨天的晚饭，你基本没吃就递给了舅舅，是从那个时候不舒服的吗?开心，妈妈送你去医院。”

“我不想去医院，妈妈，打针很疼的。”

“开心不是小男子汉吗?以往打针从来没哭过。”

“妈妈，我吃药吧，吃了药就不发烧了。”

“那也行，我们就先吃点药，如果睡一晚上不好的话，明天去医院。”

孙霞喂儿子吃过药，又打了盆水给儿子烫了烫脚，然后让儿子睡下了。

可能是深夜一两点吧，刚刚睡着的孙霞，忽然被一阵躁动惊醒了，她睁开眼睛，习惯性地朝儿子睡觉的方位看了看，发现儿子不在床上。

儿子正在发烧啊！上哪去了？

“儿子，开心，在上厕所吗？”孙霞按亮台灯，边叫着儿子边走出了卧室。

然而，让孙霞感到意外的是，儿子没在卫生间，而是在客厅里的餐桌旁边小便呢。

“哎，开心，你怎么能这样呢？你都是大孩子了，怎么能随地大小便呢？”

开心被妈妈的大声呵斥吓了一跳，拉到半途的尿又憋回去了。

孙霞走到儿子身边，蹲了下来：“儿子，撒完了吗？以后可不许在客厅里小便啊！”

“妈妈，没撒完。”

“那我们上卫生间去尿吧，妈妈陪你去。”

“妈妈，我不去卫生间，我也不撒尿了，我去睡觉。”

母子俩又回到了床上，孙霞习惯性地又摸了摸儿子的头，还是那么烫。

“儿子，妈妈给你倒点水喝吧，发烧应该多喝点水。”

“妈妈，开心不想喝水，喝了水又要尿尿，开心不想去卫生间。”

“没事的，儿子，你不想一个人去卫生间，妈妈陪你去。”

“我还是不想喝水，妈妈，开心不想喝水，不想……”

第二天早上，儿子身上终于不那么烫了，孙霞这才轻松了些。

做完早点后，孙霞叫醒了开心，自己又稍微吃了点东西，然后边清理上班的挎包边嘱咐着儿子：“妈妈这就上班去了，你在家里等舅舅回来送你去幼儿园。记住，儿子，要是不舒服，让老师给舅舅打电话，给我打电话，想尿尿就要去卫生间。”

“妈妈，我不想一个人在家里等舅舅，我好怕。”

“傻儿子，这大白天的，有什么好怕的？”

“妈妈，要不你送我上幼儿园吧，我跟你一起出门。”

“那怎么行呢？一来妈妈不顺路，二来妈妈也确实是时间有些紧。这样吧，开心，如果你想妈妈送你的话，以后我们就早点起床，早点出门好吗？”

“我还是……”开心犹豫着。

“你还是老老实实在家待会儿吧，舅舅马上就回来了，妈妈再不出门，真的有些来不及了。”

“那妈妈你走吧，开心会乖乖地等舅舅回来。”

尽管开心说这话时拖着哭腔，孙霞还是没有顾及儿子的感受，打开门，上班去了。

屋内，剩下孤零零的开心一人。

“呜……呜……呜……”憋了许久的开心，终于哭出声来。

哭了一会儿后，开心突然不哭了。

只见他慢慢地走到大门前，一屁股坐在了换鞋凳上，并用双手遮住了眼睛。

“舅舅，你快回来吧，开心好害怕呀。舅舅你快回来吧，开心好害怕啊。”

在心里默默地念叨几遍后，开心稍微挪动了下小手指头，从指甲缝里看了看安静得出奇的客厅。

“舅舅怎么还不回来呢？”在心里默念完这句话后，开心双手蒙着眼睛又哭了起来。

哭着哭着，开心突然间又止住了哭声，因为他想尿尿了。

怎么办呢，去卫生间尿，可那地方自己不敢去；在客厅里尿，妈妈又不允许。

憋得有些难受的开心终于憋不住了，他索性在门口用于换鞋的小地毯上撒起尿来。

不等开心撒完尿，孙则那特有的脚步声传入了开心的耳朵里，但开心没顾得上这些，一直尿完了。而这时，孙则也刚好用钥匙打开了门。

“开……开……开心，舅舅回……回来了，舅舅送……送……送你去幼儿园吧。”

开心没有回答舅舅，而是盯了舅舅一眼，而后把眼光落在了被尿湿的地毯上。

孙则顺着开心的眼光，马上发现了那打湿的地毯。

“怎……怎……怎么搞的，开心，这地……地……地毯是你弄……弄……弄湿的吧。”

开心看着舅舅，摇了摇头。

“不是你，那……那……那就是你妈，你妈给……给……给弄湿的?”

开心突然尖着嗓子叫了起来：“不是我妈，不许说我妈。”

“不是你，又不……不……不是你妈，那是谁呢，难……难……难道是我。”

“就是你，就是你，就是你要搬到这里来。”开心几乎声嘶力竭地叫道。

“小……小……小孩子，不能这……这……这样没礼貌。”

“我不跟你说了，你送我去上幼儿园吧。”

“那……那……那走吧。”

一路上，孙则和开心都没有说话。

快到下午三点时，正专心工作的孙霞接到开心所在幼儿园的老师打来的电话，让她无论如何去一趟幼儿园。

“我儿子出什么事了，麻烦你告诉我一声。”说这话时，孙霞的声音几乎发着抖。

“你过来吧，电话里说不清楚，再说了，你那儿子，唉……”

“我儿子怎么了，到底怎么了?”

“你在电话里着急也没用，不如赶快过来。”

第三十二章　开心闯祸

“喂……喂……”孙霞“喂”了几声后，听电话那头没声音了，她赶忙关掉电脑，拿上包，假也没请就跑出公司，伸手拦了辆的士。

“儿子，开心，你可千万不能出什么事啊，你可是妈妈的全部希望啊！愿老天保佑保佑我儿子。”

缩坐在的士上的孙霞，双手合一放在胸前，不断地祈祷着。

“去哪？这位小姐，你都没说你去哪儿呢。”的士司机有些机械地问道。

“是吗，对不起，我去小博士幼儿园，师傅，您开快点啊，我有急事。”

“现在这个时间还没到高峰时段，也不会塞车，这条路我天天走，我会开快点的，只是，你说你去小博士幼儿园，想必你的孩子在那上幼儿园吧。”

“是的，我儿子在那上幼儿园。”

“这么巧，我的儿子也在那上幼儿园，小班的。”

孙霞没有再理会的士司机的话，她的思绪完全集中在儿子开心身上。

没过多久，的士“嘎”的一声停了下来：“到了，这位女士，小博士幼儿园到了。”

“是吗，那，师傅，给你钱，不用找了。”孙霞边下车边把五十元人民币扔在了副驾驶座上。

的士司机摇了摇头：“看把这人急的，有什么大不了的事儿啊，不就是孩子在幼儿园吗？能出什么事儿呢。哎，给了我五十元钱啊，用不了这么多，咱可无功不受禄。幸好我儿子也在这上幼儿园，我趁找钱这位女士的工夫，还可以看看我儿子，顺便也解决解决我那内急。”

孙霞还没走近开心所在的小班教室，就听到了儿子的哭声。

她紧走几步，来到了儿子所在的小班教室门前。

门是关着的，孙霞抬手刚想敲门。就听到身后传来开出租的师傅的声音。

“喂，这位女士，找你的钱。”

孙霞愣了一下：“我说过不用找的。”

“这么大方，钱多得没地方放是吗？拿着。”

“谢谢师傅。”孙霞边说边开始敲门。

开门的是儿子的班主任小余老师，她看见孙霞后，表情有些冷漠地说：“哦，来了，进来吧。”

站在孙霞后面的开出租的师傅却开了腔：“小余老师，我们家张小雷还好吧。”

“哦，张师傅，您也来了，您怎么知道要来幼儿园?”

“是啊，没谁通知我来啊，我不过是顺道，送这位女士来幼儿园，怎么，张小雷犯错误了?他欺负别人了?看我不打他屁股。”

“先进来吧，张师傅，进来再说。”

孙霞一进门，开心就看见了她，并且马上从座位上站了起来，跑向孙霞，而孙霞立即把开心揽在怀里。

“跟妈妈说说，谁欺负你了?”

孙霞不问这句话还好，这一问，儿子哭得更厉害了。

“怎么回事啊，小余老师?”

看着二位家长满脸的疑问，小余老师慢条斯理地讲了起来：

“是这样的，两位家长，刚才，张小雷、孙开心两位小朋友之间发生了摩擦，但是，首先，是孙开心错了，他不该把尿撒到张小雷脸上。当然，张小雷也打了孙开心，可如果不是孙开心的那种不文明的举动，张小雷怎么会去打孙开心呢?是吧。”

孙霞看了开出租的师傅一眼：“小余老师，说说事情的具体经过吧。”

“可以，请两位家长先坐下。”小余老师边说边示意着。

待孙霞、开出租的张师傅坐下后，小余老师说道：“要说具体的经过，那便是午睡过后，我和另外的一个生活老师分别招呼孩子们起床，当时，张小雷、孙开心都还在床上躺着，而他俩的小床是紧挨着的。说来也是，不过一分钟，最多两分钟吧，我甚至都还没搞定一个孩子，就听张小雷嚷嚷了起来。这张小雷的声音也特别大，我赶忙把手头的事情交给生活老师，跑到张小雷、孙开心他俩的小床跟前，只见他俩的眼睛都红红地瞪着对方，张小雷歪着嘴喘着粗气，而孙开心呢，光着屁股，身上穿的内裤也还没来得及提上来。

孙霞看了看开心，插嘴道："才三岁多点的孩子，光着屁股，没什么大不了的啊！"

"是没什么大不了的，我也是做妈妈的人，这点我也觉得没什么，问题的关键是，你儿子……孙开心他光着屁股，对着人家张小雷的床撒尿呢，而且都撒到人家张小雷脸上了。"

孙霞把目光转向儿子："是这样的吗，开心？"

开心没有正面回答妈妈，只是微微点了点头，继而又委屈地说道："我……他……他打我，把我小鸡鸡踢疼了。"

一直没开口的张小雷爸爸说话了："我家小雷打人肯定不对，回家后我会批评教育他，我建议小余老师把这俩孩子的床暂时分开，缓解一下，至于说这孩子拉尿拉到小雷床上，没啥大不了的，小孩子嘛，是不是，只是这孩子说小雷把他小鸡鸡踢疼了，我看得重视重视，现在还疼吗，孩子？"

开心看着张小雷的爸爸，摇了摇头。

"那就好，那就好，那你们继续，现在，我也得工作去了。"

"小雷爸爸，你的建议很好，我是得考虑考虑暂时把这俩孩子分开，也谢谢你能理解、支持我们的工作。不过，张小雷的个子在我们小班属最大的，孙开心都敢惹他，那么把孙开心换到哪里去呢，唉，这可是有点为难啊！"

“小余老师，我们家开心不至于像你说的那样能招惹别的孩子吧。”

“我也没说孙开心招惹别的孩子，但至少今天，今天孙开心的表现有些不好，从今天早上开始，孙开心就有些不对头，他确实有些烦躁。”

“小孩子他怎么烦躁了，他不就……”

“那我就说说，今天早上吃完早点后，所有要上厕所的孩子都自动到卫生间门前排队上厕所，而孙开心则一个人跑到上课的地方撒尿，开学来的第一天我们就嘱咐孩子们不能随地大小便，不过，即便孙开心今天做错了，我也没批评他，只让他今后去厕所撒尿。

“另外，在自由活动时间里，孙开心和谢涛涛又打起架来，不错，我了解过，是谢涛涛先打的孙开心，而且打得蛮重，孙开心的脸当时都被谢涛涛抓红了，但孙开心也有不对的地方，他先是把谢涛涛搭好的房子给毁了，而后，又把其中的几块积木拿走，谢涛涛先是与孙开心说一起玩，一起搭房子，但孙开心不干，谢涛涛这才拽住孙开心的脸。唉，我就有些纳闷了，这才几天工夫，孙开心怎么就变了呢，以前你们家孙开心不是这样啊，虽然他有些内向，话语不多，再怎么也就是与别的小孩子玩不到一块，今天看他这样子，确实有些异常啊。”

“我得冷静冷静，小余老师，今天发生的所有事情，我替我孩子向别的小朋友道歉。”

“其实，我们也有疏漏的地方，我们今后也应注意改进工作。但我今天打电话请你来，也是想与你交流交流，我们不能为了工作而忽视了孩子，而孙开心好像真的缺少点什么，这每天接送孙开心的好像是他舅舅吧，天天就一个动作——放下孩子转身骑车走人，我们想与他聊聊也没有机会，说实话，你与孩子的爸爸该重视重视孩子了。”

“我今天先把孩子带回去吧，我会好好与孩子交流的，小余老师。”

“也行。”

孙霞站了起来，拉上开心就往外走。

张师傅也站了起来：“那……小余老师，我们家小雷让你费心了，真的谢谢你，我去干活了。”

孙霞牵着开心刚出幼儿园的门，开出租的张师傅，也就是张小雷的爸爸赶了上来，友好地对他们母子说道：“我送送你们吧，也就蹬一脚油门的事。”

“谢谢张师傅，不麻烦你了，我们家离这儿也不是很远，就是步行回家也不过半个钟头。”

“那好吧。”

张师傅说完，朝孙霞憨憨地点头笑了笑，而后朝着停在马路旁边的出租车走去。不过，就在张师傅拉开车门准备坐进去的那一刻，他突然又大声地朝着孙霞和开心说道：“今天有些对不住了，我替儿子小雷向你们道歉，那什么……孙开心你听着，往后要是张小雷欺负你，我肯定揍他。”

目送着的士远去，孙霞对儿子说：“开心，我们回家吧。”

开心仰起小脸看着妈妈，点了点头。

第三十三章　孙则准备请客

自从孙霞答应请鲍艳来家里做客后，孙则的情绪就一直处于亢奋状态，就好像他的世界、他的周围，等等，一切一切都变得那么美好，就连上司对他的呼来唤去外加带着鄙视的调侃，他也都一笑了之。而这要放在平时，他孙则与对方打起来都有可能。

只是郭达——孙则唯一的朋友，却有些受不了了。

上着夜班的孙则已是第三次给郭达打电话了，且这时已是晚上十二点多了。

“你还让不让人睡觉啊，孙则，我说你有屁快放吧，而且是通通放完，省得耽误我睡觉。”

“也就一句话的事，咱明……明……明天早晨碰……碰……碰个头，你陪……陪……陪我去商场买……买……买套西服吧，我长这……这……这么大，还没穿……穿过西服呐。”

“哎，你一个电话说你想买彩票，又一个电话说你想买辆新的助动车，这不，第三个电话说让我陪你去买套西服，还让不让人睡觉啦，我说孙子，你发财了吧？捡钱了吧？这才刚买了房子啊。”

“买了房就……就……就不能买点彩票玩玩，那……那……那可是小钱……小钱，说……说……说不定我还能中个头……头……头奖呢。再说了，我那破车都用了多少年了，破……破……破得不像样了，得……得……得换辆新的，骑在上……上……上面也威风不是。至于说买……买……买西服，我那不是穿……穿……穿着给鲍艳看……看……看的吗，人家周……周……周末要来咱家吃……吃……吃饭呐。”

“鲍艳上你家吃饭？我没有听错吧，孙子。你请了鲍艳上你家吃饭？这么说来你小子对鲍艳还真的上心了，她答应了吗？”

“还没呢，我这不还……还……还没跟她说呢。”

“那你用得着买什么西服，还穿着给她看？人家在很大程度上都不一定去呢。”

“我……我……我这不是准备着嘛。”

“孙则，虽说我现在困得不得了，上下眼皮直打架，但我作为你的多少年的好朋友好哥们，我必须劝你一句：别在鲍艳身上浪费时间了，你浪费不起的。”

“不……不……不相信我的能……能……能力是吧，星期六过……过……过来吧，我……我……我会让你吃惊的。不过，那话说……说……说回来，你明……明……明天早上还……”

“真是服了你了，孙子，我要不答应过来，我还能睡觉吗我，还……还什么，一句话的事。”

“哈哈，郭子，你……你也结巴了。”

第二天早上，孙则送开心上幼儿园回来时，郭达已到达他们家楼下。

“不……不……不愧是朋友，挺守信……信……信用的。”

“唉，谁让咱辞了职后还没找到工作呢，无业游民一个。不过……”

郭达说到这儿，眼珠子在眼眶里快速地转了一圈：“和兄弟说说吧，孙子，你好像突然发了财。这钱是哪来的？据我所知，你每个月的工资，那可是铁定要上交给你姐的。”

“那是，多少年了，我……我……我每个月的工资都……都……都上交……上交给我姐。”

“那你这买衣服、换车、买彩票，你姐都同意吗？”

“怎么说话，这……这……这么点小事，还非得我姐同……同……同意。”

“那这钱，至少也得跟你姐说一声啊！”

“这钱是……是……是天上掉下来的你信吗？砸到我孙则头……头……头上了。”

“哇，我好难过，孙则，这钱怎么光砸你而不砸我呢，就是把我头上砸个窟窿都行。”

“风水轮……轮……轮流转，你信吗，郭子，这回它转……转……转到我头上了。”

“那什么，孙则，咱要还是兄弟的话，你就说实话吧！”

“实话……实话实说，只是郭……郭……郭子，我实话实说了，你……你……你恐怕也……也不信。”

“我信，我……我……我信你还不行吗？”

“你又结……结……结巴了，看在你也结……结……结巴的份上，我……我……我说啦。”

“你快说吧。”

“上礼拜的事，我们还……还……还没搬家，我去菜场买……买……买菜时，路过售彩点，就……就……就进去买……买……买了两张，郭子你……你……你猜怎……怎么样。”

“难道是中奖了？尽管你让我猜这个我心里很难受。”

“你难……难受什么，兄弟中……中……中奖了，你能不……不……不高兴？”

“说实话，我高兴不起来，尽管我应该为你高兴，但中奖的毕竟不是我，是吧，孙则。再说了，你这又买西服又换助动车，不久前还买了房，这好事都几乎让你占全了。哎哟，孙子，不，孙则，我不敢叫你孙子了，我他妈的才是孙子，我对你呀，简直都有点羡慕嫉妒恨。”

“更让你羡慕嫉……嫉……嫉妒恨的还在……在……在后面呢，早上，我……我……我下夜班后，给鲍艳打……打……打了电话，她……她……她已同意周末，就星期六的下午去……去……去我们家做……做……做客了，就星期六，你也来吧。”

“哎，我说孙则，你说让我羡慕嫉妒恨的是鲍艳签应到你家去做客，那你完全错了，因为我对这个鲍艳啊，真的是没有一点好感，我也不会凑这个热闹的。”

“郭子，我觉得你……你……你有些偏激，那……那……那爱打扮……抹……抹香水的女人就不是好……好……好女人吗？人家这是有品……品……品位，你……你……你懂吗？好好学学吧，我这买……买……买西装不就是在学吗？”

“还品位呢，什么狗屁品位，不就是追求物质享受吗？她们家姐妹就没一个好东西，可怜我哥陷得那么深，即使被她姐一脚踹了，还指望能跟她重新修好呢。”

“鲍艳的姐把……把……把咱哥给踹了？我还指……指……指望你跟我成……成……成为名正言……言……言顺，不，名副其……其……其实的兄弟呢。”

“孙则，我说兄弟，别说她姐俩了，真的没兴趣说她姐俩，说说你吧，你中了多少钱？”

“几……几……几千块钱吧，不过，这对……对……对我来说，已是很大……大……大的惊喜了，咱俩买……买……买完西服后，我请你……你……你去撮一顿怎么样。”

“这么好的事我能拒绝吗，兄弟，走起，买西服去。”

还真是的，早晨在上班的路上，鲍艳接到了孙则的电话。

然而，挂断电话后，鲍艳却轻蔑而又无可奈何地笑了起来：说要谢谢我，请我到你家去吃饭，而干我们这行的，不被人暗地里骂就烧高香了，这为了答谢而请去吃饭还是头一回啊！莫不是他孙则也像某些追求者那样看上了我？其实这也不难理解，凭我鲍艳的姿色，又有哪个男孩，还有男人不想和我套近乎呢，但问题的关键是，这孙则他也太自不量力了吧，他一个结巴残疾老司机，我是靓丽白领且富有青春活力，真是想想都可笑。而我刚才怎么就不假思索地答应了他呢？如果他孙则真的有那个想法，今后隔三差五地来我们公司找我，哎哟，那我不是很丢脸吗？我这么漂亮，被孙则这种人追求，如果朋友圈里的人知道了，那不是很掉价吗？不过，话说回来，我也不能得罪孙则啊，最起码他还是我的潜在客户，就他那姐夫，在国外赚美元的姐夫，不是还要买别墅的吗？我怎么能得罪财神呢？只是，这万一孙则有那层想法怎么办？不行，我必须得将孙则那万一冒出的想法消灭在萌芽中，而且我又不能得罪他，只是这么好的办法上哪儿去寻呢？不如，我叫上个人和我一起去，最好是男人。

"宝玉！"

刚念叨到宝玉，鲍艳马上否定了自己。嘿嘿，我还想宝玉干什么呢，多么不现实，人家可是有妇之夫，况且，我上哪儿去找他呢？那么，就找张大毛吧，这人还行，既有文化，也有修养，长得还帅，自己对他也有好感。对，就他张大毛了。

第三十四章　鲍艳中途逃走

对于孙则来说，这难熬的一周总算过去了，周末如期来临。

一大早，孙则下了夜班，想想自己家里还缺点时令青菜，他又赶到了菜市场。九点不到，孙则提着一些青菜回到了家，看见姐姐、侄儿还睡在床上。

“怎……怎……怎么还在睡呢，这太阳都……都……都晒屁股了，不记得了吗？忘……忘……忘记今天咱家要……要……要来重要客人吗？”

“什么重要客人，不就鲍艳吗？一卖房子的。”

“姐，你别……别……别小看他们，不……不……不是他们，咱能买……买……买到这房子吗？”

“你还别说，就这套房子，经鲍艳的手都倒腾几次了，她才是既得利益者啊！”

“什么既得……得……得利益，我不懂，我的姐姐，还有开……开……开心，你们都……都……都起来吧，我去把冰……冰……冰箱里的肉啊鱼……鱼什么的拿出来解冻。”

下午五点来钟，一桌色香味俱全的佳肴在孙则的亲自操刀下圆满完成了。

说来也真是巧，就在孙则脱去家居服，换上西装，又洗了把脸后，有人敲门了。

“快……快……快，姐……姐……姐，快去开门，鲍……鲍……鲍艳可能来……来了。”

“看把你急成啥样了，一个鲍艳都能把你急成这样。”孙霞横了弟弟一眼，开门去了。

门开了，果真是鲍艳，不过，跟在鲍艳后面的还有张大毛。

孙则这是搞的什么鬼名堂，不是说好请鲍艳的吗？这张大毛来干嘛？

没等孙霞多想，站在门口的鲍艳开腔了：“这门一打开就闻到美味了，看来我们有口福了，孙姐，谢谢你们的邀请。”

“请进来吧，孙则都忙乎一天了，正在摆碗筷呢。”

“哎哟，孙则，这百闻不如一见呢，在电话里听你说你的菜做得好，现在看开，你真不是吹牛，这做得比说得还要好。”

“是啊，过早的独立生活练就了我弟弟的厨艺，而且，我弟还上厨师学校进修过。”

“哎，那我太有口福了。”

孙则被两个女人夸得如痴如醉满脸通红，只能一个劲地对大家说：“小……小……小意思，都坐……坐……坐……坐吧，坐吧。”

顺理成章地，鲍艳挨张大毛身边坐了下来，孙则看见后，马上走了过来，拍了拍张大毛的肩膀，并示意张大毛坐到姐姐身边去，自己则挨着鲍艳坐了下来。

这样坐下后，孙则还是觉得不妥，他又站了起来，又走到了张大毛身边，照样是很绅士般地拍了拍张大毛的肩，并示意张大毛坐到开心身边去。

一脸茫然的张大毛按照孙则的吩咐，坐到开心身边去了。

孙则这才回到座位上。

满脸兴奋的孙则刚拿起筷子，又放下了，他索性凑到鲍艳耳边，小声说道："你这美人需要美……美……美……美酒配才行啊，我……我……我准备了一瓶红……红酒，我去拿……拿……拿来，你喝点吧。"

"算了吧，我不想喝酒，再说晚上还有事呢。"

"那……那……那不行，客随主便……客随主便。"

孙则说着，又站了起来，变戏法似地拿出了一瓶"王朝干红"。

"姐，这……这……这好酒啊，你去拿杯子吧，大家都……都……都喝点。"

孙霞看了弟弟一眼，默不作声地拿杯子去了。

待孙霞把杯子拿来，孙则已将红酒开启了，然后，他在每个酒杯里倒上了半杯酒。

直到这时，孙霞忽然觉得自己该说点什么了，不然由着自己的弟弟，恐怕有些难以收场。

"来，请大家举杯吧，这举杯的理由嘛——恭贺我们家乔迁之喜。"

孙则一仰头，把半杯红酒都喝了下去，然后红着脸对鲍艳说：“你……你……你就象征性地喝一点点，多……多……多吃菜，多……多吃菜。”边说边殷勤地为鲍艳夹起菜来。

张大毛此时真后悔来到这里，除了孙霞对自己出于礼貌地点了点头，算是打过招呼外，他发现自己根本就是个多余的人了。直到这时，他也算是看出来了，鲍艳让自己陪她来的良苦用心。好在他张大毛极其平易近人的脸庞帮了大忙，让他慢慢地与坐在一起的开心混熟了。

当张大毛为开心夹第二次菜时，开心仍拘谨地看着他，不过，还是对他说了声：“谢谢。”

张大毛有意逗逗开心：“谢我，叫我声叔叔吧。”

开心看了看妈妈，见妈妈点了点头，便转身看着张大毛，叫了声：“叔叔。”

“哎，叔叔好喜欢小朋友，你叫开心吧，这名字真棒，我好喜欢这名字。”

“那你叫什么？你的名字是不是也很棒。”

“我的名字嘛，我的名字叫张大毛，是普通的名字，谈不上很棒。”

“张大毛，张大毛，我不喜欢这名字，因为我们幼儿园里有一个张小雷，他比我高好多，前几天还打过我。”

“开心，对叔叔要有礼貌。”

开心看着一脸严肃的妈妈，转而小声对张大毛说：“叔叔，对不起。”

“没关系，开心，来，你不是说你的同学个子比你高好多吗？那你多吃点菜，争取比那个张小雷长得还要高。”

张大毛的这番话，还真把开心给逗笑了，这一笑，他本来就粉嫩的脸上，露出了两个好看的酒窝。

“这就对了开心，你不是叫开心吗？你应该经常笑。”

“谢谢叔叔。”这四个字，开心说得脆崩脆崩的。

也许是酒喝得有点多了的缘故，也许是太渴望与女人亲近了，让孙则的想法有些错位，此时的孙则，那双有些粗糙的手啊，简直没有停过片刻……最后竟然在不经意间，碰到了鲍艳的胸部。

然而鲍艳并没有把这事嚷嚷出来，只是巧妙地给自己解了围，尔后用求助的眼神看向张大毛。

张大毛并没有理会鲍艳的眼神，他也不想掺和到这里面来，尽管他知道了鲍艳叫上自己一同前来孙家的用意。

然而孙则呢，他认为鲍艳的巧妙拒绝只是害羞而已。

孙则在酒精的刺激下，几乎完全忘记了自我，他趁着鲍艳的眼睛看向张大毛时，将自己的手伸向了鲍艳的腹部……

嘟……嘟……嘟……，鲍艳的手机响了起来。

这电话来得还真是时候。鲍艳顺势站了起来，并且离开饭桌，去了阳台。

过了一会，鲍艳缓缓走回客厅，又环视了一下在场的人：“今天真的有些对不起，失陪了，我家里有事，得提前回去。”

“这饭菜都……都……都没吃上呢，光喝了一点酒，不……不……不能走，鲍艳你……你……你这主角不……不……不能走。”

“孙则，你喝多了。我怎么能是主角呢？你们家乔迁之喜，我们不过是来捧捧场而已，是吧，张大毛。”

正埋头和开心玩猜手指游戏的张大毛抬头看了看鲍艳，竟然一脸的茫然，因为他根本就没听到鲍艳说了些什么。

眼看有些不好收场，做姐姐的孙霞立马站了起来：“我说孙则，你真的是喝多了，既然鲍艳家里有事，那就让她走吧，咱们来日方长，是吧。”

鲍艳马上回应孙霞：“我家里真的有事，孙姐。”

“那我们就不留你了。”

眼看鲍艳提上包朝大门走去，孙则一瘸一拐地跟了上来：“我……我……我送送你吧，今……今……天没吃好，下……下……下次再来，下次再来。”

“别送……别送，孙则，我得赶快走，我真的是没时间了。”

鲍艳说完，打开门，头也不回地下楼走了。

第三十五章　让开心给你只眼睛

“哎……”孙则叹了口气后，慢慢走到桌边，拿起酒瓶，将自己那小杯子斟满，然后一仰头，将杯中酒干完。

“孙则，你坐下慢慢喝不行吗？干嘛喝得那么猛，又没人跟你抢酒喝。”

“姐，我说姐，我的亲……亲……亲姐，刚才你为……为……为什么不和我一起留……留……留住鲍艳，你这不是拆……拆……拆台吗？”

“拆台？孙则，你怎么这样说话，我拆谁台了？”

“就……就……就因为我那……那……那姐夫没回来，你……你……你看见我与鲍艳亲热，你……你……你就是不舒服。”

“哎哟，我的亲弟弟，你真的是……喝点红酒就头脑发昏。我怎么看见你与鲍艳亲热就不舒服了？再说了，这鲍艳同你亲热了吗？她是你什么人啊！”

看这姐弟俩要吵起来，张大毛站了起来：“我该走了，谢谢你们的款待。”

“好……好……好走，不送。”孙则说完后，把脸扭向一边。

“不嘛，我要跟叔叔玩，我还没猜中他的无名指呢。”

“小孩子听话，你张叔叔有事，得回家了。”

开心看了看妈妈，又看了看张大毛，无奈地点了点头。

“我送送你吧。”

孙霞对张大毛说完这话后，又把目光转向儿子：“走，开心，跟妈妈一起送送叔叔，让你舅舅一个人在家冷静冷静。”

三人一起下楼后，走了没多远，张大毛突然停下了脚步：“这房子住得还可以吧？”

孙霞不假思索地回答：“也就那样吧。”

“妈妈没说实话，叔叔，这房子里好臭。”

“开心别乱说，怎么能说是臭呢，依我看，有可能是装修留下来的残留味道。”

“开心没乱说，叔叔。还有，开心现在不敢在卫生间尿尿了，妈妈用盆子让我在客厅里尿尿，因为在卫生间里，有人偷看开心尿尿。”

张大毛听到这里，心里一阵发紧，但他没有吱声。

“越说越不像话了，开心，咱们回家吧，让叔叔也早点回家。”

张大毛正欲转身离去，但不知怎地，他却停住了，转而对孙霞说：“记下我的电话吧，也许今后有用得着我的地方。”

孙霞点了点头，拿出了手机。

望着张大毛渐行渐远的背影，开心突然对孙霞说：“妈妈，我好喜欢张叔叔，我的爸爸是张叔叔这样的吗？要不你让他快回来吧。”

孙霞收回目光，有些无奈地对儿子说：“开心，咱不说爸爸了，咱先回家吧。”

两人在上楼的时候，开心突然对孙霞说：“妈妈，你明天还休息吗？”

“休息啊，儿子，明天想让妈妈干什么，尽管说。”

“明天我想让你带我去看唐明辉。”

“行啊，儿子，那咱说好了，明天去看唐明辉。”

“谢谢妈妈。”

尽管这天的晚上，开心不时从梦中惊醒、哭闹，并一再要求孙霞开着灯睡觉，但天亮起床后，他依旧显得无比兴奋。

相反，孙则在吃早餐时，显得无精打采。

“怎么啦，跟个打了霜的茄子似的，醒醒吧，我的亲弟弟。”

“还……还……还一口一个亲弟弟，一……一……一口一个亲……亲弟弟，那……那……那你当我是……是……是你亲……亲……亲弟弟吗？”

“就是亲弟弟呀，干嘛还要当成亲弟弟。”

“那……那……那昨天你怎……怎……怎么不帮我，不成……成全我。”

“哎哟，弟弟，难道你看不出来，你跟鲍艳，你俩根本不可能，那只是你的一厢情愿。”

“谁……谁说我俩不……不……不可能，你……我的亲……亲姐，你没发……发……发现，鲍艳对……对……对我多热情。”

“那是表面的，其实她内心怎么想的，你怎么会知道呢？唉，我只能跟你说，你俩的差距太大，根本不可能走到一块。再说了，鲍艳也不是个过日子的人。”

“我……我……我就喜欢她那……那……那样的，过……过……起日子来，我伺……伺候她，把她当女……女……女皇一样伺候着。”

“唉，我的傻弟弟哟，什么时候才能清醒。开心，让你舅舅一个人在家里单相思吧，走，我们去看唐明辉。”

上午十点不到，孙霞与开心这对母子敲响了唐明辉家的门。

门开了，是唐明辉的外婆来开的门，看到他们，她显然有些惊喜。

“哟，开心来了，哎呀，欢迎欢迎，快快，开心他妈，赶快进屋，赶快进屋。”

就在开心和妈妈跨进唐明辉家门时，唐明辉的外婆面朝一扇房门叫了起来：“明辉，快出来，快出来吧，你看谁来了。”

“哎……”

而唐明辉应了一声之后，人却并没有从房间里出来，倒是从房间里传出的重物摔倒声让在场的人有些懵了。

唐明辉的外婆第一个反应过来：“不好，明辉摔倒了，这孩子……”

唐明辉的外婆边说边冲进了房间，开心和妈妈也跟了进去。

唐明辉一边慢慢从地上爬了起来，一边还对前来扶住他的外婆说："让我自己来吧，我就是不小心，开心来了我好高兴，只是，外婆……我这嘴里怎么会有好多的骨头？"

"骨头？嘴里怎么会有骨头，莫非牙齿摔掉了？快张开嘴让外婆看看，哟，这嘴里还都是血呐。"

"对不起，明辉哥哥，我们不该来的，让你牙也摔掉了，你没牙怎么吃东西啊，呜……"开心说着说着，竟哭了起来。

"不要紧的，开心，外公告诉过我，说我马上就会换牙了，而我这磕掉的是子牙，它迟早是要掉的，换了恒牙后就不会掉了。"

"疼吗？明辉哥哥。"

"有一点点，不过马上就会好的。"

"明辉哥哥，能不能让开心给一只眼睛你，让你也能什么都看得见。"

"这孩子，怎么能说这话，瞎说。"

"我没有瞎说，外婆，我有两只眼睛，它都看得见，我眨给你看，你看呀，外婆，我给了明辉哥哥一只眼睛后，我还有一只呐。"

"哎，越说越不像话了，越说外婆心里越难受，这小家伙心地太善良了，说得外婆心都是疼的，来，明辉，我们先去漱口吧，漱了口跟开心玩去。"

明辉漱完口后，和开心一起到房间里玩去了，客厅里剩下了明辉外婆和孙霞。

"阿姨，明辉的牙磕掉了，我们要不要去医院看看，这万一要是发炎……"

"没事的，我刚才给明辉漱口用的是淡盐水，这方面我有经验的。"

“明辉这孩子真坚强，摔倒了不但自己能爬起来，而且没见他掉一滴眼泪，我们开心差多了，娇气得很，动不动就哭。”

“哎，开心还小呐，有些娇气是应该的，也是孩子的天性，我倒是希望看到明辉的妈妈还在，更希望看到明辉跟他妈妈撒娇。”

“阿姨，对不起，我又让您伤心了。”

“我没伤心，我高兴都还来不及呐，你能带开心来看我们，还买这么多东西，让你破费了，真的，明辉能有开心这么好的小伙伴，是他修来的福分啊。”

“阿姨，您过奖了，开心哪有这么好，他有时候很调皮的。”

“男孩子调皮一点是好事，只是我们家明辉乖得让人心疼，那从他嘴里说出来的话，跟个小大人似的，完全不像个五六岁的小孩，唉，可能正是眼疾的缘故，让他承受了太多他这个年龄不该承受的东西。”

“阿姨您别难过，现代医学这么发达，明辉的眼疾肯定能治好。”

“我也是这么想的。哎，小孙你听，俩孩子正背着诗歌呐。”

孙霞笑着点了点头，然后专注地听了起来。

“离离原上草，一岁一枯荣。野火烧不尽，春风吹又生。”

“离离原上草，一岁一枯荣。野火烧不尽，春风吹又生。”

“开心他妈，中午在这吃饭吧，昨天孩子他姥爷买了很多的菜。”

“行，阿姨，我和您一起下厨，我帮您。”

第三十六章　郭子来孙家喝酒

上午十一点了，孙则懒懒洋洋地来到厨房，拉开了冰箱。

“唉，这娘……娘儿俩回不回家吃……吃午饭呢？我这是做还……还……还是不做他……他……他们的饭呢？”

孙则正自言自语着，裤袋里的手机响了起来，他关上冰箱，急切地拿出了手机。

“唉，怎么是你呢，郭……郭……郭子，我还……还……还以为是鲍艳呐。”

“这不是晚上是白天啊！孙则，你还在做白日梦。”

“怎么说……说……说话呐，有……有……有屁快放。”

“我想问问你，昨天你们的家庭晚宴，吃得好吧？”

“让你来，你……你……你卖关子不肯来，这不来还……还……还惦记着，要说昨天……昨天吃好个屁，没……没……没一会工夫，主……主……主角就走了，做好的菜都基……基……基本没动。”

“谁主角啊？鲍艳吧。”

“除……除……除了她，这还……还……还能有谁。”

“那这么说来，我有口福了，怎么样，我带瓶酒过来，咱俩一起喝点。”

“哦K，快……快……快过来吧。”

“我K？还你K呢，没文化放什么洋屁，三十分钟，咱们三十分钟后见。”

“还……还……还是瞧不起我，我……我……我都有自己的房、自己的大……大……大床了，你……你……你有吗？”

听对方已挂断电话，孙则把手机关好，放入口袋，然后，再次打开了冰箱。

当孙则把头天的剩菜加热后，郭达正好敲响了孙家的门。

“你这时间算得好……好……好准，我刚热好菜，你……你……你就到了。”

“要不怎么说咱们心有灵犀，是好哥们呢？”

“这话说……说……说得不错，把……把……把酒拿出来，咱喝酒。你拿着伞……外面下雨了？”

“雨下得还不小呢，这伞放什么地方呢？孙则，这装修过的房子就是麻烦，换鞋吗？”

“伞就丢……丢……丢在鞋柜上，随便换……换……换双鞋。”

郭达换好鞋后，把酒递给了孙则：“今天咱得好好喝一杯。”

“喝……喝酒，郭子，你坐吧，我……我倒酒。”

这第一杯酒下肚后，郭达的话也邪乎了起来。

“我说孙则，到底是用了心啊，这菜怎么做得这么好吃呢？连剩菜都这么有味道。但我劝你呀，对鲍艳别太上心了，她不是你的菜，不过呢，能玩玩就玩玩，但前提是你得有钱，有大把大把的钱，可你有吗？虽说你中了个奖，比我强，但鲍艳，那是头大狮子啊！狮子一张口，你受得了吗？”

“听你这……这……这么说，就没有纯……纯……纯真的爱情了？”

“哈哈，我说孙子，听你嘴里说出爱情俩字——也就是爱情这俩字从你嘴里说出来，我觉得是多么滑稽。你相信爱情吗？反正我是不信。我看你真是白活了三十多年，告诉你吧，这爱情啊，它就是金钱物质的附属品。”

“哦 K，附属品，这……这……这是啥意思。”

“还哦 K 呢，我他妈真该 K 一下你。孙子，你到底是揣着糊涂装明白，还是揣着明白装糊涂？”

“郭子，你……你……你说清楚点，你……你……你慢点说。”

“好吧，看在咱哥俩好的份上，我真诚地劝你一句：别让自己陷进去了，你玩不起的，忘记鲍艳吧！”

“郭子，不怕丢……丢……丢人地跟你讲，让……让……让我忘记鲍艳，那……那……那是不可能的。唉，我昨……昨……昨晚睡觉还……还……还做梦抱着她呢。”

“抱着她？我看你也就是在梦中可以抱着她，在现实中啊，人没钱是不如鬼的，连鬼都不如，我看你怕是挨都挨不着她呢。”

“打住，郭子，你……你打住，我孙则挨……挨……挨不着她？也只是你郭……郭……郭子没看见，昨天，我就挨……挨着她了，那……那……那感觉呀，如同触……触……触电一般。”

“哈哈，不错啊，孙则，超出我的意料了，还触电一般呐，是挨着她的手指头了还是……”

“比……比……比较私密的部位，我只能……只能……只能这样解……解释。”

“完了，完了，又陷进去一个，我说孙子，你就不能听听我的建议，听听你兄弟的建议吗？”

“有什么建议你……你……你说吧，只要能……能……能促成我和鲍……鲍……鲍艳相好。”

“恰巧相反，我建议你想都别想和鲍艳相好，就那鲍艳和她姐鲍月，这姐妹俩没一个好东西，冲着自己有点姿色，骗钱财骗感情。我哥就是活生生的一例子啊！对于这种女人，我呸，给我，我都不要。”

“郭子，你没资格这……这……这么说人家鲍艳，更没资格这……这……这么侮辱我……我……我孙则想……想要的女人。”

“我是没资格说你，孙子，哦不，孙则，孙大哥，孙大爷，我更没资格说你想要的女人，你现在什么情况啊？有房，有自己的床，还是双人的，哪个男人睡在双人床上面，他会不想女人？不想的话那他有问题啊！不是心理问题就是生理问题是吧。我还听人说，一个正常的男人，每七秒钟，头脑里就会出现一次女人，这话也许有些夸张，可我信，我他妈的就这样的。另外，你还有车，尽管只是助动的，可我有吗？我连个自行车都没有啊！更别说有自己的房、自己的双人床了，我就连住都他妈的是住在我哥租住的房子里，冷不丁地还要听我哥骂我不思进取。唉，我是真没资格说你呀！不过，我还就纳了闷了，我怎么过着过着这么多年就没什么起色呢？对了，你孙则找一个工作可以干这么多年，而且年年涨工资，我呢，我干的工作都几乎没能超过一年，这十几年我换了多少工作啊，我自己都记不清了，不是我炒老板就是老板炒我，哎，我是真的没资格说人家啊！”

“郭子，咱……咱……咱永远是兄弟，你……你……你别生我……我……我的气，现在我们只……只……只喝酒，不谈别的，不……不……不谈女人。”

“也行，孙则，你给倒上吧，我上趟卫生间。”

“行。”

当郭达从卫生间出来后，脸色变得有些惨白。

“怎么了？郭……郭……郭子，刚才你好好的，现在你至……至……至于这么紧张吗？”

“我倒是没紧张，我孤家寡人我怕谁，只是在你家卫生间小便，我有一种异样的感觉。”

“什……什……什么异样感……感觉。”

“身子骨发冷，真的。”

“别……别……别矫情了，我……我……我怎么没这感觉。”

“我没矫情，我一那么大大咧咧的人，我什么时候矫情过。”

“那……那……那也是。”

“你看啊，孙则，今天这老天爷下着雨，你家卫生间又很暗，我呢，进卫生间后随手按了下门口的开关。灯亮了，我开始小便，可尿着尿着，我眼睛的余光不经意地扫在了有着小气窗的那面墙上，好家伙，那墙面上竟有一个影子！哇！吓得我尿都憋回去了。奇怪的是，我出卫生间时，顺手又把灯关上，再看看那墙上，影子也没了。哎哟，总说自己不怕鬼，今天真是遇见鬼了。”

“郭子你别……别……别睁着眼睛说……说……瞎话啊，我们刚买……买……买的房子，说这话不……不……不吉利的。”

“孙则，我郭子什么时候说的话，你都可以不当真，但唯独今天说的话，你必须当真，包括我说的那狐狸精鲍艳，包括你家卫生间。”

“郭子，你再胡说我……我……我可要真生气了，撇开咱……咱……咱们是兄弟，其……其……其他的，我一概不……不……不认。”

“是啊！咱是好兄弟，都十几二十年的好兄弟了，什么都不说了，咱喝酒，咱喝酒。”郭子说完，将拿在手里的大半杯白酒，一饮而尽，然后站了起来：“我走了，兄弟，今天谢谢你的款待。”

“再坐下喝……喝……喝点吧，你说这……这……这菜都没……没……没怎么动……动……动筷子。”

“不喝了，我还是上网去找找工作吧，这有个正经工作，比什么都强啊！”

第三十七章　医院偶遇

孙霞和开心一直在唐明辉家待到晚饭后才出来，

北风，夹杂着小雨，把开心冻得直打哆嗦。

“妈妈，好冷啊！而我们还没有伞。”

“没关注到今天会下雨，妈妈今天太大意了。儿子，我们坐出租回去吧！”

“嗯。”

这对母子出了小区后，等呀等，直到等了四十来分钟，才坐上了出租车。

回家后，他们没有惊动喝多了、倒在床上呼呼大睡的孙则，而是悄悄地洗了洗，睡下了。

半夜，开心凄厉的哭声吵醒了孙霞，她赶紧把灯打开。

“怎么了，开心，妈妈在你身边呐。”

“妈妈，我要尿尿，但偷看开心尿尿的人不准开心尿尿。”

“这说的什么胡话啊，儿子。”孙霞边说着，边伸出手摸摸儿子的头，试图安抚安抚儿子。

而这一摸，把孙霞吓得再也没有了睡意。

“这怎么搞的啊！儿子怎么又发高烧了，滚烫滚烫的，是白天玩兴奋了吗？不至于啊！与一个盲童一起玩能兴奋到哪里去。另外，从唐明辉家出门是淋了点毛毛雨，但开心不是那么娇贵的孩子啊！这能是什么原因呢？哎，这原因还是留给医生去找吧，我现在唯一要做的，就是送孩子去医院。”

既然要去医院，那么就需要弟弟的帮忙，此时的孙霞又大声叫起了弟弟孙则来。

孙则一脸睡意地出现在姐姐的房门口：“有……有……有事吗，姐，好不容易……休息，在家……在大……大床上睡个觉，你不要动……动……动不动就……就……就打扰我，打扰我在……在……在双人床上做……做……做美梦。”

“还做美梦呢，你侄儿病了，发高烧。”

“发……发……发高烧，又不是没……没药，吃点药不……不……不就好了吗？鲍艳，让我抱……抱……抱抱你。”

“来，开心，穿好衣服，妈妈一人送你上医院吧，你舅舅真是无药可救，无可救药了。”

清晨五点，吃过药，打完点滴的开心终于退了烧。

看着睡在观察室病床上，脸色有些苍白的儿子，孙霞有些无奈地叹了口气：“哎……”

哪知这一声叹气却使一个正在路过开心病床的人的脚步停了下

来，并且好奇地转过身，看了看低着头的孙霞一眼。

开心听到妈妈叹气声，睁开了眼睛，而他的目光正好与那个人看过孙霞之后又来看他的目光相遇了。

“张叔叔。”

“开心，对，是开心，怎么是你呐。”

孙霞整理了一下衣服：“我们是深夜里来医院的，开心他发高烧，你这是……”

“哦，我一个朋友的孩子病了，我看她一人挺不容易，并且这孩子个子又大，你看，就第三床那个。”

孙霞朝着第三床那边看了一眼，随即又收回了目光：“你这人挺热心的。”

张大毛笑了笑：“其实也就是碰上了，如果换作另外的人，也会这么做的。这不，我又碰上你们了，你们有什么需要帮忙的吗?”

“我们没什么需要帮忙的，孩子的烧已退了，我们也准备回家了。”

“回家，这外面下着雨呐，你们带伞没有?”

“怎么又下起来了，昨晚我们来医院的时候，雨已经停了呢。”

“这么着吧，朋友的孩子已安顿好，我现在就出去给你们叫辆的士，你们准备准备。”

“那谢谢你了。”

看着孙霞、开心母子俩坐进的士，张大毛正准备离开，开心叫住了他。

“张叔叔。”

张大毛回过头来：“开心叫我啊，有事吗？”

“我想跟你一起玩。”

“不可以的，开心，待会儿天亮了，叔叔还要去上班。”

“我不嘛，我就想跟叔叔玩，这天还没亮呐，张叔叔，快上车，你快上来嘛。”

“到底走不走？”一直没做声的的士司机开腔了。

“走，走，司机师傅，对不起了，那你赶紧上来吧！”

看张叔叔上了车，开心好高兴啊，真的，他完全不像一个刚退烧的孩子。

也就一会儿工夫，的士停在了孙霞他们家楼下。

张大毛刚想告别，没想孙霞却对他说：“上去坐坐吧，现在刚过五点，离上班还早着呐。”

“怕是有些不好吧。”

“能有什么不好的，开心他舅舅也在家。”

“这……”张大毛还是有些犹豫。

“叔叔别走了，开心真的想和你一起玩。”

张大毛借着路灯，看看孙霞，再看看开心：“叔叔抱你上楼吧。”

上到四楼后，正欲掏钥匙开门的孙霞拍了拍脑袋：“哟，出门的时候太急，忘拿钥匙，只有敲门了，幸亏孙则昨天休息没去上班，不然……”

“我看你别敲门了，那样容易影响周围邻居，这样，你打开心他舅舅的电话吧。”

“也是，我怎么没想到呢？谢谢你的提醒。”

嘟……嘟……嘟……直到孙则的电话铃声第五次响起，孙霞才听到电话那头传来孙则那有些不耐烦的声音：“谁呀。”

“是我，孙则，我是你姐，你快给我们开门吧！”

“开门，难道你……你……你被锁在自己的房……房……房间里了，我马上过……过……过来看看。”

“看什么看，我又没在家里，我在外面呐，你赶快过来开门。”

“好……好……好，我开门，我……我……我开门，我还纳了闷……闷……闷了，这天还没……没……没亮，跑出去干……干……干什么？”

门开了，孙则虽然打着哈欠，但他还是看到了抱着开心的张大毛。

“这……这……这什么故事啊？还蛮像……像……像一家三口的。”孙则说完这话后，盯着张大毛：“你……你……你来干什么？你……你……你怎么跟我……我姐在一起？”

张大毛抱着开心边往屋里走，边回答道：“你别误会，我在医院碰到你姐和开心的。”

“医院？我……我……我得想想，我姐和开心去医院干什么？”

“我病了，舅舅，我们去医院打针了。”

“哦，我好像记……记……记起点什么来，我说姐，你为什么不……不……不叫我去呢？”

“你还好意思说这事，我问你，你昨天喝了多少酒？”

“除掉郭子喝……喝……喝的，我大……大……大概喝了六……六……六两。"

"唉，喝了那么多酒，也难怪，不说这事了。张大毛，谢谢你送我们回来，坐会儿吧！"

"不，不坐了，我还是走吧！"

"好走不……不……不送。"

"我不想让张叔叔走，我想跟张叔叔一起玩。"

"开心，别……别……别不懂事。"

"呜……我就想和张叔叔玩。"

看见儿子哭了起来，孙霞有些心软："好了，开心别哭了，本来叔叔上来就为了陪你玩会儿的，那我去做早餐吧，吃过早点后，你让叔叔走行吗？"

"嗯，谢谢妈妈。"

看见儿子破涕为笑，孙霞有些不好意思地看了看张大毛："只是又要为难你了。"

"我没什么，只要没打搅到你们就行。"张大毛说完，看了孙则一眼。

"哎。"孙则叹了口气，摇了摇头，准备回自己的房间。不过，在刚走到房间门口时，他停住了："姐，开心今天去幼……幼……幼儿园吗？要是去的话，记着今天一定要交……交……交托儿费，上个礼拜老……老……老师催……催过我。"

"我记着呐，过两天我发了薪水就打过去。对了，开心今天不去幼儿园了，就在家里玩，你中午给他做点吃的就行了。现在，你去休息吧。"

孙则听完姐姐的话，又回头看了张大毛一眼："看来，我是……是……是多余的了。"

面条下好后，孙霞热情地让张大毛跟着一块吃点，张大毛拗不过，只好端起了碗。

将近早上七点，孙霞把吃过一点点面条的开心哄睡着了。

这段时间，张大毛一直坐在客厅里的那张他熟悉的沙发上。

见孙霞从房间里出来，张大毛忙站了起来："不好意思，今天打搅你们这么长时间，现在，我也该上班去了。"

"一起走吧，我每天也是这个点出门。"

就在他们一前一后下楼后，张大毛紧走两步，赶上了孙霞："今后叫我大张吧，我的朋友们都这么叫我，倒是张大毛、张大毛这样叫着，我还听着不习惯。"

"行，那你叫我小孙吧。"

"哎。"

"你卖了房，现在住哪儿？"

"我跟朋友一起合租。"

"哦，是这样啊！不过我没生我儿子开心之前，也是和朋友合租。只是合租有很多的不方便，生了开心之后，我就另外租房子住了。"

"开心这孩子长得真好着，又那么乖。"

"人家也都这么说，可我没觉得他很好看。至于你说他乖，唉，幼儿园里的老师、小朋友都不怎么喜欢他。"

"这是为什么呢？开心那么讨人喜欢。"

“唉，我也搞不清，这幼儿园里看起来什么都很美好，小孩子又那么天真无邪，其实很复杂的，开心就说过，很多小朋友的家长给老师送礼，为这事，甚至还攀比呢。”

“不可能吧，上个幼儿园还需要打点老师?!”

“是啊，一个月一千多块钱的托儿费，这一年算下来，就已经得不少钱呐。”

“哎，小孙，早上你弟弟说让你打钱给幼儿园交托儿费，你说发了薪水再给打过去，那么，你是不是一时有些拮据?”

“大张，你是不是问得有些多了。”

“你别误会，小孙，我也就看你刚买房，负担相对来说重一点，又有一个有点爱虚荣的弟弟，还带着个孩子，所以……”

“所以你就瞧不起人，是吧。”

“绝对没有那个意思，我向天发誓。不信，你还可以去问问与我一起合租的那些朋友，我们简直像一大家子人，那谁要有个急事，谁要有困难，我们都互相帮助解决的。”

“哦，是这样，那我误会你了。”

“既然是这样，那今后要是有个什么困难，一定要吱个声。”

“我会的。”

第三十八章　孙则寻宝

“嘟……嘟……嘟……”一大清早，孙则便不断地拨打着电话，可电话那头，始终处于无人接听的状态。

“这到底是干……干……干什么去了，怎么不……不……不接电话呢？”

“舅舅，你跟谁说话呢，妈妈在家吗？”

“大……大……大……大人的事，小孩子别……别管，你妈上……上……上班去了。”

“张叔叔呢？张叔叔也走了吗？”

“别……别……别跟舅舅提……提……提那个人，开心，听舅舅的话，那个姓……姓张的是……是坏人。”

“你骗人，舅舅，张叔叔不是坏人，他好像我做梦时梦见的爸爸。”

“哎，这都哪跟……跟……跟哪啊，被姓……姓……姓张的迷得……这样了，我跟你……你……你说，开心，姓张的就……就……就想和……和我姐——也……也……

也就你妈好呢，可你是……是……是有爸的，他在……在……在美国挣大钱呢，算……算……算了，不和你……你这小屁孩说……说了，我还得跟……跟……跟你鲍艳阿姨打……打……打电话呢。”

听舅舅说过这样的话之后，开心撅着小嘴，不做声了。

“嘟……嘟……嘟……您拨打的用户暂时无人接听，请稍后再拨……”

“稍后再拨，稍……稍后再拨，从……从……从昨天到现在，我这都打……打了多少遍，你鲍艳为……为……为什么就不接呢？开……开心你说，你鲍艳阿……阿姨为什么不……不接电话呢？”

开心看着舅舅，有些茫然地摇了摇头。

“我说开……开心，你不是蛮……蛮机灵的吗？关……关……关键时候掉……掉链子，算了，你……你继续睡吧，舅……舅……上……上个卫生间后出去一趟。”

说完这话后，孙则随手将手机放在餐桌上，到卫生间去了。

还没等孙则上完厕所，放在桌上的电话响了起来。

“短信提示的声音。难道鲍艳给我发短信了，不行，我得去看看。”

当孙则提着裤子从卫生间来到餐厅，看过那提示缴费的信息后，简直都有想摔掉手机的冲动。

孙则提着裤子又重新回到卫生间，坐在马桶上。

可不到一分钟，准确地说是不到三十秒，孙则的手机又响了起来，这回孙则有些庆幸了：亏得我把手机放在了口袋里，不然，又得提着裤子出去。

这回孙则没有刚才那么急了，他慢慢地拿出手机，又慢慢地点开短信。

“鲍艳的，竟然是……是鲍艳的。”孙则急切地往下看了起来。

“尊敬的客户，感谢您一直关注我们、信赖我们，只是我真的很忙，您如有买房、卖房的需求，请拨打我的电话。谢谢!”

“这才几……几……几天的工夫，就这么生……生……生分了，不……不行，我必须得去她们公司一……一……一趟。”

此时的孙则索性穿好裤子，从卫生间里出来了。

“开心，你睡……睡……睡着了吗？舅舅出……出……出去一趟啊!”

“舅舅别走，开心害怕。”

“在家里你……你……你怕什么呢？眼睛一闭，睡……睡……睡一觉，舅舅就……就……就回来了。”

“我不敢闭眼睛，闭了眼睛就……就……就……”

“你也结……结……结巴了，开心，就……就……就什么就……”

“就有人从卫生间的墙里面出来了。”

“屁……屁……屁话，看我打你，这……这样吧，我打个电……电话给你郭……郭子叔叔，让他来陪……陪陪你，怎么样。”

开心点了点头。

孙则随即拨通了郭达的电话：“喂，郭……郭子吗？干……干嘛呐，马上到……到我这来……来一趟。”

“孙子，不，不，不，孙爷爷，你这招之即来挥之即去的，这有房的人真的就是大爷啊，没房的我们，还真他妈就是孙子，告诉你呀，我他妈还不伺候你这款大爷了，我在外找工作呐，下午还有面试。”

“求……求你了，郭子，马……马上来一趟吧，不……不耽误很久的。”

“这样说还差不多，行了行了，马上来，马上来，一会就到。”

不到半小时，郭达按响了门铃。

站在门口的孙则第一时间将门打开：“够……够……够哥们。”

“够个屁！”郭子手里拿着封信，边进门边大声说道：“眼看这房价涨得都没谱了，我现在唯一的事就是赶快找个稳定点的工作，再找朋友借点钱，也争取付个首付，买个小点的二手房，但前提是得有工作，哦，这你的信，我在门把手上取下来的。”

“我……我……我的信？我从生下来到……到……到现在都……都没人给我写……写过信，莫……莫不是姐夫写……写……写给我姐的，不过，现在谁……谁……谁还写信啊！有……有那工夫，打……打个电话不……不就完事了吗？”

“你撕开看看不就得了，封面上写着‘本市内详’，你那姐夫不是在美国挣美元吗？怎么回到本市了？”

“不……不可能，姐夫要……要是回来了，他能……能不找我姐？”

“是啊！从这点看，这信就有问题了，撕开看看吧，孙则。”

“我撕……我撕。”孙则边说边撕开了信封。

待孙则把信封里面叠着的信笺展开后，简简单单的一行六个字跳入他和郭子的眼帘，他俩几乎异口同声地把这六个字读了出来："屋子里有宝玉。"

"哇，我孙则终于要……要……要发财了，这不，老……老……老天爷都……都帮我呐，中……中……中了彩票不说，屋子里，这……这……这家里还……还有宝玉呐。"

"我说孙则，这天上掉的馅饼哪能总砸到你头上呢？俗话说得好，是福不是祸，是祸躲不过，我看呐，这宝玉未必是真宝玉，它有可能是假宝玉，也许还是某种暗示。"

"暗示？什……什么暗示，有……有……有财运的暗示呗。还假宝玉、红楼梦谁……谁……谁没看过，用……用……用得着在这跟……跟……跟我装文……文……文艺范，告诉你，我……我……我每天值……值……值夜班，深夜无……无……无人之际，我都……都在看小说呐，凡……凡是写有爱……爱……爱情的，我……我都爱看。"

"好，好，你爱看爱情小说，你情圣行了吧，说吧，这么急着让我来你家干什么？"

"是这样的，郭……郭子，本来，我打……打……打算出去一趟，去会会鲍艳，昨天到……到……到今天，打……打了几十个电话都不接，最后发……发……发来一短信，说……说……说是有事才……才……才可以去找她。"

"你不会是准备让我与你一起去会鲍艳吧？实话告诉你，我一见着她，我就想吐，我……我……我恶心。装腔作势，满嘴跑火车，没一句真话。"

“郭……郭……郭子，你多虑了，我让……让……让你来陪陪开心，他昨晚发……发……发烧了，今天没去上学，他……他……他一人在家害……害怕。”

“陪开心，行，陪他我乐意，有我在，他害怕什么呢？你走吧！”

“可……可……可我现在决……决……决定不走了，不……不出去了。”

“那你留下来干嘛，寻宝吗？”

“你……你……你说对了，郭子，好兄弟就……就……就是好兄弟，你真是能……能理解我，我……我……我留下来在家寻……寻宝，你也别……别走，帮我参谋参谋。”

他俩正说着，脸色苍白、反穿着一双大人拖鞋的开心来到了客厅。

“哟，开心醒了，是郭子叔叔把你给吵醒了吧，对不起啊！”

开心看了看郭达，摇了摇头：“是我自己醒的。”说完，开心走到客厅的一角，开始尿尿。

郭达有些不理解开心的举动，于是对着还沉浸在激动中的孙则努了努嘴。

“干……干什么做鬼……鬼脸，郭子。”

“你看你外甥开心他……”

“开心他……他怎么啦？”孙则边说边扭过头来，当看到开心的举动后，很是气愤：“这熊……熊……熊孩子，有现成的卫……卫……卫生间不上，看我不揍你。”

“算了，孙则，这么点小孩子，你真舍得揍他，吓唬吓唬也就行了。”

“不……不……不行，不揍他不长……长……长记性，这……这都几次了，今……今……今天我非得揍……揍……揍他不可。”

开心尿完了，正要转过身来回到房间去，可一转身，看到了虎着脸叉着腰的舅舅。

“呜……呜……”孙则的这副模样，还真把开心吓得哭了起来。

“哭……哭……哭什么哭，还没揍……揍……揍你呐，说，为什么不……不……不到卫生间尿尿？”

“卫生间里有人看着开心尿尿。”

“啪”的一声响过后，开心苍白的小脸上，留下几个红红的指印。

“我看……看你还敢胡说。”

“呜……呜……”开心的哭声更大了。

“孙则，开心这么小，你干嘛打他，吓唬吓唬也就得了，哎哟，看着他那无助的样子，我好心疼，我他妈的都想揍你了。”

“太……太……太不像话了，这尿也……也……也就尿了，还……还……还胡说。”

“说真格的，孙则，我在你们家上了一次卫生间，仅仅一次，那感觉呀怪怪的，还真有些说不上来，就那什么，四个字，背……背脊发凉，对，背脊发凉，感觉就是背脊发凉。”

“郭子，能……能……能不胡说吗？我……我……我看你呀，赶……赶……赶紧离开这儿吧，省得你……你……你那背脊发……

发……发什么凉。”

“哎，我说孙则，你不要我给你参谋参谋了?”

“留……留……留下来也行，只是不……不……不要胡说。”

“唉，我这助人为乐也真是为难，还要看人家的脸色不是。这当上了房主还真他妈的就是不一样啊!”

“嘀……嘀咕什么呢?”

“没嘀咕什么，你不是让我帮你参谋吗?那赶紧的，下午我还得去面试呢。”

第三十九章　寻来寻去寻没了

“行，开……开心，你去……去睡吧，舅舅和郭……郭……郭子叔叔有事。”

“是这样的，孙则，我是这样看的，既然你那信上说屋子里有宝玉，那么，很显然这宝玉是藏在什么地方的。可既然是藏着，那送信人又是怎么知道的呢？他是不是也参与了藏宝这件事呢？又或者他发现了、看见了别人藏宝？那也说不过去呀，那这送信人为什么不直接把这房买下来，房子也有了，宝物也有了，这样两全其美多好，你说是不是，孙则。”

“我……我被你绕……绕来绕……绕去绕糊涂了，说……说……说实在的，你看那侦……侦……侦探小说还……还真没白看，一套一套的，只……只……只是我听……听……听得费劲。”

“差距出来了吧，这侦探小说看多了，说实在的，人可变得越来越聪明，越来越智慧。相反你那爱情小说倒是把人看得越来越糊涂，不是有句话，那什么，恋爱时，人的智商都是很低的，不过，我看你这还没开始恋爱，那智商都清零了。哎呀，我真是有点担心，你这要是陷进去了，那拔都拔不出来，最后，干了傻事儿连自己都不知道。”

“不……不说这些了，不说这……这些了，谈正事，谈……谈正事。”

“嗯，谈正事，可我们从哪里谈起呢？刚才，就刚才我分析的那些你可能有些没听懂，关键是我也忘了刚才我都瞎胡扯了些什么，谁让咱的思维这么跳跃呢？当侦探的料啊！这样吧，我重新调整一下思路，刚才算我白说，就算我白说了。”

“我……我……我看行，咱重新调整思路，调……调整思路，说……说直白点。”

“直白点，这从哪说起呢？哦，对啦，既然是有宝玉，而我们又看不见，那必须得找是吧，我看就从客厅先找起吧！”

“我……我……我看客厅里没有，谁把那……那……那值钱的东西放……放……放客厅里呢。”

“也是啊！从心理学的角度来看，那宝物都是藏在身边的不是。”

“那，咱……咱……咱到卧室看看，说……说……说不定有……有……有发现。”

“也行。”

“那……那……那先到我房……房间里看看吧！”

郭子一进孙则的房间，那油腔滑调的劲又上来了：“行啊，孙子，不，孙爷爷，这么气派的双人床、席梦思，一米八乘二米三的，我说得没错吧，虽然我没睡过，但我想过，期盼过，并且一直在期盼着。怎么样，求你了，哥们，借给我躺躺吧，哪怕一秒钟也行，我他妈还没开过荤呢，真的，只要是个男的，是个纯爷们，那睡在上边不做春梦才怪呢。想想我睡的那白天收起、晚上铺开的活动床，你说我俩的差距怎么这么大呢？唉，也是啊，你这孙爷爷自从有了这双人床，那看人的眼神都变了，对那鲍艳更是穷追猛打。哎哟，要是睡在这双人大席梦思上，只做点梦，不真正发生点什么，可惜了。”

“郭……郭子，你……你不是来帮……帮……帮我的吗？说……说……说这些干嘛，想想宝玉吧。”

“也是，像你们这种有了房、有了自己大床的人，进一步的就是想女人、想宝物了。不过我觉得，宝物肯定不在这个房间，你想想，孙则，那睡在双人大床上，想女人都够他想的了，还得想宝物，你说烦不烦呐。”

“是烦，是烦。那……那我们到我……我……我姐的房间看看。”

郭达和孙则又来到了另一个房间。

开心正睁着眼睛躺在床上。

“开心醒了，是郭子叔叔吵醒你的吧，对不起啊！”

“叔叔，我自己醒的，我都睡够了，不想睡，但我又浑身没劲。”

“那你继续躺着吧，叔叔随便看看。”

“嗯。”开心乖巧地答道。

“哎，我说孙则，这房看起来是个儿童房，那前房主还费了不少的心思呢，这墙上贴的些画，这地上铺的地毯，你看那图案，还有这床、这柜子的颜色，真的，进了这门，整个人仿佛置身于童话世界，唉，搞得我这三十来岁的未婚男人都心里痒痒的，都想有自己的孩子了。”

“郭子，你……你……你尽说不着……着边的，说正经的，说……说正经的。”

“我说的有那么不正经吗？这是儿童房，多纯洁的地方，那些宝物可充满着铜臭，不可能藏在这个地方的。”

“也……也是，也是，听你说……说话，真是长学问，别……别看你没……没工作，游……游手好闲，你……你那是真……真……真人不露相。”

“我没工作，是我对工作的要求高知道吗？在这点上，我是向我哥看齐的，他是硕士研究生，是脑力劳动者，‘劳心者治人’这句话你明白吗？说勤劳能致富，这是最能蛊惑人心的鬼话，哼，你以为只要你孙则不懒，天天风里雨里骑着个破车坚持上班，就能成为有钱人，我呸，大量事实证明，纵使你起早摸黑勤勤恳恳，永远都富不起来，更别说成为有钱人。因为什么，因为劳动最不值钱，尤其像你这种简单劳动。”

“那……那……那依你……依你所……所说，你……你靠什么挣……挣钱。”

“我郭子也是要付出劳动，但我付出的是脑力劳动，我靠的是智慧，智慧懂吗？为什么有的人你没看见他做事，他穿着西装随便溜达一下就能挣大钱，不知道了吧，想想吧，想想他们是怎么富起来的？”

“怎……怎……怎么富起来的？”

“机遇，机遇你知道吗？这些穿西装的人就是在寻机遇。碰上机遇就能挣大钱。现在的机遇你知道吗？是投资，不管股票也好，房子也好，哦，你不懂股票，且你又刚买了个二手房，我看你接下来就投投资吧，投资理财。”

“我……我……我不懂，我……我只知道每……每天上……上班，月底发……发薪水，我姐说，每个人都……都……都得有工作。”

“你有工作，你无非就是上班下班吃饭睡觉想女人，日复一日，好枯燥哦，而且你这人除了爱看点爱情小说外，你从不学习，什么事业啊、理想啊，在你这儿都狗屁，而我找工作时投递的那些个岗位，算了，不说了、不说了，说出来我怕吓死你。”

“唉，郭子，我……我……我夸你来着，你……你……你倒是尽……尽……尽情损我，大家也……也……也不都在这……这……这样混吗？不都……都过得好好的，有……有……有理想能……能……能当饭吃吗？能当老……老……老婆抱……抱着睡吗？”

“这屋不看了，换下一个，尽想着吃饭抱老婆。”

“下……下……下一个是这屋边……边上的厨房。”

他们来到厨房后，郭达故作神秘地这里看看那里瞧瞧。孙则紧紧盯着郭达的脸部表情，生怕漏掉一个细节。

两分钟过后，郭达摇了摇头。

“怎……怎……怎么样？”

“依我看，据我的分析，这厨房也不是藏宝物的地方，你想想，每天烟熏火烤的，还有就是这煤气罐、高压锅、电饭煲。不错，它们用起来是很方便，我们也都喜欢用它们，可它们危险啊，用得不好，‘叭’，它随时都如同炸弹一般，谁还会把宝物藏在这里呢？是吧，孙子，不，孙爷爷。打个比方，当然它有些不恰当，如果……如果是我，我有宝物，我不会藏在厨房里的。”

“可……可……可它究竟藏在……在什么地方呢？只剩下卫……卫……卫生间了。”

“卫生间啊，我得说说，但我还真不想去你家这卫生间里面，它就是你们家的污秽之源，本来就有些阴气、湿气，可这一尺见方的窗户还真让我纳了闷了，当初做这房子的时候，那个窗户为什么不能开得大点呢？而且，这房子又经过了改装修，那完全可以把那窗户扩大一些是不是，那样至少空气流通一些是吧，也省得你们这卫生间里充盈着那么大的气味，说实在的，我在门口闻着都有些受不了，怪不得你那外甥开心不在卫生间里尿尿呢。”

“不……不……不就是装过修留……留……留下来的气味嘛，时……时……时间长了，它会自动消失。”

“我看未必，这你们家卫生间里的气味啊，它与那甲醛的气味还真不同，而就你那慢性鼻炎，能指望你闻出……不……分辨出什么气味？虽然你们家那排气扇就没停过，可……唉！”说到这里，郭达无奈地摇了摇头。

“照……照……照你看，这卫生间里有……有……有宝物吗？”

“没有，我看肯定没有，这藏宝的人，肯定不会傻到把宝物藏在卫生间里。”

“听……听……听你这么一说，我家里好……好……好像没有宝物似……似的，真是，说……说着……说着竟然说没了。”

“本来就没有，有宝物还轮得到你？！我看你呀，钻到钱眼里去了，浑身都是铜臭味。顺便提醒提醒你，这天上不会掉馅饼的，掉下来的只会是陷阱，哦，还有一句民间的那什么，横财来，横祸随。”

“我说……郭……郭子，你……你能不能厚……厚道点，留……留点口德，还是好哥们吗？看……看……看我要发……发……发财了，眼红啊，什……什……什么妒忌恨啊。”

“我没说你，就算我没说前面那些话好吗，孙爷爷。真的，这世上啊，从来就没有不劳而获，不管是体力的还是脑力的，唯一可以不劳而获的，只是贫穷——这话真的是在说我自己呐，我比你穷啊！”

“那……那……那这信又……又……又怎么回事。”

“照我看呐，是有人恶作剧呗。”

“恶……恶作剧，我不信。”

“你不信也得信，我说孙则，该醒醒了，这大白天里别做他妈的黄粱美梦了。”

“弄了半天弄……弄……弄没了，我看我……我……我还是继续给鲍……鲍……鲍艳打电话。”

"那我可以走了吗？孙……孙……孙爷爷。"

"待……待会儿，兴……兴许我要出……出……出去。"

"真是色心不死啊，可怜的人。"

临近中午了，孙则还在那一遍遍地拨着鲍艳的电话号码。

开心翻身从床上下来，慢慢腾腾地走到孙则身边："舅舅，我饿了。"

"饿……饿……饿，你就知道饿，没……没……没看见舅舅正……正……正打电话呢，走开，一……一边玩去。"

"哎，我说孙则，你还真把你当成孙爷爷了，欺负几岁的小孩，那什么，我也饿了，你看着办吧。"

"等会儿给……给……给你们下……下……下面条，肉丝面条。"

"不能等啊，我饿了，肚子都在咕咕叫呐，再说了，下午我还有面试。"

"真麻烦。"孙则说完这句话后，看了郭达一眼，然后去了厨房。

第四十章　张大毛照看开心

下午五点来钟，收拾好东西，关好电脑的张大毛准备下班了，而这时，他接到了孙霞的电话。

“是大张吗?”

“是啊，你小孙吧!”

“我是孙霞，是这样的，今天打电话给你很冒昧，但我真的想不起来可以给谁打这个电话，真有点不好意思。”

“什么事你说吧。”

“刚才，就刚才五分钟前，我的上级让我加班，说是手上提案的收尾工作今天必须完成，至于说加班到什么时候他不管，唉，你说，有这么当上级的吗?”

“那你的意思……”

“我想……我想你今天能不能帮我个忙，替我看会儿开心。”

“完全没问题，我可以的。只是……只是你弟弟，他好像不怎么欢迎我。”

“他就那臭脾气，你别计较就行。”

“孩子现在在哪？”

“在家，今天没去幼儿园。”

“那我什么时候去你家比较合适。”

“七点左右比较合适，过了那个点，开心他舅舅就得去值夜班了。”

“行啊，到时候我去吧！”

“真是谢谢你了。”

下午六点左右，孙则做好了饭菜，又给开心另外蒸了个蛋羹，然后，两人坐在桌前，等着孙霞回来。

开心偷偷看了孙则一眼：“舅舅，我肚子饿了，妈妈怎么还不回来呢？”

“是啊！我……我……我也在想，你妈怎……怎……怎么还不回来，饿……饿了你先吃蛋……蛋羹吧。”

“谢谢舅舅。”开心说完这话，埋头开始吃蛋羹。

“唉……”孙则刚刚叹完这口气，手机的短信铃声响了起来。

“谁的短信呢？莫非又是鲍艳的？”

孙则急切地把短信点开：

“我得加班，你和开心不必等我吃饭，做好了自己先吃吧！”

“唉，又是加班，开心，咱……咱……咱们不等你妈了，咱先吃……咱先吃。”

吃完晚饭后，孙则收拾完碗筷，拿着手机躺在床上，又开始想起鲍艳来。

两天了，这两天下来，给她拨了这么多的电话，她为什么就不接呢？就发来那么一短信，还称呼我为“尊敬的客户”。说实在的，这“尊敬”二字还真让人感觉有些不安，哎，鲍艳啊鲍艳，你尊敬我干嘛呢，这两字听起来多生分。

“舅舅，开心又想尿尿了。”

“行，你自己去……去尿吧，不……不许尿在客……客厅。”

“那你陪我去卫生间吧，舅舅，我一人不敢去。”

“陪……陪你去，陪你去，我……我……我这一天下来，陪……陪过你多……多少回了，真是麻……麻烦，你……你妈也是，都……都这个点了，还……还在外面晃。唉，等……等会舅舅去……去上班了，看谁……谁来陪你。”

“妈妈没回来，舅舅别走。”

“舅舅也……也得上班赚钱，再……再说了，你妈她……她……她一会就……就会回来。”

孙则与开心正说着，门铃响了起来。

“肯……肯……肯定是我……我姐回来了，这回……回……回来得还……还真是时候，我……去开门。”

孙则把门打开，看到门口站着的张大毛时，他愣住了。

“怎……怎……怎么又是你？你……你来干什么？还抱……抱着个小狗，我……我……我们家不……不欢迎你，你……你走吧！我……我就不该来开……开……开这个门的，我……我……我姐有钥匙，她……她怎么会按……按门铃呢？”

“我看得出来你不欢迎我，我也有这种心理准备，只是我没想到，你不让我进你们家。这么跟你说吧，你姐给我打了一个电话，告诉我说她今天加班，可能晚点回家，让我来这里陪陪开心。”

“开心有……有我陪着，你……你走吧！”

“听你姐说你不是得去上夜班吗？”

“那……那也用……用不着你来掺……掺和我们家的事。”

“舅舅，你就让张叔叔陪开心吧，开心喜欢张叔叔，也喜欢小狗。”

“谁……谁让你过……过来的，到你屋里玩……玩去。”

“孙则，你这么跟小孩子说话会吓着他的。”

“吓着吓不着，我……我……我自有分寸，你……你……你走吧，我关……关门了。”

“咱都是成年男人，这样做有点不礼貌吧，有什么话不能说开呢？”

“说开就……就……就……”

孙则的话没说完，对面那家的门突然打开了，一个儒雅的高个子男人出现在他们眼前：“哎，不好意思，我说这两位，你们能不能小点声，我家里有病人，孩子生病了，刚睡着。”

“哦，对不起，对不起。”张大毛有些抱歉地说。

“那你们二位，有什么事可以到屋里去谈是不是？”

“那是那是，屋里谈，屋里谈。”

张大毛说完这话后，朝着孙则做了个鬼脸。

不得已的情况下，孙则才将张大毛让进家里。

“汪……汪……汪……”张大毛一进门，怀里抱着的小狗开始叫起来，尽管它那叫声很细很嫩。

开心听到狗叫声，从房间里跑了出来：“张叔叔，这是送给我的小狗吗？”

“是的，叔叔特意送给你的，你喜欢吗？”

“喜欢喜欢，开心太喜欢啦，谢谢叔叔！”

“喜欢就好，开心喜欢就好。”张大毛说完，看了一眼孙则。

“你不……不要以为一条狗就……就……就能收买人心，实……实……实话跟你说，我……我非常讨……讨厌你。”

“咱俩无冤无仇的，这是为什么呢？就因为我是前房主，你才讨厌我。”

“不……不是。”

“那是什么呢？我没惹着你呀，我这受你姐之托来帮忙。”

“我……我……我不想与你绕……绕……绕弯子了，实话跟……跟……跟你说了吧，你干……干……干什么都行，就是不……不能打我……我姐的主意，我……我姐可是名……名花有主的人，我……我姐夫在……在……”

“在美国赚美元呐，这个我早就知道了，打从我们在房屋中介第一次见面，我就听你说过，放心吧，我不会打你姐主意的。”

“今……今……今天就算了，但今……今……今后你别……别来我家了，我……我讨厌你，也……也讨厌这……这小狗。”

“有点爱心吧，孙则，你看这小狗多可爱，开心抱着他都舍不得放手呢。”

“可爱个屁，有……有……有什么可爱，还汪汪汪一个劲地叫，算了，我……我上班去……去了，开心，跟……跟舅舅再……再见。”

“舅舅再见。”听得出来，开心说这话时，比以往任何时候都高兴。

第四十一章　小狗在哭

孙则上班去了，家里面剩下了开心和张大毛。

“开心，你把狗狗放地上吧，抱了那么久，你也该抱累了。再说狗狗也应该自由活动一下，那样它会更舒服一些。”

“张叔叔，我舍不得将狗狗放地上，那样它会害怕的，我抱着它，它都在哭呢。”

“这孩子，狗狗怎么是在哭呢？它在叫呢。”

“郭子叔叔家里也养了小狗狗，还抱到我们原来的家里去过呢，可那狗狗叫起来不是这样的。”

“哟，我们开心真了不起，都能分辨出狗狗的叫声了。”

听张叔叔赞扬自己，开心天真地笑了笑。

“那开心每天晚上都跟妈妈一起玩些什么呢？跟叔叔说说看。”

“妈妈不跟我玩，她干完了活就自己看书。”

“那开心，你跟谁玩呢？”

“我自己一个人玩，没搬家的时候，跟唐明辉玩。”

“唐明辉，唐明辉是谁？”

“唐明辉是……是我的好朋友。”

“那唐明辉肯定也像开心一样可爱啦。”

“唐明辉他很可怜。”

“这孩子，怎么这么说话，谁说唐明辉可怜的。”

“是唐明辉的外公外婆说的，我妈妈也这么说。”

“那他怎么可怜呢？”

“他眼睛不好，看不见，总是摔跤，上回摔倒了，还把牙磕掉了。”

“哟，这唐明辉还真是有些可怜，那他的爸爸妈妈呢？”

“他没有爸爸，也没有妈妈，只有外公外婆。张叔叔，你这狗狗也没有爸爸妈妈吧，我做它的爸爸，我保护它。你听，它还在哭呢。”

“你放下狗狗吧，那样，也许它不会哭了。”

“叔叔，我还是不想放开狗狗，等我睡觉时再放下它吧！”

“那开心几点钟睡觉呢？”

“妈妈让我每天九点钟睡觉。”

“现在还不到八点，离睡觉还有段时间，开心，叔叔跟你聊点别的吧。”

“嗯。”

“那开心喜欢爸爸还是喜欢妈妈？”

“开心喜欢妈妈，也喜欢爸爸，只是开心从来没见过爸爸。”

“那开心的爸爸上哪去了？”

“舅舅说，他到外面赚钱去了。舅舅总是这么说，可我妈妈没说。”

“你喜欢你舅舅吗？”

“我不喜欢舅舅，但舅舅可怜。”

“怎么可怜呢？”

“他……他只有一条腿，另一条腿是假的。”

“嗯，这个叔叔已看出来了，那开心喜欢住在这里吗？”

“开心不喜欢住这里，住这里好臭，还有人偷看开心尿尿，晚上睡觉觉还能看到穿白衣服、长头发、红眼睛的人。”

“怎么可能呢？是开心做噩梦吧！”

“妈妈也这么说，可我就是好害怕。”

“算了，我们不说了，开心。时候也不早了，我去厨房烧点水给你洗洗行吗？”

“嗯。”

趁着烧水的功夫，张大毛到卫生间去拿了个盆子，只是这陡然地进入卫生间，还真让他感觉到了一股寒意。

水烧热了，张大毛将壶里的水倒入盆中，然后对还抱着小狗的开心说：“开心，水弄好了，我们在哪儿洗呀，去卫生间洗吗？”

“我不去那里洗，妈妈都是在客厅里给我洗的。”

“哦，那我们就在客厅里洗吧，只是你这抱着的狗狗该放下了。”

“我是狗狗爸爸，我不抱着，它会哭的。”

“那你就抱着吧。来，先洗把脸。”

“可我……我要尿尿了。”

“上哪尿呢？去卫生间吗？”

“去可以，但叔叔得陪我去。”

“行。”

来到卫生间后，开心怀里抱着的小狗狗变得烦躁不安起来，还没等开心开始尿尿，小狗狗即挣脱了开心的怀抱，对着朝北的那面墙，与其说是汪汪汪地叫，不如说是在像狼一样地哀嚎。

开心尿完了，仰起头，看着张大毛：“张叔叔，你听，小狗狗又在哭了，它哭得好伤心，可它为什么要哭呢？我还是把它抱起来吧！”

张大毛没有吱声，开心的话，对他多少有些触动。

尽管开心九点左右就上了床，但快十一点了才睡着。

一直坐在床沿陪着开心的张大毛，看着开心睡着了，这才站起身来，抱起小狗，关上电灯，离开房间，且轻轻地带上房门。

第四十二章　张大毛恍惚了

来到客厅的张大毛，一屁股坐在了沙发上，眼睛定格在了大门口。

多熟悉啊！此时的张大毛，仿佛回到了几个月之前。

“大张，我回来了，你看我买了这么多的青菜，还有这超市里买的带鱼、打折的基围虾，你快来接把手啊！我换鞋。”

“哟，妈，您来了，我这也没去接您，对不起啊！今天我还特意早点离开单位赶回家。”

为了平复一下难以言状的心情，张大毛又将眼光收了回来，可无意中又看到了蜷缩在客厅与阳台那玻璃门边，面对着卫生间门的小狗。

“张大毛，这阳台上放的是些什么东东啊，这不，还在动呐。”

“是妈从乡下特地带过来给你补补的两只老母鸡，我吃过饭就去将它们杀掉，不耽误的。”

"不行，不行，这么热的天，臭烘烘的，你快去把它们处理掉吧，真的，老公，我一想到它们那臭烘烘的……我就想吐，更别提吃饭了。"

"嘿嘿……"想到这儿的张大毛，不由得嘿嘿了两声。也难怪，按说我这乡下长大的孩子，怎么就娶了一个城里的、还有些洁癖的老婆呐，而且还为我怀了孩子。

孩子，想到孩子，张大毛心里那块最柔软的地方，痛了起来，眼睛也开始湿润了，他不由自主地站起身来，走向了自己与阳阳的曾经的卧室。

一排挂衣服的大柜子，柜子的前面放着两个棕色的简易皮椅，再就是令张大毛魂牵梦绕的这张一米八乘二米三的双人大床了，且这床上的床单、被套、枕套都未曾换过。这都是阳阳经过精心挑选后买回来又亲自布置的。张大毛不能忘记，刚搬进来的阳阳在整理好床铺后，曾贴着自己的耳朵悄悄地告诉自己：这双人大床是她最向往的地方。尽管说完后阳阳的脸马上红了。

一时间，张大毛真的有些恍惚了，他整个身子靠在那曾经是他和阳阳的卧室的房门上，仿佛看到了阳阳在挂衣服的柜前一件件地试着衣服让自己看；看到了自己和阳阳坐在那棕色的简易皮椅上规划着未来的家；看到了阳阳懒散着身子让自己给她揉背；看到了阳阳那因为怀孕而肿得像发糕似的双脚；甚至看到了睡在双人大床上的自己和阳阳……

"妈妈救我，呜……呜……"

开心凄厉的叫声和哭声，使得张大毛心里一抖，他猛地冲过去，推开了里面睡着开心的那间屋子的房门。

“怎么了，妈？不，怎么啦，开心？出什么事了？”

“有……有穿白衣服的人追我。”

“没有的，叔叔在这儿呐，开心别怕，你只是做梦了，来，叔叔抱抱你。”

“叔叔，我好怕，你别关上电灯。”

“听开心的，叔叔不关灯。”张大毛说完，用手帮开心抹了抹头上的汗。

“狗狗还在哭啊，它肯定累了。”

“狗狗跟人不一样，它不怕累的。”

“哦，狗狗不怕累。叔叔，开心要尿尿了。”

“那……开心在哪尿尿？”

“开心不去卫生间，叔叔，你……你拿个小盆盆过来开心尿尿。”

“行，那你等等吧！”

“妈妈怎么还不回来？”

开心的自言自语正好让拿了盆又返身进屋的张大毛听到了。

“妈妈在加班呐，马上就会回来的。开心不是有叔叔陪着吗？咱尿完了好好睡觉吧，叔叔就在这屋里陪着你。”

“嗯。”

尿完了的开心又乖乖地躺在床上，很快又睡着了。

扶着床架，看着熟睡的开心，张大毛不免叹了口气。唉，多熟悉的床啊！这床可是我妈生前最后几天睡过的，难怪刚才我进门时，第一声喊出的竟是“妈”。还有这贴在墙壁上的儿童画像，地上铺的带有城堡图案的地毯，甚至在墙角边放着的儿童摇篮……

这些回忆让张大毛太难受了，难受得他几乎要大声吼叫，难受得他几乎是从这间屋子里逃也似地出来了。

张大毛索性坐在了餐桌边的靠背椅上。

尽管他一百个不愿意地去回忆，但那些回忆却不放过他：

“大张，你过来，你过来听听嘛，用耳朵贴在我肚皮上听听，你的孩子在叫你爸爸呢。”

“大张，你帮我捏捏脚、捏捏脚吧，你看我上班这么辛苦，这脚、这腿都肿了。”

“大张，你快来帮我掏掏耳屎吧，它们塞在我耳朵里边，我都快听不见了，快掏吧，掏出来的耳屎它都姓张（脏），叫张（脏）耳屎。”

“妈，这味怪大的，满屋子都弥漫着您嘴里的那股大蒜臭。”

“看见了吧，明白了吧，张大毛，我说咱妈为什么总是神神秘秘的，这都……这都弄到城里来了，都抱在一起了，不是我亲眼看见，打死我都不会相信。”

“你走吧，我不想看见你，也不想听见你的声音。”

“我一想到你妈在我们家与别的男人干那事，我就恶心，就想吐。”

“我俩从此没关系了，你回去与你老妈过吧……”

“……啊……”憋了很久的张大毛，终于喊了出来。只是这喊声并未将开心吵醒，却让张大毛逐渐冷静了下来。

到底是怎么回事呢？是什么原因导致我那么完美的一个家，在那么短的时间内落得妻离子散，不，妻离子死，家破人亡呢？而这件事已过去这么多日子了，我没法向我的亲人交代，我也没法给自己一个交代啊！

“汪……汪……汪……”

张大毛的思绪再一次被小狗狗的叫声打断了，他索性认真地观察起小狗来。

说来也奇怪，狗狗为什么老是对着卫生间的方向叫呢？难道是这个卫生间里有什么问题？不，不可能，小狗狗也许是不适应新的环境、新的主人吧。张大毛，你可是个彻底的唯物主义者，还在党旗下宣过誓呢，只不过这卫生间里确实是气味难闻。而要说这是装修留下来的气味的话，那房间里的气味应该比卫生间里更浓才对，因为房间里装修的用料更多。不过，是不是因为卫生间里只有那一尺见方的小窗户而导致气味散发不出去呢？唉，我那前房主在装修的时候又为什么不把那窗户稍微改大一些呢？那样的话，至少里面的空气能流通一些啊！

带着这些疑问，张大毛来到了卫生间，顺便按亮了卫生间里冬天洗澡时取暖用的小太阳。

霎时间，卫生间里被照得通亮通亮。

张大毛此时仔细地观察起卫生间来。

第四十三章　张大毛羞得满脸通红

“咦，小太阳真亮啊！这墙上贴的瓷砖，它们的颜色竟然有区别，这点，我住在这里的时候可没发现，只不过，这区别也太不明显了，有的地方干燥些，有的地方像是湿的，就那么极其细微的一点点区别。”

极度好奇的张大毛随手敲了敲那些颜色稍深点但也仅仅只是有着细微差别的瓷砖。

“咚咚”，再敲两下，还是“咚咚”，且这声音是脆的，似有回音。

再敲颜色浅点的瓷砖，“咚咚、咚咚”，但那声音是瓷实的。

经验告诉张大毛，这被敲出清脆声音的瓷砖墙里面是空的。

然而这空着的墙体里，它到底起的什么作用呢？里面是下水管道还是……哎，上个厕所再想吧！

然而，就在张大毛解开拉链、掀开盖着的马桶小便时，孙霞站在了卫生间门口。

张大毛眼睛的余光看见了孙霞，羞得满脸通红，慌忙用双手遮住下体："不好意思，不好意思。"

"对不起，真的对不起，我把门给你带上，你继续……你继续。"

孙霞也有些狼狈地逃到客厅。

一会儿，张大毛从卫生间里出来："小孙，真的不好意思，对不起，我不知道你这个时候要回来的。"

"是我的问题，大张，开心这孩子睡觉容易惊醒，我怕打搅到开心，所以没按门铃，自己悄悄地打开门进来了，没想到……特别不好意思。"

"小孙，你也别太自责，是我的问题，可能对这里太熟悉，熟悉到认为就是在自己家里，所以才……不多说了，现在这么晚，不打搅你了，我走了，你早点休息。"

"看把你紧张的，今天谢谢你了，只是这狗……"

"哦，我带来的，我想开心可能会喜欢它，可现在我准备将它带走，因为它老是叫，真的，从一进门到现在，它几乎都没停过。"张大毛说完这话，躬身抱起了小狗。

"可能这地方对它来说比较生疏吧。"

"我也这么想，那……那我走了，你早点休息。"

"看把你急的，我有话问你呢。"

"什么问题你问吧！"

“开心今天乖吗？他睡觉之前没吵吧？”

“开心这孩子真是乖，睡觉之前还跟我聊天呐，聊着聊着便睡着了。不过，中途醒了一趟，可能是做噩梦吧，哭醒的。”

“是这样啊。也怪，自从搬这里来以后，开心几乎天天做噩梦，天天晚上哭醒，他以前不这样的，真不知道怎么回事。哦，还有，大张，你觉得我们这屋里很冷是吧。”

“没有啊！”

“那刚才，我看卫生间里开了小太阳。”

“哦，可能我按错开关了。”

“也是，几个开关并排装在一起，难免按错。”

“其实，小孙，我也有点事想与你说呢。”

“说吧，我听着呐。”

“就那上次开心舅舅嘱咐你的，开心的托儿费，你交了吗？”

“哦，你还记得这事，谢谢你的关心，我会马上去交的。”

“这些日子手头很紧吗？这刚买了房。”

“这些日子的确手头有些紧，不过，我会找朋友周转一下的。”

“那么，我算你的朋友吗？”张大毛说完这句话，两眼真诚地望着孙霞。

“也算吧。”

“其实，你有事情第一时间想到通知我，就已经把我当朋友了是不是，而且能够把孩子委托给我照顾，这是多大的一份信任。”

孙霞听张大毛说完这话，不断地点着头。

“这么着，小孙。”张大毛边从口袋里拿出一张银行卡，边继续说道：“开心这孩子的确让人喜欢，我跟他也算忘年交吧，我很想帮帮他，这个给你，你拿去帮开心交托儿费吧！”

“不行，不行，我不能拿你的钱。”

“你不是说找朋友周转吗？并且你又拿我当朋友。”

“可是……”

“别推了，小孙，这卡里面的钱也不多，就两万块钱，是我一代账的单位给我的，你先拿去用着，密码很简单：一二三三二一，哆来咪咪来哆。”

“既然这样，那就算我借你的。你还别说，不怕你笑话，我现在啊，我现在卡里边只有三位数了，唉，就连交孩子的学费都成问题，真有种坠入深渊的感觉。”

“这种感觉，我理解，其实就是一个过惯了苦日子的人的恐慌，不过，你别太给自己压力了，作为朋友，我会帮你的。”

“谢谢你，大张，不过借你的钱，我会还给你的。”

“不着急，你不用着急的。现在，我可以走了吧。”

“你是可以走了，但现在你看，这都凌晨一两点了，不大会儿天就亮了，且外面下寒气了，你穿得又那么少。”

“那……”

“依我看，你就在我弟弟孙则的房间里将就睡会儿吧，明天还要上班，都这个点了，回去路上再一闹腾，明天怎么上班啊！”

“怕不好吧，真的，小孙，我还是走吧。”

“有什么不好的，不就休息两三个小时吗？再说了，就那床，你也挺熟悉的，你就当那是你自己的床吧，我也要休息了，明天还要上班。”

“我还是觉得不妥。”

“唉，我是女人都觉得没什么，你一大老爷们还挺封建的，去吧，进去，带上门。”

“那……我进去了。”

第四十四章　有这么作践自己亲姐的吗

清晨六点左右，确切地说还不到六点，睡得正香的张大毛被对着自己胸部猛击的一拳给惊醒了：“你……你干嘛打人，你打我干嘛？”

“我他妈的打……打……打你还是轻……轻……轻的呢。”孙则说完这话，猛地一下掀开了张大毛盖着的被子。

周身只穿着一条三角裤的张大毛立刻又将被子拉过来，遮住自己的身体。

“哎，还知道害……害……害羞了。”

“我有什么害羞的，我又不是没穿衣服。只是我不明白，你们家的人，为什么都喜欢搞突然袭击，让别人难堪，能不能给别人点缓冲的时间。”

“什么……什么是缓……缓冲，你……你说明白点。”

“缓冲，就是，说白了，就是让别人有点思想准备。”

“准备，我他……他妈还……还给你思想准……准备，告诉你，我……我……我都准……准……准备捉奸在……

在……在床呐。”

“我说孙则，我还真不明白了，有这么说自己姐姐的吗？”

“亏……亏得我是提……提前回家，不……不……不过，我还是没能捉奸在床。”

“孙则，你想哪去了，我和你姐，我们不是那样的人。”

“你……你起来吧你，还……还……还在这床上做……做春梦呢，以……以为还是自……自己的床吗？醒……醒醒吧，这……这床啊，它换……换主子了，它不……不姓张，姓……姓孙，你……你明白吗？”

“你怎么这样说话，孙则，我什么时候认为这是我的床。”

孙霞被他俩的对话吵醒了，她迅速来到了孙则的房间：“是啊，孙则，你说这话有点过分了，是我让大张在这休息一下的，昨天我回来太晚了。”

“完了，完了，该发……发生的都……都他妈发……发生了。”

“我说你脑袋里整天都想些什么乱七八糟的东西啊，孙则，有这么说自己的亲姐姐，把污水往姐姐头上倒的吗？”

“我……我也不……不想这样，姐。你说，这姓……姓张的，把房子卖……卖给了咱们，拿……拿了钱，嘿，他……他又回……回来了，又……又睡这大床上了，他……他这不吃……吃软饭吗？姐，是个爷们都……都不会这样。”

孙则说到这里，把裤腿卷了上来：“看见了吧，看……看见了吧，独……独腿的爷们，咱一只腿也……也……也不吃软饭，纯爷们，独腿纯爷们，我……我……我说你他妈的也……也……也做个纯……纯爷们，行吗？别……别来打搅我……我姐好吗，她可……可是名花有……有主的。”

孙霞看到弟弟的假腿，心软了下来：“我说孙则，今天是个误会，真的是个误会，今后不会有这样的事发生的。”

“那……那走吧，穿好了衣……衣服还……还不滚，别忘了，带……带上你……你……你那狗。”

“狗狗就不带走了，好吗？开心肯定会喜欢它的。”

孙霞对弟弟说完这句话后，又转身对张大毛说：“对不起了，大张，你为我帮忙，我弟还误会你，真的对不起了。”

“嗯，我马上走，但我要对这位独腿纯爷们说，我也是爷们，也是纯的，我之所以能够原谅他刚才所说的那些话，只是因为他太可怜。”

目送张大毛走后，孙霞转过头来对孙则说：“你刚才说的话太过分了啊，就连你姐都不放过，你是我亲弟弟吗？”

“怎……怎……怎么不是你亲……亲弟，我……我刚才不是很……很急躁吗？”

“急躁你就瞎说啊，这要换着别人，你这样说人家，不跟你打起来才怪呢，再说了真打起来了，你是人家的对手吗？唉，幸亏你说的是张大毛，人家是重点大学的毕业生，有修养，不与你计较。”

“开心今……今天去幼儿园上……上学吗？”

“怎么不去，他病好了应该去幼儿园，再说了，开心就应该多跟小朋友在一起玩。”

“那小余老师说……说的那托儿费。”

孙霞从口袋里拿出张银行卡，递给孙则："我就知道你要说这个，拿着吧，待会儿给开心交学费去，这卡的密码是哆来咪咪来哆。"

"姐，取个密码怎……怎么这……这……这么费劲，还……还音乐密码，我……我不会用。"

"不会用？原来你也就这点本事，就一二三三二一，这下该会用了吧！"

"我……我……我懂了，姐，瞧……瞧我这破……破脑袋。"

"把卡收好了。"

"哎，我……我收好了，不过姐，你……你提前发薪……薪水了。"

"没提前呀，老板这么好吗？他的钱可不是浪打来的，这钱是张大毛的。"

"张……张大毛的钱，姐，你……你找张……张大毛借……借钱了？张……张大毛借……借钱给你了？"

"这么吃惊干嘛？是张大毛主动借给我的。"

"他……他主动借……借钱给你，你……你不觉得……不觉得他……他对咱们家太……太上心了吗？"

"没你想的那么严重，也就上次他听你跟我说开心学费的事，人家心细着呢，哪像你说的人家吃软饭。"

"吃软饭也……也……也好，硬饭也……也好，反正姐，你得留……留个心，他……他的目标是……是你。"

"我一个三十多的女人，又带个孩子，还被别人锁定为目标？

不可能的，孙则，咱别自作多情了。”

“我……我这不是怕……怕……怕你上当吗？”

“不说这些了，今天别忘了给开心交学费，另外，嘱咐一下小余老师，别让开心的活动量大了，出汗太多容易感冒的。”

“我……我记着了。”

接下来的三天里，孙则又给鲍艳打了无数的电话，发了无数的短信，然而他没收到鲍艳回复的只言片语，电话那头也始终只有提示无人接听的忙音。

直到这时，垂头丧气的孙则总算是有点明白了郭达说的那些话。

转眼到了星期五，上午十点多，孙则接到郭达发来的短信，说是有重要的事情找他，至于具体的，见面再谈。看完短信，孙则心想：“见面再谈？不行，这不是吊我的胃口吗？必须得打个电话问问清楚。”

第四十五章　孙则救急

带着疑问，孙则拨打了郭达的电话。

然而，郭达却没接。

第二遍……第三遍……直到孙则拨打了第五遍，郭达才接听了电话。

“喂，我说你孙子怎么这么烦人呐，我他妈的现在正忙着，你没看见吗？”

“我……我哪看得见你……你忙，你……你忙的话，刚才你……你还有时间给我发短信？”

“刚才是刚才，现在是现在，我现在正逮着一人，与这人在谈业务呢，你可别打电话打搅我，这业务万一它要是黄了，看我怎么收拾你，挂了。”

孙则看着手机，心里真有点不平：“怎么就我……我……我在打搅别人，就没有别……别……别人打搅我。”

他刚把手机丢在桌上，准备去厨房弄点吃的，手机却响了起来。

看着屏幕上显示出的“郭子”二字，孙则不禁冷笑两声：“嘿嘿，这……这该是你打……打搅我吧，我……我……我在被你打……打搅呢，我他妈的还就不接。”

直到电话铃声第三遍响起，孙则才骂骂咧咧地按下了接听键。

“有……有……有这么打搅人的吗？你……你他妈的没事，我……我还有事忙……忙着呐。”

“哎，我说孙则，孙大哥，孙爷爷，救个急，救个急吧。”

“什么救……救……救个鸡巴，这连丑话都……都……都捎带出来了。”

“我说你脑袋里怎么尽是些乱七八糟的事，你就不能正经一点吗？”

“我……我……我怎么不正经，你……你他妈的说丑话，我成了不正经，有……有这么强词夺……夺理的吗？你……你说，找……找我有啥事。”

“那个，今天下午，能不能到我们公司来一趟？”

“去……去你们公司，干……干什么？”

“我们公司今天下午要开产品推介会，两点整开始，怎么样，能帮个忙吗？”

“我……我怎么帮……帮你的忙。”

“是这样，我前几天应聘在这家金融公司做销售，每个人都有任务的，我刚来，更得表现出色一些是吧，你作为朋友，关键时刻，更得帮我的忙，是不是。”

“那是，兄弟的忙我……我肯定得帮，说吧，让……让……让兄弟怎……怎么做。”

“你什么都不需要做，带自己来就够了。”

“这……这是什么意思？”

“也就是你来了，坐在那里听别人讲讲产品。讲到情绪激动时，你就鼓鼓掌。这事挺简单的，凭你那智商完全应付得了。”

“夸……夸我还……还是损我呢。”

“夸你，绝对是夸你呢。另外，主要议题讲完了还有有奖知识问答，也就是答对了能得奖。最后还有抽大奖呢。”

“说……说得倒是不……不错，可那知识问……问……问答，我答得了吗？”

“你不是还可以抽大奖呢吗？我看这大奖啊，肯定是你的，你忘了，你都中过彩票呢。”

“那是，我……我孙则现……现在这……这……这运气，火着呢。”

“这样吧，我下午一点多钟到你们家去接你，然后一起去我们公司。”

“那……那行。”

尽管这气温下降得比较厉害，但孙则在草草吃了中饭后，换上了那套为了见鲍艳而买的西装，又在让自己最感到骄傲的那一头乌黑浓密的头发上喷了点发胶，最后，孙则没忘记把姐姐孙霞给自己的那张银行卡放在西服最上边的口袋里。

下午两点整时，孙则坐在了郭达所在公司会议室第一排的中间位置。

在一阵掌声过后，负责产品设计的经理开讲了："今天能够来到这里的朋友，就缘分两字，我就不多说了，总而言之，感谢大家的光临。

"接下来，我给大家介绍介绍我们的产品，它也是我们公司隆重推出的，主要涉及艺术品投资领域的一款产品……我们相信，这款产品能为投资者带来可观的收益。而对于艺术品投资所涉及的，比如它的运作方式、它的发展现状及潜力、它与其他投资方式的对比、它的管理团队，最后还有风险的管理，也就说……"

孙则哪能听得懂这些在他看来是如此深奥的东西呢？他索性头一歪眼睛一闭见周公去了。

"第一排穿蓝色西装的这位朋友大概是太累了，但即便是这么辛苦也要赶来参加我们的产品推介会，我代表我们公司向这位投资者表示感谢，这也不能不说我们公司的产品是受投资者欢迎的，是受投资者喜爱的。现在，让我们为这位不辞辛苦大老远赶来的投资者鼓鼓掌。"

掌声惊醒了正酣睡的孙则，他睡眼惺忪地左看看、右看看、前看看，又掉过头来朝后看看，而只是这向后一看，便看到了郭达埋怨的眼光。

"现在，请有意向购买我们这款产品的投资者到石经理那儿去领表格。

"还要告诉大家一个好消息，我们今天设立了幸运大抽奖活动，分别设立了一等奖一名、二等奖二名、三等奖若干，祝大家中大奖。"

郭达看到有些茫然的孙则，走到他跟前：“怎么样，兄弟，我郭子没骗你吧，这又有矿泉水，又有水果点心吃，还有大抽奖，够意思吧，这趟来得不亏吧！”

“那是，我……我……我孙则沾了你郭……郭子的光。”

“去排队抽奖吧，说不定你孙则火气好抽个大奖呢？”

轮到孙则抽奖了，他将有些颤抖的右手伸进了抽奖箱。

当孙则摸出了一张纸片，又将纸片交与工作人员后，围在工作人员身边的那些人开始骚动起来：“哇，中一等奖了，中一等奖了，一等奖被这穿西服的小子给摸到了。”

“哎哟，运气真好，箱子里面仅仅的一个一等奖，抽到的概率应该不大呀！”

“问题是别人已经抽到了啊！”

“二等奖也不错，总比没有好吧，我要抽到个二等奖，那也不错！”

“哎，只当好玩，只当好玩，谁还把它当回事，是吧！”

工作人员很郑重地把大奖——一套时尚、漂亮的进口水晶杯具递给了孙则。

“啊，太漂亮了，这还是大红色呢，多喜庆啊，要是我抽到了，我就送给我女儿做嫁妆。”

“可不是嘛，连您都这么说，看您的穿着，您的眼光可是不一般。”

“大家鼓鼓掌吧，祝贺祝贺这位一等奖得主。”

第四十六章 高级杯具

一时间，孙则竟有些飘飘然起来。他仿佛看到了鲍艳穿着新娘服装，坐在那简易的棕色皮椅上，而自己坐在她身边，正和她举着这大红水晶杯喝交杯酒呢，而鲍艳真漂亮啊……

“孙则，孙则，孙则，想什么呐，叫你半天都不回应。”

“郭……郭子，哎，这人家想……想的好事都……都被你搅……搅和跑了，真……真可惜。”

“别做梦了啊，现实一点，只不过现实是你的运气比我郭子好啊。可惜你没钱，要是有钱能买点我们公司的理财产品，哎，不说了，拿上奖品走人吧，你还要去幼儿园接开心呐。”

“接……接开心早……早点晚……晚点没……没事，只是郭子，你……你有点门……门缝里瞧人。”

“我怎么门缝里瞧人，我要看不起你，我今天干嘛请你到我们公司来。”

“你不说我……我……我没钱吗？你看，这……这……这是什么。”说罢，孙则从口袋里掏出了银行卡。

“银行卡，你的？算了吧，就你的银行卡，里面也是空的，不过，那十元二十元是可能有的。”

“太……太……太门缝里瞧……瞧……瞧人了吧，说出来我……我……我吓死你，这卡里边啊，有……有……有两万元呐。”

“谁信呐，你什么时候有过这么多钱，就你那工资也都上交给孙霞姐了。再说了，你们家最近又买了房，哎，这吹牛也得看什么时候。”

“谁……谁……谁吹牛，信不信我……我……我马上将……将这两万元全……全……全买了你……你们的产品。”

“我看你还是算了吧，现在你情绪激动，做出的事情可能有些不理智，再说，我前几天……就上礼拜还听你说开心的托儿费都没钱交，都得缓缓呐。”

“跟……跟你实说……说了吧，这钱啊，就……就是我姐给……给我，让……让我给开心交……交托儿费的，只是开心的班……班……班主任小余老……老师病了，由……由别人代班，我……我才……才没交。”

“依我看，这钱你姐还有别的用途的，要是你用这钱在我这买了理财产品，你姐知道了，不骂死我才怪。算了，这时间也不早了，你接开心去吧。”

“照……照你这么说，我……我他妈说话还没……没分量了，我今天还……还就不信了，买，咱买两……两万元理财产品。”

“你可要考虑好了，孙则，这合同签了它是有法律效力的，不能随便反悔的。”

“绝……绝……绝不反悔。”

“那你身份证带在身上了吗？”

“皮夹子里面，咱随身都带着呐。”

等该办的一切手续都办完，已是下午快五点了。

“哟，不早了，孙则，你必须快点离开这儿去幼儿园，开心放学了看不到你，会着急的。”

“我走，我走。”

“路上小心啊！”

等到孙则到达幼儿园，小朋友们几乎都被家长接走了，教室里只剩下开心和另外一个小朋友。

听到舅舅那特有的脚步声，低着头独自坐在小板凳上的开心马上站起身，向舅舅跑了过来。

孙则牵上开心的手，正准备离开，一位秀气的年轻姑娘迎面走了过来，并朝孙则笑了笑：“你是开心的家长吧，我是代班的老师马小红，听小余老师说开心的学费、托儿费……”

孙则听到这话后，有些烦躁：“少不了你……你……你们的，少不了你……你……你们的，明天交，明……明天交。”

“明天是星期六。”

“那……那咱下礼拜，下……下礼拜一定交行了吧！”

马小红老师没有说话，只是有些无奈地点了点头。

“舅舅，你怎么现在才来，别的小朋友都被家长接走了。”

望着开心那天真的小脸，孙则笑着说：“舅舅啊！干大事去了。”

“什么大事啊！哦，我知道了，就是你手上提的东西是吧。”

“差……差不多是，开心真……真聪明。”

“那这是什么呢，喝茶的杯子吗？你看这上面画的。”

“哎，我们家开……开心真是太……太聪明了，舅舅手上提……提的呀，是一套高……高……高级杯具，是准备和……和你鲍艳阿……阿姨结……结……结婚用的。”

“结婚？舅舅，你要结婚啦！”

“看……看……看吧。”

说着说着，他俩走出了幼儿园，来到马路边。

“开心，你……你站……站着别动，舅舅去取助……助……助动车。”

“嗯。”

“孙则，孙则。”就在孙则刚要把钥匙插进助动车时，他的耳边传来了令他魂牵梦绕的声音。

“鲍艳！”

孙则顺着声音望去，马路对面，果然站着鲍艳，穿着大红外套的鲍艳。

什么也顾不上、头脑完全清空了的孙则，手里拎着那盒高级进口杯具，不顾一切地向马路对面跑去。

两眼一直盯着舅舅的开心，看到舅舅并没有去取助动车而是跑向马路对面，也跟在舅舅的后面向马路对面跑去。

然而，悲剧却发生在了此刻，一辆黑色大众牌轿车由于避让孙则而撞到了开心。

“啊！”鲍艳在马路对面惊呼了起来。

孙则还在继续跑向鲍艳。

“轧死人了，出车祸了，小孩被压了，……。”

路人的惊呼声让已经过了马路的孙则停止了奔跑，他有些机械地转过身来，看到了马路上，大众车前面躺着的，是一个穿黑色卫衣的小孩。

“开心……”随着这撕心裂肺的叫声，孙则跌跌撞撞地朝开心跑了过来。

开心在第一时间被送到了医院。

孙霞赶来了，张大毛赶来了，郭达赶来了，就连那被孙则认为是始作俑者的鲍艳也来了。

经过奋力抢救过后，医生出来了。

孙霞他们马上围住了医生。

医生看了看哭得几乎伤心欲绝的孙霞：“我们尽力了，孩子头部受了重创，且他又那么小，恐怕挺不过去，你们得有心理准备，余下的话我就不多说了，你们进去看看小孩吧！”

孙霞几乎是被张大毛与郭达拖着进去的。

“开心，我的开心，妈妈的宝贝，你醒醒吧，你一定要好起来，一定要好起来啊！

“开心，我的开心，你才不到四岁，不到四岁啊！你还没来得及好好地看看这个世界，你要是不在了，走了，丢下了妈妈，妈妈可怎么活啊！”

第四十七章　妈妈，把我的学费交了吧，老师批评我了

“妈妈。”随着这一微弱的喊声，开心慢慢睁开了眼睛，尽管开心的眼睛睁得很是艰难。

“儿子，我的乖儿子，我的好儿子，你终于醒了，你把妈妈吓死了。”

“妈妈。”开心的声音极度微弱，“老师今天又点名批评我了，说我的学费还没交，你去给我交了吧。还有我在这里，不能当小狗狗的爸爸了，你把狗狗给唐明辉，让他当狗狗的爸爸吧!”

“嗯，妈妈知道，妈妈听你的儿子，说话太累，你休息吧。”

“还有妈妈，告诉我爸爸，我很听话、很乖，我有很多的话要跟他说，我还想爸爸与妈妈一起带我去公园骑木马，去看热气球，去海洋馆看热带鱼，去动物园看大象呢。”

“爸爸会带你去的儿子，他一定会带你去的。”

“哎，还有，妈妈。”开心的声音更微弱了，“你去幼儿园帮我请假，小朋友不能无故不上学的，还……还让老师跟我们班的谢涛涛说，说他今天早上打我，其实是我不对，我不该动他的玩具……”

“儿子，你……让妈妈怎么说呢，我的乖儿子，我善良的儿子，老天爷呀，你怎么这么不公平！”

开心累了，他慢慢闭上了双眼。张大毛忙又叫来了医生。

医生看了看开心：“刚才出现小孩醒过来的情况，也许是亲人间的心灵感应，也许是回光返照，也许是抢救的效果，总之，你们得有心理准备。”

悲痛欲绝的孙霞看了张大毛一眼：“大张，你扶我到外面走廊去，我想与你商量点事。”

张大毛看了一眼孙则，而孙则急忙躲开了张大毛的目光。

来到走廊，张大毛真诚地对孙霞说：“什么事，你说吧，只要我能办得到。”

孙霞摇了摇头：“不需要你办什么事，我只想让开心留下点什么。”

“小孙，我听不明白。”

“开心有一个好朋友需要眼角膜，而开心也答应过……”

“那不是小孩子之间的戏言吗？你何必当真。”

“可现在，开心现在能帮他了，虽然很残酷，我的心都碎了。”

“小孙，你决定了，我支持你。”听得出来，张大毛的这话是带着哭腔说出来的。

完成了眼角膜交接的开心走了，但开心把光明留给了别人。

郭达这些天来一直陪着孙则，生怕他有着过激的行为。

也是，正如孙则所描述的那样，当时，就那么几秒钟，几秒钟的工夫，活蹦乱跳的开心就没了，而这罪魁祸首竟是自己，是自己直接害死了开心啊，但话说回来，如果不是那鲍艳在马路对面叫自己，这一切也就不会发生。

只是这世上哪有如果呢？

“我……我……我他妈真后……后悔呀，后悔认识了这……这个臭娘们。”

“不光你后悔，我也难受呐，我一闭上眼，开心那郭子叔叔、郭子叔叔的叫声就在我耳边响起。我还后悔呐，后悔让你去我公司参加什么产品推介会，后悔你拿开心交学费的钱去买什么理财产品。也是，当时我那么拦你、不让你买，你为什么鬼迷心窍非要买呢？开心临走前说的那些话，让我郭子无地自容啊！开心是留着遗憾走的啊！我不配他叫我叔叔啊。还有，我早提醒过你，提醒过你多次，你他妈的就是听不进去，那鲍艳是你喜欢得起的吗？你真应该撒泡尿照照你自己，看看自己到底几斤几两。如你所说，你有喜欢她的权利，可她也有不喜欢你的权利是不是。她是什么人，她眼中喜欢的是哪类人，说到底你孙则压根排不上号。说白了，你有钱，她把你当大爷，你没钱，她拿你当孙子，懂吗？孙子，像她这种只爱钱的女人，你养得起吗？你以为你交了首付，按揭买了个破二手房，就能打动她，做梦去吧。这下可惨了，要不是鲍艳叫你，开心他……他不会走，从这点来看，开心就是你这亲舅舅给害死的，而鲍艳叫你，她能叫你干啥，还不是指望你姐夫拿钱到她那儿买房，这可是你吹出去的，她除了这个目的，还能有别的吗？咱丑话说在前面，你孙则如果没有个几百上千万，那鲍艳啊，是不会跟你睡的，还整天地抱啊抱的做白日梦，我抱你个屁。”

“哦……我错了，郭子，我不该想……想……想她的心思，只是我醒悟得晚了。”

接下来的十几天里，孙霞、孙则都没去上班，这姐弟俩把自己关在各自的房间里，并且，两人也都似乎在回避着对方。

终于，孙霞不想这样僵持下去了，她敲开了弟弟孙则的屋门：“我们谈谈吧。”

“谈……谈什么，姐，我……我没脸见你，是……是我害死了开……开心。”

“不说这事了，我知道，开心走了，你的痛苦远非常人所想，因为我们三个是一家人。现在，只剩下我俩了，所以我想……我想搬到原来与我一起合租的田静那儿去住。”

“姐，你……你怎么好去……去打搅人家呢？听你说，那……那……那田静不是结……结婚了吗？那男的还是富……富二代呢。”

“离了，因为田静生不了孩子，去医院检查，说是患的不孕症吧，而男方家又是三代单传。”

“那……那你走了，这……这个家怎么办，这……这……这房子怎么办？”

“家是你的呀，这房主本来就是你，是以你孙则的名字买下的房子，只不过房贷，我每月会替你还的。现在开心走了，我的花销也基本没有了，合租用不了多少钱，且我的工资比你的高。”

“其实，姐，这……这……这屋子里到处都……都……都是开心的影子，我……我也挺痛……痛苦的，不……不如我还……还是回那……那值班的仓库去……去住吧。”

“那这千辛万苦买的房子可真没人管了。”

“我……我们可以将房……房子租给别……别人。”

“也行，回头我把租房信息挂到网上去。”

“姐，我清点……清点衣物，今天值完夜……夜班后，明天就……就……就不回来了。”

“我也准备明天搬到田静那儿去，我跟她已经说好了。”

“让……让我回来帮……帮忙吗？”

“算了，如果需要帮忙的话，我会叫上张大毛的。”

“姐……”

“我知道你想说什么，你不就很讨厌他吗？可我正好与你相反，只是现在，我什么都不想说了，只想告诉你一句话，那便是：所谓爱情，它是建立在物质基础上的。这话对你适用，对你那所谓的姐夫也适用。”

孙则走了，随身只带了些换洗的衣物。

孙霞也走了，她带的东西比孙则要多一些，即除了换洗的衣物外，还有那孙霞最为喜爱的作家路遥所著的一整套的《平凡的世界》。

因为书籍太多太重，孙霞通知了张大毛来帮忙。而张大毛在赶到孙家后，在孙霞打开书柜的那一刹那，他惊呆了：原来孙霞的爱好和自己一样，就连所崇拜的人都竟然和自己的一样。

第四十八章　金吉租房

孙霞是星期日早上将房屋出租信息挂到网上去的，不到中午，便有人打电话找孙霞了。

孙霞拿过手机准备接听，但手机屏幕上显示出的鲍艳俩字让她犯了难。

“怎么这人阴魂不散呢，害得我们都家破人亡了，还想怎样啊！”

“谁的电话，你怎么不接呢，孙霞。”

“你知道的，田静，是那房屋中介的鲍艳。”

“她这个时候打电话找你明显是自讨苦吃，但她为什么要这样呢？”

“是啊，管它呢，管她有什么目的，咱不接还不行吗？”

孙霞边说边挂断了电话。

可鲍艳似乎很执著，没过一会儿，她又拨通了孙霞的电话。

这下，孙霞没好气地按下接听键："你这人好烦呐，我不愿意听到你的声音，你知道吗？别以为自己很有魅力，是个人都得拜倒在你的石榴裙下，告诉你，我也是女的，是女的你听清楚了吗？你有的那些器官我都有，转去几年我比你还漂亮，还不像你一天到晚搔首弄姿地勾引别人吗？"

"孙姐，你误会我了，我鲍艳绝不是你想象中的那类人，我今天打电话你也是因为我在网上看到了你挂的租房信息，正好我们这儿有需要租房的人，我想帮帮你，真的，孙姐。"

"别一口一个孙姐的，我并不是你姐，我也承受不起你这样叫我，我们家被你害得太惨了，我的儿子没了，说没就没了。孙则在心灵上受到了重创，他永远忘不了那一幕。"

"我也不想发生那样的事情啊，孙姐，我也忘不了那一幕，毕竟我也在场啊！今天，我真的没别的意思，只是想帮帮你。"

"打住，打住，我们不需要你的帮助，我们也承受不起，自从我们认识你，又在你这儿买了这个二手房，嗨，我们开始倒霉了。"

"孙姐，我知道你一时还转不过这个弯，你恨我、骂我，我都无话可说，而如果要是这样能减轻你心中痛苦的话，我愿意天天被你骂。"

"鲍艳，咱别假惺惺的，行不行？说得直白一点，我现在听到你那声音，就如同吃了个死苍蝇。"

"孙姐，我知道你是有文化，有内涵，有修养的人，刚才说的那些也是不得已，我也很理解你此刻的心情，换作是我，我也会像你这样的，不过我是真的想替你分担一些痛苦的，你真的不了解我鲍艳。”

“我不想了解你，至少是现在不想。”

“但我手头上真的有这么一个人想租你们那地段的房子，且这人是单身男人，又很爱干净，我仔细打量过这个人，那指甲缝里都很干净。至于价格，他出的价格相对来说还要高一点，真的，孙姐，虽然我不知道你们为什么要把房子租给别人，但是咱既然打算租给别人，那就要租给好一点的房客，租个高一点的价格是不是。孙姐，我说的你在听吗？”

“你说吧，我听着呐。”

鲍艳听得出来，孙霞的态度明显缓和多了：“这样吧，孙姐，我把你的电话给这想承租的人，行吗？这人他姓金，名叫金吉。我让他自己来找你。”

“行吧。”

孙霞刚刚放下手机没有五分钟，电话铃声又响了起来。

“哎，孙霞，这有房也不省心啊。”

孙霞看了一眼坐在沙发上的田静，又拿起了电话：“喂。”

“喂，霞姐，你好，我是金吉，听鲍小姐说你有房子要出租？我想看看你那房子。”

“行，看房可以，只是咱们得约个时间。”

“我看就今天吧，明天咱都又得上班了不是。”

“那行，你三点钟到胜利路五号那儿去，我会准时到达的。”

“我呀，现在已经在这儿了，就在你们家房子的楼下呢，鲍小姐说这儿挺方便，确实如此。”

“那我一会就来。”

“谢谢霞姐。”

孙霞放下电话，对坐在沙发上傻傻地看着自己的田静说：“休息不成了，还打搅到你，待会儿我走了你再好好休息吧。”

“没什么，孙霞，瞧你说得那么见外，但你想没想过，这人怎么这么急呢，寅时说，卯时就得干。”

“哎。”孙霞叹了口气，“其实我也很急的，房子空着也是空着，早租出去，早省心。”

“那倒也是，你去吧，省得人家等着着急。”

坐在出租车里，孙霞给张大毛打了个电话，让他赶过来参谋参谋。

没多长时间，孙霞来到自家房屋的楼下。

在这里，孙霞着实看到一个徘徊在他们楼下，但仅仅看了一眼就让人起鸡皮疙瘩的人。

明明是男人，长着喉结，但却留着不短的头发，梳着马尾。

灰黑格子呢外套外加紧脚裤，让人怎么看怎么觉得不舒服。

“这什么人呐，该不会是他要租房吧。”孙霞正暗自思忖着。马尾却向孙霞迎了上来：“霞姐，霞姐，你是霞姐吗？我猜你肯定是，我的眼光不会错的。”

“我是孙霞，请问你是……”

“我的中文名是金吉，黄金的金，哎哟，这么介绍多俗气，吉是吉天下的吉，这还差不多。我的外文名字叫 Jinji，鲍小姐介绍我来的，您看……”

“我们上楼去看看房吧，看看房再说。”

“可以的。”

上到四楼后，孙霞直接用钥匙打开了房门。

“哟，这屋子好大味啊，多长时间没住人呐，我来把窗户打开吧！”

“打开窗户会好些的，另外，这屋装修用的板材太多了。”

“没关系，没关系，多开开窗户就没事了。另外，我包里有着好几种香水呢，我就不信香水味盖不过这屋里的味。”

“是租给你自己住吗？”

“是的，我在一中外合资的整形医院做形象顾问，我们那里啊，聚集了大量外国名医，不是吹牛，在整个整容行业，我们的人才也好，技术也好，都属于领先的、尖端的，不过我给你介绍这些好像没什么用，你身材这么好，容貌又无可挑剔，不过咱知道这些也无妨是吧，我们医院离这儿比较近，单位也有员工宿舍，但我实在是住不惯，你也看得出来，我是比较追求生活质量的人。”

“我倒是看出来了，这点我也能理解。咱们说正题吧，这房子两室一厅，家电、家具齐全，有厨房可以做饭，有卫生间可以洗澡，包宽带没物业费，唯一的费用是一月二块钱的清洁费，住进来挺方便的，而且我这房东直租，也省了中介费。”

“是，鲍小姐说她虽然是中介，但这次她纯属帮朋友，不收费。”

咚、咚、咚。他俩正说着，屋外响起了敲门声。

“霞姐，莫不是又有人来看房了，咱说好了，我先来的，这房我租定了啊！”

孙霞没有理会金吉，而是直接去打开了门。是张大毛到了。

“你来了。”

“哎，来晚了一些，路上有点堵，怎么样，看好了吗？”

“正看着呐。”

“霞姐，我说你，哦，那这位先生也是来租房的吧，好帅呀，简直帅呆了，你看这鼻梁，这大双眼皮，这有棱角的下巴，整个一标准的模板哎，租房吗？我们合租吧！”

“你继续看房子吧，这是我朋友，有什么问题你可以直接问他。”

“问他，哎哟，那不难为他吗？他只要陪着我看看就行了。也是，你这出租的房子啊，它与别的出租屋真的不同，区别大着呢，那家用电器，我看了，一样都不差，还有这客厅、餐厅、厨房卫生间、卧房，每一区域它几乎都是经过精心布置的，好温馨哦，让我好想找个人来享受二人世界。”

金吉说完，用挑逗的眼神看了孙霞一眼。

而这一眼让孙霞心惊肉跳。

“那这房子你看……”

“我决定了，决定租你这房子。”

“那咱们什么时候签合同？”

“现在，现在就可以，只不过，我明天才可以把钱打给你。”

合同签完后，孙霞将房间的钥匙交给了金吉，尽管在交钥匙的时候张大毛使劲地朝她递眼色。

张大毛和孙霞提前离开了，金吉留了下来。

一路上，张大毛不停地埋怨着孙霞："我说你今天把钥匙留给他干嘛，钱一分没看到，这样，你的风险是不是大了点。"

"我有什么风险，这金吉又不能把我的房子给拿走。"

"他拿不走房子，但他可以拿走房子里的东西啊，这租房除了交房租之外，还得交押金的，你倒好。"

"这合同上不是写着吗？他的权利，他的义务，你看，这义务里边……"

"哎，我看你这事做得有些草率。"

"算了，相信人家吧，这世上还是好人多，比如你……"

"你还别那么说。"

"对了，你借给我的那两万元钱让孙则给买了什么理财产品，说是利率很高的，期限三个月，到时候还给你。"

"理财产品？什么理财产品？孙霞你别误会，我问你这些也许是我的职业敏感，因为现在，也就这两年，突然冒出了很多的什么理财公司、金融公司、财富管理公司，还包括小贷款公司，他们也就利用了投资者想获得高收益这种心理。你想啊，十几二十个点的收益，有什么行业这么赚钱？除非投向房地产、股票市场，但那风险……且这里边鱼龙混杂，有很多是非法的，它逃脱了相关部门的监管。我们公司的一位同事，攒了一辈子的辛苦钱，准备给儿子买婚房，结果却被街坊鼓动着买了一个公司的期限一年的理财产品，后来你猜怎么着，产品期限未满，公司却垮了，只因为公司卖理财产品的钱被更高明的骗子给骗了。"

“听你这么说，我们家孙则买理财产品的钱是打了水漂了？这如果要不回来了，这可怎么办？”

“你不是说买的期限为三个月吗？还好这个时间不长，你也别那么急。”

“怎么不急啊，那万一要是没了……”

“那也没什么，不就两万元钱嘛，买个教训。我说了你别生气，就你弟弟孙则，他的思维比较简单。”

“他也挺可怜的，只读了个小学，为了我，就为了我读书，他自己放弃了学业，还失去了一条腿，这条腿是我心里的痛啊，所以我弟是我这辈子的恩人。只是我现在也很恨他，开心的死，他有很大的责任，这种焦灼的状态让我很痛苦，我也很难走出来的。”

“这点我很能理解你，小孙，但开心的离去，在很大程度上是个意外。我也非常难受，但人生就是这样，我们永远不知道下一刻会发生些什么，也不会明白命运为什么这样待你，而只有我们历经了人生的种种磨难后，我们才会以平静的心态去面对这个世界。”

“你说的这些话，我很赞同，只是这些话从你的嘴里说出来，让我有些意外，难道你的经历比我更痛苦？”

“唉，怎么说呢，这人啊，可能生下来就是吃苦受罪的，所以即使有委屈、有无奈、有伤心、有悲痛，等等，这些就是我们生命中的一部分。”

“我记住你这些话了，大张，我会好好琢磨琢磨的。”

第四十九章　合租人朱娟

经过了 N 次来来回回的奔波，金吉终于将他的那些宝贝家什都搬进了租住的房子里。

接下来，就是按照金吉的特色来布置这间卧房了。

当琳琅满目的化妆品摆上梳妆台，白色纱幔挂上那一米八乘二米三的双人大床上时，哇，整个卧室立刻充盈爱的气息。

倚在门槛，欣赏着自己满意的作品，金吉不由得伸出手指，做了一个招牌式的“Ok”。

卧室布置得差不多了。金吉坐在客厅的沙发上，双眼审视着整个屋子：这屋子里似乎还缺少点什么啊，还有那么怪的味。

“对了。”金吉一拍大腿，“我怎么忘了拿出加湿器呢，现在正是一年中最干燥的季节啊，瞧我这皮肤，哎哟，都干燥得快起皮了。”

拿出加湿器后，他又往里倒了些纯净水、柠檬精油。

随着那夹带着柠檬香味的袅袅雾气慢慢散开，整个屋子变得芬芳且湿润了。

按照租房协议的约定，金吉除了一次性缴付三个月的房租作为押金外，每个月的十号是金吉交房租的日子。

一个月快过去了，交房租的日子又要到了。

且金吉在享受这自由、舒适日子的同时，内心也有些隐隐的焦虑：这么大的房子，我一个人住，这房租确实是有些吃力啊，另外一个人住在这么大的房子里，也确实怪寂寞的，尽管不时有朋友过来小聚一下下，但那也只是聚聚，而如果找个人来合租，既可以分担一些房租，也可让自己不至于这么孤独。

这个一举可谓两得的想法让金吉着实高兴了好半天。

金吉思忖着：找谁呢？男的、女的、还是……我这种婉约的。哎，不如找自己熟一些的，同一个单位的吧，单位里好多人都想从员工宿舍里搬出来呢。

把员工宿舍的人像电影快进一样在脑子里过了一遍后，金吉的人选初步定格在了年满三十八岁的大龄未婚女会计朱娟身上。

而朱娟也正好有租房的打算，总住在单位宿舍里，什么都不方便，即使费尽心机找了个男朋友谈恋爱，但没有独立的空间，怎么去恋，又怎么去爱呢？

所以当金吉找到朱娟，说起合租之事，两人一拍即合。

很快，朱娟只身拖着拉杆箱来到了401，成为了金吉的合租人。

只是，自从朱娟进入这401的那一刻起，这套房子里便没有了以前的那种安静。

“喂喂喂喂，金吉，你这加湿器里冒出的是什么气味呀？香中夹着臭，臭中又夹着香，就像……就像那庙里的气味。哎哟……哎哟，这不闻不知道，一闻我还吓一跳呢，我不是刚认识你呀，怎么原来你就这品位，亏我还冲着你的品位来与你同居……”

“说什么呢，朱姐，这话要是让旁人听到，还以为我俩……”

“你想多了，金吉，我说的是住在同一屋檐下。”

“这还差不多。”

“但你这加湿器里面就不能弄点好闻的东西进去吗？比如玫瑰精油什么的，熏衣草精油也行。”

“那你就外行了吧，朱姐，熏衣草是晚上用的，它有助于提高睡眠质量，而我这用的是柠檬精油，美白的，你晓得吧。我看你呀，朱姐，你真得美白美白，瞧你那张内分泌失调的脸，跟个橘皮差不多，哪个男人愿意摸呢？”

“越说越不像话了啊，告诉你，别看本小姐都三十八了，那有的是男人想摸，老娘就是不给他机会呐。”

“朱姐，我看你就给点机会那些大龄男青年吧，也省得自己成为那剩斗士。”

“行了，行了。别光顾说我了，谈谈你自己吧，金吉，我听别人说你有意向闯闯文艺圈。”

“谈何容易，就我这样的，没人脉、没钱、没姿色、没后台、最后外加一没特长，仅仅就是长得有些婉约，想进文艺圈，简直难于上青天，还是老老实实当我的形象顾问吧。”

“谈正题吧，也就咱俩合租的有关事宜。”

“你晓得我这人很简单的，我们不需弄得那么复杂。这两间房子，一人一间，我住的那屋大点，谁让咱抢占了先机是不是；你的房间是次卧，是房主准备给小孩用的，是标准的儿童房。朱姐，我看你住那屋蛮合适，说不定能返老还童呢。”

“我有那么老吗？金吉，你说话能不能像你的长相那样——委婉一点。”

“我不是委婉，我是婉约。”

“那也差不多。”

“那差多了去了，就像你，前面看着像大妈，后面嘛，这长发及腰的秀发一披，像……”

“像人见人爱的小姑娘是吗？别人可都这么说我的。”

“还是像大妈，因为你这走路的姿势实在是……比如我，我走路就是那典型的猫步，猫步你晓得吧，舞台步。而你……你就那典型的大妈步。”

“瞧你这破嘴毒的，你就不能说点假话来安慰安慰我这被爱情遗忘的……”

“好啦，好啦，我们言归正传。这一人一间，是各自独立的空间，各自独立的空间是不能乱闯的，我必须强调一下，想进别人房间必须先敲门，因为那万一，哎，那不尴尬吗？然后，其他的地方就是公共区域了，厨房、卫生间、客厅、餐厅，包括阳台，都是公共区域，公共区域的东西两人共同使用，随便进出。”金吉说完，那招牌式的“Ok”又随即冒了出来。

“那打扫卫生、做饭，这些事怎么安排？”

“像我们这种人，你晓得的，本来在家做饭吃的时候是少之又少，偶尔在家做做那也是搞点浪漫情调。不过，我看得出来，朱姐你是吃货，还不是一般的吃货，那这样说来，这厨房基本归你使用了，我只是偶尔用用，只是里边的卫生也该你打扫哦。”

“算了，你别说了，就两个人，也脏不到哪里去，这样吧，平时咱谁有时间谁打扫。当然，我是女人，应该多分担些。节假日，咱们一起做大扫除。”

“都说朱姐大大咧咧，有那大姐的范儿，真是名不虚传。”

“你就吹吧你。”

“说最后一点，现在来说最后一点，这点是最重要，也是说出来最难为情的一点。”

“我猜猜看，你这最后一点要说的是钱的事吗？”

“朱姐真聪明，不愧是干财务的，一猜就猜到钱上去了，真的，说起这钱，我都有些脸红，都有些不好意思的，你说我这追求精神层面的人……”

“谈钱没什么不好意思的，说吧。”

“本来我想两个人各百分之五十，但我住的房间大点，我出百分之六十吧。”

“行，就这么定了。”

“我真没看错人，朱姐真爽快。不过我现在不能跟你继续聊了，我要开始我每天的必修课——敷面膜了，瞧我这脸，这几天没休息好，那皮肤都显得粗糙了。朱姐你也来一张吧，很舒服的，我送给你。”

“我贴你那玩意干嘛，贴上去人不像人鬼不像鬼，尤其是晚上贴，那猛一看，还以为是鬼呢，而且贴了后那嘴也不能张、话也不能说，也不能笑，最关键的是，贴上这玩意的时候，它不能吃东西。”

“唉，可怜的女人，难怪有着一张橘皮脸，奔四十了还没嫁掉自己。”

“金吉，你那张破嘴太可恨了，别以为我不会生气，你就乱说。你再说的话，我可真生气啦。”

“我不说了，我不说了，Ok，我得贴面膜了。”

这朱娟还真是能吃，就金吉贴面膜的那一会儿工夫，一大包薯片就被她给消灭了。

第五十章　回来与田阿姨做伴

孙霞住到田静这里不过一个来月的时间，这田静啊，又交到新的男朋友了，只是这新男朋友可不像那之前的富二代，倒像一个需要田静倒贴的人，因为孙霞没见他去上过班，他唯一的优点便是长得帅。

看到他俩不分时间、不分场合地随意卿卿我我，孙霞明白，自己该搬走了。

她抽了个周末，又买了些水果点心之类，来到了之前租住过的房东田阿姨家里。

田阿姨热情接待了孙霞。

“哎哟，小霞来了，这稀客稀客，还买来这么多东西，我还以为你们这买了房搬了家之后把我给忘了呢，怎么样，搬过去住得还好吧。瞧我这问的，住自己的房子哪有不好的呢。”

“真的不好，田阿姨。”孙霞刚张开嘴，眼泪就情不自禁流了下来。

“快别哭了，快别哭了。哎哟，都怪我这嘴，不会说话。我们换个话题吧，开心呢，开心怎么没带来，他是你的小尾巴啊，我好喜欢他，这孩子，长得俊不说，又乖，那小嘴又甜。”

“开心……开心没了，他不在了。”

“没了？不在了？什么意思？”

“开心走了。”

“离家出走了？被他爸弄走了？还是孩子被人拐跑了？你说现在这法制社会，怎么会……”

“开心死了，死于交通事故。”

“我的天啊！”田阿姨顿时大声哭了起来，“你说，这孩子虽然不是我的亲外孙，但他自从生下来，我就开始照顾他，我在医院走廊里守着这孩子出生的呢，我喜欢着这孩子呢，怎么说没就没了呢。这老天爷也太不公平了吧，哎哟，这孩子没了，我这心里真是揪心的疼啊！”

“阿姨，你也别太伤心了，毕竟您的身体，您那高血压，也不允许您这么激动。我知道，在您的眼里，开心就是您的外孙，您没老伴，守寡拉扯大的儿子又在国外，您把对儿子的思念都倾注在了开心身上，打从我生下他，您就开始照顾他，可以这么说，遇上您这房东，是我孙霞的福分。”

“快别这么说了，快别这么说了，现在，你是怎么打算的？”

“开心走了，我也不想住在前些日子买的那套房子里了，我弟弟孙则也搬到单位去住了，毕竟开心的死与他有关，我暂时还原谅不了他，我也不想面对他。”

“那你住哪儿啊，要不搬回来吧？也好跟阿姨做个伴，我跟你说，你的租期还没到呢，虽然有熟人来问过这房。怎么样，搬回来吧，都现成的，又熟悉。”

“谢谢田阿姨，其实我今天过来就是想搬回来住的。”

“那好，明天就……不，不，今天就搬过来吧，今天星期天，从明天起，咱又得上一礼拜的班了，又没时间了。”

“那今天下午……”

“下午搬过来吧，我这就去打扫打扫那屋里的卫生。”

“谢谢田阿姨。”

张大毛正在午睡，一阵电话铃声把他给吵醒了。

“喂，小孙，有事吗？”

“你有时间吗？”

“有时间，有时间。说吧，什么事？”

“我想搬家，从田静这儿搬出去。”

“哦，是这样啊。你现在在哪？”

“就在你们小区的大门口。”

“那我马上出来。”

一会儿，气喘吁吁的张大毛便来到孙霞面前。

“怎么，刚搬进去，又要搬出来，不习惯吗？”

“没有。”

“那……闹矛盾了？其实没什么。就我们这合租的人里边，天天有斗气、吵架的，都是些小事，过不了一两天，大家又和好如初。另外，那二房东也很不好打交道，动不动还涨价呢，有什么办法！毕竟，我们这个阶层的人，大家都不容易啊。”

“不是你说的那样，我和田静好着呐，跟姐妹似的，我俩住在一间屋子里，睡在一个床上。只是，只是她又新交了个男朋友，且那男朋友又非常黏她，几乎天天到这儿来，有时晚上都不走，而且也不怎么注意影响。”

“嘿嘿嘿……”听到这儿，张大毛笑了起来。

“你笑什么？我基本把床让给他们睡，我睡客厅的沙发，也就一室一厅的房子，我不睡沙发睡什么？”

“我笑的是你成电灯泡了。”

“那我这电灯泡该不该搬走呢？”

“应该搬走，只是你往哪搬呢？在外租房吗？这一时半会儿。又或许你想搬回去。”

“回去是不可能的了，家里的房子已租给了别人，这个你知道。对了，等租金凑足了两万元，我会将钱还给你的。”

“其实我原本就没打算让你还这钱，卖给你们的房子，我的报价本来就比实际成交价少两万，是那中介的鲍艳硬加上去的，所以这两万元还给你，应该说是物归原主吧。”

“这哪跟哪啊，瞧你这解释，根本说不过去。”

“说不过去就不说它，还是说你吧。你想搬出来，上我们那儿来吧，大家凑在一起热闹，只要你不嫌弃我们这胶囊房，挤你一个人还是挤得下去的，刚好，上礼拜跟胖嫂住一屋的那女孩搬到她男朋友那儿去住了。”

“我就不去你们那儿凑热闹了，你们那儿也太复杂了点，二房东胶囊房。这么跟你说吧，我和以前的房东已联系好了，我还是搬到她那儿去。”

“我看行，只是你什么时候搬？”

“今天下午，就今天下午搬。你知道，我也就一些书外加几件衣服，很简单的。那边什么都有，挺方便的，我在那里住过几年呐。”

孙霞又回到了她以前住过的地方，只是以前住在这里的是三个人，现在只剩下她一个。工作之余，除了张大毛偶尔来看看她，剩下的时间里，孙霞几乎全部用来回忆。只是随着张大毛来看孙霞的次数越来越多，两颗孤寂的心也越靠越近了。

第五十一章　我打心眼里崇拜你

金吉每天晚上回家都比较晚且不定时，七点、八点、九点，乃至十点，也有十点过了的时候才回家，然而，不管金吉什么时候回家，他回到家的时间基本就是朱娟的饭点。

而每当这时，朱娟就将那精心打造的一荤一素两盘菜端上桌，那冷冰冰的屋子里，确实有了一些家的味道。

不过，金吉对朱娟的生活方式却表示不赞同，甚至提出质疑："我说朱姐，你干嘛非得这么晚才吃饭，这样吃下去会不消化的。"

"你怎么知道我不消化，我肠胃功能好得很呢。"

"从你的脸上不就能看出来吗？我真的是为你好，朱姐。"

"为了我好？那你就早点回来。"

"这……这太荒谬了吧，我每天晚上基本不吃主食的，而你又不是专门为我做的饭。"

“你不吃主食，那你尝尝我做的菜吧。”

“这……”

“不敢吃吗？瞧你这怂样。”

“我有什么不敢吃的。”金吉说罢，抢过朱娟手中的筷子，夹了一点西兰花放进嘴里。

“怎么样，好吃吗？”

“你还别说，这凉拌的西兰花真好吃，这是我吃到的最好吃的西兰花。”

“那坐下来陪朱姐吃点。”

“吃点就吃点，不过不是陪你吃的，是这菜的味道吸引了我。”金吉说完，坐了下来。

“你尝尝这个，金吉，这个盘里是我做的小黄鱼，看看味道怎么样。”

金吉又夹了点鱼放进嘴里：“哎呀，朱姐，说你是美食家还真是名副其实，而且你比那美食家更胜一筹，你不光会吃，你还会做，真的，你做的菜真的刺激了我的味蕾，真的是太好吃了。”

“好吃，那你就多吃点。”

“可惜我不能多吃，你晓得我这人是有纪律的。”

“做事是得有纪律，就像我做会计，得遵纪守法，但吃点东西搞这么严肃干嘛。”

“得管住自己的嘴，你想想，我身材保持得这样好，不管住自己的嘴能行么。我劝你呀，朱姐，每天晚上少吃一点，尽量少吃一点，而且早点吃，你看现在都什么时间了，十点都过啦，吃的这些东西都积在肚子里，再往床上一躺，它能消化吗？不长肉才怪呢。”

“有你说得那么吓人吗？这西兰花，美容的，还有这鱼，高蛋白，脂肪都很少啊。”

“可问题是你在做它们的时候用了比较厚的油啊，还有，瞧你跟前的那么一大碗米饭。”

“饭是多了一点，但要吃的话我也吃得完，只是听你这么一说，我觉得是应该少吃点。怎么样，冲着这么好吃的菜，你给分担点米饭吧，就一点点，我去拿个碗来。”

“那我就牺牲一回，吃过这夜饭，我再运动运动，晚点睡。”

“那我也跟着你运动运动。”

“行啊，依我对你的了解，能够让你，能说服你运动运动，还真难哎。不过，我说朱姐，你也真应该早点醒悟过来，你瞧你那腰围，只怕都三尺了吧，这只是我的目测，实际可能还不止；还有你那腿，跟那大象的腿又有啥区别；再说你的脚，就你那一米六的身高，脚再怎么长也只能穿个三十八号的鞋吧，可你……我看门口放着的鞋，都四十一号了，跟我这一米七二的人穿的鞋号几乎一样，你的脚啊，虽然它不是那么长，可它宽啊，它横着长啊！朱姐，你可别怪我太直率，我说的话你可能有些受不了，可你晓得我是做这行的，我除了对自己的形象要求蛮高，对我周围的人也……”

“也要求高是吧。”

“我不敢那样说，因为人各有志，但如果我对你的要求也高，那至少说明我是关心你的。”

“关心我，你金吉关心我朱娟？哎哟，我真有点受宠若惊呐。”

“说这话太夸张了吧，我就不能关心关心你。”

“真的不夸张，打心里讲，我好崇拜你金吉哦，而且我是真的崇拜，不像那些小姑娘，虚情假意。”

“比如呢？”

“比如，你对时尚、潮流有自己的见解，对穿着特别讲究——虽然我不讲究，可我骨子里不是不讲究的人，但我这身材啊，让我无从讲究——我崇拜穿着讲究的人。别的不说，你看，你穿的那衣服、裤子，都是经过精心搭配，穿在你身上特别有格调，而我呢，不说我了。另外，你喜欢健身，注意自己的体型，这好身材好体型，再配上精心搭配的服装，往哪儿一站啊，都是一道风景。真的，说心里话，我在你面前挺自卑的，而你这么关心我，能不让我受宠若惊吗？”

“谁让我们生活在一个屋檐下呢，是吧，朱姐。”

“嗯，从明天……不……从今天开始，我朱娟要管住自己的嘴了。”

“加上一条，还得锻炼锻炼。”

“哎，我听你的，金吉。只是光顾着说话，这菜、这饭都没吃完，我又没有吃剩菜剩饭的习惯，把它们扔了多可惜。算了，今天就对自己网开一面，从明天开始少吃、多锻炼。”

“唉，基本上无可救药。”金吉说完，站起了身，回他房间去了。

不一会儿，朱娟却敲起了他的房门："我可以进来和你说说话吗？"

"进来吧，门没锁呢。"

"是这样，你不是说晚餐要早点吃吗？那我明天下班就回家做饭，争取早点吃，你明天也早点回来啊，别搞得跟那地下党似的，行踪那么神秘。"

"我早点晚点回来也不妨碍你吃饭吧。"

"怎么不妨碍，这住一屋檐下，大家一起吃饭多开心。"

"那我不占你便宜了吗？"

"也就一双筷子的事，认识我朱娟的人都知道，我朱娟大方着呢，我出去了，你早点休息吧。"

"拜拜。"

第二天下午，朱娟整整提前了一个小时从单位里溜了出来，跑到超市去买了一瓶红酒，这才回到出租屋，开始准备晚餐。

也就一个多小时的工夫，三盘色香味俱全的菜肴被端上了餐桌。

金吉还真是破天荒地第一次下了班就回到了家。看着桌上比昨天还多了一盘菜，金吉皱了皱眉头："说了晚餐要早点吃、少吃点，这怎么比昨天还要做得多呢。"

"是这样，金吉，我买了瓶红酒，我们今天庆祝庆祝吧！"

"这庆祝什么呢？朱姐。不过，红酒我倒是爱喝，关键是它美容啊！"

"爱喝就好，爱喝就好。那我们就不庆祝什么，就为了美容……为了美容而喝。”

“等等，我拿俩喝红酒的杯子来喝红酒吧，用你这一次性塑料杯喝红酒，哼，多没情调。”

“也是，你拿杯子去吧。”

第五十二章　酒后

很少喝酒的朱娟还真不胜酒力，两杯红酒下肚后，脸色通红的她情绪有些失控起来。

“我说金……金吉，大家暗地里都说你有问题。有什么问题？你不就是那有点男性化的女性吗，不，不，不，我朱娟才是有点男性化的女性，你刚好和我相反，你是那有点女性化的男性，也就是有点娘，但这不是事儿，你让我与你合租，是不是喜欢我？其实……其实……我挺喜欢你的，我就喜欢你这款有点娘的男人，我们在性格上互补。”

“哎哟，朱姐，你怎么能这么说呢，你再这么说我生气了。”

“你生气我也要说，我喜欢你，我还喜欢你这韩国脸。”

“谁韩国脸啊，我不就那瓜子脸吗？”

“不管什么脸，我都喜欢你。”

“朱姐，你是不是想男人想疯了，见谁逮谁，把我也当你的……”

“这点我毫不隐瞒，我是想男人想疯了，吃饭时想，睡觉时想。真的，我的梦中出现的都是男人，还从未出现过女人呐。我好希望我的真命天子、白马王子，唉，这些词好像都过时了，我的男神，对，我的男神早日……”

“太可怕了，太可怕了。”

“可怕？你敢说，你没那……”

“哎哟，丑死了，羞死人了。”

“什么丑死、羞死人啦，男人不都有那冲动。”

“唉，朱姐，我说你真的是有点过分，说话也不知道含蓄一点，要知道你自己还是未嫁的大姑娘啊，大姑娘应该会害羞的。”

“有什么好害羞的，人体不就那么几个器官吗？你越遮掩着，越是说明你那内心……后面的话我不说你也能明白。倒是我这个人亮堂得很，想到什么说什么。如果，我是说如果我年轻一点、肤色白一点、容貌好一点，人家不说我傻白甜才怪。”

“问题是你现在既不年轻，也不白，容貌更是岁月不饶人啊，让人家怎么去想象你傻白甜呢？”

“这话说的，你说得我好伤心。”

“哦，我现在突然冒出一个想法，你朱娟何不利用这近水楼台，把自己给捯饬捯饬呢，我说的你能明白吗？”

“怎么不明白，你的意思是让我就在咱自己工作的单位整形是吧？”

“是那么个意思，顺便加上一句，我金吉还将免费给你做美容顾问。”

“我不会整形的，受皮肉之苦不说，还得花钱，即使是自己工作的单位也得花钱是吧。另外，我整……我整出来给谁看。给你看，你会欣赏我吗？如果你欣赏我的话，我也可以牺牲一回，可从你的话里，我听得出，你不欣赏我呀！给贾医生那糟老头看，我呸，他也配看我整出来的模样。最后，如果万一整失败了，那还不如现在的我呢，原汁原味的自己多好。唉，不说我了，继续说你吧，你真的，你这辈子……不打算娶妻生子了？”

“我娶什么妻，又生什么子，这些我都没考虑呢。”

“三十多了还没考虑啊，你说，你这样对得起你爸妈吗？他们那么辛苦把你拉扯大，为的是什么，他们还指望你为他们传宗接代呢。”

“传宗接代的事交给我哥、我弟吧，我们家里不缺传宗接代的人。倒是我爸我妈，从我小时候就惯着我的。”

“其实，我多想改造改造你，让你成为有担当的男人，名副其实的男人。”

“怎么动不动就想改造别人呢？这太可怕了，朱姐，你就放弃改造我的想法吧，那是绝对不可能的。”

“怎么不可能，就算你有点娘，也是可以改变的。”

“哎哟，真的，朱姐，你真是操心操过头了。”

“我一点都没操心操过头，相反，我愿意为你操这个心，让你做个有担当的男人。”

“我怎么没有担当，公司里很多年轻人，包括那些漂亮的小护士，她们还都蛮崇拜我呢！”

“那是假的，可以这么说，当面崇拜你的都是假的，他们在背背地里经常拿你开涮，都瞧不起你。”

“实话跟你说，朱姐，我本来就是一个卑微的人，我没让谁瞧得上，但有些事情，旁人是无权干涉的，比如性格、做人处事的方式等，就连法律都……”

“都管不了你是吧，唉，算了，我苦口婆心，你却无可救药……无可救药。”

“朱娟，你过分了啊，也就你敢这么跟我说，我爸妈都管不了我，喝了点红酒，怎么成这样了……我还以为你朱姐很能喝呢，哎，装出一副大姐的范儿，其实内心……”

“内心怎么了，我不就内心喜欢你吗？你还看不出来。”

“好尴尬啊，真的，朱姐，你的喜欢令我好尴尬。我看你还是尽快地改变改变自己，争取有男人喜欢你。”

“男人？难道你不知道我们单位里那贾医生喜欢我吗？单位的人都知道。”

“等等，等等，朱姐，你所说的贾医生就是那有事没事经常跑到你们财务部去的那糟老头吗？怪不得跑得那么勤，原来他在追你呀，可惜我对这事不敏感。不过，他凭什么追你，他配吗？再怎么说你朱姐也是受人尊敬的专业人士啊！”

“什么再怎么说我是专业人士？我听你这话里边……”

“朱姐你别误会，我的意思是他配不上你，他压根配不上你。”

“心里发酸了吧，吃醋了吧。”

“我发什么酸，吃什么醋，朱姐你又多心了。”

“唉，按说，那贾医生也算个男人吧，他追求了我快五年了，我都没答应他，我舍不得就这么把自己给嫁掉了，我的第一次不能就这么给这个糟老头。搬到你这儿来，他都不知道呢——他要是知道了，肯定把你当做他的情敌。”

“把我当做他的情敌？越说越乱套了，我的情敌怎么会是一个五十多岁的老头呢？”

“说来也是，凭什么我就得嫁个五十多岁的老头？我还是黄花闺女呢，尽管我年纪比那些小姑娘是大了些，但我这些年守身如玉的，难道就为了嫁给一个老头？我是胖了点，脸上也不水嫩，但比起那掉得没剩几根头发的贾医生贾老头……哎，我跟他比干什么。”

“是的，朱姐，尽管刚才我很讨厌你，但我也觉得你不应该嫁给他，女人是需要一个肩膀的，他能当你的肩膀吗？不能啊！”

“金吉你说得对，他不光不能做我的肩膀，我还听别人说他只是把我当备胎。当他有目标的时候，他去追逐目标，目标消失了，他退而求其次地来追我。我一大黄花闺女当他的备胎啊？唉，做男人怎么这么划得来、这么滋润呢？就连你金吉也是这样，我这么喜欢你，你却无动于衷，难道你就不能试着喜欢喜欢我，要知道，女人是会为了所喜爱的人而改变的。唉，追我的凭什么只能是贾医生这老色鬼，他都五十多了，人家像他这个年纪的，孙子都有了，他呢，还花着。哎，我一想到他没几根毛的头上戴着个假发，使劲地忽悠别人买什么生发膏、生发粉、生发胶囊……我呸，我都想吐。”

“好了，好了，朱姐，今天酒也喝了，牢骚也发了，心里舒服些了吧，我建议你呀，去冲个热水澡，然后睡一觉，明天，明天一早醒来，你又会幸福满满的，OK。”

“好吧，我听你的，那你上哪儿去？”

“我下楼去转转，消消食。”

第五十三章　太阳底下能有鬼吗

朱娟清理好换洗衣服，脱下外套后，来到卫生间。

“好凉啊。”一进卫生间的门，朱娟不由得打了个寒战，随即她按了按小太阳的开关。

卫生间内顿时温暖起来，只是伴随着这股温暖，那难闻的气味似更浓了些。

朱娟是个粗线条的人，大大咧咧是她行事的作风。

脱光了衣服，站在莲蓬头下，享受淋浴喷头里流出的那带有按摩功能的温水，先前和金吉的不怎么愉快的对话，统统地被抛在了脑后，朱娟的心情随之变得好了起来。

洗完头，又洗完澡后，朱娟换上了干净的内衣，一边就着小太阳的温暖，在卫生间里边梳头，一边哼起了那首她最爱的歌曲：“天涯呀，海角，觅呀觅知音，小妹妹唱歌郎奏琴，郎呀咱们俩是一条心，哎呀哎呀，郎呀咱们俩是一条心……”

还别说，本来嗓音条件就非常好的朱娟，在雾气缭绕的卫生间里唱着金嗓子周璇的这首《马路天使》，真是别有一番韵味。

只是今天这头发真的太难梳了，从上到下，以往几乎是一梳到底，而今天……

当朱娟停止唱歌，专心致志地好不容易把头发梳顺时，发现那地上、梳子上留下了好多头发。

"哎哟，今天怎么掉这么多头发，这什么原因呢，难道是喝了点酒？还是真的是年纪大了，身体机能开始退化？不，不，不，肯定不是，我好像忘了什么，对，我忘了用护发素。唉，掉这么多，怪心疼的啊，不如，不如我把它们都留下来，做个纪念，也不枉我朱娟曾经留过这么长的秀发。"

地上的、梳子上的头发收集起来后，朱娟暂时将它们贴在了卫生间的墙上，让它们晾干，再收集起来。

"咚，咚，咚。"

"朱姐洗好了吗？快点啊，我要方便了。"

金吉在敲卫生间的门，朱娟想都没想，顺手打开了门。

呈现在金吉眼前的，是小太阳的暖光、满屋子的雾气，还有身在雾气中穿着胸罩及三角裤的朱娟。

"哎哟，羞死人了，你怎么不穿衣服就开门了。"金吉边说边跑开了。

"我没穿衣服吗？哟，还真是，我还以为我穿了睡衣呐。"

迅速穿好衣服后，朱娟从卫生间里出来了。

"快进去呀，你不是要方便吗，金吉。"

“哼。”金吉没理会朱娟，只是从朱娟身边经过时，从鼻子里发出了这声音。

喝了点小酒，又洗了个澡，朱娟这时的感觉呀，真是爽极了。

正当朱娟准备进自己的房间时，从卫生间里发出的一声“我的妈呀”的惊呼让朱娟返身跑向卫生间。

卫生间的门被打开后，朱娟看见金吉一手提着裤子，一手指着贴有不少头发的那面墙，浑身颤抖着：“女鬼，长头发女鬼。”

“别胡说了，你头上有个小太阳呢，太阳底下能有鬼吗？”

“你看，那头发，那墙上的影像，正好跟头发结合得天衣无缝，好吓人。”

“那是我的头发。我今天洗头忘了用护发素，那掉下来的头发好多哟。哎，我贴在那里也是为了想留下这些头发。”

“你没想到你这样做的后果吗？会吓死人的。”

“对不起，对不起。那……你提着裤子，你这是要大便吗？”

“谁说我要大便啊，我只是方便。”

“那你方便也应该……我不说了，你明白的。”

“你管得着，你管得着嘛你。出去……出去，我要继续方便了，刚才都吓得我，那尿都憋回去了。”

过了一会儿，金吉从卫生间里出来，朱娟还想问他点什么。

“我知道你想问我，你很好奇。但是朱姐你是成年人，有些东西是不可言传只可意会的，还有各人的习惯，习惯很难改的，这个你懂吧。”

大大咧咧的朱娟她懂什么呢，面对金吉的回答，她只能茫然地点点头又摇摇头。

第二天，尽管朱娟照样是下了班后就马不停蹄地回家做饭，但金吉却没有按时回家。不过，他打电话告诉了朱娟：他有应酬，不要等他。

直到晚上快十点了，朱娟才听到了金吉用钥匙开门的声音。

然而，金吉进门刚换上鞋，就有人来敲门了。

“谁这么晚来敲门，朱姐，莫不是贾医生找来了。”

“不会是那死老头子的，他现在呀，正跟一个做足疗的打得火热呢。”

“你不关注贾医生，怎么知道他与别人打得火热。”

“我关注他了吗，他被我关注了吗？”

“那你……”

“你不要吃醋了，我只是拣了个耳朵而已。”

“我吃什么……”

“有人在家吗？”

“那打开吧，管他是谁呢，就我们这两人，既没财，也没色。”

门被金吉打开了，然而打开门的同时，朱娟，连同金吉，他们两人的眼睛同时放光了：“天上掉下个大帅哥哎。”

“请问，哦，不对，我可能走错门了，咦，没错啊！你们是401 的房主吗？难道是我看错人了。”

站在门口的男人语无伦次地说完这些，露出极为好看的牙齿笑了笑。

这一笑让他看起来更有魅力了。

“哎呀，这位帅哥，不，不，不，这位男神，你没认错人，这房子的主人把房子租给了我们，我们是承租户，怎么样，进来坐坐吧，有什么事屋里谈。”

“是这样的，我住在你们对面，402，我姓王，你们就叫我小王吧。”

“叫你‘小王八’，不行不行，这么帅的人怎么能称呼为‘小王八’呢？你是老师吗？温文尔雅的，我看你肯定是老师，还是大学老师吧，我们就叫你王老师吧。”

帅哥看了说话的朱娟一眼：“我学机电的，理工男，现在在一家研究所工作。”

“哎哟，工程师啊，我最敬佩了。快进来，快进来坐。”金吉说完，竟伸手拉着王工程师。

“我就站在门口说吧。是这样的，今天我孩子发烧了，我没去上班，中午，大概一点多钟吧，我听见有人敲你们家的门，敲了很长时间呐，因为影响了孩子的休息，我就打开门看看。哦，原来是住你们楼下的一对老头老太太，老住户了，以前我上楼下楼经常见到他们，只是最近这些年，他们好像消失了，我还以为，我还以为……”

“以为他们死了是吧，帅哥。”

王工程师朝着说话的朱娟点了点头：“可是今天中午他们又出现了，他们对我说，这几年他们到深圳去照顾孙子去了，现在孙子也上了重点初中，他们在那边也没什么事了，尽管儿子、媳妇挽留他们，可他们实在是待不惯，还是要回到自己的家里。”

“那这个……你说的这些跟我们没关系吧。”金吉边说边瞥了王工程师一眼。

“真的有关系，你们家的卫生间往下渗水渗得厉害，弄得他们家那个卫生间啊，都发霉发臭了。”

“我们家卫生间也臭啊，也不知道怎么回事，原来不只我们这屋里臭啊，哎哟，我这心里多少舒服一点。”

“这位小兄弟，我看得没错的话，你也有三十好几了吧，刚才你说的话确实有些欠妥，毕竟人家家里卫生间渗水是从你们家漏下去的。真的，我下去看过了，他们家因为没装修，又是老房子，那墙啊，因为渗水都脱落了，没脱落的地方，尽是霉点，都长了绿毛啦。”

“他们在家吗？我现在就下楼去看看。”

“他们不在家，因为卫生间太糟糕了，他们到亲戚家去了，临走把钥匙交与了我，你们可以下楼去看看。”

王工程师说完，又露出他那极好看的牙齿笑了笑。

“去看看可以的，但我们只是承租户，有什么事情还是应该与房东交流。”

“这位女士说得对，你们可以先下去看看，如果有什么事再与房东商量，你们那房东，我知道，也挺好的，姓张是吧，温文尔雅的，他老婆怀了个孩子，估计也快生了吧。”

“这都哪跟哪啊，大帅哥，你都把我们说糊涂了，算了，钥匙给我们吧，我们先看看楼下的卫生间去。”

打开楼下那对老人家的家门，首先闻到的是股浓浓的霉味。

他们又来到卫生间。嗨，这王工程师说得真是一点都不夸张。

大大咧咧的朱娟看过卫生间后掉头便走，但细心的金吉却好似发现了什么：哎，这户人家的老式洗脸架放的地方可真是巧妙啊，它竟然镶在墙里边，只是这楼上楼下户型一样的房子，按理说室内的结构都一样，可为什么三楼的卫生间里凭空多出了一凹进墙里的空间呢，而且看得出来，这三楼的房子从未装修过。

他们两人回到了401，金吉在回来后的第一时间里打通了孙霞的电话。

“出什么事了？小金，都这么晚了。”

“是这样的，孙霞姐，我心里放不住事的，就你那楼下，301的住户，找上门来了。”

“我听人家说301住的是一对老年夫妻，怎么了，出什么事了？”

“你过来看看吧，我是说最好你明天过来看看，看看后再作出决定，OK。”

“O什么K，你还没说什么事呢，金吉，这不是把我吊着吗？”

“其实……其实也没多大的事，也就你们家卫生间往下漏水了。”

“往下漏水？严重不严重，我住这里的时候没听说啊。”

“这老太婆老大爷也是今天刚从深圳他们儿子那边回来，估计去了很长一段时间，大概有几年了吧，几年没在这儿住了，那卫生间里真有点惨不忍睹。”

“行了，明天我过来，不过那也得等到下班以后，下班以后我过来吧。”

“那行，孙霞姐，拜拜。”

“卫生间往下漏水？严重不严重。”孙霞挂断电话后，正坐着烫脚的张大毛关切地问道。

“好像……听金吉的口吻……好像挺严重的吧。”

“这是什么时候的事情呢，就我住那里的时候也没听说过这事啊！”

“你在那里才住过多长时间，又是什么时候住进去的。这二老啊，去深圳他们儿子家照顾孩子都好几年了。”

“那也难怪我不知道，明天我陪你去吧，小孙，下了班我们都直接去那里。”

第五十四章　张大毛与胶囊房的诀别

张大毛在孙霞家里烫脚，挺奇怪是吧，其实一点都不奇怪——在历经某些相似的遭遇之后，张大毛和孙霞走到了一起。

捅开他俩之间这层窗户纸，促使张大毛搬到孙霞这里来的其实是一次争吵。

话说张大毛搬回到胶囊房后，大家都知道，他需要在这儿疗伤，所以大家都很关心他，陪他说话，陪他聊天。

可渐渐地，几乎所有与张大毛谈过心的人都觉得，他似乎不愿提及过去，更不愿提及阳阳。

可阳阳却是张大毛的这些好友心里认定了的嫂子，他们在心里也都认为张大毛及阳阳只是短暂的分离，都是在气头上，等到气消了，两人会和好如初。

尽管张大毛知道，离婚后，阳阳隔三差五地来他住的胶囊房帮他打理床铺，帮他清洗换掉的脏衣服，但张大毛却因为心底里的纠结而不愿面对阳阳，而孙霞的出现，正好让他那漂浮的心有了一个暂时停下来的地方。

只是住在上铺的小刘，在偶然地看到孙霞与张大毛并排散步后，与张大毛产生了自他们认识以来的最为激烈地争吵，连小刘自己也没想到，正是这场争吵，促成了张大毛与孙霞。

那天晚上，小刘一直等张大毛等到十点，那心里的气也一直憋到十点，以至于张大毛刚进门，小刘便大声质问："张大毛，你是不是我哥？"

刚与孙霞散步回来的张大毛，面对小刘这样质问，有些懵了。

"谁说不是呐，在我心里，我永远是你哥。"

"别假惺惺的啦，这话要放在以前，我他妈的还信了，但是现在……现在你说这话，让我觉得很恶心。"

"这是怎么了，你是吃了枪子还是吃了炸药。"

"我什么都没吃，我只是有些看不惯某些人的做派。"

"你说我吗？我怎么啦，我还是以前的我啊。"

"以前的你，嘿，以前的那个你在我们心中已经死咯。"

"为什么这么说我，小刘，我俩这上下铺有好多年了吧，这么多年下来，还是有感情的吧。"

"别跟我谈他妈的感情了，你这人不配谈感情。"

"我怎么不配谈感情，大家在一起这么多年下来，有多不容易，对于我的为人，大家也是有目共睹的。"

"不谈大家了，我们谈嫂子，你对嫂子有感情吗？"

"这是我个人的事儿，请大家伙不要参与。"

"你还真以为这是你个人的事吗？阳阳在我们心中，她就是我们的嫂子，尽管我们大多数都比她年长。”

“小刘，是这样，凡事不要想得太复杂，想多了头疼，手握得太紧，那手里的东西会碎的，并且手还会疼，该放开的时候真的得放开。我跟你说，你们现在真的可以放下我跟阳阳的这段感情了，就连我自己都放下了。”

“让我们都放下，不可能，大张你知道吗？你三十二，阳阳二十三，你农村的，阳阳城里的，你们郎才女貌，多么般配的一对。是你与阳阳的结合而给了我们这帮无权无势、无钱无房的农村来城里打拼的哥们希望啊，而现在，这种希望随着你与阳阳的分开而破灭了。”

“我这只是个案，你们都有希望的。”

“有希望吗？别他妈的放屁了。本来我，还有大圣他们都觉得你与阳阳复合是铁板钉钉的事，现在看来，哎，也是，每当阳阳过来帮你洗衣服，我们看到她那眼神，我们的心里都是疼的，阳阳呢，就是太善良、心太软、太懂事，而且她把这善良给了不知感恩的人，这是她的软肋啊！为了避免我们再难受，你还是搬走吧，眼不见心不烦。只是我个人很好奇，你就这么狠心割舍下你与阳阳之间的爱，阳阳她又做错了什么？”

“至少她对我母亲说的那些话让我无法原谅她。阳阳是个好女孩，我承认，但她嘴下不留情啊，她对我妈说的那些话，就像一张张的刀片，在撕割我妈的心啊，那伤口有多疼你知道吗？那是怎么也修复不了的，我妈的离去，与她有一定的关系，而我妈是养育我的人，是我在这个世界上最亲的人，阳阳是我的妻子，妻子失去了可以再找，而我唯一的母亲能再找吗？”

“那阳阳肚里的孩子又怎么回事，难道不是你的亲人？”

“不错，孩子是我的亲人，失去孩子我也非常痛苦，但这是我没法阻止的，既然上天选择了让我失去这个孩子，那我只能无奈地接受。”

“你的这些说法听起来好像有道理，但仔细分析，它站不住脚的。为什么呢？首先，你母亲……大妈已经去世了，也就说永远回不来了，是吧。正如你所说，她是你在这世上最亲的亲人，失去她，对你的打击很大，但你想想，如果你母亲活着，她希望看见你这样子吗？起码在她心里，阳阳是她张家的儿媳妇这点是可以确定的吧，再说她与阳阳之间也没有矛盾啊，也许有些误会，也许有些相互的不理解；而这些误会、这些不理解往往需要你这个母亲的儿子、妻子的丈夫去协调的，但你张大毛做到了吗？你不但没做到，你他妈还就是一搅屎棍啊，虽然我作为外人根本无法深入其中去了解你家里的情况，我现在说这些也是多余的，什么也不能挽回，但这只是好奇心而已，算我看走眼了，我真的希望你马上搬走，越快越好，至于我们之间，别说是哥们了，朋友都没得做，快滚吧！”

“既然这样，我尽快……不……我现在就走，至于东西，我明天会来搬走的。”

没有任何犹豫，张大毛直接搬到了孙霞那里，他们中间的这层窗户纸，也可以说就是小刘捅破的。

第五十五章　疑问

第二天下午六点来钟，孙霞、张大毛分别从各自单位赶到这套被孙霞出租的房子里。

知道孙霞要来，朱娟、金吉提前回到了出租屋。

众人接下来就是准备一起到楼下 301 的房子里去看看了。

张大毛走在最前面，金吉紧随其后，朱娟毫不在意孙霞的排斥，紧紧挽住了孙霞的手臂。

打开 301 的房门后，他们一行四人，直奔卫生间。

进入卫生间，众人都几乎皱起了眉头。

“这什么味啊，霉味、臭味，这么难闻。”

金吉横着眼睛看了看说话的朱娟：“矜持一点，不会吗？”

“我倒是觉得这里的臭味跟咱卫生间里的臭味有点相似，只是这里多了股霉味。”

“真是的，我说朱姐，你不说话没人把你当哑巴，你没看见帅哥正思考问题吗？安静一会，OK。”

“刚才这位朱姐说的话也有一些道理，因为这楼下的水是楼上渗漏下来的，那么现在关键的问题还是在楼上。”

“大张，我不怎么同意你的观点，照你的意思，他们家的渗漏，是我们家的问题。”

“那咱先不说是谁家的问题，这 301 好几年没住人是事实吧，如果有人住的话，这墙顶、墙体脱落这么厉害，住在里边的人肯定受不了，他们肯定要找楼上的住户，而且你们看，从我们进入卫生间到现在，这墙面、墙顶的一些地方还在慢慢地渗水呢，正是这长时间的渗水，才导致了墙顶、墙面的脱落。”

“帅哥说得有道理，很有道理哎，真是佩服帅哥的才华。”

“不过，真正找出问题所在，也就找出漏源，还是很难的，起码得找专业的人才能解决问题，只是我在这里发现了另外一个问题，一个让我觉得有些难以理解的问题。”

孙霞一脸茫然：“什么问题？我看就你问题多。”

“在这里的各位肯定都看见了，这楼上的卫生间，虽然装修得很好，设施也都齐全，但相比楼下的卫生间，它少了什么？”

“少了……我来目测一下下……它至少少了将近八十来厘米宽、四十来厘米深的向墙里凹进去的空间。这个我昨天就看出来了。”

“这位扎小辫的小伙说得对。”

“谁扎小辫呐，没一点艺术细胞。”

“我也看出来了，是少了一个可把它利用成壁柜的一个空间，可能是装修的时候，原房主把这空间给封上了。”

孙霞看了一眼说话的朱娟后，清了清嗓子："我说两句吧，按理说这空间是这房子落成的时候就有的，这点已从 301 家得到了佐证，大家也看得出来，301 这套房屋从未装修过，可为什么 401 这房屋的原房主要将这空间封上呢？再说了，卫生间本来就小，难得有这么一个空间做个柜子摆放东西，将它封掉，这违背常理啊，这房主到底怎么想的呢？"

"其实，以前我住这里的时候，我也观察过，那就是我们这栋楼，哦，不只是我们这栋楼，我的意思是，与我们这栋楼一模一样的四栋房子，它们的北面，每间隔一段就有个八十来厘米的向外突出部分，我还以为里面装的是下水管道呢，嘿，真的没有细想，现在看来，下水管道需要那么大的尺寸吗？"

"哎呀，美女、帅哥，你们说着说着说跑题了，现在的问题是，怎样找个专业的施工队伍来这里查找漏源，然后再进行处理。"

"金吉，这话我看你没权利说，找专业施工队伍来不是不行，关键是它要花钱的，花费还不小呢，而且……"

"而且什么呢？我金吉知道你朱娟是会计，一天到晚脑袋里想的尽是钱。"

"那……这位女士跟我是同行了。"

"谁女士啊，人家还是大姑娘呐。"

"不好意思，不好意思。我看，找施工队这活就交给我吧，这房屋的钥匙也交给我。其实，通过我的观察，这 301 卫生间的渗水面积比较大，也说不上具体是哪个部位在漏水，可能吧，可能是 401 的房屋装修时留下的问题，它也有可能是整个防水的问题；而如果真是防水问题，那楼上的动作就要大一些，必须重新做防水。”

“哎哟，这还是牵扯到钱的问题上来了，那需要多少钱啊！”

“你看，你看，金吉，你露馅了吧，还说我脑袋里想的净是钱，你自己……”

“行了，行了，这找施工队啊、钱啊，等等，这些问题都由我来解决吧！孙霞，我们回去吧，明天我请半天的假，先找个施工队来看看再做决定。”

“哎哟，这帅哥太有担当了，是我佩服、青睐的那款。”

“我这大姑娘都没机会去佩服、青睐呢，还轮得到你。”

“嘴别这么毒，嘴别这么毒好吗？小心自己成老太婆了还嫁不出去，OK？”

走出门栋，孙霞就开始埋怨张大毛：“就你那么逞能，大包大揽，把责任都背到自己的头上，难道这两个看起来都极为不正常的人，他们天天都在使用这卫生间，他们不该承担点什么责任吗？”

“是这样的，小孙，这楼下的卫生间漏水，一般来说应该找楼上的房屋所有权人负责，比如401卫生间有漏水现象，你的第一反应是什么，肯定是找你楼上的501是吧，这点不用思考。”

“哎，我说张大毛，你真会打比方，都打到自己头上来了，莫不是刚才那扎小辫的说你有担当，把你给整得晕晕乎乎的。”

“小孙，看你说到哪里去了，我张大毛还不至于那么浅薄吧。”

“生气了吧？”

“我没生气，在我的女神面前，我哪敢生气啊！”

“美得你。不过，大张，我还是有点想不通，他们这楼下的房屋好几年没住人了，怎么到了我这任房主时，他们就提出这个问题来了?”

“你这话把我也给牵扯进来了，不是吗？我就说嘛，我是你的前任房主，我与这套房子是脱不了干系的。”

“谁说过你与这房子脱不了干系。”

“开玩笑，开玩笑行吗？不过说正经的，小孙，这套房子带给了我好多的困惑，甚至是疑问。”

“那你还将有疑问的房子卖给我。”

“我没想到要卖给谁，我委托中介挂到网上，是卖给不特定的人。其实，我买这房子的时候，我的前任房主也没想到会把房子卖给我，对于我的前房主来说，我也是个不特定的人。至于我买了这房后，围绕这房屋发生的那些个事情，我的前房主是不会想到的。”

“但是，我买这房屋后，所发生的事情，你都看到了和知道了。”

“是的，我都看到了，知道了。但当时你弟弟孙则那么喜欢这套房子，而我作为卖方，我没有理由说自己的房子不好是吧，况且这房子究竟是哪里不好，我还真说不上来。”

“也是，我住在这房子里，开心走了，但那也不是房子的过错啊。”

“说个轻松一点的话题吧，我们还得感谢这套房子呐，它让我俩认识并相爱了。”

“说正题，咱别跑题了。只是这房子，它究竟有什么问题呢？

大张，你住这房子里边，到底发生过什么呢？”

“又绕回去了呢。我住这里边啊，它发生的事情还真不少呢，只是我现在还真不想提及，等找个机会，我会告诉你的。现在，现在……”说到这里，张大毛看了看手表：“现在已经快晚上八点了，我俩还饿着肚子呢，走，找个地方填肚子去。”

“不行，我心里放不下事的，问题没弄清楚，我吃不下。”

“我们是弄不清楚的，只有等到那专业的人看了才知道。”

“那这卫生间怎么弄，你有个大概的想法吗？”

“我是这样想的，如果真的是防水的问题，那这卫生间地面的瓷砖都得打掉，重新做防水。另外，我还在想，咱能不能顺带把封着的那堵墙也掏开，也做个壁柜，最起码咱先让它恢复原样。”

“也是，你说，卫生间里凭空多一柜子，又不占地方，多好。只是又得花好多的钱。”

“现在，你只要点头同意就行，至于钱，已不是问题，我来出，所有的费用都由我来承担，就让我在我的女神面前担当一回吧。”

“美得你。”

虽然张大毛的嘴上说得很轻松，但这时张大毛内心深处想的却是：下过决心要找到的答案也许都藏在这被封掉的墙里面呐。

次日上午，张大毛找来了装修公司有经验的师傅毛华。

毛华被张大毛带到了401的卫生间，仔细看过之后，毛华又被张大毛带到了301。

这样反反复复看过之后，最终的认定还是防水问题。

张大毛正式地把这项卫生间地面防水及掏壁柜的小工程委托给

了毛华所在的装修公司。

下午，毛华领来了两名工人，确切地说，是父子俩，他们带着冲击钻、大锤、简易架梯等工具，进驻到 401。在如此这般地给他们交代后，毛华离开了 401。

而张大毛呢，怀着忐忑的心情，到公司上班去了。

在先打墙砖还是先撬地砖的问题上，父子俩没有分歧，一致决定先打墙砖。

第五十六章　真相

随着一阵刺耳的声音，手握冲击钻的儿子对着封掉的那堵墙开钻啦。

其实这堵墙还真的是不算太难打，毕竟它是后来加上去的。

一个多钟头过后，这堵墙从上到下被打开了五分之一。

“好臭啊，我这戴着口罩都受不了呢。”站在简易梯子上、拿着冲击钻的儿子把冲击钻递给旁边扶着梯子的父亲，又拍了拍衣服上的灰。

同样也戴着口罩的父亲接住冲击钻：“是啊，从来没闻到过这么臭的卫生间呢。”

“我们不干了，爸，什么味啊，搞得我头都是疼的。”儿子边说边从简易梯子上下来了。

“我来，我上去看看吧，儿子，看看什么情况。”

“有什么好看的，咱不干了，干不了啦，另请高明吧！”

“还是干吧，儿子，干完这单咱就回老家准备年货去，唉，这大冬天的，也找不到什么活干，需要装修的人家又少，站在马路边也冷得够呛。”

见儿子还是站着不动，父亲握紧冲击钻：“这样吧，儿子，你休息会儿，我上去干。”

“干什么干，也不想想自己多大一把年纪了，还是我来吧，省得你今后在人面前说我不孝顺。”

儿子又开始干了，这次他换上了大锤。

“咚……咚……咚……”也真是，换上大锤后站在简易梯子上的儿子反而不好使劲了，但他依然一锤一锤地砸着。

“别砸了，别砸了，儿子，咱不干了。”

这回不是儿子撂挑子，而是父亲亲自说出来不干了。

“爸，这可是你说的啊，我早就不想干了。”

“下来吧，下来吧，儿子，我这心里啊，又闷又恶心又想吐，这钱真的不是那么好赚的。”

“那我们干的这些活儿怎么算工钱，不如打个电话给那姓张的。”

“现在不能打，现在不能打，要打也得五点钟以后。”

“我明白了，爸，五点钟以后打吧。”

“那咱把东西清理好，下楼去坐坐，这屋里不能呆。”

“哎。”

才下午四点多钟，朱娟、金吉在单位就有些坐不住了，这家里没个人看着，却有施工人员在施工，多少有些不放心呐。

也不知是心有灵犀还是怎么的，各自分别提前离开单位的两个人，竟在公交站相遇了。

“怎么，提前下班了，对家里不放心是吧？想想你那性格，也难怪。”

“唉，朱姐，就我住的那屋，门都没带上。我想过了，如果他们进到我房间，那有些东西是他们不该看到的，作为成年人，我说这话，你能理解吧。”

“你要这样说，那我住的那屋的门也没带上，可我不怕别人看见我的任何东西，不就是卫生巾、三角裤、胸罩，这有什么值得大惊小怪的。我就不明白你有什么见不得人的东西。”

“看来，你不会明白的，说一千道一万你都不会明白的。”

“看你这么急，我们干脆不等公交了，打个的吧，我请你，也就一起步价。”

“听你的，朱姐。”

当朱娟与金吉从出租车里下来准备进门栋上楼梯时，他们看见了站在门栋旁边手拿冲击钻与大锤的一老一少两装修工人。

“你们，是不是在401施工的……”朱娟试探着问道。

做父亲的赶忙回答：“是，我们刚下来，透透气。”

“那，今天你们还继续干吗？”

“不干了，不干了，这都几点了，我们收工了。”

做父亲的说完这话后，拉着儿子走了。

直看着这对父子走远了，朱娟与金吉这才调过头来，直奔四楼。

打开房门，一股难闻的气味几乎令他们作呕。

"朱姐，大门就开着吧，这样空气也流通一点。"

"行，哎哟，这家里弄得好脏啊，都没法下脚走路了，幸好他们没进过房间。"

"我看也是，房间里没有带灰的脚印。"

"那我们去卫生间看看吧，朱姐。"

一进入卫生间，难闻的味道更浓了。

"哎哟，金吉，你看看就行了，我是女生，正经八百的女生，我真的受不了这气味。我受不了啦，我得离开这儿。"

"离开，你离得开吗？忍耐一下下吧，待会儿你还要在这屋里做饭吃呐。"

"今天不做饭了，我这儿有麦当劳的优惠券，待会我们去吃麦当劳。"

"麦当劳？垃圾食品啊，不过好歹你这吃的问题是解决了，但我们晚上还不是得上卫生间，朱姐你别站在门口，进来进来，我们把这敲下来的水泥块捡到一边去。"

"你先清理吧，我找手套去，找手套该行吧？"

一听说朱姐找手套，金吉马上从卫生间来到客厅，又一屁股坐在沙发上，嘴里还嘟囔着："也是，干这粗活，不戴手套怎么行呢？"

下午五点过后，张大毛来了。

坐在客厅里的金吉看到张大毛，马上迎了上来。

"帅哥来了，帅哥快请进。"

"这门怎么开着呢？"

“还不是因为这屋里的味，你闻闻，你进来闻闻吧。”

“施工的工人呢？我想与他们交流交流。”

“早走了，我与朱姐回来的时候，他们就在楼下呢。”

“哎，这帮人，非得让人盯着干活。”

“找到了，找到手套了，可惜只有一双，还是毛线织的。哟，大帅哥来了，我看这手套就大帅哥用吧，看帅哥这细皮嫩肉的。”

“重色轻友。”

“我不用戴手套的，去卫生间瞧瞧吧。”

三人到了卫生间。

“唉，打开了这么一口子，整个屋子里便充盈着这么难闻的气味，到底这黑洞里有啥啊。”

“是啊，我跟朱姐想法一样。”

张大毛看了他们一眼：“我上梯子去看看吧。”

待张大毛上到简易梯子的最高一层，把头探到黑洞口，并向洞内望了望，不祥的预感立刻传导到他的脑子里：“把小太阳打开吧，最好拿手电筒来。”

小太阳打开了，手电筒也拿来了。

张大毛用手电筒向黑洞内照了很长时间，几乎每个方位都仔细查看过后，面无血色地铁青着脸从梯子上下来了。

“看清楚了吗？帅哥，里面是有死老鼠还是死耗子？”

“那老鼠、耗子不是一回事吗？没脑子。”

“谁没脑子，我没脑子我还能干会计？不过也难怪，那美女在帅哥面前，智商都为零。”

“还美女呐，没羞。”

“好了，你们俩别吵了，我现在和你们说一个很严肃的话题，你们得有心理准备。”

“别吓我啊，帅哥，我很怕怕的。”

“说吧，本姑娘不怕，大不了在咱这卫生间上演一出帅哥救美……不……美女救帅哥的……”

“玩笑的话都别说了，现在不是开玩笑的时候，到客厅去吧，到客厅了，我再跟你们说。”

“这么严肃干什么，一点幽默也没有，又不是洞里藏着个人。”

“呸，呸，呸，朱娟你乱说什么，瞧你那破嘴，乌鸦嘴呐。”

“她没乱说，这洞里还真是藏着一具高度腐烂的尸体。”

“我的个妈妈呀，这种事怎么就被我碰上了呢，吓死宝宝了，吓死宝宝了。”

金吉边说边扑到张大毛的身上，朱娟也趁势从张大毛背后抱住了张大毛。

“……这什么感人的故事啊，难得这三人都激动得抱在一起了。”

大家循着声音望去，对门 402 的王工程师两手提着青菜，正站在 401 的门口呢。

见大家都没有要理会他的意思，王工程师反而有点不好意思了：“我看你们家门开着，就过来看看，这邻里之间……不好意思啊，打扰了。”

张大毛剥开金吉和朱娟的手，抽出身子来：“谢谢你，王工程师，听我妈说起过你。”

“是吗？她老人家还好吧，对了，你妻子快生了吧。”

“今天不说这些了，王工程师有事吗？”

“没事，没事，我说过我只是过来看看，我回家去了，我回家去了。”

朱娟惊恐地望着张大毛，浑身颤抖着：“现在怎么办？”

“报警。”张大毛说完后，拿出了手机。

“那……那我能离开这儿吗？我连一分……不……一秒钟都不想待在这儿了。”

张大毛看了看金吉：“你不能离开这儿，我们大家都不能离开这儿。对了，我还得把房主孙霞、孙则叫过来。”

第五十七章　401专案组成立

不一会儿，呼啸的警车带着辖区公安分局刑侦人员到达了现场，并且立即封锁现场，展开现场勘查。

经公安刑侦人员初步确认，这堵被封起来的墙里确实藏着一具已高度腐烂的死尸。

孙霞赶来了，当听说自己家里藏着一具尸体后，她吓得晕了过去。

只是这堵墙尚未完全敲开，要想组织勘查现场，最紧迫的是马上完全敲开这堵墙。

封着的墙体被完全敲开了。

401专案组成立了。

为了能及时发现和搜集痕迹以及其他物证，尽快获取关于此案某种物证的线索，专案组在第一时间里组织了现场勘查及进行了现场访问。

通过现场勘查，除了尸体外，专案组在被敲开的墙体里发现了遗留在墙内的其他物品：

一根直径为二十五毫米，长为一米的铁棍，上面已锈迹斑斑；

一个真空保温杯，上面没盖盖子；还有一个玻璃酒瓶及两个小酒杯；

一件格子衬衫，尽管看不清原来的颜色，而且用镊子一夹，它就碎裂了，但衬衫上面的几颗纽扣的质量却不错，从而显示衬衫的质地不一般；

一件几乎分不清颜色的厚帆布工作服，上面白的、黑的、红的、黄的各种颜色的痕迹都有，虽已分辨不出味道，但大致可判断出是油漆。

经刑侦人员检测发现：死者为男性，身高应在一米八以上，年龄应在三十岁以下；被害时身上穿的是斜纹帆布工作服；凶手使用的凶器应是那根被发现的铁棍，被害人伤口在头颅顶部，凶手是手握铁棍从被害人的背后狠狠打下去的；

在墙的侧面发现很多手印，其中有枚带血的手印，它不是受害人的，而且这是枚左手手印，并且左手的食指与大拇指在一个高度，明显地看出左手食指太短或差一截；

而如果利用带血手印来判断这人的身高，那么由于他的食指太短，可能断了一截，故取中指，从中指的长度来看，这人的身高大约是 $7.8cm \times 21cm = 163.8cm$。

这是一起典型的杀人藏尸案件。

而负责现场访问的陈警官与薛警官却遭遇了点麻烦。

首先是孙则，当他看到用自己的一条腿换来首付的房子里竟然藏有死尸，他崩溃了，他顾不上自己是在配合公安人员的调查，顾不上这时自己应尽的义务，他简直要疯了，疯得把那只假腿当场卸下来，摔在张大毛及所有人面前，而自己由于站立不稳，跌倒在地上。

“张大毛，张……张大毛，就……就这种烂……烂房子，而且……而且你……你他妈的也……也知道这……这房子有……有问题，不然的话……”

“不然的话，你想怎么样，孙则。现在不是说你和张大毛之间恩怨的时候，我们听公安人员怎么说……”

“这位女士，请说出你姓名，还请出示你的身份证。对了，在场的人，请报上姓名并出示你们的身份证。这位……我倒觉得应该让他把话说完，或许他的话对我们破案有帮助。”

“谢……谢谢……警官，我说哪……哪里了，对，这房子……这房子，这藏有死……死……死人的房子，这……这有问题的房……房子，他张大毛肯定……肯定知道，不然的话，他会补……补偿我姐两……两万元钱吗？他……他是那良……良心受不了而给……给的钱；不过，这两……两万元钱又……又算得了什么，相比几……几十万元……算什么，是吧。你……你张大毛知……知道这……这什么行为吗？这……这叫欺骗，欺骗你……你懂吗？你知道我……我们买房的钱从……从哪里来的吗？是借……借了好多好多的人的钱，外加我的一……一条腿换……换来的，是腿换……换来的啊！如……如今，为这烂……烂房子又搭上了我……我那外甥，真……真的不值啊；还……还赔……赔上了我姐，让……让我姐与我姐……姐夫感情破……破裂的就……就是你。我……我早就看出你……你对我姐心……心怀不轨了，就……就你那企图，明……明眼人都……都看得出……出来，你这也……也太精明了吧，先……先把有……有问题的房……房子变现，卖……卖给我姐，又……又虚情假意，看……看……看我们困难，补……补偿我们两……两万元，让我姐和我觉得你善……善良，最……最后，你……你以这……这么低的成本又……又成功俘虏了我姐，害……害得我姐与姐……姐夫彻底分手，你……你……你这是一……一箭三雕啊！只是可……可怜了我……我那外甥，他……他不到四岁，才……才……才三岁多啊，他……他那么善良，又……又那么阳……阳光，还……还那么乖，虽说我那……那姐夫不……不咋地，但……但见到爸爸是……是我那外……外甥最……最大的希望啊！可……可现在，一切都……都晚了，一切都完……完了，所以说张……张大毛，你……你就是我……是我孙则这……这辈子不共戴……戴天的仇人，这……这辈子，我……我就是死也……也不会放过你的，你……你等……等着吧！”

“说完了吗，孙则，从你陈述的话里，我们了解到，你们，也就是你与你姐是从张大毛手里买下的这套二手房。那我们现在问问张大毛，你是怎么看待孙则的这些陈述呢？”

“既然陈警官问到这个问题，那我讲讲吧。首先，我不否认在我卖出这套房子之前，我隐隐约约地感到这房子是有问题的，但我也没有证据证明这房子有问题，仅仅只是猜测，而我是个共产党员，也是个彻底的唯物主义者。另外，促使我卖掉这套房的原因还有我妈及我那未出生孩子的离去。大家听了可能很震惊，短短一个月里，在我身上发生这么大的事情，好像在冥冥之中我注定要承受这些。

“说实在的，把这房子卖出去，我真的是不得已而为之，这里也是我的伤心地，我的妻子变成了前妻。另外，卖房它也算是一种商业行为，我也没想到这房怎么就卖给了孙则，就如同我的前房主也没想到他的房子怎么就卖给了我，给我造成这么大的痛苦一样，而依孙则的说法，我也应去找我的前房主去理论吗？但我的前房主，也许他也是受害人呢。不错，在卖掉房子后，我是给了孙霞两万元钱，但那也是我善意的举动，因为这两万元钱是那中介的人在我的报价上硬多报上去的。另外，我无意当中听到你们姐弟的对话，说开心的托儿费欠缴，这也是促使我给孙霞两万元的动因。开心那么可爱，我也喜欢他，他的离去，我到现在还难过，就如同我自己的小孩离去一样。最后，关于你姐与你姐夫的情况，我不知道，我也不想知道，谁都有过去，都有伤疤，揭开伤疤是很疼的，就如同我有前妻，而有关我前妻的情况，我几次都想与你姐说，但她不想听。”

“你说你隐隐约约地感到这房子有问题，那这问题是什么？”

“薛警官问得好。第一，这房子里，特别是卫生间里边，它一直有股臭味，如果是阴雨天，那味道特别重。

“第二，我妈来到我这之后，天天晚上做噩梦，老人家对某些东西还是比较敏感的。

“第三，记得有一次我在卫生间里处理一些杂物，也就是烧掉它们，当卫生间里变得亮堂时，被打掉的那堵墙上可以看到貌似人影的痕迹，也就是说，就这地方是湿的，其他都是干的。而且我还要说一下，我的前房主在卫生间里装了个小太阳，冬天洗澡取暖用的，而我搬进这房屋的时候是九月底，那个时候天还比较热，所以洗澡的话，是不需要小太阳。”

“你的意思是，打开了小太阳，里面亮堂了，就能看见被打掉的这堵墙上貌似人的痕迹。”

“这点我可以作证，陈警官，因为就前几天我洗澡，洗澡的时候掉了很多的头发，我很心疼，就把它们收集起来贴到墙砖上，结果大家猜怎么着，金吉进卫生间方便时，他说他看到了女鬼，长头发的女鬼。”

“金吉进卫生间的时候，小太阳是开着的吗？”

“是的，我洗澡之前打开的，洗完之后我就没关掉。”

“张大毛继续说吧。”

“第四点，我说的第四点大家也许不会相信，那就是在我妈走后留下的遗物里，我发现了两封信，信的封面是：本市内详；信的内容就更蹊跷了，只有六个字：‘屋子里有宝玉。’”

“从你说的第二点来看，你妈是没跟你一起住的，这信，是不是她从家里带过来的呢。”

“陈警官……陈警官，我……我作证，我……我也收……收到过一样，跟他一样的信，我……不怕你们……你们笑话，我……我还在家寻……寻过宝呢。”

“那这么看来，这信就是在暗示些什么啊。”

“今天就到这里吧，现在很晚了，耽误大家休息了。哦，对了，张大毛，你所说的中介公司是哪家，在什么地方，那卖房给你的中介人员的电话是多少，姓什么？还有，张大毛的妈妈留下的两封信以及孙则收到的信，明天请你们送到局里来。”

大家一起下了楼，几位警官是最后离开 401 的。

第五十八章　询问鲍艳

下得楼来，大家似乎都有些迷茫，都有些不知所措，所以，他们都停下了脚步，把眼光投向了张大毛。

孙则是最后一个下楼梯的，而且走下楼梯后，径直走到孙霞身边。

“有事吗？没事你早点回去，路上注意安全。”

“我……我知道注……注意安全，姐，这……这么多日子没……没见你了，怪……怪想你的，我……我没去看你，因……因为我生……生……生病了。”

“生病了？怎么不告诉姐，哪儿不舒服啊，去医院看过医生了吗？”

“也就吃了那……那……那隔夜的四季豆，好像……好像是中……中……中了毒，上吐下泻的……还发烧。”

“四季豆……四季豆中毒，做这个菜，你知道要焯水的。”

“我焯……焯……焯过水了，这头天吃了也……

也……也没觉得什么，第二天吃……吃……吃剩下的，就不对劲了。”

“医生怎么说呢？”

“我……我没去看……看医生，那……那样又得花……花钱，能……能省就……就省点吧。”

“你真傻，食物中毒了能拖吗，哎，真不让人省心。”

“也就拖……拖……拖了几天，现……现在好了，过两天我……我去看你。”

“你来看我，你知道我现在住什么地方吗？”

“我……我猜得出……出来，你……你又搬……搬田阿姨那里去……去了。”

听这姐弟俩聊住的问题，朱娟拍了拍金吉：“哎，金吉，我们今晚住哪，你有打算吗？”

“没有呐，我哪有打算，张大毛有主见，我们听张大毛的，听帅哥的。”

“你们千万别指望我，我自己都犯难呢。”

“大家看这样行不行，今天的确很晚了，到我那去凑合一夜吧，我那里也就一室一厅，朱娟和我睡房里，张大毛和小金睡客厅的沙发，睡不下的话，再打个地铺，明天……明天该租房的租房，我可不收留你们。”

“我同意，跟帅哥在一起，我这心里好踏实。”

“可……可我不想同意。”张大毛说完这句话，看了金吉一眼。

“你……你……你就得瑟吧你，不……不同意去我姐那儿，我……我还不想你去呢，是吧，姐。”

“孙则，你少说两句吧，少说两句没人当你是哑巴，快走快走，路上注意安全。”

第二天早上，专案组的成员在局里碰过头之后，相继来到案发现场。

按照事先安排，今天他们准备走访走访周围邻居，还将询问鲍艳。

上午十点钟，鲍艳接到陈警官的电话，让她到孙则的家里来一趟。

“孙则？我没听错吧，让我到他家里去？他是不是犯事了，就他那好冲动的人，他犯事可与我无关啊！”

“谁说孙则犯事了，让你来也是向你了解了解情况。”

“那……什么情况啊！”

“来了就知道了。”

鲍艳到达后，看到拉着的黄色警戒线，吓呆了：“这……这……这什么情况啊，这与我有关吗？”

薛警官与陈警官接待了她：“你是鲍艳吧，请出示你的身份证，你也别害怕，找你来是让你把你知道的有关这套房子的买卖情况，跟我们谈一下，希望你能配合。”

“我配合，我配合，你们问吧。”

“你坐下说吧，就从你刚开始接触到这套房屋开始说起吧。”

“大概是 2009 年年底，或许是 2010 年年初吧，我接待了两位卖房的顾客，对，是我接待的，而所卖的房屋正是这套房屋。说起来也奇怪，就这套房屋，在我手上都倒腾好几次了，这在我们行业当中并不多见，我也对这套房屋挺熟悉的。”

“卖房的顾客是什么样的人，你现在还可以联系上吗？”

“卖房的顾客是一对老夫妻，好像都是从国企退休的，至于你说联系的话，恐怕我联系不上了，因为时间太久，不过，那买家，来自山东的一个五十多岁为儿子买房的老头，到现在我还有他的电话，还可以联系他，我跟他熟着呢。”

“他什么时候来买的这套房子？”

“也就是 2010 年年初吧，因为他儿子毕业后留在这里工作，还有个谈了两年的女朋友，所以，他买这房子，是给儿子结婚用的。”

“他儿子是干什么的？”

“他儿子学计算机的，在电脑城工作。”

“现在还在吗？”

“不在，早走了，到上海或是国外发展去了。”

“你又怎么知道的？”

“刚才不是跟你说过吗？我跟这山东老头熟着呢，他买了房之后，由于在这里人生地不熟的，儿子又忙得不得了，所以，让我给他介绍装修的队伍。”

“那……山东老头帮儿子买了房之后，又是什么时候开始装修的呢？”

“2010 年的夏天吧，我记得是这么个时候。”

“装修的人，装修的队伍是你给介绍的？”

“对呀，是我介绍的。”

“那么，是哪家装修公司呢？”

“嗨，什么公司啊，那山东老头舍不得花钱找正规公司，我之前给他介绍了几家公司，都因为公司的报价，把老头给吓着了呢。”

“最后是谁帮他们装修的呢？”

“我实话实说吧，我帮他找的小公司，跟那马路队伍差不多，马路队伍你懂吗？就做个小牌子，站在马路边上的。”

“这个我懂，你都找了谁？”

“我嘛，我找了经常来我们这儿的小老板，他们让我们帮他揽活，另外提供些买房信息给他们。”

“你们之间是合作关系？”

“是。”

“那小老板姓什么？叫什么？是哪里人？”

“姓徐，叫徐学文，天门人。”

“他具体干什么的？”

“具体的？具体的……具体也没见他干什么，好像他又什么都会，什么水电活、木工活、泥工活，说得头头是道。其实，他就是一个光说不做、只负责接些小工程的小老板——马路上有很多这样的人，他们把活接下来后，再找几个人做，他们自己是不做事的，但他们什么都会。”

“这个徐学文，你有他的联系方式吗？”

“没有，本来是有的，只是这人很长时间没与我联系，我把他的号码给删了，微信也拉黑了。”

“哦，现在看来，你联系不上他了？”

“可以这么说。”

“这房屋的平面图你们有吗?”

“公司的电脑里边应该有，我可以打出来给你们。”

“那这徐学文找的施工的人你见过吗?”

“见过，怎么没见过。山东那老头也不能天天住这儿吧，他回山东了，临走给了我三千元钱，让我帮忙盯着点，我不能辜负了人家吧，所以我中途来现场看过，也就来过几次，装修好了，山东老头的儿子来验收的时候，我是跟着一起来的。”

“来施工的都是些什么人呢，比如姓名、年龄、哪里人?”

“他们大概都是天门人吧，干这行都扎堆的，都是老乡，至于你说的姓名，哦，木工，做木工活的是一对父子，至于姓名，我还真不知道，我只听他们称那父亲为老闷头，而那儿子是个哑巴，父亲五十岁多一点，儿子三十岁不到，也就二十多岁吧，不过你们可能怎么也想不到，这对做木工的父子，它搞反了。”

“什么搞反了，说清楚一点。”

“就是大家肯定以为父亲是师傅，儿子是徒弟，可这对父子里哑巴儿子是师傅，父亲是徒弟。”

“这倒是蛮新鲜的，继续说。”

“开始我也很好奇，但后来我观察他们在干活中父亲始终做配角，儿子做主角。你们还别说，这哑巴做的木工活漂亮着呢，在装修这个圈子里，大家几乎都知道他，而且他还有一个特点，那就是埋头苦干，几乎不知道休息，谁家要是请到了他，准占便宜。唉，相比那些站在马路上没活干的同行，哑巴的活干不完呐。再说泥工，泥工叫宝玉，不知道这名字是真名还是诨名，你说是真名吧，现实当中哪有个男的叫什么宝玉，但你说是诨名还真说得过去，因为他长得很帅，也不是帅，是很漂亮，也不是漂亮，是美，对……是美……是标准的美男子，看见他，我在心里还琢磨过，长得这么高大，模样又这么标致的男人在我印象中还真不多见。真的，他比那红楼梦里的演贾宝玉的人还要标致呢，只可惜没读过多少书，听说家里很穷，初中没毕业就出来跟人学手艺，到现在娶了老婆生了儿子，哎，也算不错吧。哦，他在这儿做工的时候，他老婆还经常带着孩子来工地呢，那天我正好来这里，碰上了，不过，即便我只看过这女人一眼，我便不喜欢她……”

鲍艳正说着，陈警官的手机响了起来，他马上和薛警官交换了下眼神。

第五十九章　专案组会议

接完电话后，陈警官对鲍艳说："今天很谢谢你，我们改天再聊吧。"

"就是说我可以走了。"

"对，局里有事，你可以走了，你先回去吧。"

准备现场走访的曹警官、小夏在和陈警官、薛警官分开后，马上深入到这单元的各家各户开始了调查。

然而，两位警官却出师不利，所访问的一楼、二楼乃至三楼的住户当中，只有两家住在这里，其余的几家不是到儿子、女儿家照看孙子或外孙，就是在外面租房陪读去了。而向住在这里的两家人问起 401 的情况，他们都只是木然地摇头。

曹警官、小夏有些沮丧地来到了四楼，敲响了 402 的门。

是王工程师开的门，这两天邻居家这么大动静，王工程师不放心家里，索性把年休假都用上了。

不用敲门的人说明来意，王工程师忙把二位让进家里。

“这隔壁的什么情况啊，又拉警戒线又来这么多警察，不就是楼上往楼下漏个水吗，怎么搞出这么大的动静？”

“他们家里出了点情况。”

“哎哟，你们这弄得太吓人啦。”

“请问你是姓王吧，听别人说你是个工程师，你住在这里多久了？”

“要说多久的话，我从很小的时候就跟我爸妈住在这里了，这几年我爸妈因为跟我、跟我媳妇搞不好，他们到我妹那去了。”

“哦，是这样，那我问你，你与隔壁这家人熟悉吗？”

“要说隔壁呀，我真为我的居住环境发愁呢，说得夸张一点，那换人就像换衣服一样，今天是这个住在这里，或许明天你敲敲门，那开门的人又不一样了，你说怎么可能熟悉得起来呢？”

“那你住这 401 的隔壁，有没有发现什么可疑的情况，比如可疑的人？”

“虽说隔壁住的人复杂一点，但进进出出的人，我没发现什么可疑的，最多是住的人有些不正常，我说的是穿衣打扮。倒是前些日子，对，那天下着大雨，中午的时候我回家取点东西，当然，我也顺便在家做了点面条吃，一点半的时候，我想我应该动身去单位了，于是我拿了把伞，打开了我家的门。

“可门一打开，我发现，对门 401 门口站着一个人，一个穿雨衣的人，这人正把一封信或是什么东西往那门把手上塞呢，只不过我开门的声音惊动了他，瞬间他又把那信从门把手上拿了回去，并且猛地一转身，跑下楼去了。我当时就看了他一眼，真的，仅仅是一眼而已，但我记住了他的样子，而且他跑下楼梯的时候，那几乎都是三步一跨的。”

“既然你记住了这人的模样，那你描述一下。”

“哦。我记得这人个子长得很高，大眼睛，眼睛出奇的大，络腮胡子，鼻梁很高很直且前面鼻尖带着钩。至于头发，因为穿的雨衣带有帽子，我没法看清。”

“今天谢谢你了，王工程师，如果你又想起什么的话，请随时联系我们。”

下楼的时候，曹警官用胳膊碰了碰小夏：“刚才收到短信，让我们回局里汇报案情，陈警官、薛警官可能已经先下去了，在车里等着我们呐。”

“知道了，头。”

回到区局里，谢副局长把专案组这一行四人请到了会议室。

“大家都到齐了，谈谈吧，你们所承办的案子关系重大，市局很重视，听完你们的汇报，我还得赶去向市局汇报呢。你们就谈谈这两天的收获，注意，我要听的是收获，而不是牢骚。”

“陈警官先说吧。”

“那我就先说说，从接到报案到现在，我们还是有很大收获的。

第一，从被害人被杀的时间来看：我们认为已经有三年左右的时间，这是从尸体腐蚀规律、血迹的新鲜程度——具体到本案——是从尸体的软组织的高度腐蚀来判断的。虽然尸体在墙里面，而墙也被封住了，好像与空气隔绝了，但我们发现，这卫生间的外墙是有些浸水的，这点从外墙上面的许多补丁便可看出来，也就是说墙内没与空气隔绝，而正是这缓慢渗透进墙内的水与空气，使得尸体慢慢被腐蚀了。

“第二，从被害人被杀害的地点看：我们在墙内发现的一根直径二十五毫米、长一米的带血铁棍，基本可以证明它就是杀人凶器，且被害人的伤口在颅顶部，凶手是在被害人没有防备的前提下，手握铁棍从背后狠狠砸下去的。从这点来看，作案地点也可能就在这套房子里面，也因为这套房子已经装修过，所有的痕迹都找不到了，但是从墙内两侧面留下的许多不规则的手印来看，被害人被弄到墙内的时候，只是昏迷而没有死，他在死之前是经过一番挣扎的。”

“老陈的意思是，被害人没有防备，那可不可以说，被害人与凶手是熟人。”

“是这样的，谢局。我们来做个判断，首先是凶手与被害人都在这里，我说的是都在这套出事的房子里，凶手可能在喝酒，关于这点，我们在墙里面发现的那种简装酒酒瓶和两个小酒杯可以佐证，另外，被害人也有可能被凶手叫到一块来喝酒，他们之间或许谈了些什么，但又谈得很糟糕，所以从这点来看，凶手是趁被害人不备而临时起杀意的。然而，凶手用铁棍砸了被害人的头部之后，被害人被砸昏了，但凶手以为他死了，为了逃避罪责，情急之下，想到这套房的卫生间里有一处凹进去的地方，便把被害人弄了进去。”

“被害人的个子那么大，犯罪嫌疑人是否能一个人将被害人弄进墙里呢？”

“这牵扯到犯罪嫌疑人有没有帮凶的问题，我们正在查这个问题呢。”

“接下来，我们能不能围绕着这套房子来谈，谈谈这套房的交易情况，陈警官你继续说。”

“是这样的，这套房子经历了几次买卖，我把它整理了一下：

“这房，这套房第一次拿出来卖，是 2009 年年底、2010 年年初的事，这是一对老年夫妇，也是一对国企的退休职工，而这套房子是单位分给他们的，房子呢，以前属于福利房，不能卖，后来房改后才给补办了两证，这下就可以上市交易了。

“这对老年夫妇把房子卖给了来自山东的一个老头，而这老头也不是以自己的名义买的，他是以在这里大学毕业、已经工作好几年的儿子的名义买的，准备给儿子结婚用的。

“既然是结婚用的，那必须得装修是吧，2010 年的夏天，装修这套房子被山东老头提上了议事日程，只是这时他的儿子很忙，根本无暇顾及装修之事。

“这就牵扯到了另外一个人，房屋中介的鲍艳。

“其实，山东老头买这房子还就是通过鲍艳买的，他与鲍艳通过买这房子已经很熟了，于是让鲍艳帮他找装修的队伍，并且给了鲍艳三千元钱，让她帮着张罗一下，而这鲍艳也不是省油的灯，她为山东老头找了自己所熟悉的马路队伍，而鲍艳与这些人之间也有默契。

“后来，房子装修好了，是山东老头的儿子去验收并结账的。

“再后来，那山东老头的儿子与女朋友分手了，这婚终究没结成。儿子也因为谋求更好的发展，据说去了上海，也许是国外。

“只是这套经过装修的房子被空置了几年后，山东老头又委托房屋中介的鲍艳将这装修好的房子卖掉，当然，这已是 2013 年的事了。”

“这么说来，这套房子的装修时间刚好与被害人死亡的时间相吻合啊，不如我们大胆地推断一下，被害人与凶手是否都是在这里施工的工人呢？不过，这也只是个大胆地推测，我们要有证据啊！”

“谢局说得对，我们会拿出证据的。我还是继续往下讲吧。”

“恰好这时急需买房的张大毛，他和朋友在网上看到这套房子，觉得不错——地段也满意，价位又不高，且经过精装修的，最关键是经过精装修后没住过人，张大毛没有犹豫就将它买了下来。

“然而，张大毛买下这房屋后，所发生的一些事情，还真的让他几近崩溃。”

“什么事情？”

“他那从乡下老家来看他的妈妈，到这里不过几天的时间便去世了。另外，他那还未出生的孩子，也因为他老婆在卫生间里摔了一跤而没了，需要说明的是，这在当时看来，不乏有些巧合，甚至认为有些荒唐，但现在看来，它既不是巧合，也不是荒唐了。

“另外张大毛他妈所留遗物里的那两封奇怪的信，哦，现任房主孙则证实也收到过类似的信，他们已将这些信送到了局里，笔迹鉴定已经出来，三封信都出自一人之手。

“只是这信的内容‘屋子里有宝玉’，这六个字让我想到我们来局里之前与那房屋中介鲍艳的谈话，当时鲍艳就有说过，在这套房屋装修时所请的施工人员中，做泥工的叫宝玉，那么此宝玉是否彼宝玉呢？”

“这么说来，鲍艳绝对是个关键性的人物，自始至终，她与这套房都有联系，你们对她可抓紧点。”

“是，谢局。”

“继续说吧。”

“刚才我有提过，现任的房主是孙则，他是从张大毛手中买下的这套房，而且持有的时间很短，也是通过中介鲍艳成交的。住进这房屋之后，他们家也发生了一些事情：他的小外甥死于车祸，当然孙则小外甥的死，表面上看与这房屋扯不上任何关系，但那天，也就是发现自家墙里边有尸体的那天，孙则来到现场后的态度……他简直快疯掉了，我们认真地听取了他说的每一句话，从这些话里边，我们似乎也感觉到，虽然他外甥死于交通事故，属于意外，但不管怎么样，外甥的死跟他们住进这房子是有些联系的。小外甥死后，过于悲伤的孙则和他的姐姐，从这套房子里搬了出来，直到案发前，这房子由一个叫金吉的和另一个叫朱娟的两位承租者在使用。我就暂时讲到这里。”

“那么，曹警官，你们现场访问得到些什么有价值的线索吗？”

“有价值的线索，也就可能和刚才陈警官提到的信有关，那是402的业主，一个姓王，全名叫王博的工程师给我们讲述的，说的是一个下大雨的日子，这位姓王的工程师刚把自家的门打开，便看见一个穿雨衣的高个子男人，正往对面的401的门把手上塞封信呢，看见有人，这塞信的人马上把信封拿走，仓皇地跑下楼了。”

“那姓王的工程师看清楚这送信人的模样了吗?”

“基本看清楚了，身高起码一米八以上，大眼睛，高鼻梁，鼻子前面还带钩，络腮胡。”

“看来，这送信人也是此案的关键人物啊!”

“你们调了房屋周围的监控吗?”

“调了，但此栋楼及周围的监控也是近两三年才装上去的，这套房子装修的时候，它周围没有监控。另外，这栋房子，它的产权以前属于国有企业，后来卖给了职工个人，而且，好像它没有物业。”

“什么是好像没有物业?”

“哦，对不起，我的表述有错误，是没有物业，但是有社区，由社区来管理这些居民。”

“这样吧，散会后，你们马上继续与那房屋中介的鲍艳联系，争取从她嘴里得到更多有价值的东西，她可是个关键性的人物，她对这套房屋的了解，所掌握这套房屋的信息，可能远非我们所了解的这些，大家分头去干吧。”

第六十章　鲍艳眼中的四指半、阿香、宝玉

这次，鲍艳被公安干警们请到了区公安分局里。

第一次来这种地方，打交道的又是刑警，鲍艳确实有些紧张，为了缓解鲍艳那有些紧张的情绪，陈警官特意吩咐薛警官为鲍艳送来一杯奶茶。

真的，奶茶也的确挺管用，鲍艳喝过奶茶后，神情舒缓多了。

“我们……鲍艳……我们可以开始继续上次的谈话吗？”

“当然可以，只是我不记得上次谈到哪里了，哦，警察同志，出事的这套房子，它的平面图我带来了，交给你们是吗？”

“是的。”陈警官示意薛警官收好平面图，然后对鲍艳说道：“我没记错的话，上次应该是说到泥工宝玉的老婆及儿子了，是吗？”

“是。”

“你对宝玉的老婆了解吗?”

“哼，这种人，值得我去了解她吗?我哪怕只看她一眼，我就会知道她心里想的是什么，贪婪、浅薄……”

“上次你说过不喜欢宝玉的老婆，就因为她贪婪、浅薄吗?说说吧。”

“哎，上次我说不喜欢她，其实，我不但不喜欢她，我还嫉妒她呢，这么标致的男人让她给占有了……”

“打断一下，你是说你妒忌宝玉的老婆，那么，你是不是喜欢上宝玉了呢?”

“不瞒你们二位警官，我鲍艳除了是金钱控，就是颜值控了，有时候我也会犯花痴，看见宝玉，我确实心动了，真的，宝玉他虽然是个泥工，干的是个被人瞧不起的工作，但真的……我真的不好形容，说宝玉美得惊天动地，这话恐怕是一点也不过分，他要是穿上西装或者燕尾服，就算休闲打扮也行，我敢说，没有哪个男明星比他帅，比他美，他就是那美而艳的大帅哥，他真的应该去当演员，当明星的。看见宝玉的那一刻，我甚至想过，如果我跟宝玉一起逛街、一起看电影，特别是看恐怖片，一起喝红酒，一起……我都不好意思说了。至于宝玉没文化的缺憾，他家里穷的缺憾，这都是后天的，都是可以补上的。没文化，嗨，学呀，还这么年轻，我跟他一起学。没钱，那更不是事了，我有啊，房地产行业红火了这么些年，我干这行算是得到了甜头，我不说你们也明白，是吧?”

“是，我们明白。只是刚才你说你不喜欢宝玉的老婆，是单纯的妒忌呢?还是有什么其他的……”

“其他的，我也就看不惯他老婆跟别人眉来眼去，哎，守着、拥有着这么标致的男人，还有什么不满足。那水电工有什么好，又矮又丑，左手还缺一指头，仗着姐夫接点小工程，有几个臭钱，成天吊儿郎当不好好干活，还到处拈花惹草。”

“你的意思是说水电工与宝玉的妻子关系不正常是吗？哦，宝玉的妻子叫什么名字。”

“她叫阿香，我只知道别人这么叫她。”

“这个阿香，她与丈夫一起干活吗？”

“她干什么活，成天抱着个孩子，丈夫在哪干活，她跟到哪。”

“那他们住哪里？”

“这个问题还真不好说，你们吃公家饭的也根本想不到，干这行的很多都没有固定住所，干在哪里住在哪里，一床席子往地上一铺，外加两床棉絮差不多就是全部的家当了。哦，现在条件可能会好了些，有的装修师傅，他们也会买个小煤气罐啊锅啊什么的，自己在现场做饭吃。如果碰上没什么讲究，也就是开明的雇主，他们还可以在被装修的屋子里搭个简易床铺什么的，但是，如果碰上不开明甚至有些迷信的雇主，这些雇主啊，用他们的话来说，那是宁可在他们的房子里放死人的尸体，也不许夫妻，或是男女在他们的房子里过夜，哦，原话是……是宁可停丧，不能成双。真的，碰上这种雇主，那可就惨了，这些人只能睡走廊里或过道上。”

“你最后见到他们是什么时候？”

“说起来也奇怪，泥工活没干完，那宝玉就提前走了。”

“这个好像挺奇怪的是吧，他为什么不坚持干完呢？”

“话说回来，这也没什么奇怪的，干这行的，流动性极大，今天在这儿干，明天或许有更好的雇主看中了他，那这儿也只能放一放了，又没签个合同，制约不了人家的，不过宝玉看起来挺老实的一个人，应该不会放下没做完的活。”

“他老婆跟他一起走的吗？”

“那肯定了，嫁鸡随鸡，嫁狗随狗，嫁只猴子还满山走呢，虽然阿香那婆娘与别人眉来眼去，但我觉得，她肯定还得守着自己的丈夫是不是？”

“后来这工程又是怎么做完的呢？”

“那我就不知道了，或许是小老板徐学文重新找人做的吧，宝玉走了，我也懒得到那里去了，毕竟那房主才给了我三千元钱，我费的心也够多了。”

“那这盯着点的事情……”

“我给山东老头的儿子打了电话，让他自己来盯着点。”

“他不是很忙吗？”

“你们别信那个，什么忙啊忙的，那都是托词，其实往往就是有指望，等到没指望了，或是指望不上了，哎，他也得自己干了。你还别说，现在的年轻人基本上这样。”

“那我们说说水电工吧，你在前面也几次提及过他，这人到底怎么样？”

“这人不怎么样，四十大几快五十的人了，还成天吊儿郎当不正经，见到个女人啊，那馋得几乎直流口水。”

“他叫什么名字？”

“不知道他的真名，只是听别人叫他四指半。”

“四指半？”

“对，就那左手的食指差半截。”

“他水电技术怎么样？”

“就他那样，还谈什么技术，凭着姐夫的关系，混呗，还美其名曰，什么享受随心所欲、无拘无束的生活，其实说白了，他那人就是一游手好闲的地痞流氓。我说二位警官，你们是没见到他那样子，恶心着呢。”

“这话怎么讲？”

“怎么讲，你说他这么大的人了，还成天脖子上戴着一串假的金项链，装什么土豪。那手指呢，就更不用提了，短粗短粗的，左手的食指还差那么一大截，可他偏偏还要在左手的中指上戴个硕大的金戒指，当然那也是假的，他的目的是戴着这些行头去骗别人。我一看就知道，不过他也只能骗骗比他更浅薄的人，比如宝玉的老婆阿香。”

“依我对装修这行当的了解，不，对这行当我还真的不甚了解，只是我家也装修过房子，那水电工是最先进场的是吧。”

“基本是这样，但就算是木工活全做完，油漆也全刷好了，这电工的活也没全做完呐，他还要打孔啊，安装灯具、墙壁开关什么的。”

“那宝玉走了，水电工还在这儿吗？”

“宝玉走了，也没看见水电工了，他们可能一起做另外的项目去了。”

“油漆工怎么回事？你有提到过的。”

“油漆工进场时，我已没去过那里了，因为宝玉走了，我也真的是不想去那儿了。”

“我们在哪里能找到他们？”

“我也不知道他们现在在哪，不过我可以告诉你们，要想找到这些装修的人也不难，他们一般在天桥那里活动。”

“徐学文还有联系你吗？”

“你们好像问过我这个话题，但我们没什么联系，也是有点怪，自从介绍给徐学文那单生意后，徐学文几乎没到我们这儿来了，不过你们想找他的话也不难，到天桥底下去，就说自己有房子要装修，找徐学文，肯定有人会告诉你们。”

“今天就到这里吧，也谢谢你配合我们。”

“徐学文，徐学文。”鲍艳走后，陈警官反复地默念着这个名字。

“看来，下一步我们的工作重心是徐学文了。”

“先看看鲍艳拿来的图纸吧，陈警官，从这上面可以看出这是张房屋的原始图，鲍艳开始接触并参与这套房子买卖的时候，它的卫生间里面，靠北面的那墙是有宽八十厘米、深四十五厘米的凹槽的，但经过装修后，这凹槽就没有了，也不知道山东老头的儿子是怎么验收的。张大毛搬进这房子之前，这图纸与实际不符，他也没仔细看看。”

“唉，一般的人哪能那么过细，如果是新房，可能会看看图纸，旧房且是经过装修的，就没有那份耐心了。”

“你说得对，陈警官。通过看这图纸，说明我们的办案思路没有错。”

“明天去找徐学文吧。”

“哎。”

第六十一章　徐学文

打听到徐学文还真是没费多大的劲。

当陈警官与薛警官身着便衣来到天桥底下打听徐学文，众多守候在这里的农民工便向他们两人围了上来。

“要装修吗？哎，不一定要找徐学文的，我们一样也能干好，绝对不比他差。”

“也是，我们干这活啊，凭的是良心，拼的是质量，那徐学文靠的是什么，是关系。”

“我说两句实在话吧，虽说徐学文的手艺不错，特别是水电活那没话说，真的是干得很好。但是，他拉的活，他自己从来不干的，还不是上我们这里叫上一些人帮他干，这不，老闷头和哑巴这对做木工的父子，又被他拉走了。”

“你们……你们这里的老闷头、哑巴，他们的手艺好吗？”

“那哑巴在我们这儿是出了名的好手艺，他做的木工活，简直叫一个绝。不过，我们这里都是人才，个个手艺都很好的，大家出门在外，靠的就是手艺。”

“那，你们有谁与徐学文一起干过？”

“在这里的人或多或少都与徐学文共过事，他这人其实还不错，说白了，我们也是因为跟徐学文那小舅子四指半搞不好，才没跟他一起做的。”

“徐学文的小舅子四指半，现在还在你们这儿吗？”

“他从来都没来过这里，有他姐夫关照着，他用不着和我们一样这么辛苦，这几年从没见过他，就是过年回老家，我们也没碰见过他，不过你们问他干什么，你们不是来找装修的人吗？他是不是犯事了，像他这种人犯事不奇怪，不犯事才怪呢。”

“我们也就随便打听一下，主要还是找徐学文。”

“找徐学文，那你们找他去吧。哼，说了这么多也白搭，硬是要相信徐学文，不过他的电话可以告诉你们。”

通过桥下的农民工提供的电话号码，让侦查员们还真的找到了徐学文。

只不过，如果不是小薛机灵，说自己有个三室两厅的房屋要装修，而且很急，那徐学文恐怕也不会答应马上见面的。

当徐学文急匆匆地赶到薛警官提供的见面地址时，那里安静地停着一辆警车，陈警官、薛警官站在警车两旁。

很快，徐学文被带到了公安局。

薛警官给徐学文倒来一杯水：“徐老板，你别紧张，我们向你了解些情况，每个公民都有这种义务的。”

“我知道。”

“那我们就开门见山，说说你那舅弟吧。”

“你们所说的是周衡吗？他现在已不是我舅弟了，和我没一点关系了。”

“那这个周衡是不是有一诨名……”

“四指半，就因为左手的食指少了半截，所以大伙都叫他四指半，几乎都没人叫他周衡了。”

“你与他没一点关系了？这是怎么一回事？”

“那还不简单，以前，他姐是我老婆，现在我与老婆离婚了，我又恢复了单身。”

“什么原因离婚的？”

“唉，一言难尽，我这个老婆啊，真是又贤惠，又体贴，年轻时还漂亮，方圆几里地的一朵花，还帮我生了两个儿子，现在都已大学毕业。按说我应该知足，应该对她百般千般地好是不是，我也做到了。在我们那儿，没一个说我徐学文对老婆不好的。我一不抽烟，二不打牌，三不在外玩女人。你们说，像我们这常年在外，特别像我这小包工头，有几个能洁身自爱的，我赚的钱也几乎全给了我那老婆。

“也就半年前吧，我那在湖南工作的大儿子提出想买房子，毕竟他二十八了，我寻思与我老婆商量商量，拿个十几二十万元给大儿子吧，咱给他付个首付，其余让他自己还，也算支持支持咱儿子，我还特地为这事回了趟家。但我回家跟我老婆谈起儿子买房的事时，老婆先是不做声，然后一个劲地哭。这下我明白了，不需要听老婆解释什么了，我儿子的房子也买不成了，因为我们家根本没钱了，而我这么多年在外辛苦打拼的钱都让我老婆给了她那个不争气的弟弟，那个整天游手好闲的弟弟，那个总爱犯点事的弟弟。”

“那这么说来，这个周衡犯了什么事，你和你老婆都知道？”

“我那前老婆肯定知道，他那不争气的弟弟只信得过她，什么都对她说。”

“周衡是与你在一块的，他干的活不是你让他干的吗？”

“这点不假，三年前，周衡就一直跟我在一块，他姐说让他跟我学手艺，我做水电都几十年了。”

“那他……也就是周衡犯事了，犯了什么事？你难道一点也不清楚？”

“我真的不清楚，我要清楚的话，依我的性格和我做人的原则，我一定会报案的，正因为周衡的姐姐……我的前老婆知道我的为人，所以没敢告诉我。”

“你是什么时候与周衡失去联系的？”

“具体说来也就三年左右吧，那次好像是周衡的活干到一半，没干完他就向我预支工资，说是有人给他推荐了一只股票，马上就要大涨了。”

“这个周衡他炒股票？”

“就他那文化，他还炒股，股不炒他也就算了。他向我那前老婆要钱，也是哄她说自己持有的股票要大涨了，当然，我这是后来才知道的。”

“你炒股吗？”

“我不炒股，我赚踏踏实实的钱。只是这么些年，我都白赚了，我那败家老婆把家都给败了，她太爱她这个弟弟了，根本不爱我，把我当成什么了，当我是赚钱的机器，我也五十多了，也干不动了。哎，我们家现在就差老家的那栋老房子没被她糟蹋，这一生的心血啊！”

“说正题吧，当时周衡让你提前给他工资，你给了吗？”

“给了。”

“然后呢？”

“然后他就消失了，连同他一起消失的还有那泥工宝玉、宝玉的老婆和儿子。那泥工长得很帅，平时话不多，但干活肯吃苦，也很卖力，我很喜欢他，有什么活我都叫上他。他结婚的时候，我和我那前老婆还去吃过喜酒呢。”

“那你没觉得这里边有问题吗？”

“有什么问题啊，干我们这行，流动性大着呢，今天你在这儿干，或许明天你就到北上广去了，如果硬说有问题，那也就是活没干完，而周衡提前预支了工资，而我还得给他‘擦屁股’。”

“那个宝玉的工钱你支付给他了吗？”

“没有，他没来要过钱，我也觉得奇怪，按理说不应该这样啊，干了活哪有不要钱的呢，是吧，警官，而且他家特困难，需要钱啊！”

“宝玉家住哪？”

“我们都住在一个地方，只不过宝玉家住在镇上，镇上的老供销社斜对面的一个土砖房子里，而我住在湾里。”

“宝玉也姓徐吗？”

“您说对了，宝玉姓徐，徐宝玉。”

“他家还有什么人？”

“哎，他家呀，父母都是盲人，就他妈好像有一丁点儿视力。对了，这对老人可善良了，好像他们都信什么教来着，哦，天主……天主教。”

“除了他爸妈……”

“他家还有一个出了嫁又被男方退婚，也就是男方不要了的傻姐姐，现在想想，这傻大姐恐怕都有三十大几了。还有一个弟弟在外打工，好像是做保安的。”

“你这么长时间没见过宝玉了，又是一个地方的，你就没上他家瞧瞧，或者给他打个电话？

“唉，这些年一个是太忙，另一个我离了婚，基本没回老家。至于说给宝玉打电话，说出来你们可能不信，我打给他的电话，绝对不少于上百次吧，可电话那头回答我的始终是：您呼叫的号码已停机。”

“再问你一个问题，你这个前舅弟，他抽烟、喝酒吗？”

“烟酒都来，一样都不少，每天一餐酒那是必须的，而且周衡自己还放风说他和一个死了丈夫的老寡妇好上了，用的都是她的钱。现在看来，那些抽烟喝酒的钱，哎，心疼哦，这么多年，我都为他打工了。”

“除了周衡、宝玉外，还有谁参与了那套房屋的装修，也就是你得‘擦屁股’的那套房屋。”

“嗯，木工是哑巴加他爸，水电工当然是周衡了，宝玉做的是泥工，那就只剩下油漆工了，对了，油漆工我请来的是假老外，我们经常在一起做事的。”

“假老外，为什么这样称呼？”

“因为他长得像老外，就是外国人——长得高不说，那鼻梁啊，笔挺笔挺的，前面还带着钩呢，满脸的络腮胡子，那头发还带点卷呢。”

“他姓什么，叫什么，家住什么地方。”

“他也姓徐，徐大彪，跟我一个村的，住村西头，我住村东头。”

“给你看样东西吧。”

“真空玻璃保温杯，这杯子原来是我的，后来被周衡硬拿去了，你们看，这上面的图案，我记得清清楚楚，梅兰竹。你们怎么有周衡用过的东西，他到底犯了什么事，又或许他被别人给杀了？”

“这些都是未知数，我们也正在调查，不能回答你，希望你能理解。”

“我理解，我理解。”

“那好，现在问你最后一个问题。”

“问吧，只要我知道的。”

“你的前妻，她叫什么名字？现在住哪？我们怎么找到她？”

“她的名字叫周洁，我们虽然离了婚，但她没离开家，离开了这个家，她也没地方可去，毕竟她是孩子她妈。现在她一人住在老家的房子里，你们找她干嘛呢？”

“我们找她，与找你一样，也是向她了解一些情况。”

“哦，我明白了，那我把地址写给你们吧。”

“好了，今天谢谢你。”

“不用谢，有什么事尽管找我，我二十四小时开着手机。”

第六十二章　周洁与周衡

没费什么周折，陈警官与薛警官驱车来到了徐学文的老家，在一所毫不起眼的平房前，将车停了下来。

房屋的大门口坐着一位织毛线拖鞋的中年妇女，看见警车后，有些惊慌地站起了身，手上拿着的针线活随即掉落在地上。

“请问，你是徐学文的前妻周洁吧。”

“是啊，你们坐，你们坐，我给你们倒茶去。”

“不用了，我们车里有矿泉水。你也别站着，坐下吧。”

左邻右舍们看见有警车开进村里，马上围了过来，并开始交头接耳。

“我们进去谈，进去谈吧。”陈警官说完这话后，马上站了起来。

进到屋里后，周洁更加慌张了，手、脚不停地抖动。

“周大姐，不，周阿姨，你其实不用太紧张，我们这次来，也是向你了解核实一下你弟弟周衡的问题，希望你能配合我们。”

“我配合，我配合。”

“你瞧，这牙齿都打战了，我说过不用太紧张。”

“不紧张，不紧张，我不紧张。”

“那好，你弟弟周衡最后一次与你联系大概是什么时间。”

“这个我想想，这个我得想想，大概有半年多了吧，他打电话我，让我汇钱给他，我说我没钱给他。他就说，我不汇给他，他就去死，还说他活得简直也是生不如死。”

“你汇给他了吗？”

“这次我没汇给他，一个是因为我手头确实没钱了，我能给他的我都给他了。另外，我就是找别人借，这借的钱也满足不了周衡的狮子大开口啊！”

“你没给他，他也没再要了是吗？”

“是的，他没再要了，也没和我联系了。我还着急呐，因为他说过我不给钱他的话，他就去死，那他会不会真的就去死了呢，真急人。”

“你知道，你弟弟找你要钱，都派上什么用场了吗？”

“不……不知道。”说这话的时候，周洁的眼睛分明在躲闪着。

“宝玉你认识吗？”

“什……什么宝玉，我不认识。”

“可你前夫徐学文说，宝玉结婚的时候，你们还一起去吃过酒呢。”

“是……是吗？可……可我记不清了。”

“别着急，记不清仔细想想。”

“我想起来了，是有这么一个人。”

“那他现在还在吗？”

“不知道。对了，徐学文肯定知道，他们在一块搞装修的。”

“你弟也是跟他们在一块搞装修吧。”

“是的，我让我弟跟着学文做水电。”

“那你弟认识宝玉吗？”

“不认识，我弟做水电，那宝玉做泥工。”

“你刚才不是说你不认识宝玉吗？那你怎么知道他是做泥工的。”

“我听学文说的。”

“听说，你与你那丈夫徐学文离了婚是吧，哎，这风雨同舟几十年了，最艰难的日子也过去了，人也都老了……”

薛警官的一席话，直说得周洁伤心起来。

“说得是啊，我比徐学文大三岁，现在我是老了，他可没老呐，我嫁给他的时候，他家里那个穷啊……为了把日子过好，我俩真的是蛮拼的。后来，我劝他外出学门手艺，他也去了。但一个怀着孕的女人又是田里地里又是家里真的不容易。”

“这点我们真能理解，我和薛警官，我们都是农村出身的孩子，我妈生了四个孩子呢，为了养活我们，我爸常年在外搞运输，也就替人家开车。试想想，我妈除了照顾我们和爷爷奶奶之外，还要时常惦记着开车的我爸，生怕他出危险，哎，在我的印象里，我妈从未睡过一个安稳觉。真的，有时我半夜起床尿尿，还听见我妈一个人在低声抽泣呢。”

“这位大后生，你还真懂事，比我那俩孩子强多了。我那俩孩子啊，没一个向着我的，就拿我和孩子他爸分开这件事来说吧，他们都尽向着他爸呢。”

“这个可不对，如果见得着您那俩孩子，我一定会批评他们。”

不知不觉当中，这陈警官把“你”这个称呼改成了“您”。

“谢谢你了，大后生。只是现在说什么都晚了，他们都怨我、恨我呢，说我败了这个家。”

“那事实究竟是不是这样子的呢，当个家不容易啊，不当家的哪里知道柴米油盐。阿姨，我就知道我妈当家不容易，长大工作以后，有时候晚上睡不着想起我妈，那还躲在被子里掉眼泪呢。”

“哎，也难为你们吃公饭的人和我聊天，其实有些话我憋在心里都……都几十年了，没有人愿意听我说。徐学文是对我好，他没在外搞小三，可他回来了也往往是累得不得了，从来不想听我唠叨的。我更不愿意把这心里话对外人说，那样人家会笑我的。我也是五十多岁的人了，奔六十了，这个年龄被丈夫休了，我没脸见人啊。”

“您说过您那丈夫徐学文不是对您挺好的吗？为什么要跟您离婚，这都多大岁数了，离婚可不是个小事情，它总得有理由是不是？”

“也没什么理由，就是……就是怪我是个败家女人，把家都给败光了。”

“这不住着好好的吗？儿子也都长大成人了，出息了，怎么就叫败光了呢？”

“哎，你们不知道，我说的败光了，是我们全家辛辛苦苦几十年挣的钱，都几乎让我弟给盘光了，正像徐学文说的那样，我们全家人都在为我弟打工。”

“弟弟？那阿姨您姊妹几个？”

“四个，我排行老大，中间俩妹妹，我弟最小。”

“您很喜欢您这个弟弟吗？”

“那当然，我弟是我一手带大的。我妈生下他时，那年我十岁，读小学四年级，为了我弟，我甚至学都没上了，以便照顾他。”

“您妈不能照顾您弟吗？”

“她哪来那么多精力，又要出去挣工分，她还当着小队的妇女队长呢。”

“哦，这么说您妈是挺要强的一个人。”

“那当然，只是可怜了我这个弟弟，他的吃喝拉撒几乎全由我照顾，不是说穷人的孩子早当家嘛，村里人见着面也都夸我，说我能干、说我懂事，我也几乎是在周围的人……他们的赞扬声中长大的，而我弟……他却是在周围人的唾弃中长大的。”

“同是一娘养的，差别怎么就那么大呢？”

“是我害的他啊！”

“您那么爱他，为了他放弃了学业，您会害他吗？”

“真的是我害的他。”说完这句话后，周洁低下了头。

薛警官与陈警官马上交换了下眼神，又会心地点了点头。

“那还是我弟周衡五六岁的时候，有一次我带着他去好姐妹家串门，而好姐妹家里的门开着却没有人，她家桌上放的二元钱和十斤粮票吸引了我，我盯着它们，内心咚咚地直跳着，但我绝不敢伸手去拿。这时的我，用胳膊碰了碰周衡，就在周衡懵懂地看向我时，我又用嘴向他示意桌上的钱和粮票，周衡好像明白了我的意思，上前抓住桌上的钱和粮票，放进了他那打着补丁的口袋。

“正当我俩立马转身往外走时，上了茅房回屋的我那好姐妹……在她家门口差点和我们撞了个满怀，当她发觉放在自家桌上的钱和粮票没了时，立马变了脸色。”

“你们……你们这都干了啥。”

“其实，这时的我只要让弟弟把钱和粮票拿出来，再向好姐妹赔礼道个歉，凭着我和她的交情，这事也就了啦，可我的自尊心不允许我那样，当时的我也可能失去了理智，我竟对着我弟拳打脚踢起来。

“弟弟的哭声惊动了村子里的人，他们里三层外三层地围过来交头接耳地看热闹，当然也有人拉住我的手，让我对弟弟别这么狠，可越是有人拉我，我挣脱后而越发凶狠地打骂我弟弟。

“我拼命地伤害着我那不到六岁的弟弟，而我弟弟除了哭之外，什么也没说。

“后来，我爸妈赶了过来，把我俩拉了回去。

“这件事过后，我一直在想，我都做了些什么呀？明明是我示意弟弟去偷别人的东西，而为了所谓好孩子的名声，我牺牲了我弟弟，我利用了我弟弟对我的信赖啊！

“最终，我的名声保住了，而我弟弟则被打上了小偷的标签。

“弟弟上学后，同村的小孩大多不愿和他坐一起，甚至只要有人说不见了东西，大家的目光肯定锁定在我弟弟身上，我弟弟也就干脆破罐子破摔了，小学没读完即辍了学，跟着一帮混混，成天惹是生非、东躲西藏，有一顿没一顿的，人不像人鬼不像鬼，连个子也没长起来。

“我出嫁了，嫁给了小我三岁的徐学文，他是一追求上进的好青年，不但人好，心眼也好，关键是他对我好，虽然我出嫁时已二十六岁，在农村也属于大龄青年了吧，但在别人看来，我是为了照顾这个家而推迟婚姻的，因为我有个不争气的弟弟。

“而我弟弟成人后，没人敢嫁给他，他已臭名远扬了，方圆几里都知道他是浪子，改不了的。尽管他金盆洗过手，又用菜刀剁过手指头，但那些几乎都成为别人的笑柄，没有谁家愿把姑娘嫁给他。

“现在，我得报应了，徐学文把我给休了，但这报应和我弟的遭遇比起来，它不算什么啊！”

第六十三章　我透支了他的一生，我得补偿他

“您那弟弟……您那弟弟他现在到底怎么啦?”

“话都说到这个份上了，也不想隐瞒什么了，我还是都给你们说了吧!

“那是2010年吧，大概就这么个时间，很突然地，周衡在有一天的深夜，带着个女的，还有个一岁多点的孩子到我家来了。

“其实周衡带女的到我家来也不是第一次了，徐学文以及孩子对这件事都挺反感的，我虽然也反感，但我也不能把人家往外撵是吧。而这次周衡带来的人我认识，那是人家宝玉的老婆阿香以及他们的儿子。”

“你没问问你弟弟，为什么把人家的老婆孩子带回家。”

“问了，问了。周衡说阿香和宝玉吵了架，宝玉还动手打了阿香，阿香咽不下这口气，才离开宝玉几天。

“其实我也有些奇怪，你说阿香到我们家来是因为和

丈夫吵了架是吧，但我发现她到我们家来了之后，哦，阿香到我家来也就一晚上，她却和我们家周衡吵了很多次。我还寻思着，你阿香与老公吵了架，周衡帮你来着，你干嘛又和周衡吵呢？”

“您没跟阿香谈谈，都是女人，互相倾诉一下？”

“周衡不让我与阿香谈，只让我照顾阿香那孩子。哎，说实在的，阿香的那孩子很闹人的，一个劲地哭，你怎么哄，他都哭，简直把我都吵晕了。”

“您没看出点什么不正常的吗？这男女之间……”

“我懂，我懂你们说的意思。他们在我们家住的那天晚上，两人一起睡的，就睡我大儿子那屋里。哎，我被那小孩吵得根本不能睡觉，索性抱着小孩在堂屋里来回走，其间，我有听到过他们吵架。”

“听到他们吵什么吗？”

“他们声音压得很低呐，不过我还是听到……听到阿香说她想她男人了，让周衡送她回去。

“周衡先是哄她、答应她，但不一会儿，周衡又对她骂开了，骂她是婊子养的、母鸡婆……

“第二天早上，阿香起床从我这儿抱起了孩子，几乎一夜没合眼的我刚想眯会儿，周衡来到我房间。”

“他干什么来了？”

“他说他准备走了，而这次走他可能永远不会再来打搅我了。”

“您不觉得他不正常吗？”

“我当然觉得他不正常了，我还肯定他在外面又犯了事，但至于什么事，我不想问，因为这几十年来，他犯的事也太多了，拘过留、劳过教、判过刑、坐过牢，他整个人已经废了，无药可救了。”

“周衡到您房间就是跟您说声他要走了？”

“没那么简单，他向我要钱呐。”

“要多少。”

“他呀，这回真是要了我的命。要在以往，他要几千元、万把元，甚至几万元，每次我都毫不犹豫地给了，这回他好像知道我们家还有多少钱似的，他要四十万。”

“这是你们家的全部积蓄？”

“是啊，这么多年，虽说学文在外赚了点钱，但两个孩子都读到大学毕业，花费也不少，本来，如果不给周衡，我们家也可攒个七八十万的，但这些年，零零碎碎地，我们家的钱被周衡要去不少啊！”

“您就那么心甘情愿地给他？”

“我哪想给他啊，再说给了他我怎么向我儿子，向学文交代呀。”

“最后，您不还是给了他吗？”

“他说了一句话，一句置我于死地的话。”

“什么话？”

“他说，他说我透支了他的整个人生，我得还给他。”

“从周衡的嘴里说出这种话，我们挺惊讶的，只是您明白这话的意思吗？”

“我也不是全明白，但我知道他这话的意思是我害了他，我得补偿他。”

“差不多是这个意思。”

“唉，这个包袱我背了四十年了，也许这回我全部给他了，我也就解脱了。”

“您太迁就周衡了。”

“存折和密码给了周衡后，周衡带着阿香及她那孩子走了。哦，对了，我的身份证，周衡也拿去了。”

“后来……”

“后来发生的事……唉，由于我家老大想买房结婚，这钱的事穿了头了，徐学文一气之下要去找周衡，还说要通过法律途径来解决这个问题呢，并且骂我是败家女人，还要与我离婚。说来也怪，你们说离婚这事要摊在别的女人头上，肯定会哭哭啼啼，大吵大闹，可我不但没哭，也没大吵大闹，我甚至都没感叹一下就同意了。你周衡不是要报复我吗？不是要我偿还你吗？那我们家几口人都为你打了一辈子的工这该够了吧，而我被扫地出门了，徐学文赚的钱可说是再也与我无关了吧。”

“这么说来，徐学文既没找周衡，也没寻求法律？”

“是我不让，真的，在我内心深处，我一直觉得是我害了我这个弟弟。”

“这次走后，周衡没再与您联系了吧。”

“前面我说过的，大概有半年左右时间了，周衡打电话找过我，让我汇钱给他，我说我没钱，还告诉他，我跟徐学文已离了婚呐。”

“他怎么说？”

“他说，如果我不汇钱给他，他就去死。”

“周衡在什么地方他告诉过您吗？”

“他没告诉过我，但以我对我这个弟弟的了解，第一，他没有本事能独立地生活，又好吃懒做，几乎是个废人；第二，他在外面没有一个真正能帮他的朋友。我寻思着，周衡与阿香一起走的，那他是不是跟阿香一起回她的老家去了呢？但这也只是有可能，毕竟阿香是有男人的，跟周衡在一起也待不长，只是……”

“只是什么？”

“只是我好生奇怪，有哪个女人能看得起周衡，并与他在一起待几年呢？”

“阿香住什么地方，是哪里人？”

“这个是学文告诉我的，他说宝玉娶了一个风骚的女孩，是咸宁的。”

“咸宁什么地方，她家做什么的您知道吗？”

“不知道在咸宁什么地方，她家做什么的，我也不太清楚，好像……好像她妈妈走了，是得病走的，爸爸是在家务农的吧。”

“这个阿香她姓什么，您知道吗？”

“这个我真不知道，你们问徐学文去吧。”

“您有您弟弟周衡的照片吗？他单独一人的照片。”

“这个我有，我弟弟、妹妹的照片，我这儿都有。”

“向您借张周衡的照片吧。”

“要周衡的照片？你们找我核实情况还要照片？”

“只是借用一下，希望您能配合。”

“我说过我配合的，我配合。”

“对了，您认识一个姓徐的，诨名假老外的油漆工吗？”

“怎么不认识，假老外啊，我们一个村的，住村西头呢，昨天我还与假老外的媳妇一起去买毛线呐，她男人与徐学文在一起做事，关系好着呢。”

“这假老外经常回家吗？”

“不经常回，以前徐学文要是回来的话，他就坐徐学文的车一起回来。”

“是这样的，阿姨，我们今天与您谈的任何一句话，您可千万不能对任何人说，如果说了，您可要承担后果的，知道吗？”

“我知道，我知道，不说……对谁都不说。”

第六十四章　宝玉的爸妈

从周洁家里出来后，天差不多黑了下来，薛警官边开着车边对陈警官说道："虽然咱俩今天很累，但今天还是有收获的，怎么样，打个电话让嫂子做点好吃的，我也沾点光。"

"说什么呢，回去以后都几点了。后备箱里有面包、矿泉水管够，有你吃的、喝的也就不错了。"

"那咱们……"

"我倒想……我倒想去镇上看看宝玉的爸爸妈妈，徐学文不是说宝玉家住在镇上的老供销社斜对面吗，我们过去后将车停远一点。还好我们穿的是便服，在案件真相大白之前，我不想老人家受到惊吓。"

也就一会工夫，汽车即开到了镇上，薛警官在陈警官的示意下，将车停了下来。

"你身上带钱了吗？"

"不多，就三百，哦，卡里还有点，我薛某人现在是一人吃饱全家不饿，基本是月光族，卡里也就三位数，等着发工资呐。”

“钱拿来吧，给我。”

“你不是说这车的后备箱里有面包、矿泉水吗？干嘛，我出钱你请客，这里的小餐馆大多不卫生，吃了会闹肚子的，我的陈警官。”

“想得美，谁让你上馆子了，我是想给宝玉的爸妈买点东西，这钱算你借给我的，回头我找你嫂子要了还给你。”

“别，我会那么小气吗？再说了，你要不还给我也行，就让我上你们家撮一顿吧。”

“你小子。”

别看三百元不多，这薛警官与陈警官却将它换成了一大堆水果及点心。

不用打听，不用问路人，两位警官很快找到镇上老供销社斜对面的一栋土砖屋。

土砖屋的门大开着，从门口向里望去，一盏昏暗的白炽灯光下放着一张方桌，而方桌的每一方各坐着一个人，面对着大门口坐着的是一位六十来岁的老头。

只见他双手合一放在胸前，嘴里还不断小声地念叨着什么，坐在他左手边那一方的老大妈与他做着相同的动作。

薛警官正要跨进门槛，不料，屋内传出了说话声：“我说老爸老妈，快吃饭吧，这肚子都饿扁了。什么感谢神，感谢神，吃个饭都要感谢神，你们都感谢它多少年了，这神给了你们什么？是给了你们一件衣服，还是给了你们一斤米、一斤肉？它什么都没给啊！它给不了你们什么的，你们最终还得指望你们的儿子。”

两位老人还是没有做声。

“哎，我说老爸老妈，快吃饭好不好，你们不吃，还不准我动筷子。这好不容易等你们那么长时间才把饭做好，又好不容易把饭菜端上桌，你们知道吗？我都打两小时游戏了，这手都按软了，看见桌上的饭菜不能吃，真闹心，这信的什么神。”

“二楞，我不许你这么说话，这么说话是要遭报应的。现在可以吃饭了。”

“不是肚子饿了，谁稀罕这饭菜，回来三天了，天天吃南瓜，一点也不好吃。”

“二楞，你别这么说，有这吃的也就不错了，不是你哥宝玉每个月补贴点家用，恐怕这都没得吃。”

宝玉每个月在补贴家用？听了这句话，陈警官与薛警官不由得睁大了眼睛。

“我哥给的钱只够吃南瓜是吧，那姐跟我说我哥每个月托人给你们捎很多钱呐。”

“哎，你哥在外边也很苦啊，他这又要养老婆，又要养儿子，还每个月给我们带些钱回来，真是难为他啊，算下来他也有三年都没回家了，工作再忙，也应回家看看啊，那钱是赚不完的。二楞，你去看看你哥吧，去看看你嫂子、你侄儿。自打前年你嫂子抱着我那大孙子回家取了些衣服，我再也没见到我那大孙子了。”

“妈，我不去，我去见他们干嘛？”

“儿子，你在家也待了好几天了，这身体好好的，为什么不去上班呢？”

“我辞职了，小翠觉得我做保安没出息、没发展，让我把工作给辞了。”

“那你打算干什么？”

“现在我没什么打算，不过妈，我要真是说了我的打算你可别生气，我打算……我打算向您要点钱，帮小翠买部手机。”

“前几个月你不是帮她买过手机的吗？”

“人家是果粉，得跟上形势。这样吧，我让小翠把淘汰下来的手机给你们用，就算我给你们买的，她淘汰下来的手机都很新的。”

“这么不会过日子的人怎么能娶回做老婆。”

“爸，人家能看上你儿子也仅仅因为你儿子长得好看，人家小翠家境好着呐，开着大农庄，人家还读过大专呐，不像我嫂子家里没环境不说，唉，下面的话不说你们也知道，说了脏了我的嘴，怎么样，给三千块吧，余下的我自己出。”

“二楞啊，妈不骗你，你哥最近这两年是每个月向家里捎两千元钱回来，可我们除了生活必须要用的之外，其他的我们都没敢动，都跟你嫂子存着呐，你也知道嫂子的脾气不好，她那次回来，听你傻姐说你哥让人捎钱给我们，她那呼出的气马上就粗了，好可怕的。”

“这个我不管，给钱吧，就三千元，算我向你们借的。”

“太不像话了。”

“谁在门口说话呐？”

二楞的话音刚落，薛警官、陈警官跨过了门槛，进入了土砖屋。

“你们……”

“大妈、大伯，我们是您儿子宝玉在外认识的朋友，今天路过这儿，特地来看看你们。”

“看看，哎哟，还破费买些东西，太谢谢你们了。刚才，我们还在饭桌上说宝玉呢。这孩子光顾赚钱，已有三年都没着家了，我们做爸妈的想他啊！你们，宝玉没跟你们说，他什么时候回家吗？”

“哎呀，孩子他妈，你净顾唠叨了，赶快把桌子清干净，给客人倒水喝，二楞，去帮你妈烧水。你们……宝玉的朋友，快坐快坐。”

“大伯大妈，你们别忙乎了，我们坐会儿马上走，你们也坐，你们也坐。”

“哎呀，我就说嘛，我这大儿子人缘好，真的，从小他就逗人喜欢，这左邻右舍没有不喜欢他的。也怪我们，没钱供他继续读书，他成绩好着呐，老师也喜欢他。初中毕业后，那徐学文，人家可是好老板呐，硬是把我们宝玉拉去和他一块做事，还处处照顾着他，教他本领。这不，你们作为宝玉的朋友只是路过这儿，还抽时间来看我们。那什么，你们都姓啥呢，赶明儿宝玉回来时，我也好让他谢谢你们。”

“人家还买了好多东西呢？”

“二楞，你不说，妈也知道，妈这鼻子灵着呢，早就闻到水果香味了，真的是谢谢你们。”

“不用谢，大妈，我们这是应该的。只是我们还想问问，这每个月替宝玉捎钱给你们的是谁呢？他姓什么，你们认识他吗？”

“不认识，跟你们一样，也没说姓啥，但他说他是宝玉的朋友，很要好的朋友，宝玉信得过他，所以让他把钱捎回来。”

“这人长什么样，哦，对不起，您的眼睛……”

“你们可别小瞧我，虽然我只有一点点微弱的视力，但我听人说话就能感觉出来，这替宝玉送钱给我们的人，他个头应该不大，这是我从他呼出的气息感觉出来的；另外，他好像是我们本地人，虽然他与我说普通话，但我听得出来，肯定是我们本地人。这人的年龄嘛，从他说话声音来看，估计应该不年轻了，四十多岁吧，哎，好人啊！”

“大妈，宝玉结婚的时候我们没赶上，他媳妇长得很漂亮吧！”

“是啊，姑娘俊着呢，人家都说他俩是天生的一对，只可惜我们家把她娶进来真是亏了她，哎，人家要的彩礼我们拿不出来，这结婚的钱又都是借的，还得靠他俩去还呢。”

“凭什么要彩礼，她有资格要彩礼吗？也不想想自己结婚前是个怎样的人。”

“二楞，我不许你这么说你嫂子，她对咱们这个家还是有贡献的，别的不说，我那大孙子……”

“孙子，孙子，一天到晚净唠叨孙子，我看你呀，就差当阿香的孙子了。”

“二楞，不许这么说你妈，再说，看我揍你。”

“不说……不说，爸，您别发火，您那高血压，我闭嘴行了吧。”

“对不起了，二位宝玉的朋友，我这个小儿子被我惯坏了，不懂事。”

“大妈，您还别说，您这小儿子看起来挺机灵的，人长得也不错。”

“哎，有他哥一半也就不错了。我这样说他又该不高兴了。”

“大妈，宝玉的老婆阿香好像姓……”

“姓王，咸宁那边的，她娘家那里啊，都是大山，而且她家也不富裕。”

“怎么还扯上富裕二字了，靠她干的那些个事，她家能发吗?”

“哎，二楞，你这嘴呀，就不知道说点好听的。二位宝玉的朋友，让你们见笑了，我这小儿子，说话就没个把门的，还真是没长大啊!”

“没长大，没长大，你老婆子就护着他吧。二十七八的大小伙子了，还没长大，不努力干好工作，只知道讨女人欢心，我看，咱们是指望不上他了。哎，前些日子，你老婆子还跟我说，让这两个儿子好好工作、好好攒钱，争取在我俩还活着的时候把土砖屋改成青砖房，现在看来，有这么个败家子，哎哟，做梦去吧。”

“妈，你看，我爸他总打击我，甚至在客人面前也看不起我，哼，说不准哪天我发了财，还真的给你们做栋大房子呢。”

“算了，咱不吵了，人家来看咱们的，又不是听咱们吵架的，孩子他爹，你就忍忍吧。”

“那我们走了，大伯大妈，今后我们还会再来看你们的。”

“这黑灯瞎火的，路上好走啊，二楞，帮妈送送人家。”

"哎。"

走了不过二十来米，陈警官突然停下脚步，对身旁的二楞问道："刚才你说，你嫂子结婚前……"

"这点谁都知道，我哥和阿香是在 KTV 认识的。我哥太帅了，年轻女人看到他，就没有不动心的，阿香看见我哥，对我哥一见钟情，穷追猛打。我哥哪见过这阵势，只好娶了她。"

"那么阿香结婚前是在 KTV 工作。"

"KTV 是她结婚前的一份工作。往前面说，她当过坐台小姐，发廊洗头妹……算了，我不想说了，说到她我就觉得丢人，我哥也是，人长得那么帅，为什么就娶了阿香，这大把大把的姑娘，哪一个不比阿香好。"

"算了，小伙子，你也留步吧。你哥与阿香，过得到底好不好，只有他们自己才知道。"

"知道，我哥他知道个屁，他太善良、太老实了，只怕他被别人坑了还帮别人数钱呐。"

"你回去吧，谢谢你送我们。"

"哎。"

"咱也快走吧小薛，时间真的不早了。"

"哎……"小薛边叹气边与陈警官向停着的警车走去。

"叹什么气呐，因为宝玉的爸妈吗？"

"也不全是，我说陈警官，这件案子并不复杂，但办起来怎么这么让人揪心呐——宝玉让人揪心，宝玉的爸妈让人揪心，就连那……那周衡也让人揪心。我说了这话后，你又该说我没原则、感情用事了。”

“是人都有感情的，我们也是人呐，并且现在基本可以断定被害人就是这家的徐宝玉了。他真的让人揪心啊，他死都不能瞑目，也不想瞑目啊，而他的爸妈就更令人揪心了，一对盲老人，他们把这个家的希望几乎全都寄托在这个儿子身上，现在让他们去面对失去这个儿子的痛楚，我几乎不敢想象。至于说周衡，每个可恨之人背后或多或少都有一段可怜的往事。哎，不说这些了。”

第六十五章 “假老外”徐大彪——送信人

“那到了市区以后，我直接先送你回家。”

“看来回不去了，我突然觉得有一件事情非常紧迫，它压得我有点喘不过气来。”

“什么事情?”

“你看啊，小薛。本来我以为这案子到周衡的姐姐这儿就近乎水落石出了，因为徐学文说过，周衡的事，他姐都知道。现在看来，虽然我们在周洁这儿了解了不少情况，但我觉得，我们疏漏了一个人，这个人就是假老外徐大彪。现在我们必须马上找到他，找到那个油漆工，因为从墙里边取出的那件大号的带有多种油漆残留的工作服，与徐学文口中所描述的油漆工长得高高大大这一点是相吻合的。另外，上次汇报案件的时候，老曹不是说过，他们在现场访问中，401 的邻居王工程师提供的一条重要线索：他看见过一个长得高高大大、鼻梁带钩的络腮胡子正往 401 的门把手里塞信。”

“这么说，你认为……墙里面的大号工作服，油漆工、假老外、送信人……”

“小薛，你终于明白我的意思了，这是我们差点疏忽了的一个细节，只是现在我们还没回城里，回到城里后，马上与徐学文联系，现在我打电话向谢局汇报。”

车子回到城里时，已是深夜十一点多了。陈警官拿出了手机，拨通了徐学文的电话。

半个多小时后，徐学文、陈警官他们的车几乎同时到达局里。

“什么事啊，二位警官，这大半夜的。”

“姓徐的假老外……油漆工，你知道他现在在什么地方吗？”

“知道啊，他现在在我承接的项目里干活呢。”

“那晚上他住哪儿？”

“因为项目离我给他们租住的房子挺远的，而早上赶车路又堵，所以他干脆住那儿了，也就几天的工夫。”

“我们现在找他去吧。”

“这么晚了，他可能已经睡了。”

“大家不是都没睡吗？走吧。”

车子开了大约一个多小时，他们来到一个郊区的还建楼盘。

“到了，二位警官，就这儿，一栋，202。”

他们没用电梯，直接上了楼梯。

上到二楼以后，徐学文咳了一声，声控灯亮了。陈警官、薛警官发现，楼道里地上睡着一个人。

“假老外，起来吧，警察找你有事呢。”

假老外坐了起来，紧接着穿起了衣服。

“怎么不睡在屋里呢？外面这么冷，还睡在水泥地上，棉絮又这么薄。”

“徐老板，你是不是也太苛刻了，让你的工人睡这水泥地上。”

“哎，我真是冤啊，我给他们租了房子的，只是这工地离租的房子太远了，他自己都不愿两头跑呐。”

“那也应该睡在屋里啊，这过堂风吹的。”

“谢谢警官的关心，只是这屋里刚刷了油漆，气味比较重，外面过道里稍微强一些。”

“你起来收拾好地铺后跟我们走一趟吧。”

“上哪？干什么？”

“公安分局，协助我们调查一桩案子。”

“不用收拾了，我跟你们走。”

“你个假老外，怎么不用收拾，你当你是真老外啊，那床单弄脏了，你回来怎么睡觉，我帮你收拾收拾吧，兄弟你就放心地去吧，也就问你几个问题，我也被问过。”

“弟媳及那几个侄儿就拜托你照顾照顾了，我就知道，这一天……迟早总归要来的。”

“瞎说什么呐，说得跟告别似的。去吧，没事的，有事哥给你扛。”

到达分局后，嗬，谢局、老曹、小夏都等在门口呐。

看到满头白发、年近六十岁的谢局，陈警官、薛警官心里一阵温暖。

假老外被带到了审讯室。

“姓名？”

“假老外，哦，不，徐大彪。”

“请出示你的身份证。”

“行，这不，带在身上呢。”

“知道为什么让你来这儿吗？”

“知道，我一直在等这一天。”

“既然在被动等待，为什么不主动一点？”

“我有四个孩子要抚养，我想过的，只要我的老大能够赚钱养家，我肯定会主动的，我老大今年已十七岁了。”

“既然我们深夜把你叫来，你也在一直等待这一天，那么……”

“我知道我该怎么做，我知道我该怎么做。”

“那就好，说吧。”

“那是 2010 年吧，是个夏天，那天很闷热，我感冒了，流鼻涕发烧的，大伙都说我那是热感，是受热而感冒的。

“由于我昏昏沉沉地，那天也就没去上班，睡在徐老板为我们租住的房子里。

“中午的时候，我起了床，准备去药店里买点退烧药，再到外面吃碗面。

“然而就是这时，我却接到个电话，而就是这个电话害了我一生。”

“谁打给你的？”

“还有谁，四指半周衡呗。你说我那天如果不发烧，或者如果不接他的电话，那接下来的事情也就……”

“没有那么多如果的，事情已经发生了，继续说吧。”

“哎，四指半周衡打电话我，让我马上去他正在做水电的工地一趟。”

“当时你没参与他们的项目？”

“徐老板给我说了让我参与，我也答应了。只是做我们油漆这行的，往往是后期才参与——就像别人所说，我们是去给房子穿衣服的——当时我在徐老板的另外一个项目做油漆。”

“周衡打电话让你去，你就去了。

“是的，鬼使神差，我连药都没去买，就上他那儿去了。

“可去了之后，我吓傻了，周衡……周衡他……他将宝玉给砸了。”

“请你仔细回忆一下当时的情景。”

“是这样的，那个项目是在四楼，我与徐老板一起去过那个项目。当我上到四楼后，门是关着的并且里边反锁着，我敲了好几下门，周衡才把门打开。可门一打开，周衡却又拦着我，不让我进。

“由于我个头比周衡高了不少，他即使拦在我前面，我也看见了，看见了坐在客厅的椅子上、耷拉着头、满脸是血的宝玉。

“我记得当时我冲着周衡大声说了这么一句话：你都干了些什么啊！

“周衡一愣，他没想到我会这么跟他说话，接着，他两手一摊，让我进去了。”

“他为什么不让你进去？既然是他叫你来的。”

“我也搞不懂，可能是紧张加恐惧吧，别看他总是在做些违法乱纪的事情，但相比这次，那都不算事儿，这次他的情绪极度反常。”

“继续往下说。”

“哎，我进去后，刚想去看看宝玉伤得怎样了，周衡却对我说，宝玉死了，是被他从后面用铁棍砸死的。”

“周衡说了为什么要砸死宝玉吗?”

“这话我问过他，问他为什么要砸死宝玉，而他的回答是因为他也喜欢阿香，他要保护阿香，所以要教训教训宝玉。”

“喜欢人家的老婆，就得将人家杀害?”

“关键是宝玉、阿香两口子这时正在闹矛盾，而周衡可能想在自己喜欢的女人面前图图表现而教训一下宝玉。”

“那依你所说，周衡原本没有想杀死宝玉?”

“因为在这之前，很多人都听周衡说过想教训一下宝玉，我也听说过。而且，我进去后，周衡一直在后悔自己下手太重，骂自己不是人，是畜生。”

“后来呢?”

“后来，我让周衡去自首，他不同意，并且他还威胁我，说他一人吃饱全家不饿，而我有四个孩子，最小的独苗儿子他也见过。”

“你害怕了?”

“是……是有点怕，因为周衡是说得出来、做得出来的那种人。”

“他打电话让你来，是让你干什么?”

“他让我过来和他一起藏尸。”

“你就答应了。”

“我当然没答应，别看我长得五大三粗，可我的胆却很小，从小到大我没做过任何违背法律道德的事儿。

“但周衡却不放过我了，他说我是他杀人的唯一见证人，既然我看见了，知道了，他活不了，我也不能活，至少我活不好，他会去找我那独苗儿子的。”

“你都干了些什么呢？”

“周衡说他已想好藏尸地点了，而且就藏在这套房子里的卫生间里，因为卫生间有一处凹进去的地方，把人放进去，再砌堵墙将它封起来，且贴上瓷砖的话，那样神不知鬼不觉，永远也发现不了。而且这套房子正在装修，天赐的良机。我当时就质疑他：要是人家将这堵墙给拆了怎么办，那不真相大白了吗？周衡说他管不了那么多了。”

“刚才问的是，你都干了些什么？”

“因为我的个头大，又和周衡姐夫的关系比较好，所以周衡让我来，让我来帮他把尸体抬进那凹进去的墙里。”

“你抬了吗？正面回答。”

“我抬了，因为仅凭周衡那么小的个子，他是搬不动宝玉的。”

“你知道你这样做将承担怎样的法律责任吗？”

“我只知道我犯了法，但我不知道承担怎样的法律责任。”

“事后周衡有对你说过什么？”

“他说现在我俩是一根绳上的蚂蚱了，他也不怕我去告了，因为我告了公安后，我自己也逃脱不了，还有我那小儿子……”

“这个周衡，不愧是惯犯。”

“其实与周衡分手后，我内心一直非常地不安，我精神高度紧张，极度恐惧，整天担惊受怕、疑神疑鬼，甚至听到汽车喇叭的声音，我的心都狂跳不止。这种情况下，有时我真的想一死了之，我真后悔，为什么那天周衡打电话让我到他那儿我就去了，我真的对不起宝玉，真的对不起宝玉啊！”

“注意控制情绪，喝点水继续说。”

“谢谢。后来，我甚至都干不了活了，在老家整整待了半年。但孩子们的肚子、孩子们的学费……我就重新出来干活了。”

“那天你们分手后，你有再见到过周衡吗？”

“没有。从那以后，我再也没有见过他，我在心里还庆幸着，因为我实在害怕再见到他。”

“那堵墙里面，还发现有一件大号工作服，那上面有很多种颜色的油漆，是你的衣服吗？”

“是我的，因为帮忙抬宝玉的时候，衣服上沾了些血，周衡让我脱下来，加上他自己的衬衫，还有桌子上周衡用过的保温杯、酒瓶及两个喝酒的杯子，哦，还有那根砸人的铁棍，周衡通通将它们塞进墙体里。哦，忘了说，周衡还从宝玉的口袋里拿走了宝玉的手机，然后，我俩一起将那堵墙砌了起来。”

“你不是油漆工吗？怎么会干泥工活？”

“其实，干我们装修这行当的，几乎每个工种的事，我们都会点，而差别就是自己的专长干得精一点，另外的干得粗些罢了。”

“你写过信吗？”

“写过。”

“都给谁写信？”

“只要是住在401那套房子里的人，我就给他们写信，并且悄悄地夹在这套房屋的门把手上。我的信里边只有六个字：屋子里有宝玉。我希望这样做能使这件事情真相大白。因为我每每想到那么帅的一个小伙子，那么踏实肯干的一个人瞬间被砸死，而后又被密封在冰冷冷的墙体里面，我的良心……它不安啊，我这也是唯一能为宝玉做的。”

“你和周衡分开后，见到过宝玉的老婆阿香吗？”

“没有，没有见到过阿香。”

“阿香是哪里人，你知道吗？”

“阿香是咸宁山区的，好像姓王吧，听宝玉说她家里很穷，她妈妈得病走了，欠下别人很多钱，她爸爸在家务农，她下面有两个弟弟，都在外面打工。”

“你给过宝玉家钱吗？”

“没有，我自己家里都不宽裕，哪还有钱给别人，也只是宝玉和阿香结婚时，我凑了个份子，也就两百元。”

“那……别人托你往宝玉家送过钱吗？”

“送钱？往别人家里送钱？哪有这么好的人，雷锋早就不在了。我这样说你们可能觉得我落后，但有谁能将辛辛苦苦赚来的钱送给人家，除非他有精神病或者想出什么风头，再或者……除非周衡良心发现，觉得自己对不住别人，因为自己打死了人家的儿子，还占着人家的儿媳妇。不过，周衡不干活，他哪来的钱呢？他姐夫徐学文也不会白给他钱，退一万步说，就算周衡干了活，他那吊儿郎当的，那干活的钱还不够他自己花啊！抽烟、喝酒，还……还……我不说你们也明白，周衡守不住自己的。最后说一句，听说他姐夫徐学文跟他姐离了婚，周衡也没有依靠了。那还有谁能接受他，给活他干呢，没有谁愿意请他的。"

"今天就到这里了，徐大彪。要想立功的话，得好好配合我们，回去再仔细想想，看有没有遗漏的地方。"

"谢谢警官，我会配合，我知道怎么做。"

第六十六章　抓捕周衡

接下来，谢局连夜召开了401专案组案情分析会，专案组一致认为，该收网了，决不能让犯罪嫌疑人继续逍遥法外。

次日清晨六时，只睡了个把钟头的曹警官、陈警官、薛警官带着抓捕犯罪嫌疑人周衡的任务，上路了。

汽车在高速公路上行驶了几个钟头后，他们到达了山连着山的咸宁通山地区。

通过当地公安、派出所的帮助，专案组的警察们倒是没有花太多的时间便找到了王香香家。

在一栋看起来刚修建不久的平方大门前，干警们看到了一个大着肚子、坐在竹靠背椅上晒太阳的女人，而在她身边不远处，一个三四岁的小男孩正蹲在地上玩泥巴。

“请问，这家人姓王吧。”

“是的。”大着肚子的女人答道。

“那么，你是这家的……”

“我是这家的女儿，我叫王香香，别人都叫我阿香。”

“哦，你就是王香香，看来我们找对了，这是我的证件。”陈警官边说边亮出了证件。

令警官们有些奇怪的是，当陈警官亮明身份后，王香香没有感到丝毫的惊慌和诧异，平静得就像一杯温开水：“知道你们会找到这儿来的，我会把知道的事情通通告诉你们，你们问吧。”

“你们家这栋房子好像挺新的，刚盖不久吧。”

“是的，这栋房子盖好也就一两年，里边还没来得及装修呐。”

“这栋房子，谁帮你们家盖的?”

“是周衡帮我们家盖的。”

“周衡在哪?”

“周衡已经不在了。”

“不在，这话什么意思。”

“很简单，周衡死了。”

“周衡死了，他怎么死的?”

“夏天下大暴雨的时候，遭遇山体滑坡。”

“既然是这样，我们换个话题吧，你肚里的孩子是谁的?”

“周衡的，我和周衡的孩子。”

“那徐宝玉呢?你和周衡都有孩子了，那徐宝玉算什么呢?”

“算什么?徐宝玉是我这辈子真正爱过的人，我爱他爱得发疯的人，但现在，说什么都晚了。”

“你知道徐宝玉他现在……”

“他死了，是被周衡用铁棍砸死的。”

“既然周衡砸死了你这辈子最爱的人，那么他就是你最大的仇人了，然而你却和他在一起并怀了他的孩子？”

“哎，这事情还得从头说起。不怕你们笑话，我连小学都没读完，一个是家里穷，再一个是我脑瓜不行，那数学，我是怎么也学不懂，三分之二加二分之三对我来说那简直就是非常深奥的问题，正好我妈那时得癌症了，需要人照顾，我也就放弃读书了。哎，说句让你们见笑的话，那个时候我自己还暗自庆幸呢，终于不和三分之二加二分之三打交道了，我妈这病啊，来的可是时候。

“由于我个子高，长得又漂亮，不到十六岁，也就是我妈走了几年后，我就开始跟着村里稍大些的女孩去城里，干起了那营生，说通俗点，就是坐台小姐，当然，我被抓过、被放过，再次被抓、再次被放。那段日子，从二十岁的小青年到七十来岁的老头，我都见识过了，我以为我这辈子也就完了，什么女孩的向往啊、憧憬啊，在我这儿，都一钱不值。

“我说这些，你们肯定会瞧不起我，但我们这儿的确很穷，很多干这个的都实属无奈。你们想想，既没文化又没修养，三分之二加二分之三都搞不懂的人，她们能干什么呢？哎，你们上网搜搜吧，搜搜就知道。

“直到我改行在KTV当销售，也就是推销酒的……”

说到这里，王香香停了下来，用手抚摸了一下她那肚子，又对小薛、小陈、老曹他们笑了笑：“孩子在踢我呢。”

警官们点了点头，没有做声。

“记得那天来了一大帮人，说是跟什么人过生日。乍眼一看，他们都是农民工。我们这里很欢迎这种人的，别看他们没什么钱，歌唱得跟鬼哭狼嚎似的，但他们舍得花钱买酒，周衡和宝玉都在这群人中，请客的正是他们的头徐学文，当然，徐学文是他们的头，我是认识他们之后才知道。

“周衡一看到我，就开始动手动脚起来，过了不一会，还说起了下流话，我王香香什么人，这种阵势我会怕吗？我一点都不怕，尽管周衡边摸着我边说他的下流话，我照样微笑着推销我的酒。

“坐在一旁一直没怎么说话的徐宝玉看不下去了，他猛地站起身来直接就从我身边推开了周衡。周衡哪里服气呢？他回过头，朝着没防备的宝玉脸上就是一拳，立刻，宝玉的鼻子被打出血来了。

“马上，徐学文、假老外他们过来了，把周衡拉到一旁，我记得当时徐学文还教训了周衡几句。因为宝玉帮了我，出于礼貌，我向他道了谢并要了他的手机号。

“深夜下班后，我躺在床上，第一次失眠了，徐宝玉的影子就在我眼前晃来晃去……晃来晃去的。说真的，我长这么大，没有谁维护过我，唯有徐宝玉，况且他那么帅，肩膀又那么宽厚，确实令我着迷，虽然我在所谓的职业生涯中阅人无数，早已对男女之间的那点事看得很穿，更不相信我这种人还会一见钟情，但那晚我就是失眠了……

“不怕你们笑话，从那开始，我对宝玉展开了疯狂的追求，我索性辞了职，宝玉在哪干活，我跟到哪、追到哪，他帮人家打地坪、贴瓷砖，我就站在旁边看，一看一整天，我也不觉得累。这期间，徐学文、假老外他们都劝过宝玉，要他不要搭理我，说我是风尘女人，搭上我会倒霉的。

“徐宝玉没谈过恋爱，他哪受得了这么主动的我，更没见过我这阵势，你们不知道为了追求宝玉，我给宝玉发过誓，我发誓做个贤妻良母的女人，我甚至在胸脯上文上了‘宝玉’二字，那意思再明白不过，久而久之，宝玉终于被我打动了，他妥协了。

“其实，就在我追宝玉的时候，周衡也在追我，而他俩往往在一个工地上干活，虽说有些尴尬，但至少我在宝玉那里失去的虚荣在周衡这里得到了补偿，哎，人哪，有时候就这么怪。”

发过感叹后，王香香继续说道：“我在追徐宝玉的整个过程中，从未花过他一分钱，都是我在用我的那点积蓄来给他制造一些小惊喜，比如送他一条领带，一双鞋什么的。而周衡就不同了，每逢他发薪水后，几乎一次性地将所发薪水全部用来买礼物送给我，他还总是找借口让他姐资助他，其中一部分也是用在了我身上。我开始是不接受周衡送我的礼物，也明确对他说过我只可能嫁给宝玉，劝他不要做无用功，但周衡对我说的话却报之一笑，并对我说，他乐意，他喜欢送东西给我，不在意我嫁给谁。

“终于，我嫁给了宝玉，婚礼是在宝玉家里的土砖屋里举行的，他的盲人爸妈那天笑得很灿烂。

“周衡那天也同大家一起来祝福我，只是他那天喝了许多白酒，后来被送到医院抢救。

“结婚后，我也试着扮演贤妻良母的角色，以前那些小姐妹的联系电话我都尽数给删除了，只求跟着宝玉好好过日子，有床睡床，没床睡地铺，只因为他那宽厚的怀抱令我着迷。

“不久，我怀孕了，而我俩的矛盾也显露出来了。这宝玉啊，在我眼里他什么都好，唯一不好的，就是小气，尤其是在对待钱的问题上，他掌握着钱，让我没有一点安全感，不是时下有句话说得好：男人的钱在哪，心就在哪吗？宝玉的钱，我一分都看不见，而且每月他铁定给他爸妈五百元，说是生活费。我也不是把钱看得太重的人，既然铁了心要和你过日子，那你做事也得和我商量不是。

“孩子生下来后，这种状况没有丝毫改变，宝玉也好像对我们这个家的未来没有规划，归根结底，周衡的姐夫徐学文在我和宝玉之间起了很不好的作用，他经常让宝玉提防着我，说我不是好女人，听说他还准备把自己那离了婚的侄女介绍给宝玉呢。而宝玉也非常听徐学文的话，好像徐学文是他亲大哥似的。恰好这时周衡又频频跟我搭腔，又给我买东西，我内心的天平开始有些倾斜了，周衡给我买的东西我再也不藏着掖着了，有时还故意拿这些东西来气宝玉。

“宝玉是个正统的人，他哪受得了我这样，我们之间爆发了激烈的争吵，宝玉还动手打了我并指责我就是个放荡的坏女人。

“尽管我以前做过那事，但打心眼里讲我是想重新做人的，特别是生了小孩之后，宝玉的做法，无疑把我推远了。

“后来，吵架的次数多了，就跟每天要吃饭似的，我们每天都要吵架。终于，宝玉再一次打过我之后，我向一直关心我的周衡诉苦了。”

“那次徐宝玉为什么打你？”一直没怎么做声的曹警官开了口。

“还不是因为话赶话，我说了，我要出去重操旧业。当然那是气愤之极说出的，其实在我内心深处，我早就厌恶那些事了，我渴望做一个正常的女人，渴望自己所爱的男人也爱我，但是徐宝玉，一个不舍得为我花钱的男人，他爱我吗？”

“爱，是可以用钱来衡量的吗？”薛警官忍不住说出了这话。

“这位警官兄弟，也许你对爱的理解比我透彻，你们有文化，而我只是从一个女人、一个极没有安全感的女人的角度来看待这个问题的——如果这个男人愿意为你花钱，愿意把他赚的钱交给你掌管，那么这个男人是爱你的，他的心也在你这里；相反……相反我就不说了，宝玉就是相反的。”

“你向周衡诉苦后，周衡什么态度？”陈警官问道。

“周衡听了我的诉苦后，发誓要教训一下宝玉。没想，他这一教训，竟把宝玉弄死了，哎，我到现在都还不相信这事呢。”

“你什么时候知道宝玉死了？”

“半年前，也就是周衡死的那天。”

陈警官摇了摇头：“这事情有那么凑巧吗？”

“不管你们相不相信，事情还真是这样。”

“周衡怎么突然想起给你说这事，都过去这么久了，再说他不想继续隐瞒自己杀人的罪行了？”

王香香点了点头：“那天，我和周衡大吵了一架，表面上看是因为小宝病了，其实起因还是因为我怀了周衡的孩子这事儿，而我的防范措施做得好好的，我怀疑是周衡做了手脚。”

“为什么不想和周衡生孩子。”

“我只会为自己所爱的人生孩子，为最爱的那个人延续后代。”

“那么，你不爱周衡，但为什么要和他在一起？”

第六十七章　周衡只是我生命中的过客

“我和周衡在一起，刚开始纯粹是疗伤，纯粹是在和宝玉斗气，我不想离开宝玉的，他帅气逼人，我那么迷恋他，我怎么舍得离开他，而把他拱手让给别人呢？哎，先不说我和周衡吵架，还是从我和宝玉吵架、宝玉对我动手那天说起吧。”

说到这儿，王香香又停了下来，用手抚摸着自己的肚子，然后自言自语道：“小家伙又踢我了。”

“看来，你还是挺喜欢这肚里的孩子。”曹警官说道。

“毕竟这肚里的是个生命啊！说正题吧，宝玉动手打我的那天，我记得天气很闷热，让人很烦躁，我还记得我说了几句我不该说的话，宝玉听了很反感，打我之后，他就甩手走了，我抱着孩子在徐学文帮我们租住的房子里哭了很久很久。也可能是哭多了，哭累了的缘故吧，我停止了哭泣，拿起了手机。”

“你给谁打电话了？”薛警官问道。

“还有谁，周衡呗，只是现在看来，是我的这个电话害死了宝玉啊！

“当周衡接到我的电话，听到我略带沙哑的声音后，惊慌得不得了，马上问我怎么了。这一问，我更委屈了，马上告诉周衡，宝玉打了我。

“周衡听到我挨打之后，沉默了半天没做声，最后，在我对着电话喂了好几声，周衡才从牙缝里挤出了三个字：你等着。

“其实，打完电话我又后悔了，因为依周衡那鲁莽的个性，我怕宝玉吃亏，虽然宝玉在个头上不会输给周衡，但如果周衡来阴的，我这不是害了宝玉吗？虽然吵了打了，但他毕竟是我的丈夫啊！

“中午十二点过了，宝玉没回来，我还特意打了个电话给宝玉，一呢是希望他回来，别被周衡伤着了；二呢让他给我们娘儿俩带点吃的回来，还有第三呢，我给他个台阶下，我连台词都想好了。”

“你打了电话给徐宝玉，中午十二点多钟，这个时候他还在，他在什么地方呢？”

“他说他在外面吃面呢，他让我们娘儿俩饿了自己解决。

“我怎么自己解决啊，儿子是喝了点牛奶，我早饭都还没吃呐，出租屋里面条没有、青菜没有，仅仅一点大米，最主要的是，我口袋里没有钱，如果我有钱，那什么问题就都不是问题了。哎，对宝玉的那点担心又瞬间转变为生他的气了。

“由于哭的时间太长，眼睛有点疼，把儿子哄着午睡后，我也跟着一起睡下了。

“下午五六点钟吧，我被一阵急促的敲门声惊醒，我还以为是宝玉提前下班回来了呢，可打开门一看，门外站着的是周衡。”

“周衡到你们家来干什么?”

“是啊，我也这么问他，可他说请我出去吃饭，我当时正饿着呐，真的，当时真的什么也没想，抱上孩子跟着周衡出了门。”

“周衡是请你出去吃饭吗?”

“是的，周衡是在那个简朴寨请我吃的饭，那天他点了好多的菜，我和周衡……我们两人根本吃不完，而我觉得挺浪费的，就提议说，是否将吃不完的打包回家，正好让宝玉解解馋。

“而周衡却对我说：‘你们家徐宝玉跟着徐学文、还有徐学文的侄女一起上馆子去了。’唉，早就听说徐学文不看好、不喜欢我和宝玉在一起，是因为他的这个离过婚的侄女看上了宝玉。现在趁着我和宝玉闹矛盾，他们又掺和进来。

“见我沉默不语，周衡趁机挑拨道：‘阿香，你们家宝玉对你不仁，你可以对他不义啊，是不是。他玩他的，你可以玩你的，现在这社会，谁怕谁啊。阿香不是我说你，你太宠着徐宝玉了，你把自己全部的全部都交给了他，而他呢，他在乎你吗?不是我现在叫你出来吃饭，你还饿着肚子呢。’

“吃完饭走出餐馆后，天已完全黑了下来，我抱着孩子有点不知所措，周衡却让我上了一辆私家车，正待我想问问周衡时，他却向我伸出一个指头并晃了晃，那意思是让我不要做声吧。

“汽车出了城之后，开得很快，尽管我不断地向周衡提出问题，可这一路上，坐在前排副驾驶座位上的周衡再没搭理我一句。

“几个小时后，汽车终于在一座不起眼的平房前停了下来，我看见，周衡给了那开车的好多张百元大钞。

“周衡给了钱后下了车，又帮我拉开了车门，然后周衡帮我抱起了孩子，向那不起眼的平房走去，此时已是深夜了。

“在敲了无数下门之后，终于有人来开门了。

“开门的是一位五六十岁的女人，进去后我认出这老妇人是周衡的大姐、徐学文的老婆。只见周衡把抱着的孩子往他大姐身上一塞，也不回答他大姐问的任何问题，拉着我就进了一个房间，并反手锁上了门。

“周衡的那点心思这个时候在我面前暴露无遗，但我阿香什么没见过，我并不怕他，我反而告诉他，我想我男人宝玉了，我要走，而宝玉家离这并不远，就在镇上。

“周衡先是哄我，并答应天亮就送我去宝玉家，哄了之后，见我还是不从，他便骂开了，骂我本来是婊子，在他这儿装清纯。可不管他哄也好，骂也好，我就是不从，我俩一直这样抗衡到天亮。

“天亮之后，我从他姐姐那里抱过了孩子，而周衡在我走出他姐那屋后，进去了。

“大约一个小时后，周衡出来了，出来时手里多了三样东西：一本存折、一张他姐的身份证、一张小纸条。

“后来，周衡又在他姐家为小孩做了点吃的，然后我们离开了他姐的家，出他家门时，我下意识地回了一下头，看到了他姐那哀怨的眼神。

“然后，周衡把我送到长途汽车站，又帮我买了回我娘家的车票，最后，往我随身带的包里塞了两千元钱。”

“周衡让你干什么，你就干什么，对他的做法，你没提出质疑吗？”

“其实，我想过提出质疑的，并且依我的个性，只要我不愿意做的事，别人是强迫不了的。至于说我为什么那么听周衡的话，是因为那本存折的分量。

“周衡为我打理好一切后，才开了口，他让我到我娘家去等他，他办完事后，便上我家去找我，另外，还会给我个交代。”

“你回娘家了吗？”

“回了，回去等了周衡一礼拜。这七天里，我给宝玉打过了无数的电话，我好希望宝玉突然出现在我的面前，接我到他那儿去。可电话那端始终只有：对不起，您所拨打的电话已关机，请稍后再拨。紧接着，就是一串听不懂的外国话。”

“既然这么想老公，为什么还要待在那里等周衡？”

“我想老公是发自内心的，我等周衡是有用意的，还是因为那本存折的分量，并且周衡说了要给我个交代，我倒要看看他怎么个交代法。

“七天后，周衡终于来我家了。一进我家门，周衡便迫不及待地抓住我的一只手，把一本存折和一张银行卡重重地拍在我的手上，并对我说，一共六十万元钱，全部归我支配。

“当时，我简直不敢相信自己的眼睛和耳朵，难道这就是周衡事先所说的给我的交代，这未免也太……”

“你没问周衡钱的来历，他哪来这么多钱？”

“我问了，周衡说这里边四十万是他姐给的，另外二十万是他将家里的老屋给卖了，这也是他全部的身家了，现在这钱全部归我管，全部由我支配。

“一时间，我不知道我是谁了，我不断地问着周衡：‘我是谁?’周衡先是平静地答道：‘你是阿香啊。’

“当我再次地问周衡我是谁时，周衡没说我是阿香。这次他的回答令我诧异，他说：‘我是他的公主，我是他的皇后。’

“一时间，那种在宝玉那里得不到的安全感，得不到的被哄、被宠的感觉，在周衡这里我都得到了。

“自然而然地，当晚，我们在一起了。

“第二天早上天刚蒙蒙亮，我就醒了，我边用胳膊推着身边的周衡，嘴里边说：‘宝玉，快起床吧，家里没一点青菜了，你赶快去买点回来再去工地吧。’

“周衡坐了起来，眼睛直勾勾地看着我，并对我说：‘阿香，我们已经在一起了，忘记宝玉吧。’

“听周衡这么说后，我完全清醒了，我当然不赞同周衡这句话，我怎么能忘记宝玉呢，我那么爱他，但现实是我和周衡躺在一个床上，我只能继续装着糊涂地问周衡：‘我们已经在一起，我这不是在做梦吧。’

“‘没有，没有，阿香。我们已经在一起了，昨天，我已把我的全部身家六十万元交给了你，任意由你支配。’

“‘任意由我支配，你说了可不许反悔。’

“‘当然不反悔。’

"'我想说，我用这钱帮我们家翻修房子。'

"'可以，这事由你做主。'

"'我还想，还想帮我自己买条项链。'

"'可以，这事由你做主。'

"'我还想，我还想……'

"'阿香，你别想那么多了，想多了费脑子，反正，你说帮你家翻修房子，那就先翻修房子吧，我只有一个小小的要求，那如果你不同意也就算了。'

"'你说吧，什么要求。'

"'我想，我想每个月，也就从这月开始，我得在你这儿支二千元钱给我姐，你看，是不是多了，多了的话，一千也行。'

"'周衡，看你把我想的，我那么小气吗？你姐四十万一次性都给你了，这点小钱我不会计较的，通过了。'

"你们可别说，这管钱、当家做主的滋味啊，还真爽。只可惜，让我做他主的、当他家的、心在我这儿的，不是宝玉，而是周衡。

"接下来，翻修我家房子还真被提上了议事日程，因为我是长女，而我妈生前最大的愿望莫过于我们王家有栋新盖的房子了，我真的想我妈能在天上看到我为她实现这个愿望。

"周衡干起事来，还真是让我刮目相看，原来……不……也就前两天，他在我印象当中还就是一个坑蒙拐骗偷、吃喝嫖赌抽的混混，可是，哎，这人呐，还真是会变的。"

"周衡怎么变了？"

"周衡啊，为了帮我家翻修房屋，竟然还画起了设计图，我真的没想到，就他那文化。后来……后来周衡的做法更离谱了，他居然……居然搞起了预算。我真的想嘲笑嘲笑他、打击打击他，可他那认真劲，什么砖呀瓦的，什么钢筋水泥预制板、水管电线，都算得很精细，就是没算进人工费。”

王香香说到这里，突然停了下来，过了好半天才叹了口气。

“哎，几位警察同志，我说得都累，你们听得不更累吗？人都已死了，这些也都成为故事了，要是再过几年，它都成为往事了，没人想听啊！”

“王香香，你继续说吧，想听不想听不重要，关键它是我们的工作。”

“谢谢你们能听我继续唠叨。

“刚才说到周衡没算进人工费是吧，他打算自己做。当然，他希望我爸在家没什么事的话，也可与他一起做。”

“你爸在家，你爸在家没对周衡的到来提出质疑？尤其你们这种关系。”

“我爸……我爸对周衡提出质疑？唉，要是他能提出质疑，我妈的命运也就不会那么惨了，我也不会那么早就辍学干那些事了。我爸啊，说句丢人的话，他就是一典型的三无男：无能力、无胆量、无担当。我这么说我爸，让你们见笑了。”

“你继续说吧，王香香。”

“周衡还真的买回来好多的材料，还真的自己干了起来。当然，买所有的材料的钱都由我来支配。

“看见周衡忙里忙外，很勤奋的样子，我往往在想，周衡到底有哪点不好呢？他身上的正能量也是挺多的呀，要不是有宝玉的外形这个参照物，选他做丈夫也应该不错啊！况且，宝玉除长相外，其他的并不比周衡强，周衡还是个很会过日子的人啊！为了我王香香，周衡戒了烟、戒了酒、舍不得吃，说句让你们见笑的话，周衡他大热天的连瓶汽水都舍不得喝，更舍不得为自己买件像样的衣服，还在房前屋后的空地上种了好些蔬菜。最难能可贵的是，他还为我家盖房，这种百年大计本应由我王家的儿子去完成的啊！且不说王家的儿子不争气，没能力，那身为王家的女婿宝玉，他又为王家做了些什么呢？"

"周衡为你们家忙出忙进，左邻右舍没议论吗？"

"别人议论，我王香香怕别人议论吗？况且，那些议论我们、对我们有质疑的人，你给他点好处，他们马上就为你唱赞歌了。"

"唉，这都什么人。"

"因为只有周衡和我爸两人盖房，所以工程进度很慢。"

"这期间，你心里没想过宝玉吗？难道你不怕他来你家找你而碰到周衡。"

"我借口拿孩子的衣物到宝玉家去了一趟。当然，去之前，我是做贼心虚的，然而去了之后，我却对宝玉增添了不满。"

"为什么这么说？"

"因为我去了之后，宝玉那傻大姐悄悄地在我耳边大声说……说宝玉又叫人带回了好多钱，两千块呢。"

"为什么说悄悄地大声说？"

"他姐是傻子。

“我当时的那个气啊，好你个徐宝玉，先是不接我电话，然后又干脆换掉手机。然而，你与你家里联系得这么紧，送这么多钱回家，那我算什么？周衡能一次给我六十万，你作为我丈夫给过我六十元钱吗？我心里的天平又一次失衡了。”

“妈妈，妈妈，我肚子饿了。”在一旁玩泥巴的小男孩突然跑到王香香跟前。

“去……去外公那儿吧，他正在屋里呐，你让他下点面条给你吃。”

小男孩听话地找外公去了。

“这男孩长得好漂亮啊，你与徐宝玉的孩子吗？叫什么名字？像他爸爸吧，个子好高。”

“这位警察你说对了，孩子挺像他爸的，他叫小宝，周衡也挺喜欢这孩子。”

“周衡也喜欢你和徐宝玉的孩子？”

“是的，要不怎么会说，周衡还是挺善良的。可是周衡更希望我们，就我和他有个孩子，可我坚决不同意。”

“为什么不同意？”

“因为在我心里，周衡终究只是个过客。虽然在周衡看来，我王香香就是他的全世界，但这是不可能的。他不是可以与我过一辈子的人，我终究还是得回归自己原来的家庭。”

“到现在为止，周衡为你做了那么多，你对他多多少少就没有一点点，哪怕……哪怕是一点点的爱？”

“可能有一点点吧，但那也不是男女之间的那种爱，他不配。

虽然我也不是什么好女人，但我有了宝玉，宝玉是好人、是正人君子，而我是宝玉的正儿八经的妻子。唉，对周衡，我只是有点喜欢和他在一起，因为我只有和他在一起，才能享受那种被哄、被宠、被娇惯的感觉，而和宝玉在一起就不同了，是我在哄他、宠他、娇惯他。其实，我是真的希望宝玉哄哄我、宠宠我，哪怕是假的，你做做样子也成啊！

“知道怀了孕，我大骂了周衡，骂他在这件事上做手脚，骂他骗了我，甚至骂他这种人就不该有孩子，而应该绝后。周衡似乎不介意我骂他，真的，我怎么骂他，他都不介意，反而乐呵呵地听我骂。从这点你们也看得出来，周衡有多包容我了。”

第六十八章　周衡死了

“还是说说周衡是怎么死的吧。”

“哎，吵架的那天早上，下着暴雨，我一直睡到八九点钟才起床。可一起床我便看到我和宝玉的孩子正蹲在地上拉大便，而且拉出来的都是稀糊糊的，我马上意识到孩子吃坏了肚子，便‘周衡，周衡’地大声叫了起来。

“周衡听见我的叫声，马上从厨房里跑出来，手里还端着一碗刚煮好的荷包蛋，并且笑着对我说：‘快，香香，把荷包蛋吃了吧，知道你快起床了，我提前给你煮上的，这怀了孕啊就得吃……’

“‘吃什么啊吃，吃你个头，你尽知道吃，你给小宝吃了什么了，他在那儿蹲着拉肚子呢。’

“‘我没给他吃什么啊，这不，正准备给小宝做呢，他拉肚子也可能是受凉了吧。’

“‘这么热的天，肚子怎么可能受凉，我就说不能跟你生孩子，这你的孩子还没出生呢，对小宝就不管不顾了。’

“‘香香，我哪有对小宝不管不顾，我挺喜欢他的，待会儿这雨下小了，我给小宝买药去。’

“‘那这大雨要是下个不停呢？依你的意思就不去买药了。’

“‘买，买。我马上就去买。那……你给二十块钱我吧。’

“‘这么窝囊，二十块钱也找女人要。不行，这肚子里的孩子一定不能要，必须打掉，不然我没法跟宝玉交代。’

“‘香香，你说二十块钱我都得找你要，是我不对，等这阵子梅雨过了，我会出去找事做的。’

“‘唉，就是你出去找事做，那我也得把孩子打掉啊，我没跟你开玩笑，我是认真的，你得明白，这孩子不能留。’

“‘为什么你不能跟我周衡生个孩子呢？既然这个孩子已经存在了。’

“‘那也不行，周衡你就断了这个念想吧，这孩子必须得打掉。’

“‘香香，我那么喜欢你，你就不能为我生下这孩子，为我留个后吗？宝玉不喜欢你，你也为他生了孩子啊！’

“‘周衡，我老实跟你说吧，虽然我与宝玉吵啊闹的，可毕竟分开几年了，也该平静下来了，现在我开始想他了，甚至我一闭上眼睛就能看见他那帅帅的样子。’

“‘那我周衡算什么呢？我这么喜欢你。’

“‘你喜欢我，我就一定要为你生孩子吗？女人啊，都是愿意为自己所爱的人生孩子的，孩子是爱的结晶你知道吗？’

“‘唉，其实周衡，你是个善良又勤劳的人，你的本质并不坏，这我已看出来了，你去找个好女人吧，找个要得不多的女人。我阿香的本质没你想得那么好，我既要钱又要爱，还要男人长得帅，我要得太多、欲望太强，不值得你爱。顺便……我……也算是给你一个忠告吧，那便是，活着，没必要去讨好任何人，如果一味地讨好别人，特别是女人，也只能让别人对你心生反感，甚至厌恶。'

"'不是这样的，不是这样的。'这时的周衡反复地说着这句话。

"'是这样的，周衡。我与你……咱们的缘分，从我知道我肚子里有你的孩子那一刻起，也就尽了。你给了我六十万元，我跟了你两年多，你也该知足了吧。六十万买了我两年多啊，我这么年轻的身子，而你那么老，都将近快五十的人，比我父亲小不了几岁。'

"'香香，为了你，我几乎什么都没了，我也在努力改变自己，难道你看不出来吗？'

"'我是看出来了，你很爱我，但你这爱，我承受不起。'

"'宝玉根本不爱你，但你却那么爱他，为他生下儿子。我这么爱你，你却不愿为我做出哪怕是一点点，看来，是我错了，而我这一错，错得太远了。'

"'周衡你没错，错全在我，是我太贪婪，我看我俩现在分开来得及。'

"'来得及……来得及，我恐怕是来不及了。阿香，说句玩笑话，如果我死了，你能帮我把这孩子生下来吗？'

"'我不喜欢开这种玩笑，不过如果你真的死了，出于同情你，我是愿意生下这孩子，就当我和宝玉多生了一个孩子。'

“‘宝玉，宝玉，我真嫉妒宝玉，要是他泉下有知，知道你阿香这么爱他，他也该知足了。’

“‘周衡，你别胡说好不好，如果我没猜错，你恨宝玉是不是，你巴不得他早点死你才这么说的。不过，你会失望的，宝玉呀活得好好的，钱呢，那恐怕是赚了不少，这每个月都还给他妈两千元呐。’

“‘我实话跟你说了吧，阿香，说了或许你就死心了，这不说的话，你总是对宝玉抱有希望，宝玉他……’

“‘宝玉他怎么了，我跟你说周衡，你要是伤害我们家宝玉半根毫毛，我不会饶你的。’

“‘宝玉死了。’

“‘你胡说，我跟你走的那天中午他还接了我的电话，电话里他说他在餐馆吃东西呢。’

“‘你说得对，宝玉是在餐馆吃过面。但吃完之后，他返回工地，坐在椅子上休息，也就那会儿，我趁他不防备，从他后面，用铁棍将他砸死了。’

“‘周衡你骗人，这是你编的故事，好让我死心塌地地跟着你。实话告诉你，我王香香和你周衡，我俩是不可能长久的，这点从我俩刚开始我就明白，我就有过打算。而且，撇开我根本不爱你这件事不谈，我这有配偶的人与你同居，在法律上叫什么，叫重婚，那可是要坐牢的，你既然喜欢我，你愿意我去坐牢吗？’

“‘还有，即使我不怕犯什么重婚罪，不怕坐牢，那我也得找……最起码不是找你这样的人吧，更何况我有那么帅、那么年轻的孩子他爸，有这样一个男人在守着我，即使我们吵过、闹过，那又有何妨，哪个夫妻不吵架、不拌嘴的。而你知道，你越是这样编故事，我越恨你，你大概忘记了，我跟你走的那天下午，你对我说什么来着，你说宝玉与徐学文、还有徐学文的侄女一起到外面吃饭去了。既然你中午已将他砸死，那下午他还能出去吃饭。你太能编故事了，我恨你。'

"'与徐学文和他侄女一起出去吃饭，这点我是骗了你，根本就没有这事，但你恨我也好，不恨也罢，反正这在我心里憋了将近三年的事情，说出来之后，我心里反倒是舒服多了。'

"'要真是那样的话，我马上报警，可打死我我也不信。'

"'信不信由你，难道你不觉得不正常？都两年多快三年了，宝玉都没与你联系，他不想你，可他不想他的孩子吗？'

"'那宝玉让人每月给他爸妈送钱，这事未必有假，有谁傻到把自己的钱给别人。'

"'是有这种傻人，而这傻人就是我，你忘了这两年多来，我每月让你支出二千元钱吗？这钱，我送给宝玉的爸妈了，这两位老人太可怜了，可以说，直到目前为止，他们还以为自己的儿子在挣大钱呢。另外，杀死宝玉，也因为我傻，我不该仅仅接到你带着哭腔的一个电话，就跑去教训宝玉。我没想过要杀死宝玉，要说嫉妒是有一点，我真的没想过要杀死宝玉啊！'

"'照你这么说来，宝玉真的不在了？'

"'是的，这事儿你可以打电话问假老外，是他与我一起处理宝玉尸体的。'

"'啊，原来你周衡竟是一个杀人犯，我真瞎了眼，跟一个杀人犯一起生活了两年多，并且你这个杀人犯杀的是我的丈夫。我真后悔，后悔那天有些冲动地给你打电话，如果我不哭着给你打那个电话，宝玉，我唯一爱过的男人他也不会死啊，我真后悔，后悔我会对你敞开心扉，相比我的男人、我的宝玉，你算什么。这下，我的宝玉死了，我王香香也不活了，但在我死之前，我得杀死你。'

"说完这些，我跑到厨房拿起了菜刀，挥舞着跑向周衡。

"周衡一下就抓住了我拿菜刀的手，他流着眼泪，低声下气地对我说：'香香，我愿意死在你的刀下，但那样的话，你也得坐牢，如果你为了我而坐牢，不值啊。宝玉不在了，你还有小宝呢。'

"周衡说过这话后，我丢下菜刀，跑到蹲在地上的小宝跟前，紧紧抱住了他。

"'我去给小宝买药了。'

"这是周衡对我说的最后一句话，也是他活着的时候说的最后一句话。

"尽管外面下着暴雨，周衡没带上任何雨具，把门打开之后，他消失在暴雨中。

"这之后的几天，我茶饭不思，人也瘦得不像样子，整日以泪洗面，脑子里全是宝玉的影子，以至于周衡几天未归，我也毫不在意。

"这雨呀，也是下了几天，直到第四天，才没下雨了，那天吃完早饭后，有人跑来告诉我，说我们家里的那个人，出事了。"

"别人所指的那个人，就是周衡？"

“是。”

“周衡是怎么出事的？”

“你们也看到了，我们这里是山区，尤其在下暴雨的时候，很容易造成泥石流的，不管是大范围的还是小范围的。”

“周衡遭遇泥石流了？”

“也不是真正意义上的大范围的泥石流，是山上滚下来的石块砸在了周衡的脑部。

“后来，村里有名的快嘴冯嫂跟我说，开始下大暴雨的那天，她去小卖部打酱油回来，在半道上碰见了我们家里的那个人，她还提醒过我们家里的那个人别往山脚走，这下大雨的时候，山脚危险着呐。”

“周衡的后事是你给办的？”

“除了我还有谁，不过，我花了点钱，请了些村里人帮忙。”

“都请了谁呢？”

“以前的村长、快嘴冯嫂的丈夫，还有铁匠，还有冯嫂的丈夫帮我找来了些我不认识的人，都是些老人，这村里啊，基本没什么年轻人了，大家都不愿待在山里，都出去打工去了。”

“周衡的孩子你还是留下来了？”

“是啊，现在，我倒想给周衡留个后，虽然我从未爱过他，哪怕一分一秒钟都不曾爱过，但毕竟他为我做了那么多，至于生下孩子后，我不会再做以前的老本行了，毕竟那是不光彩的，我已是两个孩子的妈妈了，我会去做点小生意赚钱，将他们养大的。

“当然，我与宝玉的孩子，我会更心疼些，他好无辜，是我这个做妈妈的害了他。本来他应该有美好的童年，甚至美好的人生，他爸那么努力，就是想让自己的儿子能有幸福的人生，但现在说什么都晚了，是我害死了他爸啊！而周衡要是碰上个好女人，也会有完整的一生，他的本质并不坏，他甚至与我谈心时，说他小时候的理想是长大了当警察抓坏蛋。你们说有当警察志向的人，他的本质能坏到哪里去？他还跟我说，是他姐毁灭了他的梦想，也几乎毁灭了他的一生。不过，我觉得好女人是可以重新塑造男人的，可我不是好女人，我害死了两个男人，一个是我爱他胜过他爱我的宝玉，一个是他爱我胜过我爱他几千几万倍的周衡。”

离开王香香，曹警官、陈警官、薛警官马不停蹄地找到了以前的村长、快嘴冯嫂的丈夫及铁匠，当陈警官拿出周衡的照片分别让他们辨认时，他们没有丝毫的犹豫就指认：半年前在山脚下被砸死的就是此人。

经过了数日的调查取证、走访询问之后，这起杀人藏尸案几近水落石出。

“401 杀人藏尸案”专案组的成员又集中到了分局里，经过讨论、总结之后，专案组的全体成员一致认为：该写结案报告了。

只是，专案组在写这份看起来办得还算顺利，也没碰到什么大的阻碍的杀人藏尸案结案报告时，写得却并不轻松。

第六十九章　恼怒的孙则

孙则自从知道自己买下的房子是所谓的凶宅后，对卖给他房屋的张大毛的恨意，那是一天比一天加深。最初，他频繁地跑到公安局，找到办理这起杀人藏尸案的警察，强烈要求将张大毛也抓起来。至于为什么要抓张大毛，孙则说那是因为张大毛知道真相。

孙则的要求也常常把警官们弄得哭笑不得，然而，警官们能够理解孙则。

不过，令孙则伤心的是，自己的亲姐姐，不但不支持自己的想法，反而处处维护张大毛。

又一次从公安局出来后，孙则拨通了姐姐的电话。

孙霞赶到孙则指定的见面地点后，立马感到孙则有些不对劲：“这又怎么了，前几天夏警官不是劝过你，而你也表示想通了吗。现在又想不通了？我真是服了你，跟个小孩似的，想一出是一出，警察很忙的，别再打扰人家了，人家没给你脸色看算是对得住你了。”

“姐，我……我……我真的是想不通，我一闭……闭上眼，里面就……就……就出现那……那死人，还有活……活蹦乱跳的开心。”

“孙则，你得朝前看，如果开心活着，也不希望他的舅舅这么颓废，这么着，反正你今天已出来了，索性我们一起去看开心吧。”

“看开心，上……上……上哪去看开心，姐，你……你……你这是撕……撕……撕我的心呐。”

“我让你去看开心的眼睛，你忘了，开心的眼角膜移植给了他的好朋友唐明辉。”

“姐，过些日子再……再……再去吧，我……我现在就……就想让公安把……把张大毛抓……抓起来。不抓也……也行，我们把房子退……退给他。”

“我不同意退掉房子，因为大张卖房给你的时候，他并不知道房子里面有死人。你想，如果他知道的话，他还会买下这房子吗？正如你也不知道，你也买下了这房子一样，大张也是受害者，和咱们一样，你想，我们退给他，那他退给谁呀！”

“我……我……我不管他……他……他退给谁，为……为了这房子，开心死了，我……我……我永远没有了侄……侄儿。”

“开心没了，我和你一样，甚至比你更痛苦，他是我十月怀胎生下来，是我的骨肉。”

“骨肉，那……那开心也……也是姐夫的骨……骨肉，你现在移情别恋，喜……喜欢上了张……张大毛，我……我姐夫知……知道了，他……他该怎……怎么想。”

“别想你姐夫了，孙则，你没有姐夫，从来都没有过姐夫。”

“那，姐，你与华鑫怎……怎么回事?”

“怎么回事，本来我不想说这人，因为这人在我心里如死人一般，但你似乎很愿意提起他，对他抱有很大的希望。实话对你说吧，我和华鑫是谈过恋爱，我还想和他结婚，并且我为他打过三次孩子，就在我去医院打第四胎时，医生对我说了，我的子宫已经很薄很薄了，经不起再刮了，这次再刮掉，或许我永远都做不成妈妈了。

“再次知道自己怀孕后，我对华鑫说，这次无论如何也得将这孩子生下来，可我得到华鑫的答复却是他还没有结婚的打算，原因是他没钱买房。

“哎，我真傻啊，连我的同事，你知道的，就那比我小几岁的姑娘田静都看得出来，华鑫只是在玩弄我的感情，因为没房不是不结婚的理由啊!”

“你怎么没……没……没跟我说这……这些啊，姐。”

“哎，怎么说呢，有时候我觉得快撑不住时，还真的想找个人一吐为快，你是我们家里的男人，按说我应与你倾诉，但是，当我有这种想法的时候，我又觉得有些事情是不适宜告诉你的，而且即使是告诉了你，又能怎样呢?你头脑那么简单，心地那么善良，凡是往好处想，可以这么说，不是你现在逼着硬要和我谈华鑫，我一辈子，甚至下辈子都不想提这个人。”

“对……对不起，姐。”

“唉，更可气的是，为了能有房结婚，为了能拴住华鑫，我把你的补偿款取出一半拿给了华鑫，让他再加点去付个首付。”

“那华鑫拿……拿……拿了钱，他……”

“他不见了，从此以后见不着他了。”

“那咱的钱，姐……你……这个你……你真应该告诉……告诉我的。”

“对不起，孙则，这么些年我不想提起这人，只因为他在我心中已经死了，在钱的问题上是姐对不起你。”

“依……依我看，姐，这华鑫不……不好，那……那张……张大毛也……也好不到哪去，他……他与华鑫一样，还……还不是骗……骗咱们。”

“相比华鑫，大张不一样，他挺有担当的。”

“担当个屁，姐，我……我……我看你不……不……不知道吸……吸取教训。”

“孙则，我也不想说服你，让时间来证明吧。”

“姐，我……我……我不会改变我……我对他的看……看法的，除……除非将……将房子退……退还给他。”

“现在不说退房的事了，你什么时候去看唐明辉，咱俩一起去。”

“我……我会去的，姐，我……我知道唐明辉住……住哪儿，”

“也行，你自己抽时间去吧，不过，孙则，我劝你房子的事别闹了，我也不会同意你把房退给大张的。”

在自己的要求得不到公安局的答复，又得不到姐姐理解、支持后，孙则选择了听取郭达的建议，他俩一起来到了律师事务所。

接待孙则的蔡律师，听完他结结巴巴地介绍完事情的原委后，沉思了良久才问道：“这位先生，那你是否愿意通过诉讼途径来解决问题呢?”

孙则茫然地看了看郭达。

郭子马上对孙则说：“律师的意思是问你愿不愿意打官司?”

“打官司能……能……能赢吗? 房子最终能……能……能退掉吗?”

“是这样的，孙先生。咱购房人买房是为了安居乐业，你说这好不容易攒俩钱买套房子吧，出现这种情况，且买房人在自己所买的房屋里看到了尸体，对买房者，也就是孙先生你来说，精神上必定受到很大的冲击。你们家侄儿的死，多多少少与这房子有些干系。且不说有什么封建迷信，但墙体表面出现的一些现象让孩子受到惊吓，导致孩子行为异常是客观存在的，给孩子带来的心理压力及心理阴影是可想而知的。而且，你们作为买房者今后肯定不会，也无法在这样的屋子里继续正常生活，无法实现买房者安心居住的目的，因而合同目的不能实现，在这种情况下，你孙先生，可以提出解除合同并要求返还购房款。

“另外，从社会公序良俗的角度来说，房子里出现这种情况，即成为了民间意义上的所谓凶宅。因此，无论从合同法角度还是从公序良俗上来讲，这样的凶宅对于咱们普通人来讲，心里肯定不能接受，对于这一点，如果孙先生想退掉房子，可以和对方协商解除合同，如协商不成，你作为买方可以向法院提起诉讼。”

“谢……谢谢律……律师，我……我大概明……明白了，我……我可以告……告张大毛，向……向法院起……起……起诉张……张大毛。”

“是这么个意思。”

从律师事务所出来，孙则那多日愁眉不展的脸上终于有了笑意。

“郭……郭子，不愧是……是好哥们，出……出的主意就……就是管用，你太……太有才了。”

“别这么恭维我了，孙则，我受不起的，我俩啊，也就半斤对八两。哎，说起半斤，真的，我家里还有八两酒，黄鹤楼的，不如咱带点菜回去吧。”

第七十章　张大毛同意孙则退房

连日来，张大毛的确感到有些不堪重负，一方面，年底到了，作为公司的财务这一块，工作负担突然加重了许多；另一方面则来自于孙则——那每天三番五次的电话，直搞得他都没法进行正常工作，生活全被打乱了。

张大毛倒不是怕孙则嚷嚷退房，即使万一要退，那也没什么，退就退吧，总有人要做这个冤大头，张大毛更不屑一顾孙则整天挂在嘴边的那句“把你张大毛也抓到公安局去”，哼，没文化就是没文化，吓唬谁呢？张大毛唯一在乎、唯一担心的是夹在他与孙则当中的孙霞。看得出来，孙霞对这段感情很投入，也很上心，小心翼翼地维护着，而张大毛已对不起阳阳，辜负了阳阳，他不能再对不起、再辜负孙霞啊。

借着中午午休的空当，张大毛拨通了鲍艳的手机。

“张大哥有事吗？”

“我想……”

“咱们见个面吧，我有好多问题要问你呢，张大哥。”

“见面的事情再说吧，这些日子公司的确很忙，我只是想对你说，孙则要把房子退还给我，我也同意，总得有人做这个冤大头是吧，我只是想向你咨询咨询……”

“等等，你等等，张大哥。你这人也太好说话，太好欺负了吧。这房子里面出的事，你也不知道，你还不是被蒙在鼓里。孙则退给你，那你又退给谁呢？退给那山东老头，还是退给他儿子？”

“这些都不说了。”

“怎么不说了，张大哥，也就你，太好说话了。孙则家里的遭遇固然令人同情，但张大哥，你也是受害者啊！你说这明明看上去没有任何问题的房子，就连装修的时候我都参与过，我还自以为很了解很了解这套房子呐，在那房子里进进出出那么多次，我怎么一点感觉都没有呢？”

“其实，要说感觉我还是有的，但我这人凡是都不想往坏的那方面去考虑。我妈的感受可能特别深，深到她的内心无法承受。”

张大毛说到这儿，突然想起了什么：“不过，鲍艳，我今天没时间与你谈了，对不起，我挂了啊。”

“张大哥，张大哥，哎……”

张大毛到底想起了什么呢，与鲍艳结束通话后，他甚至连下午的假也没请，便跑出了公司，随手又拦下了一辆的士。

当气喘吁吁的张大毛直挺挺地站在孙霞身边时，孙霞坐不住了。

“大张，发生什么事了，又发生什么事了？我弟他怎么了？他没做出格的事情吧!”

“先坐下吧，小孙，你看办公室里的人都看着咱俩呐，要不你跟你们头说一声，我俩出去找个地方坐坐。”

“行吧。”

一出办公室，孙霞立即抓住了张大毛的手：“说吧，你这么突然地来到我这里，吓死我了，出什么事了?”

“看你紧张的，也难怪，这段日子，大家都很脆弱，包括我，经不起一点风吹草动。”

“还风吹草动，说吧，什么事?”

“到对面麦当劳去找个位置坐着说吧。”

“那里人那么多。”

“不要紧，人多才好呐，嘈杂，我俩小点声。”

在麦当劳找个地方刚坐下，张大毛便开了口：“小孙，在见你之前，我在办公室给鲍艳打了个电话。”

“你跟她打电话干什么，咱们被她害得还不惨?这辈子我最不想理的人就是她，你还又联系上她了。”

“看看你，沉不住气了吧，我跟她打电话是因为我想向她咨询咨询……”

“跟她咨询什么，你又不买房。”

“这不是孙则天天打电话在逼我，他要把房退给我……”

“那是不可能的，我不会允许孙则这么做。”

“你允许不允许不重要，孙则告诉我，他已找好律师了，准备起诉我。”

“乱弹琴，反正我已请过假了，待会儿我去找他。”

“哎，说老实话，站在他的立场想想，他没做错。不过，我不会等到他起诉我的，那样的话，他又得出一笔费用，我已想好了，我同意孙则退房。”

“我明白了，这才是你找鲍艳的原因。”

“是的。只是我刚才与她在电话里聊着聊着，不经意间就聊到了对那房子的感觉，还特别聊到了我妈，也就这个时候，我好像……好像突然明白了些什么。”

“明白了什么，快说说看。”

“不过，现在我觉得你应该打电话让孙则过来，让他也听听。”

“他过来？他过来又会与你闹的。”

“他提的要求我都会答应，我相信他不会闹的。”

孙则接到姐姐的电话后，立马按照姐姐所说的地点，来到了姐姐单位对面的麦当劳，并且在二楼看见了姐姐。

“姐，找我到……到……到这儿来干嘛，请我吃……吃麦当劳啊，正好，我……我……我还没吃呐，这……这肚子正……正饿着呐。”

“美得你，快坐下，不是我找你，是大张找你。”

“张……张大毛找……找我，他人呢，不……不在这儿呐，我……我不找他，他……他倒找……找我了。”

“你坐下吧，耐心点，他上厕所去了，一会就来。”

姐弟俩正说着，张大毛走了过来：“来了啊，孙则，你还蛮快的，骑助动车来的吧。”

“有……有……有话快说，有……有……有屁快放，我……我没时间坐……坐这儿听……听你胡扯。”

“孙则，尊重别人就是尊重自己，你就不能好好说话。”

“小孙，别难为他，他也就这性格。来，孙则你坐下。”

孙则歪着身子坐了下来。

“是这样的，孙则，今天让你过来，是想跟你说，那房子，你别起诉了，退给我吧。”

“说……说话算数？”

“当然算数，你定个时间，我们去把手续办了。”

“这么简单就……就答应了，没……没条件？”

“你有条件你就提吧，只要我能接受的。”

“不……不会是以牺牲我……我……我姐做代价吧。”

“孙则，说什么呐，你总把人想得那么坏，好好听大张说吧，他有话要给我们说呐。”

第七十一章　想象与事实，偶然与必然

“是这样的，孙则，我今天，我今天好像突然明白了点什么，当然了，是针对这房子，我想说出来给你们听听。”

“不……不会又出什么幺……幺……幺蛾子吧。”

“别打岔，孙则，好好听大张说。”

“哎，围绕这房子，我以前也思索了好久，始终说不出个所以然来，直到今天我好像突然明白了，围绕这房子，以前那些看似偶然、看似幼稚，甚至有些荒诞的想法也好，做法也好，现在看来，正是以前的那些现象，那些偶然，它其中蕴藏着必然啊！”

“什么偶然必然，大张，你把我和弟弟都弄糊涂了，你简单点说吧。”

“装……装腔作势。”

“就从我刚买到这房子说起吧，试想想看，一个从农村到这城里来的娃子，那以前我做梦都没想过我能在这大城市里有一套商品房啊，且不管它是新房还是二手房。而当这成为事实时，我很陶醉，陶醉得不能自已，我那前妻阳阳也跟着我傻乐，兴奋得甚至睡不着觉。

“搬到里面去以后，虽然我们也闻到那股难闻的气味，那股让人作呕的气味，但我们不敢说出来，确切点说，我们都不愿说出来。我俩都小心地维护着这个新家，阳阳甚至买回了许多香水呀、清新剂之类的东西，喷洒在这座房子里，以至于后来我俩的鼻子都有些麻木，其实，虽然在这件事情上我俩心照不宣，但我俩谁也不愿提及这事是事实。

“后来，我妈从老家来看我了。最开始，我妈她也就觉得我们家房子里面有股怪味，继而又觉得待在这房子里面很冷，并且到了晚上噩梦一直伴随着她。我呢，通通把这归结为我妈对新环境的不适应，老人嘛，是不是，而且我这人还有这样一个特点：自己的东西哪怕再怎么不好也是好的，而别人的东西哪怕它再好，而我在企及不了这些东西的前提下，我是不会去奢望的，所以对于我们这个来之不易的房子，我，还有阳阳，我们几乎是带着一种敬畏的心情入住进来并且小心地呵护它，尽量不去往坏的方面想，而对于我妈的不适应，做下辈人的也只能安慰安慰了。”

“大张，你就具体说说有什么偶然吧，我想听听，看我有没有同感。”

“行，那就先说我妈从乡下带到城里来的两只老母鸡吧。它们也怪可怜的，没吃没喝又在蛇皮袋里闷了大半天，这对于在广阔天地里野惯了的鸡们来说是多大的挑战啊。虽说它们是畜生，但它们也是生命是不是。

“好不容易到我家了，我妈把它们放在阳台上，那意思是怕放在屋里遭人嫌，没想到我那前妻阳阳回来后，还真是嫌它们，让我马上杀掉它们，我只能服从命令，而就在我去阳台解开了蛇皮袋，要抓它们出来的时候，那两只闷了将近一天的鸡，突突地从袋子里面蹿出来，惊慌失措地在屋里到处乱蹿，当然，我也一直在试图抓住它们。最后，那惊慌失措的两只鸡，从四楼的阳台上飞下去了。孙霞你说说看，这件事是不是发生得有些偶然？”

“我认为是有些偶然，在农村里养大的鸡，而且基本是散养的，这点我知道，你如果强硬地把它们束缚起来，它们肯定不习惯，它们在你们家惊慌失措是可以理解的。”

“而我妈不这样认为，她先确信是闻到了不同寻常的气味，后来呢，这鸡的举动让我妈将事情串联在了一起，特别是鸡飞下楼去以后，我妈说得特别吓人，她说……她说鸡跳楼了。”

“要我说，你妈把这两件事联系在一起，多少有些迷信的味道。”

“是的，我认为鸡飞下去也好，跳楼也好，这只是偶然现象，而家里有气味确实是事实，这墙里边有尸体，那有气味是必然的，但对于这必然的东西，我们当时却说不出个所以然来。”

“你解释得真精辟。”

“什……什么屁……屁精，不懂。”

“再说一个事吧，那天，我早上醒得比较早，起床后，又没什么具体事可干，便往沙发上一坐，随手拿起了一张报纸，一则‘随手扔掉快递地址，引来杀身之祸’的消息让我坐不住了，我们家阳阳就有这习惯，总喜欢在网上买买买，而拆掉包装后的那些个东西又随便乱扔，我都提醒过她好些回，她都没有改的迹象。

“正好这时我们刚搬的家，添置了大量的东西，这些添置的东西大部分是阳阳从网上买来的，想到这些东西的包装袋上面的信息，我马上在家里面寻找起来。说是寻找，其实也有些夸张。而阳阳多少听了些我的话，把那些带有信息的纸张都塞在了鞋柜里。

“我把它们都翻了出来，又拿了一个不锈钢盆子，准备在卫生间里将这些纸张烧掉。”

“在家里面烧这些东西，不太安全吧。”

“小孙你说得对，是不太安全，但有我控制着呐。在外面烧，你到哪里去烧呢?”

“而就在火势烧得最旺的时候，我妈拧开了卫生间的门。”

“她极有可能担心家里出事了。”

“小孙你真善解人意。

“虽然我妈看见卫生间里的火苗往上直冲是怕家里出事，但拧开门后的我妈却没顾忌火苗，她用她的右手直指着那堵……那堵现在被证实里面藏了死尸的墙，直呼：‘里面有人。’”

“难……难道你……你妈有特……特……特异功能?”

“难道老人家的眼睛能看见墙里边?”

“都不是，应该是在火苗上下蹿的过程中，在卫生间忽明忽暗的情形下，我妈看到了墙上那酷似人的影像。”

“其实我也注意到了卫生间里边被发现藏有死尸的那堵墙，那堵后来被砌起的墙，那墙上砌的瓷砖，它的颜色要比其他地方瓷砖的颜色深那么一点点，好像总是湿漉漉的，从来没有干过，只是我凡事愿往好的方面想。现在看来，开心……我的开心说得没错，他说卫生间里有人偷看他洗澡，有人偷看他小便，这不是空穴来风啊！我还以为开心调皮呐，自从搬进这房屋后，开心不上卫生间了，随便在客厅里尿尿，导致上幼儿园后也随便拉尿，就为这，没少挨老师的批评和同学的嘲笑，弄得这孩子整日没精打采。真的，现在回想起来，开心的离去，真的与这房子有关，这些都不是偶然，它是必然啊！”

“是的，我妈及开心都看见了墙上酷似人的影像，那是因为他们一个是老人、一个是小孩，他们的内心都很脆弱，脆弱到一看见这堵墙，他们就会往那方面去想，而且越想越像，越像越想。现在看来，那堵墙上面的影像刚好与普通人的高度差不多，因为这尸体在里面腐烂，尸水又很难干的，而且，我们站在整栋楼房的北面，能看到我们这套房子靠卫生间的外墙上它打了许多的补丁，估计是漏水的缘故，而这漏进去的水又能使尸体腐烂，这雨水和尸水吸附在墙上，特别是阴雨天，返潮的日子，这影像就更明显，也正是在这影像的干扰下，开心及我妈的行为就表现得很异常——开心表现得烦躁不安，我妈却选择了迷信。而在我的印象当中，我妈年轻时是女强人，从未信过这类迷信什么的，后来年纪大了……也许，她这样做是为了她的儿子、儿媳以及那未出世的孙子。我妈她甚至偷偷地背着我们找来了老家的江扮贤，一个在我们当地小有名气的风水先生，其目的肯定是想在我与阳阳都不知情的情况下把一切都搞定，为我们扫除阴霾。然而，阴霾没扫成，倒造成了她与我及阳阳之间的种种误会，而误会的杀伤力是很大的，总的说来，我妈便是在这恐惧、误会当中，甚至也可以这样说，这些恐惧、误会超过了我妈她所能承受的临界点，所以就……”

“听你说这些，我也逐渐明白了，我儿子开心也好，你妈也好，他们在对待这件事情上所表现出来的态度、行为，等等，它都不是偶然的。”

“是啊，想象与事实之间的界限是什么，还有我们如何把事实与想象分开，这都是很难解的命题。公安机关的警官，他们也只能是以事实为依据。在没有看到事实之前，也就他们在没看到死尸之前，如果我们仅凭那墙上的影像去报案，那公安机关会受理吗？不说你迷信才怪呢！但是，在没看到事实前，我妈、开心他们就是依据想象，所以他们越想越恐惧，越恐惧又越忍不住去想。

“其实孙则说得对。在卖这房子之前，我是隐隐约约发现这房子有问题。更进一步说，不止是房子有问题。从情感上来说，我在里面也住不下去了，在那里，我失去了两个亲人，一个是我妈，一个是我未出世的孩子，另外，妻子也离开了我；我也很能理解孙则的心情，你们住在这房子里，失去了开心，这也是我不想看到的，我也非常喜欢那孩子，和我一样，你们从情感上也不能接受这房子了。而最令人惊恐的是，这个时候真相大白了。在真相面前，大家都不能接受，而这个真相让孙则去承担，我认为也有些残忍，毕竟孙则是个残疾人，看着他一步一步迈着假腿走路的时候，我真的于心不忍。而我，通过这套二手房，我认识了你，可能也是老天爷在我失去了这么多之后对我的眷顾吧。”

说到这里，张大毛将眼光看向孙则：“房子我答应接手，如果你想什么时候去办手续，随时通知我。”

“孙则你还真要退房，你让姐姐我怎么想。”

“小孙，在房子的事情上，你不要有什么顾虑了，我是心甘情愿的。”

第七十二章　大结局

“先不说这事了。怎么样，大张，现在离下班也没多长时间，干脆，我们买点水果点心去看唐明辉吧，那孩子手术后恢复得很好。孙则，你也一起去吧，吃过晚饭你再去值夜班。”

“你……你俩先走，我……我骑电动随……随……随后就到。”

此时的孙则，说出的话柔和多了，显然，他对张大毛已差不多没有了敌意。

在唐明辉家吃完晚饭后，孙则准备提前告别去单位值班了，不过，还没等孙则开口，唐明辉不知从哪里蹿到孙则面前，手里拿着一个苹果，大声说道：“舅舅，给你一个大苹果。”

孙则有些恍惚了，这声音好脆好甜，是开心吗？可站在眼前的分明是高出开心半个头的唐明辉。

“舅舅你拿着吧，苹果我已帮你洗过了。”

“孙则，你拿着吧，你看开心多懂事。”

“孙霞妈妈，你是不是又想开心了。”

孙霞怔了一下：“好孩子，谢谢你能理解。”孙霞边说边把唐明辉拥入怀里。

已是晚上十点来钟了，孙霞和张大毛才离开唐明辉家。

走在回家的路上，孙霞的眼泪一直不停地往下落。

“别哭了，小孙，开心如果知道他妈妈这么痛苦，他会不开心的。”

“你说得对，开心真的很懂事，往往我就是他的晴雨表。今天看到唐明辉的时候，特别是看到唐明辉那眼睛，还有那举着小手给孙则苹果的模样，我脑子里忽地一个激灵，我的开心没有死，他就站在我的面前。

“现在看来，你当时的举动是对的，毕竟，你留下了开心的眼睛，而眼睛是心灵的窗户，唉，我当时还有些不能理解你。”

“大张你别这么说了，你那也是为了我好。哦，对了，你真的对孙则的胡来妥协了？我不会同意孙则胡来的。”

“千万别这样，小孙，大丈夫一言既出驷马难追。我的意思是说，说出的话就得算数。”

“你别与孙则斗气了，我们不能由着他的性子，他这个人没什么文化，不在乎尊严，更谈不上自信，唯一的优点……唯一的优点是知道如何在夹缝中求生存。”

“其实小孙你没发现，孙则身上有着好多的优点呢，虽然文化差点，但他诚实、守信、勤劳、朴素，这些我们中华民族老祖宗留下来的传统在他身上几乎都有体现。虽然他只有一条腿，算是重度残疾了，但你看他，不等不靠不偷不拿，倒像只蚂蚁一样，靠自己勤劳的双手换取自己的生活，真的，从某种程度上来说，我挺敬佩他的。”

“你别夸他了，他就因为没有文化而爱上别人的当。”

“其实，有时候上点当未尝不是好事，俗话说得好：‘吃一堑，长一智’！”

“那这房子的事……”

“房子的事你就让孙则去办吧，反正他是户主，什么时候去办，你让他通知我。”

“大张你真好。”

“你别这么夸我，真的，也就前几个月，当生活的变故来袭时，我没有足够的能力去抵挡它，相反，我选择了退缩，也正是由于我的退缩，我的命运、我走的路，偏离了轨道。真的，我也是在经历了这么多之后才学会了包容，才学会了凡事不能仅仅只站在自己的角度看问题。”

“另外，还有一件事，大张。”

“什么事你说。”

“我想，唐明辉这孩子也挺可怜的，他也是开心在这世上最好的朋友，可他没爸没妈，他外公外婆年纪又那么大了，我们今后是不是能多抽点时间去看他、照顾他。”

“这事儿，我俩想到一块去了，孙霞。我甚至想，等到我们结婚之后，当然，如果你愿意和我结婚，哦，还有，那便是得到唐明辉外公外婆的同意，我们……我们去民政局办手续，争取领养唐明辉。”

“大张，我真的没看错你，你太善解人意了。”

“你真的别这么夸我，夸多了我会翘尾巴的，我也是经历了一段婚姻之后，对生活才有了些理解。”

“什么理解啊，能分享分享吗？”

“也谈不上分享，只是我个人的理解，那便是：这人生的旅途啊，有些人注定是我们生命中的过客，只是我们得感谢他们曾经来过，也得感谢他们离开。”

“大张，我听你这话是有所指啊，你可能在想你的前妻阳阳了。”

“不止是阳阳，还包括我以前的那些好哥们好朋友，正是因为有了这些人，才能让我变得成熟，也正是他们给了我这些经历，让我成长，让我懂得了珍惜。真的，我真的是感恩这份遇见，最后总结一句吧：珍惜当下。”

“说得非常好，我会记住这些话。哦，差点忘了问你，我在你拿到我那儿去的纸箱里，发现了好几套婴儿穿的衣服呐，纯手工制作的，那针线活简直绝了，是你妈妈做的吧。”

“是啊，是我妈为我前妻阳阳肚里的孩子准备的。”张大毛说到这里低下了头。

“对不起了，大张，我不该问的，让你难受了。”

“没什么，我知道你出于好奇才问的。”

“那……你的前妻，阳阳她现在好吗？”

“听说小产后得了抑郁症，但比较轻微，她也到胶囊房找过我几次，那意思是希望我们复合，但我觉得，碎了的心是无法拼凑、无法重新愈合的，正如这世上无法制造后悔药一样。我唯一留有遗憾的是当时我出言不逊，伤害了阳阳及阳阳的母亲。不过，她现在可能已经走出来了，并且还辞了工作，到深圳那当大老板的前邻居那儿发展去了。”

“前邻居？大老板？”

“这前邻居大老板，你还别说，他蛮喜欢我前妻的，只是我前妻不喜欢他，对他那是一点好感也没有，甚至还有所顾忌。算了，小孙，我们不说阳阳了，不说阳阳好吗？”

“哎。”

“对了，金吉与那什么朱姐，他俩现在怎样，住什么地方？”

“金吉，要说金吉，我与他还时有电话联系，就前天，他还与我通了电话的呢，说是到韩国整容去了。唉，他自己就职于整形医院，还去什么韩国整容，花那么大代价，不值当。”

“你还别说孙霞，我挺佩服金吉的，有自己的活法、活得自在，这就够了。来日并不方长嘛，想干的事情就去干，只要不违背道德法律。真的，不管别人认不认可，我认可他。哦，那与我是同行的会计朱姐，她近况如何？”

“你倒是挺关心人的。她呀，听金吉说，准备给那追求了她将近五年的贾医生一点机会了，毕竟人家追了她将近五年，挺难得的。”

“哦，还有，前两天，我早上起床，见你电脑没关机，你又上班去了，本来我是帮你去关机的，但是，出于好奇，我翻了翻你的电脑——你不介意我翻你的东西吧——我真是出于好奇，好奇你这些日子以来每天晚上为什么敲键盘敲到那么晚，你好像在写一本书吧，还是关于买房的，能给我说说吗？”

“也没什么，写的尽是一些还没思考成熟的东西，让你见笑了。”

“你千万别这样想，你能写出著作来，我对你呀，那是更加崇拜了。”

“你别吹嘘我了，写的那些东西我自己都看不上呢，这要想当一个作家，那是挺难的，很多人都有这个梦想，但要实现这个梦想，说真的，很难。”

“我看你是有这个潜质的，从你写的开篇来看，字里行间里，你很有文学天赋哦，你写的这个故事，肯定很感人。”

“是的，是我自己买房的心历路程，而且像我这样的人不在少数，我想写下来。对了，我特别想写写那挤在胶囊房里的兄弟姐妹，写写我妈，写写阳阳，如果你不反对，我还想写写你，写写你弟孙则，而就你们家，我最想写的是开心，他那么善良、聪明、漂亮，每每想起开心，我心里都疼得不得了。”

“谢谢你，大张，谢谢你这么喜欢开心，开心在那边肯定很高兴，只是……”孙霞说着说着，又哽咽了起来。

“别伤心了，开心肯定不想看到他妈妈这样。对了，我还必须得写写唐明辉，因为从他身上我们能够看到开心。”

“恐怕还不止你说的这些人吧。”

“你说得对，小孙，我还想写写那些为了破这桩杀人藏尸案而不辞劳苦的公安干警，甚至我还想写写被害人、犯罪嫌疑人。”

“你别往下说了，大张，听你说的这些，这本书肯定很好看、很精彩，我期待着。”

“谢谢你，小孙，但最后，我想说的是，我还想写写鲍艳，当然，你肯定会反对我，但我觉得，作为一个房产中介人员，在这场轰轰烈烈的房价上涨热潮中，所扮演……”

“大张你别说了，我真的不想你提起这人，我对她真的有很深很深的怨恨，这种怨恨不是一时半会能够消除，开心他……”

“我理解你，小孙。算了，我们不说这个了，我们早点回去吧，你呢，回去休息，我呢，继续爬我的格子。”

几天后的早晨，张大毛刚刚来到办公室，他的手机就响了起来。

是鲍艳。

“哎，她也太性急了。”张大毛边小声嘀咕边按下接听键。

“喂，张大哥吗？我鲍艳啊，你跟我说的那房子的事……”

“不急，我在等孙则的决定呢。”

“还等啊，我看别等了，你让他赶快把房退给你吧！赶快把房过户到你张大毛的名下。”

“怎么回事？你把我说糊涂了，鲍艳。”

“是这样的，你这几天没听人说吗？就你们买的房子那片有规划了。”

“什么规划？我不关注这些。”

“也是，你没关注，我很能理解，但就你们那房子，已在蹭蹭地往上涨，很多人都想买呢，都已经一房难求了，这个时候，买到就是得到，买到就是赚到，你明白吗？”

“什么买到就是得到，我不明白。”

“哎，老实人，老实得可爱。你想啊，现在你如果拥有这旧房子，但如果政府，不，开发商将它们拆掉的话，他们得还你，这个你懂吧。而且，一般来说，还的面积肯定比现在的面积要大，这也是很多人想买的原因，因为我在这个圈子里面混，所以，我现在只是告诉你，如果你认为有必要，你再转告孙则吧，你告诉他，房子这个时候千万千万不能卖，卖了他会后悔的，我也是真心想帮帮你们的。”

“这消息可靠吗？”

“怎么不可靠，太可靠了。”

“谁说的？”

“我们老板说的。”

“你们老板怎么知道规划部门的事儿？”

“他呀，消息灵通着呢，没点本事，他能有二十几家店子吗？哪里有规划，哪里要拆迁，哪里要盖楼，盖什么楼，他呀，恐怕是闻都闻得出来，这叫什么你知道吗？这叫商业嗅觉，不多说了，你好好想想吧！”

“好吧，我会好好想想的。”

下班后，张大毛回到孙霞那里，碰巧孙则也在，他买了很多菜，正在厨房一个人忙着呢，看得出，他心情比较好。

等到饭菜都端上桌，孙霞忍不住打趣道："今天什么风把你吹到我这儿来，还让我们这么有口福，不会又是鸿门宴吧。"

"嘿嘿，嘿嘿。"孙则一直傻笑着，并不回答姐姐。

"说吧，别卖关子了，孙则，你说了之后我有重要的事跟你谈。"

"那……那……那张大毛你先说吧，我……我这事不急，不急。"

"还是你先说吧，看你那表情，眉飞色舞的，还说不急，我和你姐都在洗耳恭听呢。"

"那我……我……我说了，郭子准备把……把……把比他小……小他一天的表妹介绍给我。"

"等等，等等，听郭达说，他那表妹不是结婚了吗？孙则，你可别又干傻事。"

"姐，郭子那……那……那表妹是……是……是结了婚，但……但……但男方出……出……出轨，又离……离了。郭子跟……跟她说……说……说起了我，她……她蛮看……看好我的。"

"这还差不多，但郭达这表妹，她有孩子吗？"

"没……没……没孩子。"

"这倒不错，只是郭达的表妹能看上你吗？"

"她……她……她自己主动跟……跟……跟郭子提……提……提起这事的，说……说我老实，本……本分，是个可……可托付终……终身的人。"

"她现在有工作吗，在哪工作？"

“有……有……有工作，在……在一超市做……做……做导购呢，离……离我们这儿不……不……不远，我说完了，你……你的重要事……事情是……是什么?”

“是这样的，孙则。我决定了，那房子我决定不接手了。”

孙则脸色马上变了：“什……什么情况，出……出尔反尔啊，是……是……是个男人吗。”

“孙则，注意言辞。”

“姐，你……你……你别处处为着他，我……我……我看他就……就……就一伪君子、白……白眼狼、双……双面人、戴……戴着面具的人，我……我还是决……决定起诉他。”

“看把你急的，孙则，我后面的话还没说完呢，这房子啊，你现在卖给我，你会后悔的，那个地方马上就要拆迁了。”

“大张，你听谁说的。”

“鲍艳说的。”

“她说的，我不信。”

“我也不信，可我后来打电话问了问我那在城市规划部门工作的同学，他们也都证实了这事是真的。”

“那太好了，这下，房子的问题不是问题了，也省下了好多的费用呢。唉，你们说，一边是我弟弟，一边是……是我男朋友，手心手背都是肉，这下好了，终于有盼头了。”

“孙则，这个时候你要把房退给我，你不亏大了，我还听说拆了之后是按一比一点二还房呢。”

“什么是一……一比一……一点二呢，唉，这数字就……就是难理……理解。”

“简单来说就是拆一平方米，还给你一点二平方米，多给你零点二平方米呢，你赚了。”

“有……有……这样的好……好……好事，赶……赶……赶快打……打电话告……告……告诉郭子，让他也……也高兴高兴，张……张大哥，我……我错怪你……你啦，对……对不起。”

“大张不会计较你的，今后说话注意点。”

“我……我……我知道，姐，吃……吃菜，吃菜。”

转眼，一年过去了，正如鲍艳说的那样，胜利路五号以及周围的那些旧房屋已全部拆迁，这里暂时成为了所谓的废墟，与不远处的一座座高楼比起来，它还真显得有些格格不入。

但不难想象，过不了几年，这片废墟上，会逐渐地耸立起更高、更雄伟的建筑。

孙则已和郭达的表妹喜结连理，他们租住在离孙霞不远处的一个小套间里，虽然不是很富有，生活过得也很平淡，但他们很幸福，这点从孙则整天笑嘻嘻的脸上便可看出。

张大毛和孙霞下班后，经常来这废墟里走走，碰上周末，他们还会带着唐明辉一起来这里漫步。而每每这个时候，张大毛总会问孙霞：“我们什么时候成为一家人?”而孙霞总是首先给张大毛一个微笑，再看看牵着的唐明辉，然后意味深长地对张大毛说：“谁说我们不是一家人呢!”

后 记

初稿完成后，修改了不下十余次，只是每每修改一次，作者对这部书又有了更深的体验。

让作者彻夜不眠的，有目不识丁的张大妈，这个含辛茹苦几十载，不知劳苦地为了家，为了自己的几个孩子，甚至还希望给丈夫安全感的女人，在没来得及过上一天舒服的日子，在离自己六十岁生日只差几天的时候离开了人世。

还有四岁不到，有着一双明亮大眼睛的孙开心，他是那么的善良、聪明、可爱。作者每每看到这里，那心啊，真是如同被撕裂一样，难受至极，尤其是开心的眼角膜移植给了生前最要好的小伙伴，生前在别人看来是所谓的戏言终于变为现实时，人间的真善美，无一不体现在了这个幼儿的言行中。

纵观书中的几十个人物，每个人都是活灵活现地呈现在我们眼中，此书真乃一部不可多得的好书。